Benjamin Merz, Ethnologe und jüngstes Kind einer Familie mit fünf Söhnen, überwindet seine Hemmungen und entwickelt ungewohnte Fähigkeiten darin, sich in andere Menschen hineinzuversetzen. Während einer Forschungsreise auf Sizilien beginnen die Frauen des Städtchens Mandlica diese Fähigkeit zu entdecken und zu schätzen. Nach dem Roman »Die große Liebe« und »Die Erfindung des Lebens« hat Hanns-Josef Ortheil einen weiteren hellen und lichten Roman über das Leben im Süden Italiens und die Nähe, die dieser magische Raum zwischen Menschen ermöglicht, geschrieben.

HANNS-JOSEF ORTHEIL wurde 1951 in Köln geboren. Er ist Schriftsteller, Pianist und Professor für Kreatives Schreiben und Kulturjournalismus an der Universität Hildesheim. Seit vielen Jahren gehört er zu den bedeutendsten deutschen Autoren der Gegenwart. Sein Werk ist mit vielen Preisen ausgezeichnet worden, darunter dem Thomas-Mann-Preis der Hansestadt Lübeck und zuletzt dem Hannelore-Greve-Literaturpreis. Seine Romane wurden in über zwanzig Sprachen übersetzt.

www.hanns-josef-ortheil.de
www.ortheil-blog.de

HANNS-JOSEF ORTHEIL

Das Kind,
das nicht fragte

Roman

btb

Sollte diese Publikation Links auf Webseiten Dritter enthalten,
so übernehmen wir für deren Inhalte keine Haftung,
da wir uns diese nicht zu eigen machen, sondern lediglich auf
deren Stand zum Zeitpunkt der Erstveröffentlichung verweisen.

Verlagsgruppe Random House FSC® N001967

7. Auflage
Genehmigte Taschenbuchausgabe November 2014,
btb Verlag in der Verlagsgruppe Random House GmbH,
Neumarkter Str. 28, 81673 München
Copyright dieser Ausgabe © 2012 Luchterhand Literaturverlag,
München, einem Unternehmen der
Verlagsgruppe Random House GmbH, München
Umschlaggestaltung: Umschlaggestaltung: buxdesign / München
unter Verwendung eines Motivs von © plainpicture
Druck und Einband: GGP Media GmbH, Pößneck
KS · Herstellung: sc
Printed in Germany
ISBN 978-3-442-73981-3

www.btb-verlag.de
www.facebook.com/btbverlag

Isole che ho abitato
Verdi su mari immobili.

Inseln, die ich bewohnt habe,
grün über reglosen Meeren.

I

Der Morgen

Ma forse qualcuno risponde?
Aber antwortet jemand?

I

AN EINEM sonnigen Aprilmorgen komme ich mit dem Flugzeug in Catania an. Wie schon so oft bin ich der letzte Fluggast, der das Flugzeug verlässt. Ich habe beim Anflug auf die Stadt in der Ferne den Ätna entdeckt, und das Bild des breit hingelagerten Vulkans mit seinen deutlich erkennbaren Rauchspuren und dem kegelförmigen Schneegipfel fesselt mich so, dass ich ihn von meinem Fensterplatz aus fotografiere. Zwei Stewardessen sind schließlich bei mir und bitten mich, das Flugzeug zu verlassen, sie sind freundlich und höflich, aber ich merke ihnen an, dass sie über meine Langsamkeit leicht verstimmt sind.

Ich nicke nur, obwohl mir die Frage auf der Zunge liegt, warum denn eine solche Eile geboten ist. Schließlich ist jedem Fluggast doch klar, dass man in einer scheußlichen Wartehalle lange auf die Koffer und das Gepäck warten wird. Warum kann ich dann aber nicht noch einen kleinen Moment im Flugzeug verweilen und die Schönheit des Ätna bewundern, anstatt ein rotierendes Laufband anzustarren?

Das sind einfache Fragen, die vielleicht sogar zu jenen seltenen Fragen gehören, über die man länger nachdenken könnte. Ich stelle diese Fragen jedoch nicht, ich habe Hemmungen. Auch als ich mein Handgepäck geordnet und den Weg zum Ausgang gefunden habe, frage ich nicht nach, obwohl mir lauter Fragen zu dem Thema, was die beiden Stewardessen mit dem weiteren Tag anstellen werden, auf der Zunge liegen: *Zurück nach Deutschland fliegen? In Catania übernachten? Dort irgendwo (aber wo und vor allem mit wem?) einen schönen Abend verbringen?*

Ich mag Stewardessen, ich sehe in ihnen weniger attraktive als mütterliche Gestalten, die den still und steif dasitzenden Fluggästen etwas Nahrung in die geöffneten Vogelmünder träufeln und stopfen, ich sehe sie als große, langbeinige Vögel, die sich über die Vogelnester zu beiden Seiten des schmalen Laufstegs hermachen und sie laufend beäugen. Gerne wäre ich mit einer von ihnen einmal einen Abend zusammen und würde sie alles fragen, was ich mir in meinen Flugjahren an Fragen für sie notiert habe. Doch leider – ich schweige, meine Hemmungen sind zu stark, und so nicke ich nur blöde auf ihren Abschiedsgruß hin und greife schweigend nach einer der sizilianischen Begrüßungsorangen, die sie den Fluggästen beim Verlassen des Flugzeugs in einem Korb hinhalten.

Als ich die Orange zu fassen bekomme, bemerke ich sofort, dass sie aus Marzipan ist, ich habe zu stark zugegriffen und dadurch das Marzipan etwas gedrückt und gequetscht. Und so lege ich die aus der Form geratene Süßigkeit wieder in den Korb zurück und nicke den beiden etwas angewidert dreinblickenden Stewardessen erneut zu. Es ist eine Szene wie in einem Loriot-Sketch, sie werden dich jetzt für einen Verrückten halten, der Loriot-Sketche im richtigen Leben nachspielt, denke ich noch und werde bei diesem Gedanken so verlegen, dass ich, um meine Verlegenheit wegzulächeln, laut *Arrivederci!* sage. *Auf Wiedersehen!*, antworten die beiden Stewardessen da beinahe unisono, und die dezidiert deutschsprachige Antwort macht mich noch unsicherer, so dass ich zum dritten Mal nicke und dann mit meinem verzerrten Lächeln die Gangway hinabtrotte.

An den Fingern meiner rechten Hand klebt aber noch etwas Marzipan, ich versuche, es unauffällig am Geländer abzustreifen, da sehe ich, dass mir eine der beiden Stewardessen hinterherläuft und mir eine Serviette reicht. Wir stehen dicht nebeneinander auf einer mittleren Stufe der Gangway und sorgen uns gemeinsam um meine verklebten Finger, es muss ein seltsames, irritierendes Bild sein, jedenfalls starren uns die anderen Fluggäste aus dem Innern des wartenden Busses so entsetzt an, als wäre gerade ein großes Unglück passiert. Um der Sache ein Ende zu machen, nehme ich die Serviette in die rechte Hand und schlinge sie dann geschickt wie einen Verband um meine Finger, die Stewardess schaut mir etwas besorgt hinterher, doch ich schaffe es dann wirklich, den Boden Siziliens ohne weitere Komplikationen zu betreten.

Jetzt erst spüre ich die angenehme Wärme, die weiche Frühlingswärme Siziliens, dichte, niemals schwüle, sondern vom Meerwind gesiebt wirkende Luft, eine Luft voller Aromen, ein Duft von Orangen, Zitronen und Kräutern. Ich kenne diesen Geruch schon von meinen früheren Aufenthalten her, doch ich bin sofort wieder überrascht und gebannt. Kein mir bekanntes Land verströmt einen solchen Duft, er ist einzigartig, und er erinnert mich an die Bilder der südlich des Ätna gelegenen großen Orangenhaine, in denen ich einmal eine Nacht im Freien verbracht habe, um den Düften der Früchte ganz nahe zu sein. Ich bleibe also stehen und atme diese herrliche Luft ein, als die auf der Gangway stehende Stewardess mir erneut hinterherkommt. Anscheinend nimmt sie an, dass es mir nicht gut geht oder dass sonst irgendetwas mit mir nicht stimmt, jedenfalls fragt sie mich genau das: ob es mir nicht gut gehe und ob sie mir helfen könne. Da weiß ich sofort, dass es mir nun aus dem Stand heraus gelingen wird, endlich eine Frage zu platzieren, es ist eine richtige Erlösung, denn schließlich habe ich schon die ganze Zeit etwas fragen wollen und es doch nicht geschafft. *Riechen Sie auch diese herrliche Luft?* frage ich also und bin etwas stolz auf diese sich direkt aus der Situation ergebende Frage.

Es kommt jedoch nicht zu einer Antwort, denn die Stewardess wendet sich sofort, als machte ich nur einen Scherz, von mir ab und trippelt die Gangway so auffallend schnell wieder nach oben, als wollte sie mir ihre Verstimmung nun deutlich zeigen. Ich schaue ihr nach, als der Busfahrer hupt, und so betrete ich mit einer nicht beantworteten Frage den Bus, wo ich meine Frage gleich der nächstbesten Mitreisenden erneut stelle: *Riechen Sie auch diese herrliche Luft?* Anstatt auf diese Frage einzugehen und sie endlich mit einer Antwort zu würdigen, antwortet die Mitreisende aber nur *Haben Sie sich die Finger verbrannt oder was?*, was mich sofort wieder schweigen lässt, worauf die Mitreisende sagt: *Sie sollten die Finger mit Wasser kühlen.* Was soll ich? Wovon ist denn überhaupt die Rede? Ich presse die Finger in der Serviette zusammen und verstumme, ich muss schlucken, es geht mir nun wirklich nicht gut, meine gut platzierte Frage wird von aller Welt ignoriert, was mir zeigt, dass diese Frage eben doch nicht so gut platziert ist, wie ich gedacht habe. Der Bus fährt los, ich lasse meine rechte Hand sinken und die Serviette zwischen den dicht gedrängt stehenden Mitreisenden auf den Boden fallen. Dann aber trete ich unauffällig darauf und zerstampfe sie mit beiden Füßen, bis ich sie – weiter vollkommen unauffällig und heimlich – in kleinste Teile zerrupft und vernichtet habe.

Im Innern des Flughafengebäudes stehen wir dann alle, genau wie ich befürchtet habe, um das unsäglich langsam rotierende Laufband herum und warten auf unsere Koffer und das Gepäck. Ich setze mich an den Rand der weiträumigen Halle, hole meinen Notizblock hervor und notiere: *Riechen Sie auch diese herrliche Luft? – Ja, Sie haben recht, jetzt rieche ich sie auch. – Orangen? Zitronen? Was meinen Sie? – Ja, Orangen, Zitronen und vielleicht etwas Minze oder Melisse, jedenfalls etwas Grünes, Kühles.*

In guten Dialogen reiht sich ganz selbstverständlich und weiterführend Frage an Frage, und die Antworten fordern immer neue Fragen heraus und verwandeln sich selbst wieder in Fragen. Das Fragen und Antworten ist in guten Dialogen eine Lust und ein Fest, doch man muss von dieser Kunst etwas verstehen, um sie als Lust und Fest zu erleben. Ich glaube davon viel zu verstehen, ich bin eine Art Fachmann für diese Kunst, und es ist mir gelungen, daraus sogar meinen Beruf zu machen.

Von Beruf bin ich nämlich Ethnologe, ich befrage Menschen fremder Kulturen und ziehe aus diesen Fragen meine Schlüsse. Nun bin ich auf Sizilien gelandet, um einer solchen Forschungsarbeit nachzugehen. Ich werde ein paar Monate auf der Insel bleiben, um nichts anderes zu tun, als Fragen zu stellen und Antworten in Fragen zu verwandeln. Wenn das gelingt, beginnt eine vorher noch weitgehend stumme oder verschwiegene Menschengegend mit einem Mal zu reden. So etwas ist wie ein Zauber. Alte und junge Menschen, Menschen jeder Herkunft und jedes Geschlechts, antworten und fragen selbst etwas und sprechen und reden und beginnen vielleicht sogar zu erzählen. Einige Male ist mir das bereits ansatzweise gelungen, ja, es ist mir gelungen, das Schweigen in Reden zu verwandeln, und ich habe Bücher über die Erzählungen aus der Fremde geschrieben, erfolgreiche und nicht nur von meinen Fachkollegen, sondern weit über eine so begrenzte Leserschaft hinaus gelesene Bücher.

Die Stadt der Dolci soll mein nächstes Buch heißen, ich habe diesen Titel im Kopf, halte ihn aber noch geheim. Der Titel spielt auf den sizilianischen Ort an, in dem ich meine Forschungsarbeiten durchführen will. Es ist ein Ort, der in der Welt der Süßigkeiten und Desserts, für die es im Italienischen den schönen, klingenden Namen *Dolci* gibt, sehr bekannt und berühmt ist. Fast alle Familien dieses Ortes sind nämlich in irgendeiner Weise mit der Herstellung solcher Dolci beschäftigt, mit Schokolade und Marzipan, mit Eis und Gebäck, mit Kuchen, Bonbons und dunkelfarbigem Fruchtsirup, den man über zerstoßenes Eis gießt. Um gute Fragen zu stellen, habe ich über diese geheim gehaltenen Künste viel gelesen, doch geht es mir nicht in erster Linie darum, über diese von Generation zu Generation vererbten Geheimnisse mehr zu erfahren. Mein eigentliches Ziel ist es vielmehr, die Einwohner dieses Ortes so zum Sprechen zu bringen, dass ich von den noch tiefer liegenden Geheimnissen des Ortes etwas erfahre. Diese Geheimnisse betreffen das innerste Leben und Fühlen der Menschen und die Art und Weise, wie sie auf den Tiefenschichten dieser Geheimnisse ihr Leben und ihre Welt eingerichtet haben. Stufe für Stufe will ich fragend bis zu diesen Schichten hin vordringen, und beginnen werde ich diese Tiefenbohrungen mit ein paar wenigen, sehr einfachen Fragen: *Leben Sie gerne hier? Wo halten Sie sich am liebsten auf? Warum hier, im kleineren Café auf der Piazza – und nicht drüben, im größeren?*

2

Als ich meinen Koffer und das weitere Gepäck endlich von den Laufbändern gefischt habe, gehe ich damit nach draußen, vor das Flughafengebäude, wo bereits eine Unmenge von Taxen und Bussen auf die Fluggäste wartet. Ich bleibe stehen und genieße die Wärme, nirgendwo in Europa ist es jetzt, im April, so angenehm warm, und nirgendwo blüht jetzt bereits so wie hier das ganze Land, bunt und farbensatt, als hätte ein leicht überdrehter Maler in der Tradition eines Spätexpressionismus die Farben mit einem breiten Pinsel auf eine erdockerfarbene Leinwand aufgetragen.

Einige Taxifahrer wollen mich in ihren Wagen locken, sie kommen zu mir und fragen mich nach meinem Ziel und machen einladende Bewegungen. Ich mag dieses Fragen, ich mag es schon aus beruflichen Gründen, denn es ist meist sehr interessant, wie und mit welchem Vokabular Menschen etwas fragen – aber ich bin vom Flug und seinen Begleiterscheinungen noch so befangen, dass ich nur stumm den Kopf schüttele. Nach einer Weile schiebe ich den kleinen Wagen mit meinem Gepäck hinüber zu den Mietwagenzentralen, wo sich bereits lange Schlangen von Wartenden gebildet haben. Am Ende einer dieser Schlangen stelle ich mich an und höre zu, wie die meist deutschen Reisenden rekapitulieren, was sie die Angestellten der Mietwagenbüros gleich fragen werden. Viele befürchten, auf irgendeine Weise betrogen zu werden, deshalb gehen sie noch einmal rasch die Verträge durch, die sie bereits in Deutschland per Internet geschlossen haben: Autofabrikat, PS-Zahl, Kilometerstand, Zustand des Wagens, Reifen- und Ölkontrolle, auf alles wollen sie achten.

Als ich selbst an der Reihe bin, lege ich ebenfalls den Vertrag vor, den ich bereits in Deutschland geschlossen habe. Der Angestellte schaut mich kurz an und beginnt auf Englisch zu sprechen, ich sage ihm aber sofort, dass er Italienisch mit mir sprechen könne. Er schaut mich etwas länger an und lächelt, dann stellt er, wie ich erwartet habe, erst gar keine Fragen und liest mir nur knapp und prägnant die Daten meines Wagens vor, der draußen auf dem Parkplatz auf mich wartet: Autofabrikat, PS-Zahl, Kilometerstand.

Das Italienisch-Sprechen erweist sich in diesem Fall sofort als eine Basis für ein Vertrauensverhältnis, es gibt nichts mehr zu fragen oder zu antworten, wir sind beide sozusagen auf ein und derselben Ebene oder *auf Augenhöhe*. Außerdem erleichtert es unser Gespräch, dass ich nicht wie die meisten anderen deutschen Reisenden ein Fabrikat aus Deutschland (*VW*, *Opel*, *Mercedes*), sondern dezidiert einen *Fiat* für meine Fahrten durch Sizilien bestellt habe. *Sie haben einen Fiat bestellt*, sagt der Angestellte und nickt, und ich sehe ihm an, dass ich mich seiner italienischen Seele mit dieser Bestellung noch mehr genähert habe.

Natürlich kann er nicht ahnen, dass mich keineswegs eine besondere Liebe zu italienischen Automarken zu dieser Bestellung veranlasst hat, sondern vielmehr ein bestimmtes Gesetz meines Berufes als Ethnologe, das mir vorschreibt, mich während meiner Forschungen den Gegebenheiten der Fremde ganz und gar anzupassen. Die kurze Formel für dieses Gesetz lautet *Teilnehmende Beobachtung*, und sie besagt, dass ein forschender Ethnologe sich den Sitten und Gebräuchen der Untersuchungsregion beinahe bis zur Aufgabe seiner eigenen Identität hin anpassen soll. Konkret bedeutet das, dass man sich als Ethnologe in Sizilien mit einem italienischen Wagen fortbewegen, möglichst gut Italienisch sprechen, sich ausschließlich von italienischer Küche ernähren und in erster Linie mit Sizilianern oder zumindest Italienern verkehren soll. Ein Ethnologe auf Forschungsreise unterscheidet sich durch solche Vorgaben sehr von einem Touristen. Er besucht die Fremde nicht kurz und beobachtet nicht nur oberflächlich ein paar kulturelle Highlights an den Wegrändern, sondern er hält sich vielmehr für längere Zeit an ein und demselben Ort auf, um möglichst tief in das Leben der Einheimischen einzutauchen.

Unter uns Ethnologen gehören die Debatten, ob ein solches Eintauchen in die Fremde überhaupt möglich ist oder ob auch der Ethnologe trotz aller Bemühungen letztlich doch immer ein Fremder bleibt, zu den beliebtesten Themen. Ich will diese Debatten hier keineswegs im Einzelnen aufgreifen, möchte aber doch erwähnen, dass es einigen meiner deswegen zu großer Berühmtheit gelangten Kollegen durchaus gelungen ist, so mit der Fremde und ihren jeweils eigenen Lebensverhältnissen eins zu werden, dass sie am Ende ihrer Forschungen beinahe schon für Einheimische gehalten wurden. Einige dieser Kollegen sind nach derartigen Erfolgen konsequenterweise auch gar nicht mehr aus der Fremde nach Hause zurückgekehrt, sondern haben ihr Leben ausschließlich in der Fremde weitergeführt. Das führt gar nicht selten zu der letzten Konsequenz, dass sie nämlich ihren Beruf aufgeben und in der Fremde einer anderen Tätigkeit nachgehen. Die meisten von ihnen heiraten außerdem und gründen Familien, die sich später durch besonders zahlreichen Nachwuchs auszeichnen, als wären viele Kinder der letzte und triumphale Beweis dafür, dass es ihnen gelungen ist, mit der Fremde ganz und gar zu verschmelzen.

Teilnehmende Beobachtung gibt es also in verschiedenen Graden. Die meisten Kollegen mischen sich, so gut es eben geht, unter die Einheimischen und versuchen, deren Lebenstempi und Lebensgewohnheiten anzunehmen. Manche scheitern dabei und ziehen sich rasch wieder in ihre heimatlichen Basisländer zurück, andere haben mäßigen Erfolg und kommen mit ein paar meist stark frisierten Forschungsergebnissen nach Hause. Die großen Meister unseres Faches aber tauchen so tief in das fremde Leben ein, dass sie am Ende von Einheimischen kaum noch zu unterscheiden sind.

Draußen auf dem Parkplatz drückt mir der Angestellte der Mietwagenfirma die Autoschlüssel in die Hand und überreicht mir betont lässig die Papiere. Ich sehe, wie die anderen deutschen Reisenden, die doch lange vor mir an der Reihe gewesen waren, noch immer damit beschäftigt sind, ihre Mietwagen zu begutachten und zu umkreisen. Als der Angestellte zu mir nur knapp *Sie wissen ja Bescheid, das ist Ihr Wagen* sagt, öffne ich sofort das Heck meines Fiat, verstaue mit ein paar wenigen Handgriffen mein Gepäck, setze mich an das Steuer, lasse das Fenster auf meiner Seite herunter, winke kurz und fahre auf der Stelle los.

Sie wissen ja Bescheid, das hört sich für mich nicht nur gut, sondern geradezu euphorisierend an. Es ist eine Formulierung, die mir bestätigt, dass ich nicht für einen Touristen, sondern für einen Reisenden gehalten werde, der den Einheimischen nahe ist. Eine erste Hürde auf dem Weg zur *Teilnehmenden Beobachtung* habe ich so bereits souverän genommen. Ich fahre in einem Fiat Richtung Süden, und ich brauche weder eine Landkarte noch andere Hilfsmittel, um mein Ziel, den kleinen Ort Mandlica an der südlichen Küste der Insel, problemlos zu erreichen.

3

Ein wenig kenne ich Mandlica schon, denn ich war in den letzten Jahren schon zweimal jeweils eine Woche dort. Ich habe es als neugieriger Tourist besucht, um vor Ort zu erleben, ob die Herstellung der verschiedensten Dolci die Stadt wirklich zu jenem Süßspeisen-Paradies gemacht hat, von dem in beinahe jedem Reiseführer in den höchsten Lobestönen die Rede ist. Dann aber hat mich neben der tatsächlich verschwenderischen und hinreißenden Art, wie der Ort seine Dolci in angeblich genau fünfzig Cafés und unzähligen Pasticcerien präsentiert, vor allem die besondere geographische Lage der Stadt angezogen.

Mandlica besteht nämlich aus einer Unter-, einer Mittel- und einer Oberstadt und erhebt sich in diesen drei sehr unterschiedlichen Zonen von der Meeresküste bis hinauf zur Hügelregion, die auf ihrer obersten Kuppe von einem mächtigen Kastell gekrönt wird. In der Oberstadt leben die meisten Einwohner. In kleinen, steil hinauf bis zur Höhe hin ansteigenden, sehr schmalen und labyrinthisch angelegten Gassen, in denen man sich fast nur zu Fuß bewegt und sich als Fremder leicht verirrt, haben sie ihr Zuhause. In der Mittelstadt führt die breite Hauptstraße mit ihren Läden, Cafés, Pasticcerien und Restaurants um die große Piazza mit dem barocken Dom herum und bildet so das eigentliche Zentrum, während die Unterstadt aus einer Hafenregion mit kleinen Hotels und bis in die tiefe Nacht frequentierten Fischlokalen besteht.

Eine ähnlich vielfältige und interessante Topographie gibt es in Sizilien nur selten. In Mandlica kann man in der Stille der Oberstadt wohnen, sich im lebhaften Trubel der Mittelstadt tagsüber mit den Einheimischen unterhalten und in der Hafenstadt den Abend und die Nacht bei gutem Essen und noch besserem sizilianischen

Wein ausklingen lassen. Genau diese Art Leben habe ich während meiner beiden ersten Aufenthalte auch zu führen versucht, bin damals allerdings noch an meiner Unfähigkeit, Kontakte zu knüpfen, gescheitert. So kam ich über ein einsames Leben in der Oberstadt, einsame Spaziergänge ohne Begegnungen mit den Einheimischen in der Mittelstadt und einsame Nächte am Meer in überfüllten Fischlokalen der Unterstadt, unterhalten lediglich von ein paar Zeitungen und Büchern, nicht hinaus.

Wenn ich nicht als Ethnologe im Einsatz und dadurch geradezu gezwungen bin, mich mit den Menschen meiner Umgebung zu unterhalten, verharre ich nämlich leider Gottes nicht selten in einem mir selbst verhassten Einzelgängertum, dessen ruhige Zurückhaltung ich in solchen Daseinsmomenten mir selbst gegenüber fälschlicherweise als einen besonderen Genuss deklariere und preise. Ich mache mir dann nur zu gerne vor, dass ein allein eingenommenes Abendessen mir besser gefällt und erheblich mehr zusagt als ein verschwatztes und mit zehn unruhigen und meist sehr abgelenkten Personen geteiltes. Und ich sitze kurz vor Mitternacht nicht selten, scheinbar übertrieben glücklich summend, am letzten noch besetzten Tisch des Lokals und tue so, als hätte ich in der Begleitung meiner Bücher und Zeitungen einen fantastischen, unterhaltsamen Abend erlebt.

Bin ich aber mit meinen ethnologischen Studien beschäftigt, so sind die Unterhaltungen mit den Einheimischen, die mir sonst sehr schwerfallen und fast immer eine Last für mich sind, gut vorbereitet. Ich habe mir die Fragen, die ich stellen werde, genau überlegt, und ich gerate mit jeder Frage und jeder auch nur halbwegs interessanten Antwort weiter in Form und in Schwung. Unangenehm ist es nur, wenn ich in solchen Situationen dann selbst etwas gefragt werde. Eine solche Gegenfrage verstößt gegen die Regeln des ethnologischen Forschungsgesprächs und sorgt dann meist für ein peinliches Schweigen von meiner Seite oder sogar für den gänzlichen Abbruch des Gesprächs. Ich gerate ins Schwitzen, denn ich möchte keineswegs als Privatmensch, sondern ausschließlich als Forscher betrachtet und auch behandelt werden.

Als Forscher frage und erkundige ich mich leidenschaftlich, als ginge es um mein Leben. Mein eigenes Leben dagegen darf *nicht* zum Thema werden, denn es soll höchstens für mich, nicht aber für die Befragten von Interesse sein. So jedenfalls schreibt es der ethnologische Kodex vor, der ausdrücklich festlegt, dass ein guter und zurückhaltender Ethnologe sich selbst unbedingt aus dem Spiel des Fragens und Antwortens herauszunehmen hat. Sein Leben und Dasein ist nicht von Belang, um der exakten Forschung willen ist er lediglich Übersetzer, Verstärker und Interpret all der Texte, die ihm von außen angeboten werden.

Während der Anfahrt auf Mandlica erinnere ich mich an meine verpatzten ersten beiden Aufenthalte, summe aber dennoch leise vor mich hin, als sei ich sicher, wegen meiner diesmal monatelangen, intensiven Vorbereitungen auf die Gespräche in dieser Stadt erheblich mehr Erfolg zu haben. Als ich von der Küstenstraße abbiege und schließlich auf Mandlica zufahre, gerate ich sogar in eine regelrecht euphorische Stimmung. Ich habe eine CD mit den *Canti della Sicilia* der großen sizilianischen Sängerin Rosa Balistreri eingelegt, ich lasse alle Fenster meines durchgeschüttelten Fiats herunter und höre zu, wie Rosas raues und tiefes Schluchzen sich wie eine majestätische Tonflut nach außen, in die schon leicht verbrannte Graslandschaft, ergießt.

An der nächsten Kreuzung will ich dem Hinweisschild *Mandlica* folgen und die restlichen drei Kilometer bis hinauf zur Oberstadt besonders langsam fahren, als ich das Handy klingeln höre. Ohne auf das Display zu schauen, weiß ich, dass mein ältester Bruder mich anruft. Ich könnte hohe Wetten darauf abschließen, dass genau er es ist, der mich in diesem Moment meines euphorischen Abhebens stört und aus dem Glücksrhythmus der sizilianischen Lieder bringt. Ich lasse es eine Weile klingeln und fahre dann noch langsamer, um nun wirklich einen Blick auf das Display des Handys werfen zu können. Richtig, Georg, mein ältester Bruder, ruft an, und ich ahne auch bereits, was er von mir will.

Georg ist Anwalt und führt im Kölner Stadtteil Lindenthal eine große Kanzlei in einer beeindruckenden Villa, in der er mit seiner Familie auch wohnt. Neben Georg habe ich noch drei ältere Brüder, Martin, Josef und Andreas, die ebenfalls alle in Köln mit ihren Familien leben. Martin arbeitet als Arzt an den Universitätskliniken, Josef hat eine Apotheke und Andreas ist Studiendirektor für Griechisch und Latein an einem Kölner Gymnasium.

Alle vier sind erheblich älter als ich, eigentlich war meine Existenz wohl auch gar nicht mehr vorgesehen, dann aber kam ich doch noch acht Jahre nach dem vierten Sohn meiner Eltern als fünftes und letztes Kind auf die Welt. Meine Eltern nannten mich Benjamin, und ein echter Benjamin wurde dann auch aus mir. Während der Familienmahlzeiten saß ich zwischen Mutter und Vater und gab den schweigenden Nachkömmling, der den oft lauten Debatten am Tisch nicht folgen konnte. Meine vier älteren Brüder dagegen legten sich bei solchen Gelegenheiten ins Zeug, sie redeten und redeten, sie stritten und gaben den Ton an, während die Eltern sich auf einige Nachfragen oder ein knappes und manchmal ironisches Kommentieren der Tischgespräche beschränkten. Vor allem mein Vater war ein Meister der ironischen Bemerkung, die das Debattieren bei Tisch sogar dann und wann zum Erliegen brachte. Ich bemerkte oft, wie sehr auch ihm die Art meiner Brüder, sich in Szene zu setzen, auf die Nerven ging, doch er sagte niemals etwas offen und direkt gegen diese Unsitte, sondern unterlief das Gespräch höchstens auf feine, diskrete Art mit ein paar trockenen, ironischen Hinweisen und Sätzen.

Von Beruf war er Ingenieur, während meine Mutter als Bibliothekarin im Historischen Institut der Universität Köln arbeitete. Beide sind vor etwa einem Jahrzehnt kurz hintereinander gestorben und haben uns Brüdern das große Wohnhaus in Köln-Nippes hinterlassen, in dem wir – zusammen mit vielen Mietern, verteilt auf vier Stockwerke – unsere Kindheit verbracht haben. Es ist ein sehr schönes, noch zu Lebzeiten der Eltern renoviertes Haus, das an einem weiten, ovalen Platz mit hohen Pappeln und vielen Rosenbeeten liegt. Im ersten Stock dieses Hauses haben wir fünf Kinder mit den Eltern gewohnt, heute lebe ich als einziger Nachkomme noch immer in unserem Elternhaus.

Ich wohne sehr bescheiden unter dem Dach, in drei kleinen Zimmern mit schrägen Wänden, aber ich wohne genau dort, wo ich unbedingt wohnen möchte. Ich habe nie woanders als in diesem Haus gelebt, ich habe ihm und meiner Familie die Treue gehalten. Selbst während meines Studiums kam es für mich zu keinem Zeitpunkt in Frage, dieses Haus zu verlassen, damals habe ich die kleinen Zimmer unter dem Dach bezogen, und manchmal kam mein guter Vater die Treppen zu mir hinauf und setzte sich in meine Küche, um mit mir ein Kölsch zu trinken und sich nur mit mir allein zu unterhalten.

Natürlich zahle ich meinen Brüdern keine Miete, sie lassen mich mietfrei wohnen und unterstützen mich sogar mit der Hälfte der monatlichen Mieteinnahmen aus dem gesamten Haus, die meinen eigentlichen Lebensunterhalt bilden. Ich bin zwar Privatdozent an der Kölner Universität, erhalte aber kein nennenswertes Gehalt, so dass ich auf diese finanzielle Hilfe angewiesen bin.

Ich gebe zu, dass es mir peinlich ist, mich nicht selbständig ernähren und von einem gescheiten Gehalt leben zu können. Aber es ist mir – schon allein wegen meiner Scheu und meines extrem zurückhaltenden Wesens – nicht gelungen, in der Wissenschaft Karriere zu machen. Ich habe zwar mit der Bestnote *summa cum laude* promoviert und mich dann mit einer in Fachkreisen sehr anerkannten ethnologischen Studie über *Kölner Mietverhältnisse in den fünfziger Jahren unter besonderer Berücksichtigung des Stadtteils Köln-Nippes* habilitiert, danach aber keine Professoren-Stelle erhalten. Viermal wurde ich zu einem Vorstellungsgespräch an eine andere Hochschule eingeladen, und viermal landete ich nur auf einem zweiten oder dritten Platz der üblichen Berufungslisten.

Ehrlich gesagt, war ich nach diesen gescheiterten Berufungsverfahren jedoch meist erleichtert, meine Heimatstadt Köln nicht verlassen zu müssen. Ich sagte das in dieser deutlichen Form aber weder meinen Eltern noch meinen Brüdern, sondern tat immer, als wäre ich tieftraurig über das Scheitern meiner Bemühungen, als ordentlicher Professor für Ethnologie zum Beispiel auf einem Lehrstuhl in Heidelberg zu landen. Selbstverständlich habe ich nichts gegen Heidelberg, ich mag diese Stadt und habe sie auch bereits mehrmals besucht. Bei dem Gedanken aber, in Heidelberg zu wohnen und vielleicht von einem schönen Wohnhaus in Hanglage auf den Neckar zu blicken, fühle ich mich nicht wohl. Die ganze Hanglage ballt sich gleichsam in meinem Magen zusammen und führt dort zu einer spiegelbildlichen Innenhanglage, ein leichter Schwindel überfällt mich, und es kann nichts anderes helfen als die rasche Rückfahrt nach Köln, wo ich in meiner Dachwohnung ein Fenster öffne und hinab auf den großen ovalen Platz mit seinen hohen Pappeln schaue.

Ich habe über diese seltsamen Verhaltensweisen nie mit einem Menschen gesprochen, ja, ich habe über sehr vieles, was in mir so vorgeht und mich sehr beschäftigt, nie gesprochen. Ich muss zugeben, dass mich diese Zurückhaltung und dieses Schweigen sehr bedrücken, andererseits möchte ich aber auch ausdrücklich betonen, dass ich kein unzufriedener oder nörglerischer Mensch bin. Im Grunde bin ich mit meiner Situation unter dem Dach meines Elternhauses nämlich zufrieden, manchmal bin ich dort sogar ausgesprochen glücklich, und wenn ich Zeit und eine Möglichkeit finde, meinen Studien dann sogar noch im Ausland nachzugehen, kann ich mich erst recht nicht beschweren.

Als irritierend empfinde ich es nur, dass ich gleichsam noch immer unter der Aufsicht und Kontrolle meiner Brüder lebe. Meine vier Brüder haben es nämlich geschafft, sie verdienen sehr gut bis ordentlich, sie haben Familie, und sie sind Vorsitzende von Vereinen und Organisationen, deren Zusammenkünfte ich nicht einmal aufsuchen würde. Dafür, dass sie mich finanziell unterstützen, verlangen sie von mir Rechenschaft über meine Arbeit und manchmal sogar ein Stück Unterhaltung.

Georg nennt mich *einen frei schwebenden Geist* und findet eine solche Klassifizierung auch noch komisch, und Josef kommt bei jeder kleinen Erkrankung bei mir vorbei, um mir eigenhändig die richtigen Medikamente zu bringen (deren Einnahme ich ihm dann noch telefonisch bestätigen muss). Im Grunde behandeln sie mich so, als wären sie an die Stelle meiner Eltern getreten und müssten weiter auf *den Kleinen* aufpassen, der im Leben nicht zurechtkommt. Das alles ärgert mich sehr, obwohl ich doch eigentlich anerkennen sollte, dass sie sich nur wohlmeinend um mich kümmern. Das Sich-Kümmern hat aber auch sehr unangenehme und beengende Seiten, von denen meine Brüder nicht einmal etwas ahnen. Manchmal kommt es mir so vor, als führten sie mich an ihren Leinen, und gar nicht so selten verfluche ich ihre scheinbare Hilfsbereitschaft und sehne mich danach, weit von ihnen entfernt in einem einsamen, dunklen Waldgelände in einer Blockhütte zu leben.

Ich habe noch nie in einer solchen Blockhütte gelebt, ich lebe, wie gesagt, in einer Drei-Zimmer-Wohnung unter dem Dach meines Elternhauses. Alle paar Tage bekomme ich von einem meiner Brüder einen Anruf, angeblich, damit der Kontakt mit mir nicht abreißt. Ich gehe darauf ein, ich bin höflich und freundlich, manchmal mache ich darüber sogar einen Scherz. Doch nicht selten überfällt mich nach einem derartigen Telefonat eine solche Wut, dass ich am liebsten laut aufschreien würde. Ich schreie aber niemals laut auf, sondern ich lege in solchen Momenten zum Beispiel die *Canti della Sicilia* von Rosa Balistreri auf.

Rosa und ich – wir verstehen uns. Rosa schreit heraus, was ich fühle, eine Zeitlang war Rosa Balistreri sogar einmal meine Braut.

4

Ich parke meinen Wagen am Straßenrand und warte, bis das Klingeln des Handys aufhört. In kaum fünf Minuten wird Georg erneut anrufen, in der Zwischenzeit trinke ich einen Schluck Mineralwasser. Plötzlich erinnere ich mich daran, dass einer der Brüder mir während unserer familiären Mahlzeiten oft Wasser nachgeschenkt hat, während die Brüder Cola, Fanta oder später sogar Kölsch trinken durften. Mir aber gönnte man nur Leitungswasser, das eigens für mich in einer gläsernen Karaffe an meinem Platz stand. Ich mochte dieses Wasser nicht, doch wenn meine Mutter mich aufforderte, es zu trinken, trank ich es, weil eine Weigerung meiner guten Mutter überhaupt nicht gefallen hätte. War mein Glas dann aber irgendwann leer, schenkte ich mir nicht nach. Als ein Zeichen meiner stummen, inneren Vorwürfe ließ ich es vielmehr leer stehen, bis einer meiner Brüder es mit einer pathetischen Geste und einem dummen Kommentar (*Dat Wasser vun Kölle es jot ...*) bis zum Rand erneut füllte ...

Ich nehme einen Schluck *San Pellegrino* und schaue hinauf zur Oberstadt von Mandlica, die ich von meinem Parkplatz jetzt bereits sehe. Da klingelt das Handy ein zweites Mal.

– *Benjamin?!* ruft mein Bruder Georg.
– *Ja,* antworte ich, *ich bin's, es ist alles in Ordnung.*
– *Alles in Ordnung, Benjamin?!*
– *Ja natürlich, alles in Ordnung, Georg.*

— *Wo bist Du, Kleiner?*

— *Auf Sizilien, kurz vor Mandlica.*

— *Ist das Dein Forschungsnest, heißt es so?*

— *Ja, so heißt es.*

— *Kommst Du mit Deinem Mietwagen zurecht?*

— *Ja natürlich.*

— *Du fährst einen Mercedes?*

— *Nein, ich fahre einen Fiat.*

— *Wieso das denn? Bist Du verrückt?!*

— *Der Fiat gehört mit zum Forschungsprogramm.*

— *Soll das ein Witz sein?*

— *Nein, der Fiat steht im Dienst der Forschungen.*

— *Du forschst über Fiat?*

— *Nein, es ist komplizierter.*

— *Komplizierter! Natürlich, mein Kleiner, bei Dir ist es immer komplizierter als bei unsereinem.*

— *Ja, das stimmt.*

— *Kann ich was für Dich tun?*

— *Nein, es ist alles in Ordnung, mach Dir keine Sorgen.*

— *Ruf mich an, wenn ich etwas für Dich tun kann.*

— *Mache ich.*

— *Dann drücke ich Dir jetzt die Daumen für Deine Forschungen.*

— *Danke, ja, das ist nett von Dir.*

— *Und noch eins, mein Kleiner. Lass die Frauen in Ruhe, hörst Du?*

— *Wie bitte? Wovon redest Du denn? Wie kommst Du denn jetzt auf so ein Thema?*

— *Ich meine ja nur. Auf Sizilien sollte man die Frauen in Ruhe lassen, das weiß sogar ich, und ich bin kein Ethnologe. Die Männer haben dort ein sehr wachsames Auge auf die Frauen,*

und wenn dann so ein Fremder daherkommt und ihre Frauen beschnuppert, verpassen sie ihm eins, verstehst Du?
— *Ich verstehe, was Du meinst. Ich bin aber kein Fremder.*
— *Bist Du nicht?*
— *Nein, ich werde schon bald kein Fremder mehr sein.*
— *Mein Gott, Kleiner, mach mir bloß keine Angst.*
— *Ich möchte Dir keine Angst machen, ich werde es Dir später einmal genauer erklären. Wir Ethnologen setzen alles daran, während unserer Forschungen nicht als Fremde aufzutreten.*
— *Lass die Frauen trotzdem in Ruhe! Versprichst Du es mir?*
— *Ich werde die Frauen in Ruhe lassen, das verspreche ich Dir.*
— *Bis bald, mein Kleiner.*
— *Bis bald, mein Dicker.*

Ich beende das Gespräch rasch, bevor Georg noch etwas sagen kann. Am Ende unserer Telefongespräche bringe ich meist eine kleine Boshaftigkeit unter, an der er dann etwas zu knabbern hat. Ich sage *mein Dicker* oder *mein Alter* oder *mein Großväterchen* (Georg hat bereits zwei Enkel). Ich sehe ihn dann vor mir, wie er den Kopf über mich schüttelt und einmal tief durchatmet. Ich kann ihm so etwas nicht ersparen, ich brauche diese kleinen Spitzen, um mich zumindest noch etwas zu wehren und damit zu beweisen, dass ich nicht bereit bin, mich immer und ewig unterzuordnen.

Ich stelle die *Canti della Sicilia* von Rosa Balistreri wieder lauter und fahre dann in langsamen Kurven die steile Straße zur Oberstadt von Mandlica hinauf. Den großen Parkplatz ganz oben neben dem Kastell finde ich sofort. Ich parke und lasse all mein Gepäck bis auf eine Tasche mit den wichtigsten Wertsachen im Auto. Dann mache ich mich auf die Suche nach meiner Pension, die ich nach langen Recherchen als ersten, vorläufigen Aufenthalts- und Arbeitsort ausgewählt habe. Natürlich frage ich niemanden auf der Straße nach der Adresse, ich tue vielmehr so, als wüsste ich genau, wo ich mich gerade befinde.

Nach kaum zehn Minuten habe ich die Pension dann auch gefunden und betrete den kleinen Innenhof hinter dem großen, braunen Empfangstor, das ich schon von den Fotografien im Internet her kenne. Ich gehe zur Rezeption und drücke auf die kleine Klingel, die auf dem Rezeptionstisch befestigt ist.

Die Frau, die auf das Geräusch der Klingel hin erscheint, ist beinahe so groß wie ich. Sie ist blond und, wie ich schätze, etwa in meinem Alter. Sie schaut mich von oben bis unten an und lächelt, als amüsierte sie sich über irgendwelche Details meines Aussehens oder meiner Kleidung. Was gibt es denn zu lächeln? Ich trage ein weißes, offenes Hemd mit langen Armen und eine beige Leinenhose, dazu ein Paar hellblaue Schuhe aus Segeltuch, natürlich ohne Strümpfe. Ich würde sie gerne fragen, warum sie lächelt, doch es geht nicht, ich habe wieder meinen kleinen Anfall von Scheu und Zurückhaltung. Nicht einmal ein paar erste freundliche Worte bringe ich heraus, ich grüße nur kurz.

Die Blonde aber grüßt zurück und wechselt aus dem Italienischen dann sofort ins Deutsche. Ich bin so erstaunt, dass mir nur eine kleinlaute Erwiderung gelingt, das stört sie aber keineswegs, vielmehr erzählt sie sofort, dass sie seit beinahe fünfzehn Jahren in Mandlica lebe und aus dem tiefsten Bayern hierhergekommen sei. Ich sollte nun fragen, was sie aus dem tiefsten Bayern nach Mandlica verschlagen habe, doch ich bin einfach zu durcheinander. Zu keinem Zeitpunkt meiner Vorbereitungen auf diese Reise habe ich damit gerechnet, dass die Besitzerin dieser Pension eine Deutsche sein könnte. (Hat sie etwa einen Sizilianer geheiratet? Lebt sie deshalb hier? Und wenn ja – haben die beiden etwa auch Kinder?)

Ich stehe etwas hilflos da und halte die Tasche mit den wichtigsten Wertsachen in meiner Rechten. Die Blonde aber macht einfach weiter und beginnt ein kurzes Frageund Antwort-Spiel.

– *Wo haben Sie Ihren Wagen geparkt?*
– *Oben auf dem großen Parkplatz.*
– *Sehr gut, das ist der beste Platz zum Parken. Und Ihr Gepäck?*
– *Ist noch im Auto.*
– *Und Ihre Frau?*
– *Ich bin allein unterwegs.*
– *Sie sind nicht verheiratet?*
– *Ich bin allein unterwegs.*
– *Aber Sie haben doch ein Doppelzimmer gebucht, oder etwa nicht?*
– *Doch, ja, ich brauche Platz für meine Arbeit.*
– *Sie wollen hier arbeiten?*
– *Ja, das werde ich.*

— Sind Sie ein Journalist?
— Nein, ich bin Ethnologe.
— Aha, Ethnologe.

Sie ist anscheinend nicht gerade begeistert von meinen knappen Antworten, das ist klar, aber ich kann ihr in diesen ersten Momenten unseres Kennenlernens nicht weiter entgegenkommen. Eine unerklärliche Befangenheit lässt mich in solchen Szenen immer kleinlauter werden, weil ich ein so zielstrebiges Fragen als ein Ausfragen empfinde. Während eines solchen Ausfragens habe ich nicht die geringste Chance, etwas zurückzufragen, so dass das Gespräch nicht ebenbürtig verläuft. Stattdessen gebe ich in solchen Gesprächen lauter matte und meist hirnlose Antworten und gebe dabei auch noch oft etwas Persönliches von mir preis, was ich eigentlich gar nicht preisgeben möchte.

So ist etwa *die Frage, ob ich verheiratet bin*, eine Frage, die ich nicht gerne beantworte. Manchmal habe ich sie bereits mit *ja*, in anderen Fällen aber auch mit *nein* beantwortet. Diese Frage fällt dreist und direkt über mich her und lässt mich die merkwürdigsten Lebenskonstellationen erfinden: Ich bin verheiratet, lebe aber getrennt. Ich bin nicht mehr verheiratet, lebe aber noch mit meiner Frau zusammen. Ich bin nicht verheiratet, war aber einmal verheiratet. Einige Stunden nach solchen Auskünften habe ich dann oft vergessen, was ich auf die Frage nach meinem Verheiratetsein kurz zuvor noch geantwortet habe. Kommt das Gespräch dann aber zufällig wieder auf das Thema Heirat, gerät alles durcheinander, es sei denn, es gelingt mir, von diesem Thema abzulenken und zu einem anderen zu wechseln.

Die blonde Besitzerin der Pension führt mich dann eine schmale Wendeltreppe hinauf, die vom schattigen Innenhof in den obersten Stock führt. Sie öffnet eine Zimmertür und zeigt mir mein Zimmer, sie macht einen Rundgang mit mir durch den hellen und freundlich erscheinenden Raum, durch dessen Fenster man auf die Dächer der Oberstadt blickt. Dann schaut sie mich an, sie wartet darauf, dass ich endlich etwas sage. Ich räuspere mich und tue ihr endlich den Gefallen.

– Das Zimmer gefällt mir.
 – Oh, das freut mich.
 – Noch ein wenig mehr Platz wäre allerdings nicht schlecht.
 – Noch mehr Platz? Das Zimmer ist beinahe zwanzig Quadratmeter groß.
 – Ja, es ist in Ordnung und für den Normalfall auch groß genug.
 – Sie sind kein Normalfall?
 – Nein, ich bin nicht der Normalfall eines Touristen, ich bin hier als Ethnologe, und ich werde viel zu tun haben.
 – Gut, wenn das so ist, müssen wir uns etwas anderes ausdenken.

Sie verlässt das Zimmer und geht wieder hinaus auf den Flur, dort schließt sie eine andere Tür auf. Ein zweiter Rundgang folgt, und diesmal verläuft er durch zwei große Zimmer, zu denen noch eine kleine Küche und ein Bad gehören.

— *Hier wohnen sonst keine Pensionsgäste*, sagt die Blonde.

— *Hier wohnen wohl die Verwandten aus Bayern, wenn sie mal vorbeikommen*, antworte ich.

— *Stimmt. Aber woher wissen Sie das?*

— *Ich bin Ethnologe, ich habe für so was ein Gespür.*

— *Ist ja interessant.*

— *Ja, das ist interessant. Aber ich will mich nicht damit hervortun, es beruht auf viel Übung und Menschenkenntnis. Gute Ethnologen haben meist etwas Menschenkenntnis.*

— *Und Sie sind ein guter Ethnologe?*

— *Vielleicht, es wird sich noch herausstellen.*

Sie schaut mich wieder so an, als überlegte sie sich gerade ein paar Fragen zu meiner Person, dann aber erklärt sie nur, dass ich die kleine Wohnung bekommen könne, ohne Aufpreis, für den Preis des Doppelzimmers, das ich reserviert habe. Ich wage nicht zu fragen, warum sie so großzügig ist, stattdessen gehe ich mit ihr wieder hinunter in den Innenhof, wo ich ihr meine Papiere aushändige.

Als wir an der Rezeption stehen, kommt eine zweite, schwarzhaarige Frau an uns vorbei. Sie grüßt kurz und verschwindet dann hinter einem Vorhang.

— *Das ist meine ältere Schwester*, sagt die Blonde.

Ich antworte nichts, ich nicke, immer wenn ich sehr überrascht, verlegen oder durcheinander bin, nicke ich blöde und stumpf, als wäre bereits alles gesagt. Dabei schießen mir die Fragen und Antworten längst wie Pfeile durch den Kopf. Auf dem Weg zurück zu meinem Wagen rasen sie sogar so rasch durch mein Hirn, dass ich mich auf einen Mauervorsprung setzen muss, um sie gleich zu notieren: *Sind Sie zusammen mit Ihrer Schwester nach Sizilien gekommen? – Ja, wir sind zusammen hierher gereist, als junge Mädchen, die auf Sizilien etwas erleben wollten. – Und dann haben Sie beide hier geheiratet? – Nein, nur ich habe geheiratet, meine Schwester aber nicht, meine Schwester hat hier eine tiefe Enttäuschung erlebt. – Sie war verlobt, und der Verlobte hat sich davongemacht? – Sie glaubte, sie sei verlobt, aber der angebliche Verlobte hatte längst eine andere. – Und in Ihrem Fall hat es besser geklappt mit den Sizilianern? Sie haben einen treuen Mann gefunden? – Ich habe einen Mann gefunden, mehr sage ich nicht. – Aber Sie sind geblieben, hier auf Sizilien, Sie sind trotz aller Enttäuschungen geblieben! – Ja, wir sind geblieben, wir wohnen seit langem zusammen hier ...*

5

Es DAUERT einige Zeit, bis ich all mein Gepäck in die Zimmer der Pension gebracht habe. Ich beginne gleich damit, sämtliche Koffer und Taschen auszupacken, und ich richte mir die Zimmer so ein, wie es für meine Arbeit am sinnvollsten ist. Den Schreibtisch rücke ich vor das große Fenster, durch das man über die Dächer der Stadt hinweg bis zum Meer blickt, die beiden Schränke postiere ich dicht nebeneinander in der hintersten Ecke des Schlafzimmers, dann gehe ich in Küche und Bad und verstaue dort all die Utensilien, die ich für den reibungslosen Ablauf meiner Arbeit unbedingt brauche.

Zu ihnen gehören kleine Flaschen mit sizilianischem Fruchtsirup, die ich unterwegs, während der Anfahrt auf Mandlica, gekauft habe. Nirgendwo auf der Welt gibt es einen vergleichbaren Orangen- und Zitronensirup, bereits kleinste Mengen der bittersüßen Essenzen entfalten auf der Zunge einen derart intensiven Geschmack, dass man glaubt, die Zunge bade in einem Meer feinsten Öls aus hochreifen Früchten.

Zum Abschluss meines Auspackens setze ich mich in die Küche, schütte mir ein Glas Leitungswasser ein und gebe einen kleinen Schuss Zitronensirup hinzu. Ich nehme einen ersten Schluck, es ist ein Begrüßungsschluck, ich begrüße den Fruchtkörper Siziliens, ich nehme Kontakt auf zu seinen Aromen und Düften.

Beim Kosten erinnere ich mich plötzlich an meine Kölner Wohnung unter dem Dach meines Elternhauses. Ihre Küche ist beinahe genauso groß wie diese hier, und auch sonst gibt es starke Ähnlichkeiten zwischen den Kölner Zimmern und den Zimmern in dieser Pension. In Köln trinke ich das Leitungswasser immer mit einem Schluck Sirup von Früchten aus Leichlingen, ich hasse es, pures Wasser zu trinken, kein Getränk erscheint mir fader, reizloser und in seiner wichtigtuerischen Schlichtheit penetranter als Wasser. Wahrscheinlich kommt diese starke Abneigung daher, dass ich in der Kindheit immer mit diesem Getränk aufgezogen und abgespeist worden bin. Man hat die interessanteren Getränke den Brüdern gegönnt, mir aber nicht, noch als Oberschüler wurde ich mit Leitungswasser traktiert, während meine Brüder im Verlauf ihrer Schulorgien nächtelang die schärfsten Sachen in sich hineingekippt haben. Eine Zeitlang haben sie damit angegeben und immer neue Getränke aufgefahren, ich aber habe mich dieser stumpfen Trinkerei verweigert und nach den seltenen, feineren Trinkgenüssen gefahndet. Heimlich, ohne je davon zu erzählen, habe ich diese Genüsse erforscht, niemand, selbst die liebe Mutter nicht, hat etwas davon geahnt. Und so sitze ich hier, im südlichen Sizilien, als ein erfahrener Koster rarer Getränke, ich trinke das verdammte Wasser in unendlich verfeinerter Form, und ich habe das Gefühl, ein wenig von meinem vertrauten Zuhause in die Fremde Siziliens hinübergerettet zu haben.

Während ich langsam weiter an meinem Glas nippe, klopft es an der Tür, und ich höre an der sich halblaut meldenden Stimme sofort, dass es meine bayrische Wirtin ist. Ich öffne und lasse sie eintreten, sie hält einen Meldebogen in der rechten Hand, anscheinend hat sie ihn gerade eigenhändig ausgefüllt, anstatt die Daten aus meinen Papieren sofort in den Computer einzutragen. Mit Hilfe dieses Meldebogens sucht sie das Gespräch, das ahne ich sofort, und ich ahne auch, dass ich mich nun auf weitere Fragen zu meiner Person und den Umständen meines Aufenthalts einzustellen habe.

Zum Glück beginnt sie damit aber nicht, sondern bleibt beim Eintreten erstaunt stehen. Sie ist überrascht, wie sich die Räume durch meine Aktivitäten verändert haben, und sie geht mit einigen anerkennenden Worten durch die Zimmer, während sie fast alle Möbel berührt. Genau beobachte ich, wie sie mit der rechten Hand langsam an der Kante des Schreibtischs entlangstreicht und wenig später eine Schrankleiste von oben bis zur Mitte herunterfährt. Das Ganze erscheint mir wie ein Liebkosen oder ein Streicheln, ich nehme mir vor, später noch genauer über die möglichen Bedeutungen dieser kleinen Gesten nachzudenken.

Als wir in der Küche ankommen, stutzt sie. Sie hat das Glas mit dem Getränk erkannt, weiß aber nicht, was sich genau im Glas befindet. Ich sehe ihrem Lächeln an, dass ihre Vermutungen auf etwas konzentriert Alkoholisches hinzielen.

– *Darf ich Sie zu einem Schluck einladen?* frage ich sie.
 – *Ich weiß nicht, ob so etwas Starkes mir zu dieser Tageszeit gut tut*, antwortet sie.
 – *Probieren Sie es einfach!* sage ich, fülle ein frisches Glas mit Wasser und gieße etwas Sirup hinein.

Wir stoßen an, und sie nippt sehr vorsichtig an der Flüssigkeit, als könnte sie sich verbrennen. Als sie begreift, was sie da gerade trinkt, schaut sie mich plötzlich misstrauisch an. Das ist doch ein Getränk für Kinder!

– *Na so was*, sagt sie, *das trinken hier kleine Kinder.*
 – *Es ist der feinste Zitronensirup, den man auf Sizilien bekommt*, antworte ich.

Sie schaut mich skeptisch an, sie weiß nicht, ob ich das alles ernst meine, dann aber gibt sie auf, indem sie das gefüllte Glas mit einer leicht indignierten Geste zurück auf den Tisch stellt.

– *Schade*, sage ich, *schade, dass es Ihnen nicht schmeckt.*
 – *Ich lade Sie mal zu etwas anderem ein*, sagt sie, *zu etwas, das die Erwachsenen auf Sizilien mögen.*

Wir gehen zurück in das Zimmer mit Meerblick, das ich als Arbeitszimmer eingerichtet habe. Sie spricht davon, dass sie eigentlich nicht genau wisse, was ein Ethnologe sei und was er so Tag für Tag tue, jedenfalls sei ich der erste Ethnologe, der ihr begegne. Aus lauter Neugier habe sie im Netz nachgeschaut und herausbekommen, dass ich schon mehrere Bücher geschrieben habe und anscheinend ein sehr bekannter und berühmter Ethnologe sei.

Ich erwidere, dass dies keineswegs so sei, ich sei *kein bekannter*, sondern höchstens ein von manchen Kollegen *anerkannter* Ethnologe, ein *berühmter* Ethnologe aber sei ich auf keinen Fall. Weiter sage ich, dass ich gerne bereit sei, ihr mehr über meine Arbeit zu erzählen, dass wir damit aber noch etwas warten sollten, weil ich von der Reise etwas müde sei und ein wenig Ruhe bräuchte, um wieder den richtigen Schwung zu finden.

– *Und was werden Sie hier erforschen?* fragt sie noch.
 – *Das erzähle ich Ihnen gern, aber bitte erst, wenn ich wieder frisch genug bin.*
 – *Erforschen Sie auch diese Pension?* setzt sie nach.

— *Neinnein*, antworte ich, *Sie können ganz beruhigt sein, ich erforsche diese Pension nicht, und wenn ich es tun würde, würde ich Sie vorher bitten, es tun zu dürfen, und Sie dann genau darüber aufklären, worum es bei diesen Forschungen geht.*

— *Schade*, antwortet sie zu meinem Erstaunen, *schade, ich hatte schon darauf gehofft, dass Sie hier einmal alles gründlich erforschen. Ich habe im Netz gelesen, dass Ethnologen sehr ausdauernde und geduldige Menschen sind, die sich bemühen, fremdes Leben zu verstehen und zu erforschen.*

— *Genau so ist es*, sage ich, *genau das tun wir, ich werde es Ihnen noch genauer erklären.*

— *Schade*, wiederholt sie, *es ist einfach zu schade, dass unsere Pension Sie anscheinend nicht interessiert.*

— *Warum sollte ich mich denn für sie interessieren?* frage ich und beobachte, dass sie innehält und anscheinend über etwas nachdenkt.

— *Wissen Sie eigentlich, dass Sie eine sehr angenehme Stimme haben?* sagt sie unvermittelt. *Ihre Stimme erinnert mich an jemanden oder an irgendetwas, ich weiß aber nicht woran. Seit ich Ihre Stimme gehört habe, denke ich darüber nach und komme nicht weiter.*

— *Wir haben ja Zeit*, sage ich, *wir werden es noch zusammen herausbekommen.*

Sie nickt und lächelt leicht abwesend, sie macht noch einmal eine kleine Runde durch die beiden Zimmer und bleibt vor meinem Schreibtisch stehen, wo sie einen langen Blick auf den geöffneten Laptop, die vielen Notizhefte, die Reihen von Büchern und die dicken Stapel weißen Papiers wirft.

– *Wozu brauchen Sie denn all diese Stifte?* fragt sie schließlich und deutet auf die bunten Stifte aller Art, die ich an der oberen Kante des Schreibtischs nebeneinander in eine lange Reihe gelegt habe.

– *Ich notiere viele Beobachtungen mit der Hand*, antworte ich, *jede Farbe signalisiert ein anderes Thema, ein anderes Motiv, eine andere Perspektive.*

Ich habe den Eindruck, dass sie das alles sehr fasziniert, anscheinend hat sie noch nie erlebt, dass ein Gast seine Zimmer derart akribisch für die Arbeit herrichtet, es kommt mir sogar beinahe so vor, als durchliefen sie Schauer der Irritation und einer versteckten Begeisterung, weil sie hinter dem, was ich vorhabe, etwas durch und durch Geheimnisvolles vermutet.

Als ich sie durch ein Räuspern aus ihrer Versunkenheit wecke, tut sie leicht verlegen. Sie will das Zimmer verlassen, als sie den Meldebogen bemerkt, der doch eigentlich der Vorwand für ihr Betreten der Räume gewesen ist.

– *Ach ja*, sagt sie, *auf dem Meldebogen fehlt noch ein wichtiges Detail.*
– *Und das wäre?* frage ich.
– *Sind Sie ledig oder verheiratet?*
– *Beides*, antworte ich beinahe, zögere dann aber zum Glück die Antwort hinaus, indem ich ans Fenster trete und auf das Meer schaue.
– *Haben Sie eine Vermutung?* frage ich.
– *Ja*, antwortet sie, *ich vermute, Sie sind mit einer Ethnologin verheiratet, aber Sie beide leben lange Zeit des Jahres ge-*

trennt, jeder forscht dann woanders, und danach leben Sie wieder eine Weile zusammen.

– *Wie kommen Sie denn darauf?* frage ich.

– *Ich habe auch so ein Gespür, genau wie Sie,* antwortet sie, *wir sollten einmal darüber reden, wenn Sie wieder bei Kräften sind.*

Ich lache, und sie verlässt den Raum. Als ich die Tür gerade hinter ihr geschlossen habe, klopft sie noch einmal. Ich öffne wieder, und sie wedelt erneut mit dem Meldebogen hin und her.

– *Sie haben meine Frage noch nicht beantwortet*, sagt sie.

– *Stimmt*, antworte ich, *ich beantworte sie auch nicht, diese Frage ist nämlich für mich nicht zu beantworten.*

– *Was soll denn das heißen?* fragt sie.

– *Wir reden in ein paar Tagen darüber,* antworte ich.

Sie schaut mich mit leicht verzerrten Gesichtszügen an, als redete ich wirr oder als hörte sie schlecht. Dann atmet sie laut durch und verabschiedet sich.

– *Sie sind ein seltsamer Mensch*, sagt sie noch.

– *Ich bin nicht seltsam*, antworte ich, *ich bin Ethnologe, Sie werden mich schon noch besser verstehen.*

Ich gehe zurück in die Küche und setze mich wieder an den kleinen Tisch. *Ledig* oder *verheiratet?* Das ist in der Tat für mich keine leicht zu beantwortende Frage. Was das Thema *Frauen* betrifft, so habe ich nämlich bisher so einiges erlebt. Ohne in Details gehen zu wollen, kann ich sagen, dass ich drei- oder viermal direkt auf eine Heirat zugesteuert bin. Jedes Mal lernte ich eine Frau kennen, der ich mich nahe fühlte, und ich selbst wiederum hatte jedes Mal auch das wohl begründete Gefühl, ebenfalls geschätzt und geliebt zu werden.

All diese Verbindungen entstanden in den Jahren nach meinem Studium, als ich bereits auf die dreißig zuging und durch mein ethnologisches Fachwissen einige Übung im Fragen besaß. Einige Übung? Einiges Können? Ach was, heute vermute ich, dass ich damals ein wirklich guter und geduldiger Frager war. Genau diese Fähigkeit ist es auch gewesen, die meinen Freundinnen so gefallen hat. Sie fanden in mir einen meist stillen, ruhigen und sehr konzentrierten Zuhörer, dem es einfach Freude machte, ihren Schilderungen der kleinsten und scheinbar unbedeutendsten Details ihres Lebens aufmerksam zuzuhören.

Nächtelang bestand meine Aufgabe in all diesen Fällen vor allem darin, genau und immer genauer nachzufragen, ja, ich brachte in der Tat Wochen, Monate und in einem besonders schlimmen Fall sogar Jahre damit zu, meiner jeweiligen Freundin mit Hilfe solcher Fragen dazu zu verhelfen, ihr eigenes, bisheriges Leben besser zu verstehen.

Irgendwann aber erschöpften sich diese Intensivstunden, und irgendwann kam unweigerlich die Stunde, in der wir uns an einem Tisch gegenübersaßen und es nichts mehr zu fragen gab. Ich sah diese kritische Stunde jedes Mal näher rücken, und ich versuchte, mir immer noch ausgefallenere Fragen auszudenken, gut zuzuhören, in den richtigen Momenten zu nicken und lauter kluge und deutende Sätze zu ihrem Leben zu formulieren, wie sie kein Analytiker besser und zupackender hätte formulieren können.

Doch all diese Künste halfen irgendwann nicht mehr weiter. Manchmal gelang es, die fragliche Stunde noch etwas hinauszuschieben, endlos hinausschieben konnte ich sie freilich nicht. Und was geschah dann? Was geschah in dieser grässlichen Stunde, in der mir die Fragen ausgingen oder in der meine jeweilige Freundin und ich spürten, dass wir uns nur noch wiederholten?

Es geschah jedes Mal dasselbe, und jedes Mal spürte ich das Scheitern im Voraus, als verfolgte mich ein geheimer Fluch. Wir saßen zusammen am Tisch irgendeines Cafés, wir schauten uns stumm an, ich schaute beiseite und bestellte aus lauter Verzweiflung irgendein verdammtes Getränk. Kurz darauf kam dann der große Moment. Wenn ich an diese Augenblicke denke, höre ich noch heute das plötzliche Erstaunen im dringlichen Ton der Fragen: *Warum erzähle ich laufend von mir, während Du nie von Dir erzählst? Was ist eigentlich mit Dir los? Wer bist Du überhaupt? Warum bist Du so stumm? Hast Du etwas zu verheimlichen? Stimmt etwas nicht mit Dir? Du bist mir unheimlich, ja, Du wirst mir immer unheimlicher.*

Wenn diese Fragen gestellt wurden, wusste ich, dass alles vorbei war. Sie signalisierten nicht nur das Ausklingen der Liebesemphase, sondern vollzogen bereits die Trennung. Wir Frauen haben uns offenbart, wollten meine Freundinnen sagen, Du aber hast nicht mitgezogen, sondern machst weiter ein Geheimnis aus Deinem Leben. Bist Du ein Phantom? Willst Du unsichtbar bleiben? Als ich eine solche Abrechnung zum ersten Mal erlebte, protestierte ich noch hilflos, ohne dass dieses Protestieren geholfen hätte. Später wusste ich gleich, dass solche Vorhaltungen das Ende bedeuteten. Ich hätte Stunden und Tage von mir erzählen können – meine Freundinnen hätten mir nicht mehr zugehört und wohl auch nicht mehr geglaubt. In der Zeit unseres anfänglich noch glücklichen Zusammenseins war ich immer mehr zu einem Stichwortgeber und Kommentator ihrer Erzählungen geschrumpft – irgendwann bemerkten sie es und wandten sich empört von mir ab.

So waren all meine Liebesbeziehungen gescheitert, ohne dass ich je Gelegenheit erhalten hätte, mich zu rechtfertigen oder gar davon zu erzählen, warum ich mich so verhielt, wie ich mich verhielt. Ein solches Erzählen wäre mir auch nicht leichtgefallen, nein, gewiss nicht, es wäre vielmehr eine extreme Herausforderung gewesen. Anderen Menschen ungezwungen, frei und ausführlich von mir zu erzählen – das ist mir in meinem bisherigen Leben nämlich nur in sehr wenigen Fällen gelungen.

Meiner Mutter und meinem Vater habe ich zum Beispiel in sehr unterschiedlichen Phasen meines Lebens von mir erzählt. Diese frühen Erzählzeiten waren seltene Glücksmomente, sie ereigneten sich ungeplant und so, dass diesen Gesprächen bestimmte Ereignisse vorausgingen und wir uns dann jeweils nur zu zweit gegenübersaßen. Im Fall meiner Mutter war ich etwa acht Jahre alt. Ich sehe mich noch ihr gegenüber an dem Küchentisch unserer Kölner Wohnung sitzen, ich mache Hausaufgaben, ich schreibe einen kleinen Aufsatz für die Schule, und das Thema dieses Aufsatzes ist unsere Wohnung. Wie immer beuge ich den Kopf tief über das Papier, wie immer fahre ich ein wenig mit der Zunge an der trockenen, rauen Unterlippe entlang, und wie immer schreibe ich hoch konzentriert und höre jeden einzelnen Satz in meinem Kopf nachhallen, als hätte ich ihn gerade einer unsichtbaren, fernen Zuhörerschaft vorgelesen.

Da aber passiert es, und es wirkt anfangs wie eine Unaufmerksamkeit: Ich lese meine Sätze halblaut, ich spreche sie vor mich hin, ich höre mir zu, als wäre ich allein und als säße meine Mutter, die gerade ein Buch liest, nicht neben mir. *Ich fürchte mich vor unserem Flur*, lese ich halblaut, *ich fürchte mich, weil man auf unserem Flur so vielen Menschen begegnet. Die Menschen halten mich an und schauen und fragen mich, ob es mir gut gehe und was ich gerade in der Schule lerne. Ich antworte ihnen nicht, ich laufe in mein Zimmer und schließe mein Zimmer ab. Die Menschen sollen mich in Ruhe lassen, und auf keinen Fall sollen sie mich all das fragen.*

Ich weiß noch, wie meine Mutter damals in ihrer Lektüre innehielt und mich anschaute, und ich weiß noch genau, wie sie mich fragte: *Benjamin, warum soll niemand Dich etwas fragen? Warum hast Du Angst davor, etwas gefragt zu werden?* Ich schaute auf und erwachte aus meinen diffusen Schreibträumen, ich ließ den Stift fallen und schloss die Augen, als könnte ich so in ein rettendes Dunkel abtauchen. Dann aber sagte ich: *Ich habe oft eine solche Angst vor den anderen Menschen. Sie sollen mich nicht anschauen, sie sollen mich nicht ausfragen. Ich möchte, dass die anderen Menschen an mir vorbeigehen, als wäre ich nicht da, ich möchte, dass sie mich nicht beachten. Ich frage die anderen Menschen doch auch nicht aus, ich habe noch nie andere Menschen ausgefragt.*

Als ich das gesagt hatte, war es sehr still. Meine liebe Mutter legte ihr Buch langsam beiseite und griff vorsichtig nach meinen Händen. Sie hielt meine beiden Hände ganz fest, und sie schaute mich weiter ganz direkt an und sagte: *Du fragst nicht, weil Deine großen Brüder immerzu reden und fragen, habe ich recht? Deine großen Brüder lassen Dich nicht zu Wort kommen, Deine großen Brüder haben Dich ängstlich und mundtot gemacht, deshalb sagst Du während der Mahlzeiten nichts, und deshalb antwortest Du, wenn Du etwas gefragt wirst, nur das Nötigste, habe ich recht?* Ich nickte, ich gab Mutter recht, so war es bisher gewesen, und so war es noch immer: Meine großen Brüder hatten es mit der Zeit geschafft, mich zu einem schweigsamen und spracharmen Menschen zu machen. Ich fragte niemanden etwas, und die anderen fragten mich nur gelegentlich oberflächliches Zeug. Oder sie fragten mich gleich aus und hörten dann nicht einmal zu, wenn ich kurz antwortete. *Mein Gott*, sagte Mutter, *was können wir denn tun? Wie können wir Dir helfen?*

Zunächst hatte auch sie darauf keine Antwort, die Idee, die ihr etwas später einfiel, war dann aber ebenso einfach wie wirkungsvoll. Sie hatte nämlich den Einfall, sich alle paar Tage mit mir allein in die Küche zu setzen. Ich bekam einen neuen Füllfederhalter, und ich schrieb mit dem neuen Füllfederhalter in ein neues Schreibheft kleine Aufsätze, die ich ihr während der Niederschrift laut vorlas. *Wir machen es genauso wie neulich, als Du mir aus Versehen laut vorgelesen hast. Du schreibst und liest vor, und ich lese und höre Dir zu. Und dann sprechen wir beide über das, was Du geschrieben hast.*

Wir waren beide keineswegs sicher, ob dieses Vorhaben wirklich gelingen und Erfolg haben würde. Als ich dann aber den neuen Füllfederhalter und das neue, große Schreibheft in Händen hielt, war ich von Mutters Idee so begeistert, dass ich von selbst darauf drängte, nun auch schreiben zu dürfen. Mutter gab mir die Themen vor, und diese Themen hatten immer etwas mit unserem Leben zu tun. Wir begannen mit den verschiedenen Räumen der Wohnung (*Unsere Küche, Mein Zimmer*), gingen dann zu den Personen über (*Mein Vater, Meine Brüder, Die Leute im Haus*) und bewegten uns schließlich nach draußen, ins Freie, wo es an Themen keinerlei Mangel gab (*Meine Schule, Meine Klassenkameraden, Meine Spielplätze*).

Heute kann ich sagen, dass die Schreib- und Gesprächsstunden mit meiner Mutter zu den schönsten meiner Kindheit gehörten. Sie zogen sich über einige Monate hin, und sie bezogen ihre starke Wirkung schon allein aus der Tatsache, dass ich endlich einmal mit der lieben Mutter allein war und sie ganz für mich hatte. Zwar beherrschte ich nach diesen intimen Stunden das Fragen noch nicht, war aber endlich einmal einem Menschen begegnet, der mich aufmerksam etwas fragte und meine Antworten ernst nahm.

Ganz nebenbei machten Mutters Fragen dann aber auch einen kleinen Erzähler aus mir. Ohne groß darüber nachdenken zu müssen, konnte ich mir die Welt aus eigenen Kräften erklären, ohne laufend fragen zu müssen. Ich brauchte bloß in mein Zimmer zu gehen und mich an meinen Schreibtisch zu setzen, ich musste den Füllfederhalter in die Hand nehmen und ein Schreibheft nach dem andern füllen – so und nur so erfuhr ich, was ich dachte und *was mit mir los war*, und nur so fühlte ich mich geborgen und sicher. Kein böses Nachfragen mehr! Keine abschätzigen Bemerkungen! Kein ironisches Kommentieren meiner knappen Antworten auf die ohnehin meist überflüssigen Fragen der sich aufspielenden Erwachsenen!

Ich hatte das Fragen und Antworten endlich selbst in der Hand, und ich war stolz darauf, so eigenständig mit den eigenen Fragen und Antworten umgehen zu können.

6

Ich stehe auf, verlasse die Küche und gehe in mein Arbeitszimmer zurück. Ich öffne das Fenster und schaue eine Weile in die Ferne. Das Meer hat jenes kühle, leicht transparente Blau, das ich so mag. Es sieht aus, als wollte es einen verführen, in eine durchsichtige, gläserne Tiefe zu tauchen. Heute kommt das für mich noch nicht in Frage, ich spüre aber längst, welche Lust ich darauf habe.

Ich nehme den Rucksack vom Haken an der Tür, einiges Arbeitsgerät habe ich in ihm schon verstaut. In seinem offenen Schlund fahnde ich mit der rechten Hand nach dem Diktiergerät und bekomme es endlich auch in die Finger. Ich setze mich an den Schreibtisch, blicke weiter aufs Meer und schalte das Gerät ein.

– Wie geht es Dir?
  – Ich denke viel an Zuhause.
  – Und warum denkst Du daran?
  – Weil mich diese Zimmer hier an die Kölner Wohnung erinnern.
  – Du sitzt also in Deiner Kölner Wohnung und traust Dich nicht nach draußen, Du sitzt fest und trinkst Deinen Kindersirup.
  – Ich muss an die Stunden mit der lieben Mama denken, an mein kindliches Schreiben und an unsere Unterhaltungen.
  – Und was ist mit Papa?
  – Natürlich, auch an ihn muss ich jetzt denken.
  – Was war mit Papa? Erzähl mir davon!
  – Als ich sechzehn war und Andreas gerade auszog, kam Papa in mein Zimmer, um eine Flasche Kölsch mit mir zu trinken.
  – Und was hat er gesagt, der Papa?
  – Hast Du Lust auf ein Kölsch? Das hat er gesagt.
  – Und was war mit dem Kölsch?

– *Ich hatte noch nie ein Kölsch getrunken. Meine Brüder tranken jeden Tag Kölsch, alle Welt trank Kölsch, ich nicht.*

– *Und hast Du mit Deinem Papa dann ein Kölsch getrunken?*

– *Ja, habe ich. Wir haben gleich mehrere Flaschen getrunken, zu zweit, in meinem Zimmer, an meinem Arbeitstisch.*

– *Und was geschah dann?*

– *Der Alkohol hat mich durcheinandergebracht, und ich habe wahrhaftig zu erzählen begonnen.*

– *Du warst so viel Alkohol nicht gewohnt, der Alkohol tat Dir nicht gut.*

– *Nein, ganz anders, der Alkohol sperrte ein großes Tor auf, und ich habe ganz mühelos und leicht erzählen können. Und Papa hat zugehört, stundenlang.*

– *Was hat er gesagt? Hat er Dir Fragen gestellt?*

– *Ja, aber es waren ganz andere Fragen als die, die Mama mir früher als Kind oft gestellt hat. Papa hat kurze Fragen gestellt, die mein Erzählen nur in Gang halten und vorantreiben sollten. Mama dagegen hat Verständnisfragen gestellt. Mamas Fragen ließen mich nachdenken, Papas Fragen ließen mich ausholen.*

– *Papa war also nach Mama der zweite gute Zuhörer in Deinem Leben. Habt Ihr Eure Kölsch-Sitzung wiederholt?*

– *Ja, wir haben sie dann und wann wiederholt, und ich habe diese Begegnungen beinahe alle noch genau vor Augen und genau im Ohr.*

– *Du erinnerst Dich an das, was Du damals erzählt hast?*

– *Ja, ich erinnere mich gut.*

– *Und wie lange hat das gedauert?*

– *Ungefähr zwei Jahre. Da schämte ich mich, mit Vater in meinem Kinderzimmer zu sitzen und ein Kölsch nach dem andern zu trinken.*

– *Dabei war Kölsch zu trinken damals für Dich eine Erlösung.*

— *Ja, das war es.*

— *Du hast also weiterhin Kölsch getrunken, oder?*

— *Natürlich, eine Weile lang habe ich jeden Tag Unmengen von Kölsch getrunken. Nach der Schule bin ich in die Brauhäuser gegangen, habe mich an einen leeren Tisch gesetzt, etwas gekritzelt und Kölsch getrunken.*

— *Du hast Dich mit niemandem unterhalten?*

— *Natürlich habe ich mich unterhalten, jeden Tag mit jemand anderem, jeden Tag woanders, das war mein Programm.*

— *Das war Dein Erlösungsprogramm.*

— *Ja, ich habe immer anderen Menschen immer dasselbe erzählt. Von meinem Zuhause, von meinen vier Brüdern, von meinen stummen Kinderstunden bei Tisch. Es tat mir gut, all das immer wieder zu erzählen.*

— *Und die anderen haben zugehört?*

— *Mehr oder weniger, die meisten ließen es über sich ergehen, es interessierte sie nicht besonders.*

— *Und gefragt hat erst recht niemand. Niemand wollte Genaueres wissen.*

— *Nein, aber die anderen waren ja auch nicht meine Freunde. Nur gute Freunde interessieren sich auf Dauer für das, was Du ihnen erzählst. Sie interessieren sich für alles, für jede Kleinigkeit.*

— *Gute Freunde interessieren sich, und gute Freundinnen interessieren sich natürlich auch. Menschen, die einen lieben, interessieren sich.*

— *Ich hatte aber keine guten Freunde, ich hatte nur meine vier Brüder. Und die Freundinnen, die liefen mir in späteren Jahren eine nach der andern davon.*

— *Halt, stopp! Was wurde später aus Deinem Kölsch-Trinken?*

— *Ich gab es auf, ich war es leid, wildfremden Menschen von mir zu erzählen, ich kam einfach nicht weiter damit, ich steckte in meiner Erzählmaschine fest.*

– Du hast also niemandem weiter von Dir erzählt?

– Später habe ich meinen Bräuten von mir erzählt.

– Deine Bräute? Was meinst Du damit? Meinst Du Deine Freundinnen?

– Nein, meine Bräute waren andere Frauen als meine Freundinnen.

– Dann erzähl mir davon, erzähl mir von Deinen Bräuten!

Ich stelle das Diktiergerät aus und atme tief durch. Was ist mit mir los? So kann es doch nicht weitergehen! Ich schließe das Fenster wieder, stecke das Gerät und einige Notizbücher zusammen mit einem Haufen Stiften in eine kleine Umhängetasche und sage:

– Du gehst jetzt nach draußen! Du gehst hinaus, verdammt noch mal! Du sprichst unten an der Rezeption nicht mit der Blonden, und Du setzt Dich an keinen Caféhaustisch, um ein Glas Wein zu bestellen! Du erkundest jetzt den Ort, so wie Du es Dir vorgenommen hast. Eine Weile will ich nichts mehr von früher hören, nichts mehr, keinen einzigen Ton. Geh Deiner Arbeit nach, versprich mir das!

– Ist ja gut, antworte ich, *reg Dich nicht auf! Ich wollte eh gerade hinaus, und ich hatte gar nicht vor, mit der Blonden zu plaudern. Es ist Nachmittag, und ich habe großen Hunger, ich werde den Ort erkunden und mich umsehen, wo ich am Abend etwas zu essen bekomme.*

Ich öffne vorsichtig die Tür und schleiche hinaus auf den Flur. Ich bemühe mich, möglichst leise aufzutreten, und gehe dann langsam die Wendeltreppe hinab. Als ich die blonde Wirtin an der Rezeption stehen sehe, winke ich ihr zu, gehe aber rasch weiter. Ich trete hinaus auf die Straße und blicke nur noch einmal kurz zurück. In einem Fenster der Pension taucht ein stark gebräuntes Gesicht auf und schaut auf die Straße. *Ist das nicht die ältere Schwester?* frage ich mich, tue dann aber so, als hätte ich sie nicht bemerkt.

7

Ich biege auf die Hauptstraße des Dorfes ein und erkenne sofort, dass die mittägliche Siesta vorbei ist. Einige Männer trudeln gerade draußen vor dem kleinen Café ein, das sich unterhalb der Pension an einer Straßenkreuzung befindet. Als sie mich bemerken, blicken sie alle zugleich, ohne ein Wort zu sagen, hinter mir her. Vielleicht wissen sie bereits etwas über mich, vielleicht haben sich längst Gerüchte über meine Person und mein Vorhaben verbreitet.

Ich gehe langsam die breite Straße entlang und lasse den Verkehr, der gerade wieder einsetzt, an mir vorbeigleiten. Die jungen Burschen sitzen zu zweit in ihren angeschredderten Autos und taxieren mich, in den kleinen Läden sind noch keine Kunden zu sehen, die Verkäuferinnen sitzen tief drinnen in diesen chicen Verliesen und telefonieren. Ich lasse mir Zeit, ich werde all diese Wege mehrmals und zu den verschiedensten Tageszeiten gehen, um ein Gefühl für die Zeitabläufe in diesem Ort zu bekommen. Wohin bewegen sich die Menschen, wo treffen sie in kleineren oder größeren Gruppen aufeinander? Gibt es zentrale Punkte, an denen sie sich immer wieder begegnen, um sich auszutauschen?

Daneben aber will ich auch herausfinden, wo ich mich selbst wohlfühle, denn für meine Arbeit brauche ich solche Wohlfühlpunkte ganz unbedingt. Habe ich solche Räume nach einigen Tagen noch nicht gefunden, kann ich das ganze Projekt vergessen. Wohlfühlpunkte sind Orte, an denen ich mich häufig aufhalte und zur Ruhe komme. Meist üben sie eine geheime Anziehung auf mich aus, deren Ursache mir erst nach einiger Zeit klar wird. Ich nehme Platz, ich schaue mich um – und alles stimmt, wie durch Zauberei.

Es gibt große, von begeisterten Touristenscharen durchwanderte Städte, in denen ich niemals solche Räume für mich entdecke, und es gibt kleine, auf den ersten Blick unbedeutende Dörfer, in denen ich mich bei jedem Aufenthalt mehr zu Hause fühle. Wohlfühlpunkte sind Räume einer *zweiten Heimat*, sie haben mit den Jahren ein geheimes Netz entstehen lassen, in dem jeder Punkt mit den anderen in einer intensiven, aber undurchsichtigen Beziehung steht.

Jetzt, während meines ersten Rundgangs, ist es nicht klug, hier und da einzukehren, um einen Kaffee zu trinken oder eine Zeitung zu kaufen. Ich muss in Bewegung bleiben, ich muss diese Hauptstraße, die sich wie ein Reif um den Stadthügel schlingt, mehrmals abgehen, ich muss genau hinschauen und die sich rasch verändernden Atmosphären studieren.

Auf der weiten Piazza vor dem Dom stehen Trauben von schwarz gekleideten, älteren Frauen, die wie die älteren Männer vorhin im Café schweigen, als sie mich bemerken. Ich gehe an ihnen vorbei und betrete den leicht stickigen, lauwarmen Innenraum des großen Kirchengebäudes. Ein Bettengeruch, ein Geruch von alten Gewändern und Vorhängen! In den Seitenschiffen stehen weitere Gruppen von Frauen, jetzt aber sind auch viele jüngere darunter. Sie reden heftig und laut, sie stehen an kleinen Ständen und blättern in bunten Broschüren. *Was regt sie so auf?* Und warum sind sie in so großer Zahl in diesen Kirchenraum eingefallen, in dem es doch zu dieser Tageszeit keinen Gottesdienst gibt?

Ich tue, als schaute ich mir die Altarbilder der kleinen Altäre in den Seitenschiffen an, doch anders als draußen vor der Kirche blicken die Frauen hier nicht hinter mir her. Sie beachten mich nicht, sie sprechen nicht einmal leiser, als ich dicht an ihnen vorbeigehe. *Warum also ist das Verhalten der Frauen draußen und das der Frauen hier drinnen derart verschieden? Was lässt sie einmal schweigen und das andere Mal so tun, als sei ich gar nicht vorhanden?*

Ich setze mich für einen Moment in eine Kirchenbank und nehme ein x-beliebiges Buch aus meinem Rucksack. Ich blättere darin herum und schaue dann immer wieder hinauf zur barocken Kassettendecke des Hauptschiffs, die dem ganzen Kirchenraum etwas von einem gewaltigen Schlafzimmer verleiht. Ich hole meinen Notizblock hervor und notiere: *Im Dom. Ein Betten- und Schlafzimmerambiente. Die schweigenden Frauen draußen, die redenden Frauen hier drinnen. Ich verstehe nicht, was sie verhandeln, es scheint etwas von äußerster Wichtigkeit zu sein.*

In dem, was ich da gerade notiere, werde ich später vielleicht erste Forschungsthemen erkennen: *Die Frauen von Mandlica! Die Räume, in denen sie sich bewegen! Die Gespräche, die sie in diesen Räumen führen!*

Ich blicke mich vorsichtig um, wahrhaftig hält sich kein einziger Mann in diesem großen Kirchenschiff auf. Die lauten Stimmen der Frauen klirren wie überdrehte Stimmen aus einem uralten Radio, mal bilden sie dunkle, nachhallende Cluster, dann zerfallen sie wieder in kurze Arien, Stoßgebete und Litaneien. Keine von all diesen Frauen aber blickt zu mir, es ist, als hätten sie sich hinter die Schallmauern ihrer starken Stimmen zurückgezogen.

Ich will die Kirche gerade verlassen, als ich ein fernes Gesicht wiedererkenne. Es ist das braun gebrannte, schmale Gesicht, das mich aus einem Fenster der Pension angestarrt hat. Jetzt starrt es mich zum zweiten Mal aus einem der Seitenschiffe an, ganz direkt und beinahe penetrant, als saugten diese Augen jede meiner Bewegungen tief in sich hinein. Ich will zurückschauen, kann es aber nicht. Einen Moment denke ich daran, auf die Frau zuzugehen, spüre aber sofort, dass auch das unmöglich ist. Ich muss hinaus, nach draußen, ganz unbedingt.

Vor dem Dom sind jetzt beinahe alle Frauen verschwunden, nur noch ein paar letzte Nachzüglerinnen stehen zu zweit oder zu dritt zusammen und staunen mich wieder an. Ich tue so, als bemerkte ich sie nicht, ich gehe langsam weiter, an dem in üppigem Grün schimmernden Parkgelände vorbei, in dem jetzt Scharen von Kindern spielen. Die jungen Mädchen, die sie betreuen und ihr Spiel beobachten, sind zu jung, um ihre Mütter zu sein, anscheinend sind es ältere Geschwister oder Kindermädchen, man sieht ihnen jedenfalls an, dass sie nicht bei der Sache sind und sich am liebsten sofort wieder davonmachen würden. Manche von ihnen schauen minutenlang nur auf ihre Handys, als spielten sich dort die eigentlichen Dramen des Lebens ab, andere unterhalten sich leise und lachen immer wieder auf, als falle ihnen mühelos ein guter Scherz nach dem andern ein. Als ich den Park betrete und hinüber zu dem großen Brunnen in seiner Mitte schlendere, bewegen sie sich unwillkürlich von mir weg.

Auch in diesem Park ist kein einziger Mann unterwegs, anscheinend betrete ich auch hier ein Terrain der Frauen, das so dreist und unvermittelt höchstens ein Fremder betritt. Reflexartig setze ich mich wie in der Kirche auf eine Bank und hole erneut meinen Notizblock hervor: *Die noch sehr jungen Frauen im Park. Auch hier eine streng geschlossene Zone. Keine von ihnen hält sich in der Nähe des kleinen Kiosks auf, an dem es Zeitungen, Süßigkeiten und Eis zu kaufen gibt. Sie tun so, als kämen sie nie auf die Idee, dort etwas zu kaufen. Wer also kauft überhaupt etwas an diesem Kiosk, was ist, verdammt noch mal, mit diesem Kiosk los?*

Ich bin etwas gereizt, weil sich gleich bei meinem ersten Rundgang so viele Fragen ergeben, auf die ich keine Antwort weiß. Niemand hier kommt mir auf irgendeine Weise entgegen, niemand geht auf mich zu, begrüßt mich, unterhält sich mit mir, fragt, woher ich komme oder was mich hierhergeführt hat. Ich rede mir gut zu und befehle mir, nicht ungeduldig zu werden und meinen Weg einfach fortzusetzen. *Setzen Sie Ihren Weg bitte fort*, sage ich laut, und die sehr jungen Frauen drehen sich plötzlich alle nach mir um, als wäre ich ihnen zu nahegetreten oder hätte ihnen ein unsittliches Angebot gemacht.

Ich gehe weiter, ich verlasse den Park wieder und lenke mich damit ab, dass ich die Farben der zu beiden Seiten der Straße sich dicht nebeneinander hinziehenden, niedrigen Häuser studiere. Die auf der linken, zum Meer hin gelegenen Seite sind meist dunkelblau, während die auf der rechten Seite meist einen fahlen, von der Sonne gebleichten Ockerton haben. Die Tür- und Fensterrahmen sind oft weiß gestrichen, und jedes Haus hat im ersten Stock einen kleinen Balkon, auf dem ein paar Blumen und ein einzelner Stuhl stehen. Jetzt ist doch die beste Zeit, dort zu sitzen und das Treiben auf der Straße zu beobachten! *Warum sitzt dann aber auf all diesen Balkonen kein einziger Mensch? Und warum sind die Balkontüren andererseits doch überall weit geöffnet, als säßen die Bewohner gleich dahinter, im Innern?*

Je länger ich umhergehe, umso mehr Fragen ergeben sich. Ich komme kaum noch dazu, sie mir alle zu merken, ich muss mich unbedingt irgendwo hinsetzen, um sie in Ruhe und detailliert zu notieren. *Wohin aber soll ich gehen?* Ich mag mich nicht in die Cafés setzen, in denen die älteren Männer den Ton angeben und Stunden bei einem Glas Wasser zubringen. Ich mag aber auch nicht die schnieken kleinen Eissalons aufsuchen, in denen jetzt die Schüler herumlümmeln und sich die neusten Computerspiele vorführen. Die Restaurants wiederum öffnen erst später, gegen acht Uhr, und so etwas wie eine Wein- oder Bierstube, in der man bei einem guten Glas etwas Zeit verbringen könnte, gibt es in dieser Stadt nicht.

Vor lauter Ratlosigkeit bleibe ich schließlich stehen. Weil ich von der Reise sehr müde bin, nerven mich jetzt der Verkehr und all dieses Treiben, das mir nur Rätsel aufgibt. Das Dorf scheint jetzt beinahe übervölkert, und vor den berühmten und in vielen Reiseführern erwähnten Pasticcerien stehen große Gruppen von Menschen, die sich irgendeine Süßigkeit gekauft haben, um sie draußen, auf der Straße, in Gesellschaft zu verzehren. Ich könnte mir all das genauer anschauen, ich könnte die Pasticcerien betreten und erkunden, welche Süßigkeiten favorisiert und immer wieder gekauft werden. Ich bin jedoch einfach zu müde, und so beschließe ich, den ersten Forschungsrundgang zu beenden und ohne weitere Überlegungen in meine Pensionszimmer zurückzukehren.

Als ich die Tür meiner kleinen Wohnung öffne, höre ich mich laut sagen:

– Na bitte, endlich sind wir wieder zu Hause! Warum nicht gleich so?

Ich erschrecke ein wenig und schließe die Tür hinter mir zu, als wäre ein Verfolger hinter mir her. Ich ziehe den Schlüssel ab und lege ihn auf meinen Arbeitstisch. Die Farbe des Meeres hat sich seit dem frühen Nachmittag stark verändert. Es schimmert jetzt an vielen Stellen dunkelblau, als wären hier und da dicke Tintenblasen aufgebrochen oder als hätte ein gewaltiger Fisch sein Revier markiert.

Ich spüre Durst und einen starken Hunger, weiß aber gleich, dass ich nicht mehr nach draußen gehen werde. Mein Versuch, irgendwo einen passenden Wohlfühl-Unterschlupf oder zumindest eine erste Anlaufstation zu finden, ist gescheitert. Ich werde an diesem Abend nur noch Leitungswasser mit Zitronensirup trinken, und ich werde irgendeinen langweiligen Forschungsbericht lesen, um möglichst schnell einzuschlafen und nichts mehr zu hören oder zu sehen.

8

Einige tage später fühle ich mich wieder besser und habe auch erste Erfolge im Rahmen meiner Forschungen zu verzeichnen. Ich habe mir angewöhnt, jeden Morgen gegen sechs Uhr aufzustehen und gegen sieben Uhr unten im Frühstücksraum der Pension zu erscheinen. Der

Raum ist groß und quadratisch und besteht jetzt, im warmen Frühjahr, aus dem luftigen Innenhof des Gebäudes, in den schon früh am Morgen das sonnige Himmelslicht einfällt. An seinen Rändern stehen schwere Terracotta-Kübel mit Oleanderbüschen und Lorbeer, so dass man sich in einen kleinen Garten versetzt fühlt. Während ich frühstücke, toben über mir immer wieder die Schwalben, doch wenn ich den Kopf hebe und ins Helle schaue, sind sie verschwunden, als räumten sie das Bild immer wieder blitzartig für meinen Blick frei.

An jedem Morgen bin ich zunächst der einzige Frühstücksgast, die anderen Gäste stehen anscheinend viel später auf, weil sie die Nächte meist unten am Meer verbringen und erst spät zu Bett gehen. Meine blonde Wirtin erzählt von den nächtlichen Gelagen ihrer Gäste mit leichtem Spott. *Die Deutschen,* sagt sie, *wissen einfach nicht, wann es auch einmal genug ist, immer müssen sie noch eins draufsetzen, immer noch eine zweite und dritte Flasche, und am nächsten Morgen stöhnen sie unsereinem, der nie mehr als zwei Gläser trinkt, dann etwas vor.*

Wenn ich Platz genommen habe, nähert sie sich meinem Tisch wenig später mit einem kleinen Rollwagen, auf dem alles bereitsteht, was sie mir zum Frühstück auftischen will. Jeden Morgen trägt sie dasselbe ärmellose, weiße Kleid und dazu eine schwere Kette mit roten, handgedrechselt erscheinenden Steinen. Die Haare hat sie zu einem mächtigen, schweren Zopf geflochten, der auf ihrem kräftigen Rücken wie ein Pendel hin und her schlägt. Sie stellt den Rollwagen neben meinem Tisch ab und redet weiter: *Sie sind anders, Sie wissen sich zu beherrschen. Ich habe mir gleich so etwas gedacht, als ich sah, wie Sie Ihre Zimmer ummöbliert hatten.*

Ich sage nichts, ich lasse sie erzählen, am frühen Morgen hat sie einen starken Rededrang, der aber nicht aufdringlich ist, weil sie mich mit Fragen aller Art verschont. Sie stellt kleine Schälchen mit Birnen, Äpfeln und Aprikosen vor mich hin, und sie spricht dabei einfach weiter, als gehörte ich am frühen Morgen ganz selbstverständlich unter diese sanfte Wortdusche, die mich minutenlang massiert. *Die Deutschen wollen immerzu Brot, Wurst und Käse, und wenn ich ihnen das alles hinstelle, wollen sie noch Eier und Schinken und dazu fette Butter und am Ende noch eine gegrillte Bratwurst und was es sonst noch alles Grässliches gibt. Wenn ich für ein paar Tage in Bayern bin, esse ich auch Bratwurst, na klar, aber doch nicht hier, in Sizilien, da gehört sich so etwas einfach nicht. Selbst Brot und Butter sind bei diesen hohen Temperaturen schon zu viel, deshalb serviere ich Ihnen frisches Obst und etwas Joghurt, das ist gesund, das werden Sie mögen. Das italienische Frühstück, wissen Sie, ist nämlich in dieser Hinsicht auch nicht das Gelbe vom Ei. Ein Croissant, ein Cappuccino – das ist ja meistens alles, was sie einem vorsetzen, aber ich habe so eine Minimalverkostung noch nie gemocht. Sie ist einfallslos, und außerdem finde ich es einen Skandal, dass sie zum Frühstück alle dasselbe futtern. Einen Cappuccino, einen Cornetto! – das hören Sie in einer italienischen Bar an jedem Morgen siebenhundert Mal. Als müsste es ganz unbedingt so und nur so sein! Als dürfte es nie eine Variation geben! Als stürben sie, wenn der Cornetto fehlte, oder wenn es statt eines Cappuccino mal einen Tee gäbe. Wissen*

Sie was? Die meisten Italiener sind Ritual-Idioten! Und ich darf das sagen, denn ich lebe seit vielen Jahren in diesem herrlichen Land, und das obwohl die meisten seiner Bewohner Ritual-Idioten sind!

Ich antworte, dass sie die Kultur der Einheimischen anscheinend durchschaut habe. Sie mag es, wenn ich das sage, *ich habe wieder etwas durchschaut, stimmt's?* sagt sie seit einiger Zeit mit einem leichten Grinsen mehrmals am Tag, wenn wir uns an der Rezeption oder auf den Fluren der Pension begegnen. Es ist angenehm, ihr zu begegnen, ich habe mich daran gewöhnt und darauf eingestellt, und wir bringen es fertig, all diese Begegnungen mit kleinen Pointen so aufzuheitern, dass wir immer etwas zu lachen haben.

Schon bald aber hatte ich Grund zu vermuten, dass dieser lockere Umgang ihrer älteren Schwester nicht gefällt. Ich bekam heraus, dass sie Paula heißt, und ich habe auch erfahren, dass meine Wirtin Maria heißt. Paula versteckt sich an jedem Morgen in der Küche, wo sie, ohne jemals in Erscheinung zu treten, mein Frühstück zubereitet. Ich höre sie leise rumoren und arbeiten, und manchmal glaube ich, ihren Blick auf meinem Rücken zu spüren, doch ich bekomme sie niemals zu sehen.

Natürlich frage ich Maria nicht nach ihrer Schwester, denn eine solche Frage würde für mich eine größere Vertrautheit zwischen uns voraussetzen. Gleichwohl kann ich mir selbst nicht verbergen, dass mich Paula mehr beschäftigt als die jüngere, redegewandte und lebenslustig erscheinende Schwester. Irgendetwas ist zwischen den beiden einmal vorgefallen, irgendwelche dunklen und alten Geschichten scheinen noch eine Rolle zu spielen, während es andererseits auch etwas zu geben scheint, das sie fest und freundschaftlich aneinander bindet. Vielleicht sind es diese alten Geschichten, die Maria bei ihrem Wunsch, meine Forschungen sollten sich auch auf diese Pension ausdehnen, im Hinterkopf hatte. Ich vermute vorläufig etwas in dieser Richtung, frage aber nicht länger nach, wie ich mich überhaupt während des Frühstücks damit bescheide, Marias oft weit ausholenden, vitalen Monologen zuzuhören und höchstens ein paar Verständnisfragen zu stellen.

Wir wohnen am Meer, und wir wohnen doch nicht am Meer, sagt Maria zum Beispiel und stellt mir einen Krug Milch, etwas Honig und weitere kleine Schalen mit dünn geriebenen Mandeln und Zitronat hin. *Wir haben einen Hafen und alles, was zu einem Hafen gehört, aber wir haben keinen Strand. Wenn Sie zu dieser Jahreszeit an einen Strand wollen, müssen Sie lange an der Küste entlangfahren, und wenn Sie dann endlich einen Strand finden, werden Sie enttäuscht sein. Ein paar müde Typen wälzen sich da im dreckigen Sand, und ein paar heruntergekommene Bruchbuden müssen dazu herhalten, die Strandgäste zu füttern. Das ist nichts, das ist kein Strand, wie ich ihn mir erträume. Und wenn Sie dann aus lauter Mitleid doch Ihr Handtuch ausbreiten, fegt der Wind derart stark, dass Sie keine Lust mehr haben, ins Wasser zu gehen. Also müssen Sie bis zum Sommer warten, bis zum Sommer! – vorher krümmt kein Sizilianer auch nur einen einzigen Finger!*

Am liebsten würde ich all diese Monologe mit meinem Diktiergerät aufnehmen, aber ich traue mich einfach nicht. Und so höre ich ihr zu und bekomme ganz nebenbei aus der Küche Paulas Herumwerkeln mit, ein helles Aneinanderstoßen von Töpfen, das Zischen einer Espressomaschine, das dumpfe *Wums!* einer Kühlschranktür, die kraftlos ins Schloss fällt.

Am dritten Tag meines Aufenthalts verdreht Maria angesichts all dieser Küchengeräusche, die wie Gefechtslärm in den Frühstücksraum herüberhallen, die Augen. *Meine ältere Schwester!* flüstert sie und schüttelt den Kopf, als wäre Paula ein hoffnungsloser Fall. Ich will diesmal den Moment nutzen, um sie nach ihrer Schwester zu fragen, Maria aber legt einen Zeigefinger auf ihre Lippen und bedeutet mir zu schweigen. *Nichts da!* – ich darf nicht fragen, anscheinend berühren Fragen nach der älteren Schwester ein strenges Tabu.

9

IM ORT komme ich unterdessen mit meinen ethnologischen Forschungen erheblich besser voran. Ich habe Glück, denn ich habe einen geradezu idealen Einstieg für meine Fragen und Arbeiten gefunden. Ein solcher Einstieg ist normalerweise ein gewichtiges erstes Thema, mit dessen Bearbeitung man ohne weitere Umschweife beginnt. Hat man ein solches Thema gefunden, sucht man Gesprächspartner, mit denen man es dann intensiver und genauer behandelt. Viele meiner Kollegen gehen bei ihren Forschungen so vor, ich dagegen bin kein Anhänger dieser Methode. Stattdessen suche ich umgekehrt zunächst nach einem ersten Gesprächspartner, mit dessen Hilfe ich das weite Terrain einer Landschaft oder eines Ortes zunächst provisorisch auf Themen hin sondiere. Das setzt voraus, dass dieser Gesprächspartner bereits etwas älter, aber auch noch nicht zu alt ist. Ein älterer Mann, der viel Zeit hat, über ein eigenständiges Urteil verfügt und Freude daran hat, mit mir zu sprechen – so sollten die Forschungen wenn irgend möglich beginnen.

Bei der Auswahl solcher Gesprächspartner können einem schwere Fehler unterlaufen. Man kann an Männer geraten, die fabelhaft erzählen, letztlich aber viel Unwahres oder frei Herbeifantasiertes auftischen. Leicht kann man aber auch Männern begegnen, die an exzessiver Wichtigtuerei leiden und all die Geschichten, die sie einem raunend und bedeutungsheischend mitteilen, selbst nicht richtig einschätzen und bewerten können. Und schließlich gibt es auch Männer, die hinter allem und jedem fremde Mächte, dunkle Gewalten oder mysteriöse Potenzen vermuten, solche Männer lassen alle Geschichten in ein vages Nichts münden, und am Ende sitzt man mit ihnen nur achselzuckend und verlegen da: *So war das also ..., unglaublich ..., so spielt das Schicksal mit uns ...*

Hat man mit Gesprächstechniken einige Erfahrung, erkennt man solche Gesprächspartner schon bald und kann sich dann solche Gespräche ersparen. Wichtig für ein gutes Gespräch ist auch, dass einem der jeweilige Gesprächspartner sympathisch ist. Man sollte ihn mögen, und er wiederum sollte einen ebenfalls mögen. Mit der Zeit und im Verlauf der vielen Gespräche, die man miteinander führt, sollte sich allmählich so etwas wie eine freundschaftliche Verbindung anbahnen, die nicht lange beschworen oder gefeiert, sondern einfach spürbar sein sollte.

Dieses Freundschafts- oder Sympathiemoment ist in meinen Augen die schwierigste Herausforderung, die sich zu Beginn der Forschungen stellt. Denn natürlich wird man nur durch einen Zufall oder durch glückliche Umstände einen Menschen finden, der all diese Voraussetzungen erfüllt. Schon im normalen Leben sind Menschen, mit denen man Freundschaft schließt, äußerst selten. Um wie viel schwieriger ist es aber, verlässliche und gute Freunde zu finden, die dazu noch Experten für bestimmte Themen sind!

Statt nach älteren Männern könnte man auch nach älteren Frauen fahnden. In Mandlica stehen dem aber einige Hindernisse entgegen. Zum einen würde keine ältere Frau gern allein mit mir sprechen. Sie würde, falls sie verwitwet wäre (was viele ältere Frauen hier sind), weitere Frauen zu den Gesprächen hinzuziehen, und sie würde, falls sie verheiratet wäre, darauf Wert legen, dass ein Mitglied der Familie bei den Gesprächen anwesend ist.

Die Anwesenheit anderer Menschen lässt jedoch jeden Erzähler, gleich, ob er eine Frau oder ein Mann ist, ganz anders erzählen, als wenn er allein erzählen würde. Sind andere Menschen anwesend, bezieht nämlich jede Erzählerin oder jeder Erzähler die meist stumm anwesenden Zuhörer mehr oder minder bewusst in die Erzählungen ein. So erhalten diese Erzählungen bestimmte Ausrichtungen, sie verlaufen mit dem Blick auf ein bestimmtes Zielpublikum, und nach der Vorgabe dieses Zielpublikums werden bestimmte Details dann ausgewählt, gestrichen oder besonders hervorgehoben.

Ein gutes ethnologisches Forschungsgespräch kann also nur unter vier Augen stattfinden. Der Forscher sitzt als Fragender einem Befragten gegenüber, und dieser Befragte sollte ganz aus sich heraus, ohne an andere Menschen oder an irgendein Publikum zu denken, möglichst frei berichten oder erzählen. Zu einem derart freien und unzensierten Erzählen hinzugelangen, ist mit das Schwerste, das ein Forscher anstreben sollte. Ein Großteil der Erzähler erzählt nämlich anfänglich genau so, als würden andere Menschen wie zum Beispiel Freunde oder Bekannte das Gespräch mitverfolgen und als wären diese Freunde oder Bekannten regelrecht anwesend.

Dem Forscher sollte es nun aber gelingen, ihn von den gewohnten Bahnen des Erzählens abzubringen. Das sollte unmerklich und mit großer Vorsicht geschehen, keineswegs darf man dem Befragten zusetzen, ihn hart angehen oder ihn bitten, bestimmte Sachverhalte noch genauer oder detaillierter zu erzählen. Außerdem darf man dem Befragten an keiner Stelle des Gesprächs den Eindruck vermitteln, dass er Fehler macht, *falsch erzählt* oder *nicht das Richtige erzählt*. Man sollte ihm vielmehr geduldig und sehr aufmerksam zuhören, und man sollte versuchen, allmählich eine genauere Vorstellung von dem zu erhalten, was der Befragte eventuell noch alles erzählen *könnte*.

Das herauszufinden ist ebenfalls außerordentlich schwer. Man kann mit bestimmten Gesprächspartnern Stunden und Tage verbringen und durchaus das Gefühl haben, Interessantes und Verwertbares von ihnen zu erfahren. Hört man einige Tage später dann aber die Aufzeichnungen vom Aufnahmegerät ab, stellt man nicht selten fest, dass man die entscheidenden Fragen gar nicht gestellt, sondern in der gesamten Gesprächszeit nur sehr farbig und munter um die wichtigen Dinge und Sachverhalte herumgeredet hat.

So etwas passiert einem nicht, wenn man einen ersten Gesprächspartner findet, mit dem man die wichtigsten Themen rasch und überschaubar sondiert. Auf ihn kann man sich in der Folge dann meist verlassen. Mit der Zeit wird er einem weitere Gesprächspartner nennen, und er wird eine Hilfe sein, wenn man in eine Sackgasse gerät oder mit seinen Forschungen aus anderen Gründen nicht weiterkommt.

Was nun Mandlica betrifft, ist es ganz ausgeschlossen, Maria nach einem solchen ersten Gesprächspartner zu fragen. So, wie ich sie bereits nach wenigen Tagen kenne, würde sie mir gleich eine Vielzahl von sicher im ganzen Ort angesehenen Männern empfehlen, mit denen ich mich unten, im Café, zu weitschweifigen Unterhaltungen treffen würde. Ich würde viele Zahlen, viel Geschichtliches und viel Dekoratives zu hören bekommen, doch ich würde am Ende nichts anderes in Händen haben als eine matte Abziehfolie all der Probleme und Themen, die zum Beispiel im Rat der Stadt Woche für Woche besprochen werden.

Solche öffentlichen Themen aber interessieren mich nicht, ich suche vielmehr besonders nach Themen, die auch das Seelische oder Emotionale der Menschen berühren. Vor allem aber interessieren mich die mehr oder minder versteckten Beziehungen der Einheimischen untereinander, wie sie oft über mehrere Generationen hinweg unterhalten werden. Solche Beziehungen sind an der Oberfläche nicht erkennbar, sie spielen sich in den Häusern und Stuben, in den dunklen Zonen der Parks und Uferpromenaden, auf den Feldern und Wiesen, an den entlegenen Stränden, zwischen den Weinbergmauern und damit meist im Verborgenen ab. Gelingt es mir, solche Orte zu entdecken, werde ich allmählich auch den geheimen Plan der wichtigsten *emotionalen Zonen* der Stadt und damit die verborgene Landkarte der Umgebung erhalten.

Psychische Landvermessung habe ich so etwas einmal genannt, und ich darf mit einigem Stolz behaupten, dass diese Begriffsbildung sich inzwischen in der Ethnologie eingebürgert hat und als sogenannter *Merzscher Begriff* in den ethnologischen Diskussionsforen weit über den deutschsprachigen Bereich hinaus eine nicht unbedeutende Rolle spielt. *Merzscher Begriff?! Was das meint?* Ach ja, ich vergaß bisher, meinen Nachnamen zu erwähnen. Ich heiße Merz, Benjamin Merz, ich bin, wie ich bereits schrieb, der fünfte Sohn jener uralten Merzschen Sippe aus Köln-Nippes, die vor der Geburt dieser fünf Kinder vor dem Aussterben stand und nun – zumindest in Gestalt meiner vier Brüder – wieder dabei ist, sich zu vermehren.

10

MEINEN ERSTEN Gesprächspartner, der mir dann das Tor zu den weiteren Gesprächen in Mandlica weit aufstößt, finde ich ganz zufällig. Auf den Seiten meiner Notizhefte habe ich kleine Listen der Geschäfte und Läden des Ortes angelegt und dabei auch die genauen Adressen der beiden Buchhandlungen festgehalten, die ich besuchte. An einer belebten Straßenkreuzung mitten im Ort befindet sich die größte Buchhandlung, die auf ihren weiten Verkaufsflächen alles anbietet, was in diesem Ort zur Grundversorgung mit Lektüren gehört. Nicht weit davon entfernt gibt es noch eine kleinere, die sich ganz auf die Geschichte Mandlicas und die Geschichte seiner touristischen Besonderheiten spezialisiert hat. (So findet man dort Stapel von Büchern, in denen die Geschichte der einheimischen Dolci-Produktion bis in die feinsten Details ausgebreitet wird. Daneben gibt es Mandlica-Parfum, Mandlica-Schreibwaren, Mandlica-Tässchen und -Tellerchen, ja ich würde mich nicht wundern, irgendwann sogar auf Mandlica-Dessous zu stoßen, wie sie die junge Buchhändlerin vielleicht unter ihren bunten und motivreichen Mandlica-Röcken trägt.)

Übersehen habe ich jedoch in den ersten Tagen eine dritte Buchhandlung, die sich in der Nähe des Doms etwas zurückversetzt zwischen zwei größeren Häusern befindet und auf den ersten Blick so aussieht, als wollte sie eigentlich gar nicht wahrgenommen werden. Sie wirkt auf mich jedenfalls so bescheiden, schlicht und entlegen, dass ich nicht glaube, dort auf Kunden zu treffen. Vor dieser Buchhandlung, die nur ein einziges, kleines Schaufenster hat, stehen aber immerhin einige leichte Stühle aus hellem Korb und einige jener runden Caféhaustische, die einen immer gleich an Frankreich erinnern. (In diesem Fall sind sie dunkelrot, was die Erinnerung an Frankreich noch verstärkt.)

Als ich die Buchhandlung betrete, erkenne ich gleich den bereits etwas älteren Buchhändler, der in einer der hinteren Ecken des Raumes sitzt und in einem Buch liest. Er blickt nur kurz auf, schaut mich an, grüßt knapp und lässt mich dann vollkommen in Ruhe. Er sitzt weiter da, trinkt ab und zu etwas Tee, blättert in seiner Lektüre und schaut die ganze Zeit nicht ein einziges Mal mehr zu mir hin. Auf den Tischen der Buchhandlung aber liegen Bücher, die ich keinen Oberthemen oder Rubriken zuordnen kann. Sie liegen dort in wilden, leicht verrutschten und sehr einsturzanfälligen Stapeln über- und nebeneinander, und sie reichen von Anthologien früher Dichter des islamischen Sizilien über Beschreibungen sizilianischer Gärten bis zu Fotobänden mit älteren Schwarz-Weiß-Aufnahmen der Insel, kommentiert von sizilianischen Schriftstellern, von denen mir die meisten zumindest vom Namen her bekannt sind.

Bereits auf den ersten, noch flüchtigen Blick ist also erkennbar, dass es sich um eine durch und durch literarische Buchhandlung handelt. Was sich hier an seltenen und hochinteressanten Lektüren auftut, ist das Werk eines einzigen Menschen, der ein emphatischer und jedes finanzielle Risiko ignorierender Leser sein muss: Ein Leser aus Leidenschaft, ein Leser, wie ich ihn geradezu herbeigesehnt habe!

Ich blättere und lese wild drauflos, innerlich aber jauchze ich gleichsam auf, weil ich sofort ahne, dass dieser Ort mit seinen kleinen Tischen und Stühlen, mit seinen entlegenen Lektüren und einem Angebot nicht von Kaffee, sondern von Tee (*Tee gehört zum Lesen, kein Kaffee!, Kaffee gehört zum Schreiben, kein Tee!* – so lautet die *zweite Merzsche Grundregel* jener Liste von Regeln, die das ethnologische Lesen und Schreiben in meinem Fall, wie soll ich sagen? – nun ja: formen) ... – dass dieser Ort also ein erster Wohlfühlpunkt für meine Forschungen werden kann. Bleibt nur noch die entscheidende Frage, ob ich mich in dem Buchhändler, der sich nach wie vor ausschließlich in seine Lektüre vertieft, nicht irre. Ist er wirklich der kluge, lebenserfahrene und bescheidene Mensch, für den ich ihn halte? Und gibt es bereits jetzt irgendwelche Gründe, ihn sympathisch zu finden?

Dass er auf seinem Stuhl sitzen bleibt und einfach weiterliest, macht bereits ein erstes Sympathiemoment aus. Ich kann nämlich gut darauf verzichten, in einer Buchhandlung sofort angesprochen und etwas gefragt zu werden, ja, ich betrachte es geradezu als eine Auszeichnung, als Kunde allein gelassen zu werden, damit ich mir in Ruhe meine eigenen Wege durch diesen Dschungel bahnen kann. Offensichtlich schätzt dieser Buchhändler den selbständigen, neugierigen und unvoreingenommenen Kunden, der diese Buchhandlung nicht mit einem bestimmten Kaufwunsch, sondern mit purer Neugierde auf Überraschungen aller Art betritt.

Ich drehe eine kleine Runde durch den Raum, blättere hier und da und behalte den Buchhändler dabei im Auge. Er trägt eine dunkle Cordhose mit breiten Cordrippen, die etwas Gediegenes, Verlässliches ausstrahlen, und er trägt einen leichten, dunkelblauen Pullover, der hier und da einige durchscheinende, dünnere Stellen hat. Ruhig und konzentriert sitzt er da, es macht ihm nichts aus, einen solchen Pullover zu tragen, der Pullover tut vielmehr seinen Dienst, und auf mehr kommt es nicht an. Auch das macht ihn mir sympathisch, weiß ich doch aus eigener Erfahrung, dass Menschen, die sich leidenschaftlich mit bestimmten Themen beschäftigen, häufig nicht dieselbe Leidenschaft für lästige Kleiderfragen aufbringen. (Zu einem Gespräch mit dem Dekan unserer Fakultät bin ich sogar einmal mit Löchern in meinen Strümpfen erschienen und habe dieses Versehen erst beim Verlassen des Dekanatszimmers bemerkt, als der freundliche Dekan mich darauf hinwies, dass sich einige Löcher etwas oberhalb meiner Schuhe an den hinteren Fersen befanden. *Erkälten Sie sich nicht!* empfahl er ironisch, und mir fiel nichts, aber auch gar nichts ein, was ich darauf noch hätte antworten können.)

Vorerst stimmt also alles, der Raum, die Auswahl der Bücher – und nicht zuletzt dieser schweigsam dasitzende Mann, der sich von einem herbeigelaufenen Kunden nicht von seiner intensiven Lektüre abhalten lässt. Die Frage ist nur, wie ich weiter vorgehen soll. Soll ich ihn nach einem bestimmten Buch fragen, um Eindruck auf ihn zu machen? Soll ich ein besonders rares und daher auf eine Expertenneugier hindeutendes Buch kaufen und ein Gespräch darüber beginnen? Ich kann mich nicht entschließen und tue daher schließlich das Nächstliegende. Nach und nach stelle ich eine kleine Sammlung jener Bücher zusammen, die mich besonders interessieren. Ich lege sie zu einem kleinen Stapel aufeinander und gebe mir dann einen Ruck, indem ich den Buchhändler frage, ob ich die von mir ausgewählten Bücher mit nach draußen nehmen darf, um sie dort in Ruhe ein wenig länger zu studieren.

Er blickt auf, nimmt seine schwarze, vielleicht etwas zu kleine Brille mit den runden Gläsern ab und antwortet, dass ich die Bücher selbstverständlich mit nach draußen nehmen dürfe. Sofort, so lange und so viele ich wolle!

Ich greife nach meinem Stapel und trage ihn nach draußen, ich rücke mir einen Korbstuhl zurecht und lege die Buchauswahl auf einen der dunkelroten Tische, ja, ich bin in diesem merkwürdigen Moment plötzlich glücklich, als sei gerade etwas ganz Besonderes geschehen und als habe in diesem besonderen Moment nichts Besseres geschehen können.

Ich sitze vielleicht zehn Minuten im Freien und lese, als er zu mir nach draußen kommt. Er fragt, ob er sich zu mir setzen dürfe, und er fragt weiter, ob er mir eine Freude mit einem Glas Granita machen könne.

– *Granita?* frage ich nach, *aber woher bekommen wir denn hier eine Granita?*

– *Ich werde für uns zwei Gläser bestellen, zwei Gläser Zitronen-Granita, machen Sie mit?*

Ich nicke erstaunt, und er geht kurz zurück in die Buchhandlung, um über sein Handy in einer offensichtlich nahen Pasticceria zwei Gläser Zitronen-Granita zu bestellen.

– *Es wird nur drei, vier Minuten dauern,* sagt er, *sie bringen es von der Bar schräg gegenüber hierher. Wenn Sie einverstanden sind, werde ich einen Schuss Wodka über die Granita geben, dann entfaltet sie ein zusätzliches Aroma.*

Ich nicke erneut, ich bringe kein Wort heraus, mein Erstaunen ist so groß, dass mir keine einzige gescheite Formulierung einfällt. Drei, vier Minuten später aber löffeln wir beide eine Zitronen-Granita aus kleinen Trinkgläsern. Die winzigen, zerstoßenen Eissplitter zergehen sofort auf der Zunge und jagen einen Hauch Wodka hinterher. Als wir damit fertig sind, holt er aus der Buchhandlung eine Schachtel mit einigen dunklen Zigarrenstumpen, die angeblich beim Rauchen einen angenehmen Anis-Geschmack entfalten.

– *Nach einer Granita immer eine* Antico toscano, sagt er und deutet mit dem Zeigefinger auf die Marke, als müsste er mir erklären, was eine *Antico toscano* ist. Ich nicke und lächele wohl etwas verlegen, ich fühle mich wie ein Schüler, der von einem Meister in die Künste der Lebensklugheit eingeführt wird.

Wir beginnen zu rauchen und schweigen einen Moment, vor unseren Augen fahren die Autos unendlich langsam und verzögert in einem nicht abreißenden Strom wie in einer Endlosspirale vorbei, während im Vordergrund, auf dem schmalen Bürgersteig, meist Frauen mit halbvollen Einkaufstaschen so eilig und geschäftig unterwegs sind, als würden sie von irgendwem dringend erwartet.

Ich überlege kurz, ob ich das Gespräch mit einem Hinweis auf die Bücher, die vor mir auf dem Tisch liegen, beginnen soll, überrasche mich selbst aber dann damit, dass ich ohne langes Nachdenken und weiteres Zögern und ganz gegen meine Gewohnheit eine sehr direkte Frage stelle, die dann alles Weitere mit großer Leichtigkeit ins Rollen bringt. Ich frage den offensichtlich gut gelaunten Buchhändler, der viele der vorübereilenden Frauen immer wieder aus der Ferne mit einem Handzeichen grüßt, nämlich einfach, seit wann er diese Buchhandlung betreibe und ob er ein Mandlicaner von Geburt sei. Er beugt sich nach vorn und senkt etwas den Kopf, als wollte er unter einem Hindernis hindurchschlüpfen, dann fragt er mich unvermittelt nach meinem Namen. Ich nenne meinen Vor- und Nachnamen, es interessiert ihn aber nur der Vorname, und so gibt er mir die Hand und begrüßt in mir seinen Kunden *Beniamino*.

Als ich diese italienische Version meines Vornamens höre, ist mir das etwas peinlich. *Benjamin* – das weckt in der italienischen Version (*Beniamino*) ganz andere Assoziationen als im Deutschen. Im Deutschen nämlich lassen sich die drei Silben des Namens *Ben-ja-min* durchaus rasch, trocken und mit gleichmäßiger Betonung hinter sich bringen, während die italienische Version *Ben-ia-mi-no* aus einem viersilbigen, klanglich ins Dunkle und Helle zugleich ausschwingenden Klanggebilde besteht. Darüber hinaus verkleinern die beiden Endsilben *mi-no* den Träger dieses Vornamens und machen aus ihm eine putzige Figur aus einem auf die Nerven gehenden Kinderbuch. Sich als ein *Beniamino* anreden zu lassen, das bedeutet für mich: Zurück in eine übermöblierte Kinderstube versetzt zu werden, um dort allein mit bunten Bausteinen spielen zu müssen.

Ich schlucke also einen Moment, als mein Gegenüber behauptet, dass es ihn freue, einen derart ausgestorbenen Vornamen wieder zu hören. *Beniamino* – das sei ein durch und durch literarischer Vorname und zudem ein Wohlklang aus lauter Vokalen, unter glücklicher Umgehung des dunklen *u*. Er selbst heiße *Alberto*, das reiche nicht ganz an einen Vornamen wie *Beniamino* heran, er sei aber mit *Alberto* zufrieden, obwohl er die Romane des römischen Schriftstellers Alberto Moravia, nach dem seine Eltern ihn *Alberto* genannt hätten, nicht besonders schätze.

So kommen wir ins Gespräch, und es ist, als wären wir vom ersten Moment an in irgendeiner tiefen Quellregion fündig geworden, von wo nun die Worte, Sätze und Assoziationen ganz spielerisch auftauchen und nach oben drängen. Mühelos, ohne Pausen sprudelt unser Gespräch nur so von Ideen, Anspielungen und Pointen, während das Rauchen der starken Stumpen dazu beiträgt, dass der Kopf hell und wach bleibt. Und so erfahre ich unter anderem, dass Alberto in Mandlica zur Welt gekommen ist und den Ort als junger Mann zum Studieren im Norden verlassen hat. *Die meisten jungen Männer, die hier geboren werden, gehen nach der Schulzeit in den Norden. Nichts wie weg, sagen sie sich, denn in diesem Alter haben sie einen regelrechten Hass auf Sizilien. Woran das liegt? Sie haben das Gefühl, hier laufe sich alles tot, und es gebe nie eine Veränderung, und nirgends gebe es solche tyrannischen Alten wie hier, Alte, die bis zum Tod den Ton angeben und ihre Familien streng an der Kandare halten. Die Jungen studieren also im Norden, und dann arbeiten sie dort und verdienen etwas Geld, und bald darauf kommen sie in den Ferien regelmäßig zurück auf ihr Sizilien, bleiben ein paar Wochen, geben das Geld, das sie verdient haben, aus, bauen schließlich ein Häuschen, richten sich ein und kommen nach ihrem Arbeitsleben im Norden schließlich wieder ganz hierher zurück. Das heißt: Sie werden Sizilien nicht los, keiner, der hier geboren und aufgewachsen ist, wird diese Insel los, Sizilien brennt sich jedem von Geburt an ein, und am Ende sehnst Du Dich nach nichts mehr als nach einer dunklen Frauenstimme, die Totenlieder zu Deiner Beerdigung singt. Strenge, Dunkelheit, Einsamkeit – von alldem hat Sizilien etwas, Du darfst Sizilien nicht mit Italien verwechseln. In Sizilien hätte es nie eine Renaissance geben können, und die alten Tempel, die Du hier findest, haben nicht die Einheimischen, sondern die Griechen gebaut. Und die sind, wie alle anderen Fremden, die es einmal hierher verschlagen hat, irgendwann wieder geflohen. Nichts wie weg, ab in den Norden oder noch weiter weg, nur weg, nichts wie weg!*

Er lacht laut auf und erzählt weiter, dass er im Norden Theaterwissenschaften studiert und jahrzehntelang Dramaturg an einigen kleineren Theatern wie zum Beispiel in Modena und in Ferrara gewesen sei. Vor sieben Jahren sei er mit Tausenden von Büchern wieder nach Mandlica zurückgekehrt und habe die Bücher unbedingt loswerden wollen. *Was wollte ich hier noch mit meinen Büchern? Am liebsten hätte ich sie verschenkt, aber sie sollten in gute und vor allem in die richtigen Hände kommen. Also habe ich mich nach einem passenden Raum für sie umgeschaut und diese kleine Stube gefunden. Die wenigen Menschen, die sich wirklich für Literatur interessieren, kommen fast täglich bei mir vorbei. Alle paar Tage verkaufe ich ein Buch. Jeden Tag trinke ich Unmengen an Tee, rauche mindestens eine »Antico toscano« und trinke abends, bevor ich den Laden schließe, mit den letzten, übrig gebliebenen Kunden ein Glas Wein. Ich führe das Leben eines Weisen, und für eine Handvoll Jüngerer bin ich tatsächlich ein Weiser, dem sie gern zuhören, wenn er von der sogenann-*

ten »schönen Literatur« spricht. *Es lebe die schöne Literatur, sie lebe!* ruft er, nimmt seine Brille ab und legt sie neben meinen Bücherstapel.

Natürlich will er bald darauf auch wissen, was mich nach Mandlica geführt hat. Ich erkläre ihm mein Forschungsprojekt, und er reagiert, als habe ich vor, das Fach Ethnologie durch ein Meisterwerk der subtilsten Befragung einer ganzen Ortschaft von Grund auf zu erneuern. *Grandios, unglaublich, und wie schön, dass ich so etwas noch erleben darf! Mandlica als Gegenstand eines ethnologischen Meisterwerks! Die Welt wird von uns sprechen, wir Mandlicaner werden bald weltberühmt sein, zumindest unter den großen Ethnologen!*

Ich frage ihn, ob ich in den nächsten Tagen mit ihm den Anfang meiner Befragungen machen dürfe, und er ist einverstanden. *Mit wem sollten Sie sonst anfangen? Wer weiß besser über alles hier Bescheid? Und wer ist unvoreingenommener, ja, für einen Sizilianer geradezu abenteuerlich parteilos? Ich habe keine Familie und damit auch keine ökonomischen Interessen, ich lebe allein, ich bin frei, ich werde Ihnen ohne Vorurteile und ohne Verzerrungen diese Welt hier erklären, klar und präzise, aber mit Leidenschaft! Ich liebe diesen Ort, ich liebe ihn über alle Maßen, das müssen Sie mir nachsehen, das ist vielleicht der einzige Fehler, den ich habe. Aber seien Sie unbesorgt: Dieser Fehler wird mich nicht davon abhalten, die Wahrheit zu sagen und nichts als die Wahrheit!*

Ich will ihn fragen, warum er nicht verheiratet ist, als ich Paula erkenne, die wenige Meter von uns entfernt mit raschen Schritten auf dem Bürgersteig entlanggeht. Mir fällt sofort auf, dass sie – anders als die anderen Frauen in ihrem Alter – keine Einkaufstasche, sondern nur eine dunkelgrüne Umhängetasche trägt. Ich habe keinerlei Ahnung, wohin sie mit so raschen Schritten unterwegs ist, ich kann mir einfach nicht vorstellen, dass sie mit jemandem verabredet ist und einen dringenden Termin einhalten möchte.

– *Das ist ja Paula!* entfährt es mir. Es ist mehr ein erstaunter Ausruf als eine Feststellung, und Alberto reagiert sofort.

– *Oh, Sie kennen Paula? Wohnen Sie am Ende in der Pension ihrer Schwester?*

– *Ja, da wohne ich, und ich wohne sehr schön und bequem, denn ich habe sogar mehrere Zimmer, gleich unter dem Dach.*

– *Dann wohnen Sie wirklich nicht schlecht. Aber ich wette, Sie haben noch kein Wort mit Paula gesprochen!*

– *Das stimmt. Ich sehe sie mehrmals am Tag, aber sie geht mir aus dem Weg. Ich begegne ihr nur flüchtig, sie grüßt nicht einmal, sie ist wie ein Schatten, der gleich um die nächste Ecke verschwindet.*

Alberto zündet seine *Antico toscano*, die erloschen ist, erneut an, pafft etwas Rauch vor sich hin und schaut mich so direkt an, wie er es zuvor noch nicht getan hat.

– *Paula ist ein schwieriger Fall, Paula ist überhaupt einer der schwierigsten Fälle in ganz Mandlica. Sie unterhält sich mit niemandem, und sie lebt seit vielen Jahren in diesem Ort. Jahrelang beinahe ohne jedes Gespräch, können Sie sich das vorstellen? Für die Menschen hier ist sie ein Rätsel, eine Frau, die es eigentlich nicht geben darf und die ohne Zweifel ein Geheimnis hat, das sie aber niemals preisgeben wird.*

— Ihre jüngere Schwester ist umgänglicher.

— Ja, das ist sie. Maria hält richtige Vorträge, wenn sie mit einem spricht, haben Sie das schon bemerkt? Sie lässt einen kaum zu Wort kommen, sie ist genau das Gegenteil von ihrer Schwester. Und sie kann sich so fabelhaft in Rage reden, dass es eine wahre Freude ist. Ich mag sie sehr, und ich höre ihr gerne zu. Wenn sie hier vorbeikommt, winke ich sie in meinen Laden, bestelle uns zwei Gläschen Orangenlikör und lasse sie reden, reden und noch mal reden. Sie kann fluchen und schimpfen wie keine zweite Frau in Mandlica, und sie hat etwas ganz Seltenes: ein dramatisches Talent. Glauben Sie mir, Beniamino, Maria wäre auf einer Bühne bestens aufgehoben, als Schauspielerin, als Regisseurin, aber auch als Autorin von Stücken. Sie kann einfach alles, was auf der Bühne gebraucht wird, sie ist brillant. Und warum ist sie so brillant? Weil sie das typische Schweigen der Sizilianer nicht erträgt, weil sie den Sizilianern, boshaft wie sie ist, eine redegewaltige Italienerin vorspielt!

Ich habe plötzlich Lust, den genannten Orangenlikör zu probieren, und ich sage das auch. *Den probieren wir jetzt aber auf meine Kosten!* sage ich, und Alberto greift wieder sofort nach seinem Handy, um zwei Gläschen zu bestellen.

— Wissen Sie eigentlich mehr über die beiden Schwestern? Wissen Sie vielleicht sogar, warum sie hier schon so lange leben? frage ich vorsichtig.

— Oh ja, ein wenig weiß ich schon, aber die wirklich wichtigen Dinge, die weiß ich nicht. Die beiden kamen ja vor langer Zeit hierher, Maria war damals übrigens noch eine junge Ste-

wardess, und sie machte wohl eine Ferienreise mit ihrer älteren Schwester, die ein wenig auf sie aufpassen sollte. Sie blieben dann hier hängen, irgendwelche Männergeschichten spielten eine Rolle. Jedenfalls gingen sie nicht mehr fort, sie blieben einfach. Paula arbeitete eine Zeitlang in der Küche des besten Restaurants, das wir hier haben, und Maria arbeitete in der damals noch erheblich kleineren Pension, die Sie ja kennen. Das zog sich so hin, aber wir sahen die beiden fast niemals zusammen. Maria ging aus, sie zeigte sich jeden Tag, und sie unterhielt sich mit vielen Menschen. Paula aber ging niemals aus, und wenn man sie sah, bewegte sie sich rasch, als müsste sie dringend den nächsten Zug nach Siracusa bekommen. Dann aber geschah etwas Seltsames, niemand hier in Mandlica hatte das erwartet.

— *Maria heiratete*, sage ich leise.

— *Richtig, aber woher wissen Sie das?*

— *Sie heiratete den Besitzer des Restaurants, in dem Paula arbeitete.*

— *Ah, ich verstehe, sie hat es Ihnen erzählt.*

— *Nein, hat sie nicht, mein Wissen ist ganz und gar intuitiv.*

— *Intuitiv?! Aber das ist ja unglaublich!*

— *Manchmal weiß ich bestimmte Dinge durch Intuition. Im Deutschen gab es in früheren Jahrhunderten dafür einmal das schöne Wort ›Ahndung‹.*

— *›Ahn-dunk‹? Spreche ich es richtig aus?*

— *Perfekt.*

— *›Ahn-dunk‹ – das ist ein geheimes Wissen, das die anderen nicht haben? Wissen, an das man durch Überlegung nicht herankommt?*

— *Ja, es ist Wissen, das aus dem Dunkel kommt, Dunkelwissen.*

Er zieht mehrmals kräftig an seiner Zigarre und zeigt mit einem Finger auf den jungen Burschen, der aus der Bar schräg gegenüber zu uns kommt, um uns den Orangenlikör zu servieren. Wir bedanken uns, lehnen uns ein wenig zurück, stoßen an und schlürfen das kleine Glas leer. Ich schließe kurz die Augen und nehme mir vor, niemals im Leben mehr Zitronen- oder Orangensirup zu trinken.

— Maria heiratete also, und so wurde sie die Chefin des Restaurants, in dem Paula damals noch arbeitete. Von dem Tag an wurde Paula in diesem Restaurant nicht mehr gesehen. Eine Weile war sie verschwunden, doch ein paar Monate nach der Hochzeit, als Maria zusätzlich auch noch die kleine Pension gehörte, kam sie zurück und arbeitete in der Pension.

— Sie arbeitet schon so lange in der Pension, die ihrer Schwester gehört?

— In der Tat.

— Und ihre Schwester ist nach wie vor mit dem Besitzer des Restaurants verheiratet?

— Man hat hier nie von etwas anderem gehört, aber man hat die beiden seit Jahren nirgends mehr zusammen gesehen. Verstehen Sie? Verstehen Sie, was ich meine?

— Ja, ich glaube schon.

— Gut, dann muss ich mich nicht genauer ausdrücken. Alles ist in der Schwebe zwischen den beiden Schwestern und zwischen ihnen und Lucio, denn Lucio ist der Name des Restaurantbesitzers, dessen Restaurant ich Ihnen dringend zu besuchen empfehle. Es heißt übrigens merkwürdig genug »Alla Sophia«.

— Merkwürdig? Warum ist das merkwürdig?

— Weil niemand von uns weiß, wer oder was mit Sophia ge-

meint ist. Es gibt diese Sophia nicht, oder es gibt sie, aber niemand weiß, wer das sein soll.

Ich führe meine Zunge noch einmal kurz in das kleine Glas, in dem sich die letzten Tropfen des dunklen Likörs befinden. Es ist, als zerteilte ich eine kompakte Orange und als stieße ich mit der Zunge in ihr Innerstes, das ihre Aromen schlagartig freigibt.

– *Fabelhaft!* sage ich bewundernd.

– *Ja,* antwortet Alberto, *aber Sie müssen mir versprechen, immer nur ein Glas davon zu trinken.*

– *Ich würde mich gerne einmal länger mit Paula unterhalten,* sage ich. *Meinen Sie, Sie könnten mir helfen und ein solches Gespräch arrangieren?*

– *Ausgeschlossen,* antwortet Alberto, *ich kann mit beinahe jedem Einwohner dieses Ortes ein Gespräch arrangieren, nicht aber mit Paula! Sie ist der schwierigste Fall, sie ist ein Geheimnis, ihr konnte sich noch keiner von uns nähern.*

Er winkt ab, und ich bemerke, dass er nicht länger über dieses Thema sprechen will. Ich zeige ihm die Bücher, die ich ausgewählt habe, und wir sprechen eine Weile über Literatur. Kurz bevor ich aufbreche, sagt er dann plötzlich (wir hatten uns schon zu duzen begonnen):

– *Beniamino, Du weißt, dass unser kleiner Ort einen Nobelpreisträger hervorgebracht hat?*

Ich verneine, nein, das weiß ich nicht. Er lacht und holt aus, und so höre ich zum Abschluss unserer Begegnung die seltsame und rührende Geschichte eines Lyrikers, der in ärmlichen Verhältnissen hier in Mandlica aufgewachsen ist und zeit seines Lebens beinahe ausschließlich Gedichte verfasst hat. Niemand wollte sie lesen, und alle hier im Ort belächelten seine Kunst. Völlig unverhofft geschah dann einige Jahre nach dem Zweiten Weltkrieg ein Wunder: Der Belächelte erhielt den Nobelpreis für Literatur, aus heiterem Himmel (*inaspettatamente ...* — sei, wie Alberto lachend sagt, das Wort gewesen, das damals an jeder Straßenkreuzung von Mandlica hunderte Male zu hören gewesen sei).

— Das Haus, in dem er geboren wurde und seine Kinderjahre verbrachte, ist heute ein kleines Museum. Du solltest es Dir anschauen, Beniamino! Heute Nachmittag ist es geöffnet, für drei, vier Stunden. Geh hinauf in die Oberstadt, schau es Dir an, ich sage Dir, wie Du dorthin gelangst!

II

Das kleine Haus in der Oberstadt ist nicht schwer zu finden. Es liegt in einer sehr engen Gasse, durch die man nur zu Fuß vorankommt. Ein Schild schickt den Besucher durch ein Tor in den Innenhof, von wo eine schmale Außentreppe hinauf in den ersten Stock führt. Dort steht man für einen Moment auf einem breiten Podest vor einer einfachen Haustür, die erst nach mehrmaligem Klingeln geöffnet wird.

Ich betrete die Wohnung und sehe sofort, dass es Paula ist, die mir die Tür aufhält.

— *Ah, Sie sind es!* sage ich, aber sie antwortet nicht.

— *Wir kennen uns doch*, sage ich, *ich wohne in der Pension Ihrer Schwester. Ich habe Sie dort schon mehrmals gesehen.*

Sie tut, als höre sie nicht, was ich sage. Mit der rechten Hand zeigt sie den Weg, der anscheinend für den üblichen Rundgang vorgesehen ist, dann deutet sie auf ein dickes Gästebuch, in das ich mich wohl eintragen soll.

— *Das hat Zeit*, sage ich, *ich möchte mir zuerst die Räume anschauen.*

Sie ist mir ganz nahe, sie ist kaum einen Meter von mir entfernt. Zum ersten Mal kann ich sie genauer und ganz aus der Nähe betrachten, und es kommt mir wahrhaftig so vor, als hätte ich sie bisher noch gar nicht richtig wahrgenommen. Sie ist erstaunlich groß, ja, sie ist wohl noch etwas größer als ich. Ihr dichtes Haar glänzt tiefschwarz ohne ein einziges graues Haar, und ihre Gesichtszüge sind scharf und prägnant, wie die einer Ballett- oder Tango-Tänzerin.

Wie komme ich denn auf Ballett oder Tango? denke ich und spüre gleich, dass es sich wohl um eine meiner sogenannten *Ahndungen* handeln mag. *Sie hat einmal Ballett oder Tango getanzt, da bin ich sicher*, denke ich weiter, verbiete mir aber strikt, sie jetzt auf solche Themen anzusprechen. Sie wendet sich von mir ab und geht mir voraus in den nächsten Raum, schon die Art, wie sie sich auf dem rechten Fuß sehr rasch dreht, erscheint mir wie eine typische Tänzerinnen-Bewegung, *Ballett, Tango!* denke ich wieder und komme mir wie ein begnadeter Hellseher vor.

Dann aber erschrecke ich, denn sie sagt wahrhaftig mitten in diese fast unheimliche, ernste Stille hinein einen ersten Satz. Er ist nicht für mich persönlich bestimmt, sie spricht vielmehr nur den fremden Besucher an, indem sie leise, aber bestimmt erklärt, dass ich mich nun im Geburtszimmer des Nobelpreisträgers befinde. Darauf nennt sie das genaue Datum der Geburt und fährt mit einigen Bemerkungen zu seiner Herkunft fort: Namen der Eltern, Schulbesuch, erste kleine Erfolge als Lyriker mit Gedichten in einem von Literaturfreunden dieser Region veröffentlichten Lyrik-Blättchen.

Während ich mir das Zimmer anschaue, bleibt sie unbewegt und stumm neben mir stehen. Sie schaut geradeaus auf das sehr schmale und mit einer voluminösen Decke drapierte Bett. Es sieht aus wie das Bett eines übergroßen Kindes, ja, es sieht aus wie ein Kinderbett, ist aber letztlich doch wohl ein Bett für Erwachsene, ich kann nicht lange hinschauen, so zwittrig kommt es mir vor. Daneben steht ein viel zu hoher Nachtschrank, der gar nicht zum Bett passt. Wer in diesem Bett liegt, wird sich, wenn er auf diesem Schränkchen etwas ablegen möchte, sehr emporrecken müssen. Ich stelle mir nächtliche Aktionen dieser Art vor und lache beinahe laut. Über dem Bett aber hängt ein altes Bild des Herrn Jesus, dessen Brust so weit geöffnet ist, dass man sein entflammtes Herz sieht.

Ich halte es nicht mehr länger in diesem Schlafzimmer aus, dessen besonderer Geruch zudem weit in die Zeiten der Ahnen des Nobelpreisträgers zurückreichen mag, in

Zeiten, in denen man sich noch vor allem mit einfachen, kräftigen Suppen ernährt und die Fenster nur selten geöffnet hat. Daher mache ich eine kleine Bewegung nach links, woraufhin Paula sofort reagiert und mir voraus in das angrenzende Zimmer geht. Es handelt sich um eine Art Arbeitszimmer, denn fast die ganze Fläche wird von einem riesigen Schreibtisch eingenommen, auf dem noch ein paar Tintengläser, eine Schreibfeder, ein Briefbeschwerer und einige leere Seiten Papier liegen. Wir stehen zusammen stumm und unbewegt auch vor diesem Ungetüm, bis ich sage:

– *Und an diesem Monster von einem Schreibtisch hat er seine zarte Lyrik geschrieben?*

Paula antwortet auch darauf nicht, sondern zählt nur die Titel seiner Gedichtbände auf, einen nach dem andern. Dann spricht sie davon, dass er einige Zeit im Norden gelebt habe, aber immer wieder zurück nach Mandlica gekommen sei. Einzig in den Zeiten seiner Rückkehr seien ihm seine unsterblichen Gedichte gelungen, und er habe sie alle hier, an diesem Schreibtisch seines Vaters, mit der Feder auf Briefpapier geschrieben.

– *Auf Briefpapier?* frage ich nach, *wieso denn auf Briefpapier?*

Ich sehe, dass Paula nicht antworten will, anscheinend durchkreuzt eine solche Frage das strenge Korsett ihrer auswendig gelernten Auskünfte. Sie zögert aber einen Moment, dann macht sie eine rasche Handbewegung, als wollte sie andeuten, dass sie nun etwas sagen werde, was nicht zu ihrem sonstigen Text gehört:

— Er hat diese Gedichte geschrieben, als wären es Briefe an seine verstorbene Mutter.

Ich stehe wie überrumpelt da, dieser Satz löst einen Schrecken in mir aus, ich kann nicht mehr reagieren, sondern bin tief in meinem Innern damit beschäftigt, diesem Satz nachzuhorchen: *Gedichte als Briefe an die Mutter.* Auch Paula hält inne, sie bemerkt, dass mich etwas beschäftigt, und sagt plötzlich:
— Möchten Sie eines dieser Gedichte hören?

Ich kann nicht antworten, sondern nicke nur. Ich vermute, dass sie nun eines der Gedichte aufsagen wird, aber sie geht zurück in den Flur und drückt dort die Taste eines CD-Players. Vollkommen unerwartet höre ich dann eine Stimme, die wohl die Stimme des Nobelpreisträgers sein muss, mich aber seltsamerweise sehr an die Stimme meines Vaters erinnert. Sie ist leise, klingt warm und tief und hört sich an wie die Stimme eines überaus geduldigen Menschen, dem die Streitereien der Welt nichts mehr bedeuten und anhaben können.

Ich muss schlucken und gehe etwas zur Seite, hinüber zu der schmalen Glastür, durch die man hinaus auf den Balkon tritt. Ich versuche, die Tür zu öffnen, sie scheppert unter meinem Händedruck aber nur unbeholfen hin und her. Da aber erscheint Paula, schiebt mich ein wenig beiseite und öffnet die Tür mit einem einzigen raschen Handgriff. Ich trete hinaus auf den Balkon und bleibe dort stehen, bis die Lesung beendet ist.

Ich blicke hinunter auf den kleinen Ort mit seinen sich andächtig hinkauernden Häusern, seinen leeren und jahrhundertelang geputzten Sträßchen und Gässchen, seinen Gärten mit den winzigen Zitronen- und Orangenhainen, seinen Treppchen, die sich bis hinunter ans Meer ziehen, seinem Hafen, wo ein paar vereinzelte Schiffe an der Kaimauer herumtaumeln.

All dieses Leben wirkt von hier oben, als hätte es letztlich nur dazu gedient, einen kostbaren, literarischen Likör zu kreieren. Dieser Likör besteht aus den Gedichten des Lyrikers, den ich mir als einen unendlich einsamen Menschen vorstelle, der irgendwo im Norden Italiens nächtelang Tränen wegen seiner nicht tot zu kriegenden Erinnerungen an ein Bett, einen Nachtschrank, ein Jesusbild und einen Schreibtisch geweint hat. Gerade rezitiert er die letzten Zeilen seines Gedichts, er spricht immer langsamer und jetzt auch ein wenig feierlich. Es handelt sich um eine Ode an seine Mutter, um eine Ode, die genau diese Zimmerchen feiert, als wären sie der einzige Himmel, der ihm noch auf Erden geblieben ist.

Ich fühle mich so hilflos und bleibe lange Zeit regungslos auf dem Balkon stehen. Ich stehe und blicke auf die Stadt und lausche weiter diesen Zeilen hinterher, es ist ein grausamer, aber sehr schöner Moment, in dem es mir sogar gelingt, die hinter mir stehende und wartende Paula für einen Moment zu vergessen. Als ich mich wieder umdrehe und den Balkon verlasse, sehe ich, dass sie mir kurz in die Augen schaut. Ich weiß sofort, wonach sie forscht, die *Ahndung* durchzuckt mich gleich – sie forscht nach Tränen in meinen Augen, sie will herausbekommen, ob mich diese Zeilen gerührt haben.

Ich habe keine Tränen in den Augen, natürlich nicht, und ich versuche es ihr zu beweisen, indem ich sie anlächele. Sie dreht sich sofort um die eigene Achse und deutet zum Abschluss ihrer Führung auf eine Fotografie neben der Tür: *Der Dichter bei seinem letzten Besuch in Mandlica auf dem Balkon dieses Hauses*, sagt sie, während ich auf dem Foto einen kleinen Mann in einem schwarzen Anzug erkenne, der auf seine heiß geliebte Stadt blickt. Vielleicht, nein, bestimmt weiß er in diesem Moment, dass er diese Stadt nicht mehr lange sehen, sondern bald sterben wird, ja so ist es gewesen, ich habe in dieser Hinsicht eine *konkrete Ahndung*.

Die Führung ist nun endgültig beendet, und Paula öffnet die Haustür. Ich soll wieder hinausgehen, aber gerade das fällt mir nicht leicht, weil ich noch nicht fertig mit alldem bin, was ich gerade erlebt habe. Am liebsten bliebe ich noch eine Weile, nähme hinter dem großen Schreibtisch Platz und schaute aus dem Fenster auf die Stadt, um von hier aus noch mehrmals das unvergleichlich schöne Gedicht *Ode an die Mutter* zu hören. Hinzu kommt, dass der Rundgang durch die Zimmer mich auch in Hinsicht auf Paula stark irritiert hat. Für etwas mehr als eine halbe Stunde waren wir auf engem Raum zusammen und haben doch kein richtiges Wort miteinander gewechselt. Die gegenseitige Nähe war zu spüren, und doch ist es mir nicht gelungen, das Schweigen zu brechen. Dass Paula im Umgang mit den Einheimischen nicht spricht, mag ich noch akzeptieren. Dass sie aber auch mir gegenüber sprachlos bleibt, der ich ihr nichts getan, sondern sie vielmehr bisher nur mit großem Respekt wahrgenommen habe, enttäuscht mich.

Ich will daher nicht einfach wie ein schlichter Museumsbesucher verschwinden, sondern ihr zeigen und beweisen, dass ich mich über ein Gespräch mit ihr freuen würde. Ich spüre, dass mich meine altbekannten Hemmungen von einer Frage abhalten, diese Hemmungen sind stark, und meistens komme ich nicht gegen sie an und lasse es mit einem Räuspern oder einer hilflosen Geste bewenden. Diesmal aber ist alles anders. Ich bemerke, wie ich gegen diese Hemmungen ankämpfe, ich verfluche sie für einen Moment, und dann beuge ich mich fast gewaltsam vor und sage in die Stille hinein:

– *Dieser kleine Rundgang war sehr interessant. Ich danke Ihnen für die Führung. Darf ich Sie vielleicht einmal zum Essen einladen, abends, unten am Meer?*

Sie schaut mich nicht einmal an, sondern schiebt die Haustür rasch hinter mir zu. Ich stehe draußen auf dem Podest vor der Tür und habe anscheinend keine Antwort verdient. Ich bleibe auf dem Podest stehen und blicke regungslos hinab in den dunklen Innenhof. Da höre ich sie von innen noch etwas sagen.

– *Lassen Sie das!* sagt sie, *geben Sie sich keine Mühe!*

12

Ich gehe langsam die Treppe hinab und spüre mit jedem Schritt mehr, dass sich ein dunkles, großes Loch in mir auftut. Es ist wie ein depressiver Schub, als hätte ich von einem Moment auf den andern alles Interesse an dieser Umgebung und diesen Menschen verloren. Welcher Irrsinn hat mich hierhergeführt? Und warum stürze ich mich in ein so aufwendiges Projekt, bei dem es nicht ohne Kränkungen zugehen wird?

Ich verlasse den Innenhof und trete hinaus auf die schmale Gasse, an einer niedrigen Mauer am Straßenrand mache ich halt, setze mich darauf und drehe mich etwas seitlich, so dass ich die Stadt in den Blick bekomme. Ich habe Situationen wie diese eben in dem kleinen Museum schon mehrmals erlebt, und jedes Mal führten sie zu mehr oder minder größeren Zusammenbrüchen. Es sind Situationen, in denen ich, ohne es anfangs zu ahnen, an meine Kindheit erinnert werde. Geradewegs und mit offenen Augen gerate ich in Notlagen, die mich in mein altes Kinderzimmer zurückkatapultieren, und am Ende solcher sehr unangenehmen Szenen erlebe ich immer wieder *die Urszene*: dass ich allein in diesem Zimmer sitze, dass niemand meine Fragen beantwortet und dass mir alles, aber auch alles die Lust nimmt, selbst noch irgendwelche Fragen zu stellen.

Eben saß die Familie noch zusammen beim Mittagstisch. Meine Brüder erzählten von ihren morgendlichen

Gesprächen und kleinen Abenteuern, dann kamen die Sportereignisse dran, dann die Fußballergebnisse – und ich sitze zwischen Mutter und Vater und bin am Ende unfähig, noch einen einzigen Bissen zu Ende zu kauen. Wie es ist, wenn einen niemand anspricht, wenn einen niemand etwas fragt oder niemand einen zumindest durch eine kleine Geste mit in die Tischrunde einbezieht? Ja, wie ist das? Was spürt man in solchen Momenten?

Es ist, als würde man bei lebendigem Leib austrocknen und langsam absterben. Die Hände und Finger werden einem schwer, man hört auf zu atmen, man spürt das Herz pochen, und eine unheimliche Angst breitet sich im ganzen Körper wie ein heftiges Fieber aus. Schließlich glaubt man, sich überhaupt nicht mehr bewegen zu können, und man sitzt da wie eine immer schwerer werdende Skulptur, die ein kleiner Stoß zu Boden werfen könnte.

Es dauerte dann meist nicht lange, bis auch die anderen am Tisch diese elende Versteinerung bemerkten. *Er hat wieder einen Anfall*, sagte dann Georg, mein ältester Bruder, während Martin, der Zweitälteste, meist aufstand, um irgendein Pseudo-Medikament zu holen, das, wie oft verniedlichend gesagt wurde, meine *Lebensgeister wieder beleben* sollte. Nicht selten handelte es sich dabei um eine Süßigkeit wie etwa ein Bonbon oder eine Frucht oder ein kleines Stück Schokolade. Martin legte es vor mich hin, und alle starrten mich an wie einen kleinen Affen, dem man ein Zuckerbrot in seinen armseligen Käfig geschoben hatte.

Natürlich rührte ich diese unverschämte Gabe nicht an. Ich holte tief Luft und bückte mich unter den Tisch und kletterte auf der anderen Seite wieder hervor, um rasch in mein Zimmer zu laufen. Meist lief ein Elternteil dann hinter mir her, während ich meinen jüngsten Bruder, Andreas, laut aufstöhnen hörte: *Ich kann das nicht mehr mit ansehen! Der hat sie doch nicht alle, der Kleine!*

Dass ich sie nicht alle habe – von dieser Diagnose haben sich meine Brüder bis heute nicht abbringen lassen. Und was soll ich sagen? Vielleicht haben sie ja recht, vielleicht fehlen meinem Hirn und meinem Empfinden wirklich bestimmte Kapazitäten, die sonst eben alle haben. Jedenfalls habe ich mich in meinem Leben immer wieder hüten müssen, in großer Gesellschaft irgendwo in der Mitte an einem Tisch zu sitzen, ohne diesen Tisch mühelos und rasch wieder verlassen zu können. Kann ich es einmal nicht vermeiden, mit einer solchen Gesellschaft zusammen zu essen, so suche ich mir auf jeden Fall einen Platz ganz am Rand oder in der hintersten Reihe, nahe der nächstbesten Tür, durch die ich bei einem etwaigen Anfall schnell verschwinden kann.

Solange ich während der Mahlzeit noch Fragen stelle, kann nichts passieren. Gehen mir aber die Fragen aus, bemerke ich die drohende Versteinerung. In denselben Zustand gerate ich auch hinein, wenn keiner der Mitessenden mich etwas fragt. Warum frage nur *ich* immer (und das wie um mein Leben), während die anderen mich kaum oder nie etwas fragen? Und warum gelingt es den anderen so mühelos, drauflos zu erzählen und den

Zuhörer mit dem fadesten Alltagskram zu überschütten, während ich aus Respekt vor meinen Zuhörern und aus Furcht, sie zu langweilen, kein einziges Wort aus meinem Alltag erzähle?

Einmal saß ich mit einer Freundin in einem Kölner Brauhaus, wir hatten gerade zwei Kölsch bestellt und den ersten Schluck getrunken, als sie ohne jede Einleitung oder Anlass einfach loslegte: *Ich trinke ja nie mehr als drei Kölsch, drei Kölsch müssen genügen. Dabei kenne ich Typen, denen macht es nichts aus, zwanzig Kölsch hintereinander zu trinken. Zwanzig Kölsch! Selbst wenn ich das durchstehen würde, Spaß würde mir das Ganze nicht machen. Neulich habe ich mal vier Kölsch sehr rasch getrunken, und schon hatte ich keinen Appetit mehr. Andere bekommen vom Kölsch-Trinken Appetit, ich nicht. Nach dem ersten Glas, da habe ich noch einen ganz leichten Appetit, nach dem zweiten einen ganz minimalen, aber nach dem dritten muss ich schon aufpassen. Meist ist der Appetit mir dann nämlich komplett vergangen. Am liebsten esse ich nach dem ersten Kölsch etwas Einfaches, und am liebsten auch etwas aus der Region. Bratwurst, Hämchen, Sauerkraut, auch eine ganz klitzekleine Sauerkrautsuppe macht mich schon glücklich. Dann vertrage ich auch das zweite und dritte Kölsch besser. Hörst Du mir zu? Sollen wir jetzt was zu essen bestellen?*

Ich habe sehr viele solcher Szenen bis auf jedes Wort im Gedächtnis, sie haben sich mir eingebrannt, aber ich kann noch heute nicht über sie lachen, so komisch diese Szenen auch jetzt, aus der Erinnerung, wirken mögen. Mit solchen Erzählungen schafft es mein Gegenüber, aus mir eine Mumie zu machen, die auf die nächstbeste Toilette verschwinden muss, um sich dort *wieder frisch zu machen*. *Mach Dich mal frisch!* sagte damals meine Freundin, *Du siehst so entgeistert aus!*

Entgeistert! – nimmt man das wörtlich, so ist es durchaus ein treffendes Wort für den Zustand, in den ich während dieser Erzählkampagnen gerate. Ich verliere an Leben, an Freude, an Wärme – und ich sehne mich nach nichts mehr, als allein sein zu dürfen. Meist bleibt mir deshalb, wenn solche panischen Zustände schlimmer werden, nur noch die Flucht. Ich haue ab, ich verstecke mich irgendwo, ich tauche unter, und ich tue es so gewandt und schnell, dass es oft niemand bemerkt und die anderen sich erst nach einiger Zeit fragen, wo ich denn bloß geblieben bin.

All das begann schon in der Schule. Es gab Tage, an denen ich mich wegen meiner bösen Vorahnungen während des Unterrichts ununterbrochen meldete, nur um am Reden zu bleiben, drangenommen zu werden und etwas sagen zu dürfen. Übergingen mich die Lehrer mehrmals und war deutlich zu erkennen, dass sie mich nicht drannehmen wollten, ließ meine Meldelust nach. Schließlich saß ich mit hochgezogenen Schultern in meiner Bank und rieb meinen aufgestützten Ellenbogen verzweifelt und stumm an der Holzkante des niedrigen Pults.

Später, in den Jugendjahren, war es beim Fußball ganz ähnlich: Ich spielte mit den anderen, es lief alles gut, die Zurufe gingen hin und her, und doch hatte ich plötzlich das Gefühl, dass das Spiel, wie sagt man? – dass es *an mir vorbei lief.* Ich bekam keine Bälle mehr, ich stand bei jedem Pass an genau der falschen Stelle, und niemand forderte mich auf, hierhin oder dorthin zu laufen, um einen Pass zu erwischen.

Das waren Momente, gegen deren zwanghaften Verlauf ich meist nicht mehr ankam. Ich brauchte mich gar nicht erst zu bemühen, ich würde es doch nicht schaffen, wieder ins Spiel zu finden, das wusste ich. Und so suchte ich nur noch nach einer passenden Gelegenheit, und es gelang mir gerade noch, mit leiser Stimme zu behaupten, dass ich nun dringend nach Hause oder sonstwohin müsse. *Ich muss dringend fort!* – mein Gott, wie oft murmelte ich diesen Satz vor mich hin und streute ihn in die Runde. Meist schauten die anderen etwas verdutzt, da wusste ich, dass ich zur Bekräftigung dieses Satzes leicht verzweifelt auf meine Uhr schauen musste, als sei ich bereits *zu spät dran*. Ich schaute, ich atmete tief durch, dann setzte ich mich ab, um irgendwo in der Nähe einen Platz aufzusuchen, an dem mir kein Bekannter begegnete.

Natürlich fand dieses Verhalten nicht immer Verständnis. Wie denn auch? Was gab es denn für die anderen, die meine Empfindungen nicht teilten oder nicht einmal ahnten, was sich dahinter verbarg, daran zu verstehen? Niemand verstand mich, und niemand machte sich die Mühe, mich verstehen zu *wollen*. Und so führten all diese Reaktionen, die ich nicht einmal jemandem erklären konnte, in der Folge oft zu unnötigen Auseinandersetzungen oder sogar Streit. Was sollte eine Freundin auch davon halten, dass ich plötzlich verschwunden war und mich erst Tage später wieder meldete? Und was sollten meine Mitspieler beim Fußball denken, wenn ich das Training einfach mittendrin abbrach? Immer wieder bekam ich zu hören, mein Verhalten sei nichts anderes als *eine Sauerei*, und immer wieder musste ich erkennen, dass mir nicht einmal eine einleuchtende Entgegnung auf eine so harsche Bemerkung einfiel. *Mir ging es nicht gut*, sagte ich oft im Nachhinein. Daran war etwas Wahres, natürlich war es mir nicht gut gegangen, und natürlich war ich wegen meiner starken Phobien geflohen. Andererseits konnte ich von diesen Phobien nicht sprechen, ohne fürchten zu müssen, nun gänzlich zum Gegenstand des Gespötts zu werden. Ein Mensch, der sie *nicht alle hat*, ist ein zwar extremer Fall, aber er ist immerhin noch ein Fall, den man zur Kenntnis nimmt und mit dessen merkwürdigem Verhalten man dann eben rechnet. Ein Mensch dagegen, der sie *nicht alle hat* und das auch noch weinerlich bekennt oder beklagt, ist kein extremer Fall mehr, sondern ein Typ, dem man möglichst ganz aus dem Weg geht.

In den Jahren intensiver ethnologischer Arbeit sind meine Versteinerungsattacken seltener geworden, denn die Arbeit beansprucht mich stark und zieht daher viel Konzentration von möglichen Selbstbeobachtungen ab. Ethnologie – das ist ununterbrochenes Fragen und Antworten, ja es ist die Heilmethode schlechthin für meine Krisenzustände. Jedes Mal spüre ich das, wenn ich während der ethnologischen Materialsammlung in meinem Element bin. Der gesamte Körper ist einbezogen, denn das Fragen stößt und bewegt das Denken voran, während die Antworten meiner Gesprächspartner sich im idealen Fall so genau auf die Fragen beziehen, als liefen ihre Gedanken haargenau auf den Bahnen, die meine Fragen vorgeben.

Doch auch in den befriedigenden Arbeitsjahren sind die Abstürze, die mich oft weit zurückwarfen, nicht ausgeblieben. Und jetzt, jetzt ist es wieder einmal soweit! Die Szenen oben im Museum sind für mich die schlimmsten seit langem gewesen. Paulas ununterbrochenes Schweigen, ihr betont an mir vorbei zielendes Sprechen, ihre harsche Absage auf meine freundliche Einladung – das alles würde schon reichen, mir den Boden unter den Füßen wegzuziehen.

Aber es ist noch etwas Schlimmeres geschehen. Die Szenen oben im Museum konfrontierten mich nicht nur mit einem Menschen, der von mir und meinen Fragen rein gar nichts wissen wollte. Sie riefen mir vielmehr auch die alten Bilder meines Kinderzimmers wieder vor Augen, in das ich mich in meiner Hilflosigkeit so oft einschloss. Diese Bilder wurden begleitet von den Bildern meiner Mutter und meines Vaters, die in solchen Situationen mindestens ebenso hilflos in der Nähe meiner Tür standen und mich anflehten, diese Tür doch endlich wieder zu öffnen.

Als ich die *Ode an die Mutter* hörte, glaubte ich sofort, eine Ode genau dieses Inhalts und dieser Art auch schreiben zu können (oder in meinen Träumen vielleicht längst geschrieben zu haben). Und als ich die Stimme des Lyrikers hörte, hatte ich darüber hinaus auch noch den fatalen Eindruck, dass ausgerechnet mein Vater mir die Ode vorlas, die ich selbst hätte geschrieben haben können.

Was für ein teuflischer Moment! Mein lieber Vater las Zeilen vor, die von mir hätten sein können, und diese Zeilen waren an niemand anderen als an meine Mutter gerichtet! Und so führten seine warme Stimme und die Anrufung meiner Mutter in diesem mich direkt ins Herz treffenden Gedicht mich hinüber in das kleine Kinderzimmer nebenan, in dem die Ahnen ihre Gerüche und Düfte hinterlassen hatten und der Herr Jesus sich die Brust aufriss, um mich an seinem Leiden teilnehmen zu lassen ...

Ich sitze weiter auf der kleinen Mauer und überlege, wie ich aus meinem elenden Zustand herausfinden kann. Irgendeine Aktion muss her, schon irgendein kleiner Handgriff wird vielleicht etwas Linderung bringen. Doch ich fühle mich lustlos und schwach, so dass mein Antrieb nicht einmal zu einer einzigen Fotografie reicht. *Na los, mach ein Foto, von hier oben hast Du einen idealen Blick auf die Stadt!* sage ich mir, worauf eine tiefere Stimme in meinem Innern nur lakonisch antwortet, dass *all dieses Fotografieren sinnlos und lächerlich sei.*

Und so bleibe ich regungslos sitzen und starre weiter auf die hier und da bereits leicht eingesunkenen Dächer der Häuser. Einmal höre ich, wie hinter mir, in dem kleinen Haus des Nobelpreisträgers, eines der oberen Fenster geöffnet und wenig später wieder geschlossen wird. Und nach einer Weile höre ich dann auch, dass ein paar rasche Schritte aus dem Innenhof herüberklingen und sich dann die Gasse hinab in anscheinend immer mehr zunehmendem Tempo entfernen.

Es ist längst früher Abend, als ich die Domglocken läuten höre. Ich stehe langsam auf und schlendere die kleinen Wege hinunter in die Mittelstadt. Kurz vor sieben Uhr betrete ich den Dom. Einige ältere Frauen richten gerade den Altar und zünden die Kerzen an. Gleich wird die Abendmesse beginnen.

13

GROSSER GOTT! Wie oft bin ich in eine Kirche gegangen, wenn es mir schlecht ging und ich nicht wusste, wie ich mich von meinen Lähmungen befreien sollte! Der Gang in eine Kirche half mir beinahe immer, vor allem, wenn es eine alte Kirche war. Ich setze mich ins Dunkel, in eine der hintersten Reihen, und ich warte, bis mich die Jahrhunderte einholen und aufnehmen. Seit endlos erscheinender Zeit, denke ich, sind Menschen in genau diese Kirche gegangen, wenn sie nicht weiterwussten. Kirchen sind Räume, die nicht für die Starken, sondern für die Hilflosen gebaut wurden. Niederknien, den Kopf senken, ein Gebet sprechen – unabhängig davon, ob ich alles glaube und teile, was von den Priestern in einer Kirche gepredigt wird, haben solche Gesten der Hilflosigkeit zunächst einmal etwas Beruhigendes. Mit ihnen nehme ich mich zurück und gebe mir selbst zu erkennen, dass meine Sorgen und Probleme nicht weltbewegend sind und dass ich nicht der Einzige bin, der Sorgen und Probleme hat.

Und wenn dann die anderen Gläubigen kommen und sich ebenfalls hinknien und beten und wenig später in den Gesang des Priesters einstimmen, finde ich meine zuvor noch so ausgelöscht erscheinende Stimme wieder. Ich brauche nur mitzubeten und mitzusingen – und schon gehöre ich ganz selbstverständlich zu dieser Gemeinschaft. Ich reihe mich ein in den Chor, ich spreche und murmle das mit, was die anderen ebenfalls sprechen und murmeln – und jedes Mal erstaunt es mich, wie heilsam so etwas ist. Das gemeinsame Sprechen und Singen hebt die bittere Empfindung der Vereinsamung auf und gibt mir das Gefühl, dazuzugehören. Für etwa eine Stunde bin ich aufgehoben in diesem Kreis der Beter und Sänger, und wenn ich die Kirche verlasse, erscheint mir die Umgebung weniger kalt und feindlich.

Ich habe jedoch eine ganz andere Beziehung zu diesen Themen und Dingen als meine vier Brüder. Unsere Eltern waren sehr gläubig, und unsere Familie ist seit vielen Generationen katholisch. Als Kinder sind wir jeden Sonntag und an allen großen Feiertagen in die Kirche gegangen. Meine Brüder haben das fortgesetzt, sie sind alle noch Kirchenmitglieder, und ich vermute, dass sie zwar nicht mehr an jedem Sonntag, aber doch alle paar Sonntage einen Gottesdienst besuchen. Sie empfinden so etwas als ihre Pflicht, und sie denken nicht weiter darüber nach. Besuche von Gottesdiensten gehören zu ihrem Leben, sie dienen der Psychohygiene, und sie geben ihnen das Gefühl, noch ein wenig von jenen Kindern zu haben, die man an der Hand nimmt und an den Altar führt.

All das kann ich gut verstehen, und ich selbst sehe einen der großen Vorzüge von Kirchenbesuchen auch darin, dass man als Kirchgänger unweigerlich wieder etwas von dem staunenden und teilnehmenden Kind bekommt, das Ermunterungen noch ernst nimmt und seelisch gestärkt die Kirche verlässt. Anders als meine Brüder habe ich Kirchenbesuche aber niemals zu einem Pflichtprogramm gemacht. Ich gehe nicht jeden Sonntag zum Gottesdienst, und ich gehe auch nicht alle paar Sonntage hin, ich verlasse mich vielmehr auf Impulse von innen, die mir sagen, wann ich in eine Kirche gehen soll. Und das muss nicht unbedingt aus Anlass eines Gottesdienstes sein.

In einer Kirche, in der gerade kein Gottesdienst stattfindet, wüssten meine Brüder aber nicht, was sie tun sollten. Sie würden zu Kunstinteressierten mutieren und am nächsten Stand einen Kirchenführer erwerben, um Altar nach Altar abzugehen und ihrer Begleitung laut vorzulesen, dass die Kreuzigungsgruppe des ersten Altares im linken Seitenschiff eine oberrheinische anonyme Arbeit aus dem 15. Jahrhundert sei. *Und alles aus Lin-*

denholz! – höre ich sie flüstern, während ihr Gedächtnis schon dabei ist, all diese Informationen sofort wieder zu löschen.

Dass man in einer Kirche, in der gerade kein Gottesdienst stattfindet, nicht weiß, was man tun soll, erscheint mir als ein bedrohliches Zeichen. Meine Brüder, denke ich, haben keine eigene Sprache für den Aufenthalt in einer Kirche, stattdessen schließen sie sich, ohne lange darüber nachzudenken, der Sprache der Gottesdienste und offiziellen Gebete an. Das ist, wie ich ja bereits sagte, nicht falsch und hat oft eine durchaus reinigende Wirkung. Es sollte aber nicht alles sein, nein, die Sprache der Gottesdienste und offiziellen Gebete sollte lediglich eine Vorgabe dafür sein, dass man zu einer eigenen Sprache findet. Zu einer Glaubenssprache. Zu einer Sprache vor Gott.

Wie bitte?! Was soll denn das sein, eine Sprache vor Gott?! Hat unser Kleiner sie noch alle?! Dass ich so rede und auf diesem Thema beharre, kommt daher, dass ich dem Sprechen und Reden in der Kirche einen Großteil meines Lebens verdanke. Ohne dieses Sprechen und Reden wäre ich nicht der, der ich bin, ich wäre kein Ethnologe, ja ich wäre vielleicht für immer der hilflose, kleine Bub geblieben, der alle paar Tage unter den Mittagstisch kroch und sich später in seinem Zimmer einschloss.

Die Rettung, von der ich hier spreche, kam, als ich acht Jahre alt war. Wie meine vier Brüder bereits einige Zeit vor mir, ging ich damals in den Kommunionunterricht.

Wochenlang machte man uns Kinder mit den wichtigsten Glaubensinhalten vertraut und bereitete uns auch auf die erste Beichte vor. Um beichten zu können, mussten wir die zehn Gebote genau kennen, und so lernten wir sie auswendig, damit wir sie später im Beichtstuhl eines nach dem anderen aufsagen und unsere Sünden bekennen konnten. Hatten wir den Großen Gott nicht genug geehrt? Hatten wir seinen Namen missbraucht? Hatten wir Mutter und Vater nicht genug geliebt? Hatten wir gelogen oder gestohlen?

Ich kannte die zehn Gebote also, als ich zum ersten Mal in meinem Leben einen Beichtstuhl betrat, ich wusste sie auswendig und hätte sie zu jeder Zeit und in jedem Raum aufsagen können. Doch ich hatte noch nie einen Beichtstuhl von innen gesehen, und so schlüpfte ich ahnungslos hinter den schweren Vorhang und kniete mich in ein tiefes Dunkel. Der Priester, mit dem ich sprechen sollte, befand sich hinter einem engmaschigen Gitter, ich konnte ihn nicht richtig erkennen, anscheinend trug er ein schwarzes Gewand und eine violette Stola, aber ich war nicht sicher, ob ich mir das alles nicht nur einbildete.

Das tiefe Dunkel machte mir Angst, und ich spürte sofort, wie diese Angst mir jeden Mut, ein paar Worte zu sagen, nahm. Ich faltete angestrengt die Hände und schloss die Augen, ich wünschte mir, das alles möge schnell vorbeigehen oder am besten schon vorbei sein. So verharrte ich minutenlang in der Stille des engen Raumes, ich konnte mich weder bewegen noch etwas sagen, es war ein peinlicher, grässlicher Zustand, der mir die Tränen in die Augen trieb.

Dann aber hörte ich aus dem Dunkel eine Stimme, und die Stimme stellte mir eine Frage:
— *Wie heißt Du, mein Junge?*

Die Stimme war sehr leise, und sie war ruhig und freundlich. Einen Moment lang glaubte ich, dass es gar nicht die Stimme des Priesters hinter dem Gitter, sondern die Stimme einer dritten Person sei, die sich irgendwo versteckt ebenfalls noch in diesem dunklen Beichtstuhlgehäuse befinden musste. Jedenfalls konnte ich erkennen, dass der Priester mir seinen Kopf nicht zuwandte. Wenn er es war, der da gerade sprach, sprach er nicht in meine, sondern in die entgegengesetzte Richtung. Es sah so aus, als horchte er dabei auf die ferne, dritte Stimme, die aus dieser Richtung kam und sich vielleicht in unser Gespräch einmischen würde.

Die Frage, die mir gestellt worden war, brachte mich noch mehr durcheinander, doch sie war immerhin ein Angebot, das Schweigen zu beenden. Ich nannte meinen Vornamen, und ich hörte, dass die ferne Stimme diesen Vornamen wiederholte, als wollte der Sprecher sich ihn einprägen oder als dächte er über ihn nach.
— *Warum sagst Du nichts, Benjamin? Willst Du nicht mit mir reden?*

Ich schluckte und spürte kalten Schweiß auf der Stirn. Nein, ich wollte mit dieser fernen Stimme nicht reden, ich hatte Angst, aber konnte ich das auch offen sagen, ohne mich lächerlich zu machen? Auf keinen Fall jedoch wollte ich lügen, denn *Du sollst nicht lügen!* war das achte Gebot, das hatte ich erst gerade gelernt, und ich hatte mir geschworen, die gerade gelernten Gebote auch zu befolgen. Ich richtete mich auf und drückte die Brust etwas durch, ich hatte keine andere Wahl, und so antwortete ich:

– *Nein, ich möchte nicht mit Dir reden.*

Noch während ich diesen Satz sagte, ahnte ich, dass nun unweigerlich die Frage, *warum* ich denn bloß nicht reden wolle, kommen würde. *Warum willst Du denn nicht mit mir reden?* – ich hatte diese Frage schon im Ohr, und ich überlegte bereits krampfhaft, was ich darauf antworten sollte, ohne mich in ein langes Frage- und Antwort-Spiel zu verstricken. Die erwartete Frage ließ aber auf sich warten, und es war einen langen Moment still. Ich bewegte mich nicht, auch der Priester hinter dem engmaschigen Gitter schien sich nicht zu bewegen. Was war mit ihm? Dachte er über mich nach? Überlegte er, was er tun sollte? Oder befragte er vielleicht Gott, der ihm dann zuflüsterte, was er mich als nächstes fragen sollte?

Es kam mir wahrhaftig so vor, und diese Vermutung wurde noch dadurch verstärkt, dass der Priester weiter nicht in meine Richtung, sondern in die entgegengesetzte schaute. Lauschte er etwa ins Dunkel? Hielt er den Kopf nicht etwas schräg und das rechte Ohr dadurch etwas höher als das linke, so, als reckte er es eigens dem Himmel entgegen, um von dort seine Weisungen zu erhalten?

Einen Augenblick lang dachte ich daran, einfach aufzugeben und den Beichtstuhl zu verlassen, dann aber sagte ich mir, dass eine solche Aktion sehr unfreundlich hätte erscheinen können. Ich saß einem Priester und vielleicht sogar Gott gegenüber, da war es doch unmöglich, sich einfach davonzustehlen, nur weil man es nicht schaffte, die zehn Gebote von eins bis zehn durchzugehen und dabei seine Sünden zu bekennen. Es war eine verfahrene Situation, und ich wusste keinen Ausweg. Unbeweglich blieb ich knien, als ich wieder die ferne Stimme hörte:

– *Erzähl mir von Dir, Benjamin! Hast Du Geschwister? Wo gehst Du zur Schule? Und was spielst Du am liebsten? Ist es Fußball oder vielleicht ein anderer Sport? Oder magst Du überhaupt keinen Sport? Vielleicht magst Du ja gar keinen Sport, das könnte auch sein. Du hörst, ich weiß nichts von Dir, und das ist schade. Erzähl mir ein wenig, ich höre zu.*

Kein Fremder hatte je so mit mir gesprochen, nur meine Eltern hatten das halbwegs so getan. Sie fragten aber nie so direkt, und sie forderten mich auch nie derart freundlich und ruhig auf, einfach einmal drauflos zu erzählen. Dabei hatte ich viel zu erzählen, oh ja, ich hatte sehr viel zu erzählen!

Ich war überrascht, und ich dachte darüber nach, womit ich beginnen sollte. Da aber bemerkte ich, dass ein solches Nachdenken doch gar nicht nötig war. Ich saß nicht den Eltern gegenüber, die mich kannten und die meist nur etwas ganz Bestimmtes wissen wollten, nein, ich saß einem Fremden oder einer fernen, vielleicht aus dem Himmel kommenden Stimme gegenüber, die mich nicht kannte und die mir alle Freiheiten ließ, dies und das zu erzählen, ohne dass ich mich an Regeln halten oder genaue Auskunft über bestimmte Einzelheiten geben musste.

Ich habe den nun folgenden Moment als einen der schönsten meines Lebens in Erinnerung, und ich habe noch heute kaum eine Erklärung dafür, was ich damals tat. Ich weiß nur, dass ich das ewige Knien und Händefalten in dem dunklen Gehäuse des Beichtstuhls nicht mehr als passend empfand. Wenn ich von mir erzählen sollte, brauchte ich doch nicht zu knien, denn im Knien konnte kein Mensch gut erzählen. Also reckte ich mich ein zweites Mal auf und sagte:

— *Wenn ich von mir erzählen soll, brauche ich einen Stuhl, im Knien kann ich nicht gut erzählen.*

Die ferne Stimme antwortete nicht gleich, doch nach vier, fünf Sekunden sagte sie:

— *Dann hole Dir doch aus dem Mittelschiff unserer Kirche einen Stuhl und setz Dich darauf! Ich warte so lange.*

Ich stand langsam auf und verließ meinen Platz. Draußen, im Mittelschiff der Kirche, packte ich mir einen Stuhl und schleppte ihn dann vorsichtig zurück ins Dunkel, hinter den schweren Vorhang. Die schmale Kniebank war mir im Weg, so dass der Stuhl nicht gut passte, ich musste ihn erst seitwärts drehen, dann konnte ich mich mühelos setzen. Ich rückte den Stuhl noch etwas zurecht, so dass ich im Profil zu dem engmaschigen Gitter saß und gegen die Seitenwand des Beichtstuhls blickte. Sollte ich den Kopf drehen, um den Priester hinter dem Gitter im Blick zu behalten? Nein, das war nicht nötig, denn der Priester war ja sowieso nur schlecht zu erkennen. Nicht auf das Sehen, sondern auf das Hören kam es an, und hören konnte ich die ferne Stimme in meiner neuen Sitzposition vielleicht sogar besser als vorher im Knien.

Ich atmete tief durch, ich legte die Hände flach auf meine Knie, dann begann ich langsam zu erzählen:

— Ich heiße Benjamin. Ich habe vier Brüder, die sind viel älter als ich. Sie heißen Georg, Martin, Josef und Andreas. Wir leben alle zusammen in einem Haus, das unseren Eltern gehört. Dort ist es sehr schön, aber meine Brüder spielen niemals mit mir. Ich spiele allein, und ich spiele manchmal auch Fußball, aber ich mag das Fußballspielen nicht so sehr wie die anderen Jungs, mit denen ich Fußball spiele. Die anderen Jungs spielen besser als ich, deshalb mag ich das Fußballspielen einfach nicht so, ich schaue aber gern zu, wenn es ein richtiges Fußballspiel mit richtigen Vereinen gibt. Viel lieber als Fußball zu spielen, würde ich gerne laufen, ich kann nämlich viel besser laufen als Fußball spielen. Ich laufe sehr lange, ohne eine Pause zu machen, und das können die anderen Jungs nicht, denn beim Fußball spielen braucht man nicht lange laufen zu können, man läuft nur ein bisschen, und dann bleibt man stehen, und dann läuft man wieder ein bisschen und bleibt wieder ste-

ben. Ich aber kann am Stück laufen, ohne Pause, nicht besonders schnell, aber am Stück, ohne Pause. Ich glaube, ich könnte ein guter Langstreckenläufer werden, aber ich habe das Langstreckenlaufen noch nicht richtig trainiert. Schnell laufen kann ich jedenfalls nicht, nein, ich laufe lange Strecken viel besser als kurze. Jeden Tag lange Strecken zu laufen würde mir sehr großen Spaß machen, aber wo könnte ich es trainieren und mit wem? Manchmal laufe ich allein von unserem Haus aus zum Rhein und wieder zurück, ohne Pause, drei- oder viermal, so etwas kann ich, aber ich laufe immer allein, und niemand weiß etwas davon, nein, ich habe über mein langes Laufen noch mit niemandem ...

Ich geriet ins Stocken, ich musste wieder schlucken, ich hatte plötzlich einen sehr trockenen Mund, und es war, als bekäme ich keinen Ton mehr heraus. Was war denn nur los? Eigentlich hatte ich gar nicht sagen wollen, dass ich über das Langstreckenlaufen noch mit niemandem gesprochen hatte, warum war ich überhaupt auf das Thema gekommen, die Sache mit dem Langstreckenlaufen war doch geheim, und ich hatte sie bisher immer für mich behalten.

Alle paar Tage lief ich heimlich zum Rhein, drehte dort um, lief wieder zurück und lief dann dieselbe Strecke noch einmal. Dieses Laufen war wie eine starke Befreiung, aber ich erzählte niemandem davon, weil ich fürchtete, deswegen nur ausgelacht zu werden. Ein Junge, der lieber lange läuft als Fußball zu spielen – das gab es doch nicht, und wenn es so etwas gab, würde daraus nichts werden. Gerne wäre ich einmal zusammen mit einem anderen Jungen diese Strecke gelaufen, aber ich kannte keinen anderen Jungen, der so etwas gerne gemacht hätte. Am liebsten aber wäre ich einmal in einem Wettkampf gegen einen meiner Brüder gelaufen, ich war mir ganz sicher, dass ich schneller gelaufen wäre als er, aber ich konnte meine Brüder nicht fragen, weil sie mich nur ausgelacht und das Langlaufen wieder für ein Zeichen dafür gehalten hätten, dass ich *sie nicht alle hatte*.

Im Beichtstuhl war es wieder sehr still, dann räusperte sich plötzlich der Priester, und ich bemerkte, dass er sich zu mir umdrehte. Ich saß jetzt zusammengesunken da und starrte nur vor mich hin, aber ich spürte diese kurze Bewegung hinter dem Gitter genau.

— *Du hast noch nie jemandem von Deinen Langläufen erzählt, habe ich recht?* fragte der Priester.

— *Nein*, antwortete ich, *ich habe noch nie davon erzählt*.

— *Es fällt Dir schwer, anderen so etwas zu erzählen, habe ich recht?*

— *Ja*, sagte ich, *es fällt mir sehr schwer*.

— *Dabei kannst Du sehr gut erzählen, und ich höre Dir sehr gerne zu. Erzähl mir noch etwas, erzähl einfach weiter, erzähle mir, was Dir gerade in den Sinn kommt.*

Ich schluckte ein letztes Mal, jetzt ging es mir wieder besser, und plötzlich waren auch wieder der Atem da und die Spucke und der feste Ton in meiner Stimme.

— *Eigentlich möchte ich nicht nur erzählen, sondern auch etwas fragen. Meine Brüder lassen mich nie etwas fragen, und auch in der Schule kann ich es nie. Es geht einfach nicht, ich kann es nicht. Dabei habe ich doch viele, nein, sehr viele Fragen, weil ich die meisten Sachen nicht richtig verstehe und weil sie mir niemand erklärt. Darf ich ...*

Ich geriet wieder ins Stocken, aber der Priester reagierte diesmal sehr schnell:

— *Ja, natürlich darfst Du mich etwas fragen, nur los, frag mich etwas!*

— *Darf ich auch den lieben Gott etwas fragen?*

— *Auch das. Stell mir Deine Frage, und ich werde darüber nachdenken, wie wir beide sie dann dem lieben Gott stellen.*

— *Lieber Gott, warum kommst Du uns nicht einmal besuchen und schaust Dir an, wie wir leben, und sagst meinen Brüdern, dass es nicht richtig ist, mich immerzu auszulachen und nie mit mir zu spielen?*

— *Weiter,* sagte der Priester, *stell die nächste Frage und dann wieder eine und wieder!*

— *Lieber Gott, warum spiele ich nicht so gerne Fußball wie die anderen Jungen, sondern laufe lieber lange Strecken?*

— *Weiter, die nächste Frage!*

— *Lieber Gott, warum schmeckt mir das Mittagessen nie so wie meinen Brüdern, denen das Mittagessen fast immer schmeckt?*

— *Weiter, weiter!*

— *Lieber Gott, hörst Du mir auch gut zu, wenn ich bete, und verstehst Du meine Gebete, oder bete ich zu durcheinander?*

Ich sprach nicht mehr weiter, ich bewegte mich nicht — denn es war plötzlich so wunderbar still. Noch niemals in meinem Leben hatte ich eine derartige Stille erlebt, es war, als trieben der Priester und ich mitsamt dem Beichtstuhl in einer Kapsel im Ozean, die langsam in die Tiefe abtauchte. Durch das engmaschige Gitter kam noch immer ein schwacher Luftzug, aber er war geräuschlos, wie der Flügelschlag eines Engels. Ich schaute nun doch zu dem Priester hinüber, weil ich nicht verstand, was in diesem Beichtstuhl gerade passierte. Da aber hörte ich eine Stimme, die mir nicht mehr die Stimme des Priesters, sondern die Stimme des Herrn Jesus zu sein schien. Natürlich war es nicht die Stimme des wahren Herrn Jesus, nein, vielmehr war es eine Stimme, die ich in einem Film mit dem Schauspieler Fernandel gehört hatte, der in diesem Film einen Priester mit Namen *Don Camillo* spielt.

Den Film *Don Camillo* hatte man uns Kommunionkindern in einem Vereinssaal unserer Pfarrei gezeigt, und er hatte mir sehr gefallen. In ihm war der Priester Don Camillo, wenn er sich sehr über die Menschen aufregte oder sich sonst irgendwie ärgerte, immer wieder in die Kirche geeilt, um dem Herrn Jesus am Kreuz von seinem Ärger zu erzählen. Das Seltsame aber war dann gewesen, dass ihm der Herr Jesus am Kreuz wahrhaftig geantwortet hatte, ja, er hatte ihm mit leiser, ruhiger und sanfter Stimme auf all seine Vorhaltungen und Schimpfereien immer wieder geantwortet.

Als ich diese Stimme des Herrn Jesus am Kreuz zum ersten Mal hörte, war ich wie verzaubert. Noch nie hatte ich einen Erwachsenen so freundlich, verständnisvoll und ruhig sprechen hören. So zu sprechen war *wundervoll*, denn wenn der Herr Jesus so sprach, erledigte sich der Ärger Don Camillos von selbst. Er stammelte noch ein paar Widerworte, er grunzte und grummelte vor sich hin, dann aber musste er über seinen Ärger selbst lachen und trottete wieder hinaus aus der Kirche.

Und nun hörte ich genau diese Stimme! Sie war leise, aber sehr deutlich, ich verstand jedes Wort, und das alles jagte mir einen Schauer nach dem andern über den Rücken. Und was sagte die Stimme?

– *Du hast dem lieben Gott Fragen gestellt. Und der liebe Gott antwortet Dir.*

Ich fürchtete mich einen Moment, aber die Furcht ließ gleich wieder nach, weil die Stimme so beruhigend war.

– *Und was antwortet er?* fragte ich.

– *Du kennst die Antworten längst*, sagte die Stimme. *Du brauchst sie bloß laut und deutlich zu wiederholen.*

– *Ich kenne die Antworten? Aber was sind die Antworten?*

– *Lieber Gott, warum kommst Du uns nicht einmal besuchen? Das war Deine Frage. Und was antwortet der liebe Gott, na, was antwortet er?*

– *Dass er keine Zeit hat, dass er uns nicht besuchen kann, weil er sonst auch andere Familien besuchen müsste, wenn man ihn darum bittet.*

– *Richtig. Und was antwortet der liebe Gott auf die Frage, warum Du lieber läufst als Fußball zu spielen?*

– *Was er antwortet? Moment ... – er antwortet, dass ich kein Mannschaftssportler, sondern ein Einzelkämpfer bin, und dass das daher kommt, weil meine Brüder nie mit mir gespielt haben, sondern mich immer allein haben spielen lassen.*

– *Richtig. Und was antwortet der liebe Gott auf die Frage, warum Deinen Brüdern die Mittagessen Eurer Familie besser schmecken als Dir?*

— *Moment ...* — *er antwortet, dass die Mittagessen meinen Brüdern besser schmecken, weil Mutter für meine Brüder, nicht aber für mich kocht.*

— *Richtig. Und was antwortet der liebe Gott auf die Frage, ob er Dir beim Beten gut zuhört und ob Du gut und verständlich betest?*

— *Na, das ist doch klar, er antwortet, dass er mir sehr genau zuhört, so wie jetzt gerade, als er sich meine Fragen genau angehört hat.*

— *Dann wären Deine Fragen also beantwortet?*

— *Ja, meine Fragen sind jetzt beantwortet. Aber was mache ich, wenn ich wieder etwas fragen möchte? Soll ich dann wieder zur Beichte gehen?*

— *Das kannst Du machen, aber es ist nicht unbedingt nötig. Du weißt ja jetzt, wie es geht: Du stellst dem lieben Gott Deine Fragen, dann wartest Du eine Weile, bis er sich die Antworten überlegt hat, und dann hörst Du zu, was er antwortet und wiederholst es laut. Es ist ganz einfach.*

— *Ich könnte die Fragen an den lieben Gott auch aufschreiben.*

— *Oh ja, das ist eine gute Idee.*

— *Und die Antworten könnte ich dann ebenfalls aufschreiben.*

— *Ja, aber nur, wenn der liebe Gott Dir auch wirklich geantwortet hat.*

— *Antwortet er denn manchmal auch nicht?*

— *Manchmal hat er keine Zeit, sofort zu antworten. Dann musst Du warten, bis Du die Antwort hörst.*

— *Gut, so werde ich es machen. Ich werde alles aufschreiben, meine Fragen und die Antworten. Darf ich jetzt gehen?*

— *Du hast noch nicht gebeichtet. Du solltest die zehn Gebote durchgehen und Deine Sünden bekennen.*

— Darf ich das ein anderes Mal tun? Ich bin so aufgeregt.

— Gut, dann machen wir das ein anderes Mal. Und nun nimmst Du Deinen Stuhl und trägst ihn wieder hinaus, und dann kniest Du Dich in eine Bank und betest drei Vaterunser und drei Gegrüßet seist Du, Maria. Falte jetzt bitte die Hände, ich erteile Dir jetzt den Segen.

Ich faltete die Hände und hörte, wie der Segen gesprochen wurde. Dann trug ich den Stuhl hinaus und betete, wie mir aufgetragen worden war.

Diese Stunde im Beichtstuhl war die Geburtsstunde meiner Frage- und Antwortspiele, die ich in schwarze, linierte Schulhefte eintrug. Heute glaube ich, dass sie zugleich der Beginn meiner Leidenschaft für das ethnologische Fragen und Antworten waren. Beinahe täglich setzte ich mich für eine halbe Stunde irgendwo hin und stellte mir oder anderen Menschen oder der halben Welt Fragen, um sie nach kurzem Nachdenken selbst zu beantworten.

— Warum singen die Vögel?

— Weil sie sich darüber freuen, immer etwas zu fressen zu haben.

— Welches Tier im Zoo magst Du am liebsten?

— Den Marabu. Er bewegt sich nie und denkt mehr nach als jedes andere Tier. Außerdem ist er gut gelaunt, aber er zeigt es niemandem.

— Welchen Sport würdest Du außer dem Langlaufen gerne lernen?

— Das Delphinschwimmen, ich würde sehr gerne so schwimmen können, es ist das schönste Schwimmen, das es gibt, viel

schöner als das dämliche Brustschwimmen und auch schöner als das angeberische Kraulschwimmen.

— Und das Rückenschwimmen?

— Das Rückenschwimmen ist etwas für das Schwimmen im See, und es ist auch eher etwas für ältere Leute.

14

WÄHREND DES Gottesdienstes schaue ich manchmal hinüber zu den alten Beichtstühlen, die dicht hintereinander in den beiden Seitenschiffen stehen. An den meisten sind kleine Schilder mit den Namen der Priester befestigt, die in dem jeweiligen Beichtstuhl die Beichte abnehmen. Ich überlege, ob ein Gläubiger dieser Stadt immer wieder mit demselben Priester spricht oder ob er abwechselnd, mal bei diesem, mal bei jenem, beichtet. Interessant wäre auch ein genaueres Wissen darüber, ob er sich traut, wirkliche Todsünden zu beichten, oder ob er den Priester mit der Angabe von ein paar lässlichen Sünden zufriedenstellt. *Todsünden* – das waren in den Kinderjahren richtig harte Sachen wie Ehebruch, Gewalt, Diebstahl oder sogar Totschlag, lässliche Sünden dagegen waren so harmlose Delikte wie Lügen, Freunde ärgern oder Zoten reißen. Im Grunde haben die Priester in diesem Ort Aufgaben, die sonst die Psychoanalytiker wahrnehmen, hoffentlich sind die Priester diesen Aufgaben auch gewachsen. Während der Vorarbeiten zu meinen Forschungen habe ich festgestellt, dass es in

Mandlica lediglich zwei Psychoanalytiker gibt, das ist eindeutig zu wenig, vielleicht sind es aber auch so wenige, weil die Priester diese Rolle wirkungsvoll genug ausfüllen.

Der Gottesdienst dauert mitsamt einer kurzen Predigt, der ich wegen ihrer Harmlosigkeit nicht folgen kann, kaum mehr als eine Dreiviertelstunde. Bei einigen Liedern, die ich von früher her kenne, singe ich leise mit, und auch einige der bekannten Gebete (wie etwa das Vaterunser) spreche ich mit, denn ich kenne sie auch in der italienischen Fassung noch immer auswendig (worauf ich ein wenig stolz bin).

Als ich die Kirche nach dem Segen des Priesters verlasse, geht es mir besser. Es ist richtig gewesen, in eine Kirche zu gehen, ich habe meine Psyche wieder etwas im Griff, vor allem aber haben die Erinnerungen an die unangenehmen Momente im Haus des Nobelpreisträgers schon etwas von ihrer Heftigkeit verloren. Draußen, vor der Kirchentür, bleibe ich ein wenig stehen und schaue in die Abendsonne, deren letzte Strahlen noch auf den weiten Domplatz fallen. Eine ältere Frau kommt auf mich zu, bleibt neben mir stehen und gibt mir die Hand. Sie murmelt einen undeutlichen Gruß, ich verstehe nicht, was sie will, aber ich grüße zurück und bleibe dann allein vor der Kirche stehen, während sie weitergeht.

Genau in diesem Moment klingelt mein Handy, und ein Blick auf das Display belehrt mich, dass sich diesmal mein Bruder Josef, der Apotheker, Sorgen macht.

— *Benjamin?!* ruft er.

— *Ja*, antworte ich, *ich bin's, Beniamino, es ist alles in Ordnung.*

— *Alles in Ordnung, Benjamin?!*

— *Ja natürlich, alles in Ordnung.*

— *Nimmst Du Deine Tabletten auch regelmäßig?*

— *Ja, jeden Morgen.*

— *Die gegen Bluthochdruck musst Du jeden Tag nehmen, Du weißt das.*

— *Ja, ich nehme sie vor dem Frühstück, jeden Morgen.*

— *Bravo! Das ist gut! Und alle zwei Tage die Vitamin-Tabletten!*

— *Alle zwei Tage, nach dem Frühstück, ich weiß.*

— *Und kein Aspirin, hörst Du? Nicht jeden Abend ein Aspirin, das ist zu viel! Nur in dringenden Fällen! Hörst Du?*

— *Absolut, nur in dringenden Fällen und höchstens einmal die Woche.*

— *Richtig. Was machst Du denn gerade?*

— *Ich überlege, ob ich mir etwas koche oder ob ich in einem Restaurant zu Abend esse.*

— *Ernährst Du Dich auch ordentlich?*

— *Ich ernähre mich perfekt, es ist alles da, was ich brauche, und alles superfrisch, besonders das Obst ist fantastisch.*

— *Was für ein Obst?*

— *Zitronen und Zitrusfrüchte, sehr rare, merkwürdige, köstliche Zitrusfrüchte, ich komme gerade nicht auf den Namen. Sie sind riesengroß, größer als Zitronen, richtige Ballons.*

— *Machst Du Witze?*

— *Neinnein, ich werde sie fotografieren und euch ein Foto mailen.*

— *Tu das! Es interessiert mich.*

— *Und kandierte Früchte, es gibt hier die besten kandierten Früchte, die ich je gegessen habe.*
— *Iss nicht so viel Süßes!*
— *Es gibt hier die besten Dolci Siziliens. Ich muss sie kosten, das ist wichtig für meine Forschungen.*
— *Aber bitte in Maßen, Benjamin, in Maßen!*
— *Natürlich in Maßen, Du kennst mich.*
— *Ich kenne Dich ganz genau, mein Kleiner, und ich weiß, dass Du nichts lieber isst als Süßigkeiten. Das ist immer schon so gewesen, Du weißt das.*
— *Aber ja, ich weiß das genau. Und warum ist es so gewesen, mein Großer?*
— *Warum?! Ja woher soll ich denn das wissen?!*
— *Weil ihr vier mir alles weggefressen habt, deswegen. Und hinterher blieb nur der Nachtisch, und den Nachtisch mochtet ihr vier nicht, weil es ja immer schnell gehen musste, das Essen, immer rasch, immer rasch reingeschaufelt. Den Nachtisch habt ihr manchmal sogar stehen lassen, ihr Fresssäcke, und dann habe ich eben den Nachtisch von vieren gegessen.*
— *Was ist denn plötzlich los, Kleiner?! Du bist ja ganz aufgebracht!*
— *Ach, lass mich in Ruhe. Ich weiß, was ich zu tun und zu lassen habe, und ich werde so viele Dolci essen, wie ich überhaupt nur essen kann.*
— *Benjamin! Tu das nicht!*
— *Hör mal zu, Josef! Diese Stadt hat sieben Apotheken! Ich werde also überleben, wenn es mir einmal schlecht gehen sollte.*
— *Benjamin, Du verträgst so viel Süßes nicht, und Du kennst auch nicht die richtigen Medikamente, die gut für Dich wären.*
— *Ich gehe jetzt zu Abend essen, mein Großer! Ich werde versuchen, im besten Restaurant der Stadt noch einen Platz zu be-*

kommen. Ich werde auf Dich anstoßen und zum Abschluss der Mahlzeit eine doppelte Portion Dolci bestellen.

– Du bist nicht gut drauf, Kleiner! Irgendetwas stimmt nicht mit Dir, ich wittere das.

– Mach es gut, Großer! Was gibt es denn bei Euch zu Abend? Hirse mit Rosinen? Und dazu ein Tröpfchen Multi Sanostol?

– Mein Gott, Du bist wirklich gar nicht gut drauf!

– Sei still, und lass Gott aus dem Spiel!

– Benjamin! Ich erkenne Dich gar nicht wieder!

– Dann versuchen wir es beim nächsten Anruf, das Wiedererkennen! Das beste Restaurant der Stadt heißt »Alla Sophia«, dahin gehe ich jetzt. Mach es gut und Grüße an Deine – wie nennst Du sie immer? – ach ja: Grüße an Deine »Rasselbande«.

Ich beende das Gespräch und atme kurz durch. Den ganzen Ärger des Tages habe ich kanalisiert und bin ihn nun auf einen Schlag losgeworden. Ich ahne, dass Josef jetzt in die Küche seiner Fünf-Zimmer-Wohnung in Köln-Ehrenfeld eilt und seiner Frau von dem Telefonat berichtet. Wahrscheinlich werden sie meinen Bruder Martin sofort informieren, aber Martin wird noch in den Unikliniken arbeiten und deshalb nur kurz zu erreichen sein. Sie werden ein Telefonat zu einem späteren Zeitpunkt vereinbaren, und danach wird Martin mich mit seiner extrem tiefen Stimme anrufen, um mich mit seinen ärztlichen Diagnosen zu schockieren.

Beim Verlassen des Doms hatte ich noch gar nicht vor, ein Restaurant aufzusuchen. Während des Gesprächs mit Josef aber hat der Funke meines Forschungsdrangs plötzlich wieder gezündet, so dass ich Lust bekam, meine gerade erst in Gang gekommenen Untersuchungen fortzusetzen. Ich habe mit Alberto, dem Buchhändler, einen guten Anfang gemacht, und Alberto hat von Lucio, dem Besitzer des Restaurants *Alla Sophia*, gesprochen. Lucio sei angeblich mit Maria verheiratet, und Paula habe angeblich vor vielen Jahren einmal in Lucios Restaurant gearbeitet. Was also liegt näher, als mich in diesem Restaurant einmal umzusehen? Im günstigsten Fall werde ich dadurch nicht nur weitere Aufschlüsse über sizilianische Speisen und Essrituale, sondern auch weitere Erkenntnisse über die geheimen Beziehungen der beiden Schwestern zueinander erhalten.

Ich ahne, wo sich das Restaurant befindet, denn ich habe während meiner Rundgänge durch den Ort auf die Hinweisschilder geachtet, die den Fremden die Wege zu Hotels und Restaurants anzeigen. Von einer der großen Straßenkreuzungen führt eine kleinere Gasse, die nur für Fußgänger begehbar ist, in ein Dickicht schmaler, meist einstöckiger Häuser, die wohl ein eigenes Viertel am unteren Abhang des Stadthügels bilden. Während ich mich in diesem Viertel noch zu orientieren versuche, bemerke ich schon eine leichte Vorfreude. Im *Alla Sophia* werde ich zur Ruhe kommen, sizilianisch essen und die dunklen Empfindungen, die mir nach der Begegnung mit Paula so zugesetzt haben, vollends vertreiben. Nach einigem Hin und Her finde ich dann auch das Restaurant, es liegt versteckt am Ende einer Gasse, und seine Eingangstür ist aus dichtem Milchglas, auf dem in eleganten Jugendstilschriftzügen *Alla Sophia* steht.

Als ich die Tür öffne, blickt mich ein Mann in einem hellgrauen, schlichten Pullover von der entgegengesetzten Seite des Raums direkt an. Er steht dort neben einem großen Buffet und streicht einige Servietten glatt, er mustert mich, und ich vermute, dass es sich um Lucio, den Besitzer des Restaurants, handelt. Er unterbricht seine Tätigkeit und kommt mir langsam zwischen den kleinen Tischen entgegen, die meisten sind festlich gedeckt und anscheinend auch reserviert, doch die Mehrzahl der Abendgäste ist noch nicht erschienen.

Er begrüßt mich und fragt, ob ich einen Tisch reserviert habe, und ich verneine und bleibe in der Nähe der Tür stehen, um mir einen Überblick über den kleinen Speiseraum zu verschaffen. Der Raum gefällt mir, er macht den Eindruck eines Wohnzimmers, in das eine große Familie zu einem familiären festlichen Essen geladen hat. Die Kerzen brennen bereits, und auf jedem Tisch steht eine Vase mit einem Strauß von Mimosen. Der Mann, den ich für Lucio halte, winkt mich mit einer knappen Geste in die Mitte des Raums und weist mir dort einen Tisch zu, der für zwei Personen gedeckt ist. Er zieht einen Stuhl etwas zurück, dort soll ich also Platz nehmen, das aber kann ich aus bestimmten Gründen auf keinen Fall tun, und so frage ich, ob es auch möglich sei, einen Platz am Rand oder – besser noch – in einer Ecke des Raums zu bekommen. Lucio stutzt kurz und schaut mich an, ich ahne, dass er mich am liebsten fragen würde, warum mir der Tisch in der Mitte nicht passt, aber er stellt diese Frage nicht, sondern blickt sich kurz im ganzen Raum um, als ginge er in Gedanken die Sitzordnung des Abends durch.

Ich weiß genau, was nun passieren wird, Lucio wird sich kurz entschuldigen und in der Küche verschwinden, um sich mit seinem Service-Personal zu besprechen. Jede kleine Änderung der einmal angedachten Sitzordnungen ist ein Eingriff in das abendliche Essritual und muss daher erst lange besprochen und umständlich abgewogen werden. Ich selbst aber habe mich längst entschieden. Sollte ich keinen Platz am Rand oder in einer Ecke des Raums bekommen, werde ich das Restaurant wieder verlassen. Als Fremder allein in der Mitte all dieser Tischgesellschaften zu sitzen, das bedeutet, mehrere Stunden lang den Blicken der einheimischen Esser ausgesetzt zu sein. Ich würde aber nicht nur zum Gegenstand zahlloser Blicke, sondern auch vieler Kommentare werden, und genau das will ich vermeiden. Es könnte passieren, dass ich die geballte Aufmerksamkeit für meine Person irgendwann nicht mehr ertrage und die Flucht antrete. Eine solche Flucht will ich dem Wirt und seinem Personal, aber auch mir selbst ersparen.

Als Lucio zurückkommt, fragt er, ob es mir wirklich unmöglich sei, mich an einen Tisch in der Mitte zu setzen. Offensichtlich will er nicht nachgeben und die besten Plätze an den Rändern und in den Ecken weiter den Einheimischen vorbehalten, auch wenn sie diese Tische nicht reserviert haben. Die Einheimischen gehören an die Ränder, die Fremden in die Mitte – so denkt er, und ich weiß, dass ich nun nachlegen muss, um nicht den Kürzeren zu ziehen.

– Es tut mir leid, sage ich, *aber ich bin nicht nur zu meinem Vergnügen hier. Ich notiere vielmehr während des Essens eine Menge, und ich habe einige Bücher dabei, in denen ich wohl dann und wann etwas nachschlagen muss, Sie verstehen?*

Ich lüge keineswegs, genau so ist es, ich werde während des Essens Notizen machen, und ich habe auch einige Bücher in meinem Rucksack dabei, in denen ich vielleicht etwas nachschlagen werde. Lucio aber weiß natürlich nicht, dass diese Notizen meinen ethnologischen Forschungen gelten, vielmehr wird er annehmen, dass mein anscheinend berufliches Interesse an der folgenden Mahlzeit wohl darauf zurückzuführen ist, dass ich den Beruf eines Restaurantkritikers ausübe. Als er mich eindringlich anschaut, weiß ich, dass ihm genau diese Überlegung durch den Kopf geht.

– Entschuldigen Sie, sagt er, *habe ich Sie richtig verstanden? Sie schreiben über unser Restaurant und das Essen?*

– Exakt, antworte ich, *ich werde darüber schreiben. Mehr möchte ich jetzt aber dazu nicht sagen, haben Sie bitte dafür Verständnis.*

Kaum habe ich das gesagt, ist auch schon die Aufregung zu bemerken, die sich in ihm schlagartig breitmacht. Wie ein Kind schlägt er vor lauter Vorfreude kurz in beide Hände, räuspert sich und beschleunigt seine Bewegungen, als wäre jemand hinter uns her.

– Kommen Sie! sagt er mit leicht rauer Stimme, *ich gebe Ihnen den ruhigsten Platz, den wir haben. Keiner wird Sie stören.*

Ich gehe hinter ihm her bis in die äußerste Ecke des Raums, wo er den kleinen Ecktisch sofort abräumt und lediglich ein Gedeck stehen lässt. Dann deutet er auf den toten Winkel hinter dem Tisch, wo ich meinen Rucksack mit den Arbeitsgeräten bequem und in Griffnähe abstellen kann.

Ich setze mich und nehme den Rucksack kurz auf den Schoß. Dann packe ich einige Bücher, drei Notizhefte, mein Diktiergerät und einige Stifte aus und lege alles mit einem leicht feierlichen Gestus an den Rand des Tisches.

– *Sollen wir die Mimosen entfernen?* fragt Lucio.
– *Auf keinen Fall*, sage ich, *die Mimosen sind wunderbar, ich liebe Mimosen.*

Ich sehe, wie sehr ihm meine Antwort schmeichelt. Ein kurzes anerkennendes Wort zu einem Sträußchen Mimosen lässt ihn bereits glauben, dass ich sein Restaurant nun ins Herz geschlossen habe. Ich lächele und vermute, dass er sich jetzt vorstellen wird.

– *Ich heiße Lucio*, sagt er.
– *Das habe ich schon vermutet*, antworte ich und bemerke, dass er die Vertraulichkeit zwischen uns steigert, indem er seinen Nachnamen weglässt.
– *Sie kennen mich?* fragt er und senkt etwas den Kopf.
– *Ich habe von Ihnen gehört*, antworte ich.
– *Oh, das freut mich sehr!* fährt er fort.

Jetzt ist die Kluft zwischen uns überbrückt, Lucio sitzt schon beinahe auf meinem Schoß. Im Verlauf der Mahlzeit wird er die Vertraulichkeit noch weiter steigern, da bin ich sicher. Wenn ich keine schweren Fehler mache und meine Psyche mir nicht wieder einen Streich spielt, wird es eine wunderbare Mahlzeit werden. Ich greife nach der Serviette und breite sie langsam auf meinem Schoß aus. Lucio bemerkt es, und ich spüre, dass er diese Geste als einen Auftakt zu einem Programm versteht, das der Küche lauter Höchstleistungen abverlangt.

– Womit wollen wir beginnen? fragt er.

– Bringen Sie mir bitte die Wein- und die Speisekarte, antworte ich, *und dann lassen Sie mir bitte etwas Zeit für eine genaue Lektüre.*

– Natürlich, sagt er, *ich bringe Ihnen die Karten und etwas Wasser und einen Begrüßungsschluck unseres Hauses, und dann lasse ich Sie so lange allein, wie Sie es wünschen.*

Ich lehne mich etwas zurück und stelle den Rucksack in die Ecke. Es ist noch zu früh, um mit den Utensilien auf dem Tisch zu hantieren. Der Raum füllt sich allmählich, und auf meinem Tisch stehen bald zwei große Flaschen Wasser (*mit gas* und *ohne gas*) sowie ein kleiner dunkelblauer Pokal mit einer geheimnisvollen Flüssigkeit, die ich wohl für einen Aperitif halten soll. Ich nippe vorsichtig daran, sie schmeckt intensiv nach frischen Blüten und ein wenig auch nach Zitrone. Den Blütenhauch glaube ich zu kennen, weiß aber nicht, woher.

15

Es macht großes Vergnügen, in der Speisekarte zu lesen, denn ich kenne viele Gerichte nicht gut genug und muss oft rätseln, woraus sie bestehen. Ich nehme ein Notizheft zur Hand und notiere einige Namen, die ich für typisch sizilianisch halte. Wie wird eine sizilianische Brot- oder Linsensuppe schmecken? Und wie ein Fenchel-Bohnenpüree? Sardinenfrikadellen mit Orangenzitronat würde ich gerne kosten und natürlich auch den Algensalat mit frittierten Seeigeln. Es gibt wahrscheinlich herrliche Gemüse-Aufläufe und Dolci in allen Varianten: Kaltschalen, Torten, kleine Kuchen und Krapfen, Sorbets und Granite – ich notiere einfach drauflos und halte alles fest, was mich lockt, es ist ein großes Vergnügen.

Ich habe mir mindestens eine halbe Stunde Zeit gelassen, als Lucio nach mir schaut und mit gespielt verzögertem Gang an meinen Tisch kommt.

– *Sie haben schon eine Menge notiert*, sagt er lächelnd.

– *Ich habe das Terrain sondiert*, antworte ich. *Ihre Karte ist eine einzige Verführung, es ist schade, dass ich mich nun entscheiden muss.*

– *Schade? Warum schade?*

– *Jede Entscheidung für eine bestimmte Speise ist eben auch eine Entscheidung gegen eine andere.*

– *Oh, ich verstehe. Darf ich einmal neugierig sein? Zeigen Sie mir, welche Gerichte Sie notiert haben?*

Ich zögere kurz, dann reiche ich ihm die beiden Zettel, die ich beschrieben habe. Er schaut sich die Liste an, dann sagt er:

— *Wir werden tun, was wir können. Von den meisten Gerichten lasse ich Ihnen kleine Portionen bringen. Probieren Sie und lassen Sie einfach stehen, wenn Ihnen etwas zu viel wird. An eine bestimmte Reihenfolge können wir uns allerdings leider nicht halten, ich lasse Ihnen die Portionen so bringen, wie sie gerade in der Küche fertig und von den anderen Gästen bestellt werden.*

— *Das wäre ideal*, antworte ich, *und sorgen Sie sich nicht wegen der Reihenfolge, das ist nicht von Bedeutung, es ist mir sogar ganz recht, eine Suppe nach einem Hauptgericht oder ein süßes Sorbet vor einem Gemüseauflauf zu kosten.*

— *Und der Wein?* fragt er noch.

— *Auch da lasse ich Ihnen freie Hand*, sage ich. *Mal weiß, mal rot, mal süßer, mal herber, und das alles nur zum Nippen in kleinen Gläsern.*

Lucio nickt, und ich sehe, wie er sich auf diese Herausforderung freut. So etwas hat es im *Alla Sophia* noch nicht gegeben: die ganze Palette der Küche, die verschiedensten Speisen und Getränke – und das alles nur für einen einzigen Gast, der jeweils nur so viel von einem Gericht oder einem Glas isst oder trinkt, wie es ihm gerade passt.

— *Moment!* sage ich, als er verschwinden will. *Ihr Aperitif – woraus besteht er genau?*

— *Aus einem frischen Jasminblütenlikör mit etwas Zitrone und Minze, aufgefüllt mit einem Schuss Prosecco aus Venetien*, antwortet er, und ich notiere sofort mit besonderer Beflissenheit jedes Wort.

Lucio kann nicht wissen, wie sehr mir das alles entgegenkommt. Als Kind habe ich oft so durcheinander gegessen, weil ich während unserer Familienmahlzeiten dem Esstempo der anderen nicht folgen konnte. Erst die Suppe, dann das Hauptgericht, dazu der Salat, dann das Dessert – manchmal habe ich einfach einen Gang übersprungen, oder ich habe zuerst den Salat und dann die Suppe und dann das Dessert gegessen. Hinzu kam, dass ich für die Mahlzeiten viel länger brauchte als die anderen Familienmitglieder, so dass ich am Ende allein am Tisch saß, mit den halb geleerten Schalen, Schüsseln und Tellern vor mir. Dann aß ich all das, was mir gerade schmeckte, und ließ mir dabei viel Zeit.

Der Raum ist längst voll, und ich notiere, dass anscheinend keine Fremden anwesend sind. Lucio dirigiert seine Mannschaft aus der Ferne und bleibt nur während der Bestellungen länger an den einzelnen Tischen. Zu mir jedoch kommt er immer wieder, schaut kurz auf alles, was ich gerade probiere, und gibt zu den Gerichten knappe Kommentare. Er wartet aber nicht darauf, dass ich antworte, sondern lässt mich vollkommen in Ruhe, ich genieße es sehr, endlich einmal so ungestört und bevorzugt behandelt essen zu können. Dabei halte ich mich an das Probieren und Kosten und notiere, was mir auffällt. Viele Speisen haben eine leicht süßliche und doch scharfe Note, was anscheinend durch die Zugabe von Fruchtessenzen erreicht wird. Andere sind mit unendlicher Geduld eingekocht, denn sie machen trotz sehr langer Kochzeit noch einen konsistenten Eindruck, zerfallen aber, wenn man sie mit der Gabel berührt, in kleinere, noch immer ansehnliche Elemente. Vor allem die vielen Sorten Gemüse wie Artischocken, Zwiebeln oder Auberginen sind von größter Delikatesse und endlich einmal so lange und mit Hingabe jeweils in einem anderen Sud gegart, dass ich mich mit ihnen besonders ausführlich beschäftige.

Zufrieden bemerke ich weiter, dass ich dem sonstigen Geschehen entrückt bin. Niemand achtet auf mich, die Unterhaltungen bei Tisch werden recht laut und engagiert geführt, und ich freue mich, dann und wann auch einige Details zu den Gerichten mitzubekommen. *Die Artischocken kochen sie mit Marsala ein, hättest Du das erraten?* höre ich, und weiter: *Diese Feinheit der Sauce entsteht durch das Fruchtmus von Kaktusfeigen, in das man etwas Ingwer und Zimt mischt.*

Es ist schön, unter lauter Menschen zu sitzen, die sich auf das Essen konzentrieren, darüber eingehend sprechen und nicht auf die Idee kommen, laufend über andere, läppische Themen zu plaudern. Endlich einmal keine Politik und endlich einmal keine Boulevard-Meldungen, nichts davon – in diesem Restaurant geht es ausschließlich um die Feinheiten der Küche und darum, bilderreiche Hymnen auf die Meisterschaft ihrer Kochkunst zu singen.

Am liebsten würde ich mitmachen, und das ganz gegen meine sonstige Art. Gewöhnlich esse ich nämlich gerne allein, weil ich mich den Speisen dann besser widmen kann, hier aber würde ich mich durchaus an den Gesprächen beteiligen, weil es Gespräche von Kennern und Liebhabern sind. Außerdem regt der Wein mich dazu an, ja, ich spüre sogar eine gewisse Ausgelassenheit, die zweifellos von den kleinen Weinproben herrührt. Ich summe bereits leise vor mich hin, tue aber nichts dagegen, dass mir weiter ein Gläschen nach dem andern serviert wird, angeblich passen sie alle genau zu der Speise, die ich jeweils gerade mit größtem Enthusiasmus verzehre. Jeder weiß, dass Weintrinken in Italien zu einer Mahlzeit gehört, dass andererseits aber auch sehr mäßig getrunken wird. Hier aber beobachte ich, dass viel und energisch getrunken wird, eine Runde von vier männlichen Essern in meiner Nähe teilt sich bereits die dritte Flasche, und ein Ende ist noch nicht in Sicht.

Wenn mich meine Brüder sehen würden, wie ich leicht angetrunken, aber noch immer souverän und ideenreich hier unter all den Gourmands sitze und meine private Festmahlzeit feiere! Sie würden ihren Augen nicht trauen, zumal sie wissen, dass ich es in so überfüllten Räumen nicht lange aushalte. Und wie ist das diesmal?! Nichts, kein Unwohlsein, keine Ängste, weder Zweifel noch Skepsis! Ich sitze mit mir und der Welt im Reinen an einem kleinen Eßtisch im fernen Sizilien und feiere mit den Sizilianern die Küche dieser begnadeten Insel, die andere regionale Küchen Italiens vor allem durch eine gewisse Raffinesse des Würzens übertrifft.

Und als wollte ich mir die neu erworbene Sicherheit noch zusätzlich beweisen, schalte ich mein Handy kurz ein und schaue nach, ob meine Brüder bereits wieder hinter mir her sind. Oh ja! Martin hat bereits viermal versucht, mich zu erreichen! Soll ich es also darauf ankommen lassen, soll ich zurückrufen und ihm endlich einmal die Meinung sagen, so wie es mir mit Josef ansatzweise nach dem Gottesdienst gelungen ist?

Ich halte das Handy noch unschlüssig in der Rechten, als sich die Tür des Restaurants öffnet und Paula herein kommt. Ich bin so erschrocken, dass ich das Handy sofort wieder fortstecke. Sie trägt ein langes, schwarzes, ärmelloses Kleid und eine kleine Goldkette, und sie schaut unglückseligerweise zuerst genau in die Ecke, in der ich sitze. Sie tut aber so, als würde sie mich nicht kennen oder als hätte sie mich nicht bemerkt, jedenfalls durchquert sie den Raum ohne jede erkennbare Regung und verschwindet dann in der Küche. Hat Alberto nicht behauptet, dass sie nicht mehr hier arbeitet wie wohl noch in früheren Jahren? Nun gut, sie arbeitet hier anscheinend wirklich nicht mehr, sonst würde sie nicht erst so spät am Abend kommen. Was aber führt sie dann in dieses Restaurant, und was, *verdammt*, macht sie jetzt in der Küche?

Ich spüre, wie ihr Auftritt meine Stimmung zum Kippen bringt. Ich rühre die Speisen schon nicht mehr an, und ich schiebe das gerade servierte soundsovielte Glas Wein weit von mir weg. Ist dieser gerade so schön und intensiv begonnene Traum schon zu Ende? Ich vermute, dass Paula sich in der Küche mit Lucio über mich unterhält. Sicher wird sie ihm sagen, dass ich von Beruf Ethnologe und gar kein Restaurantkritiker bin. Oder weiß sie gar nicht, welchen Beruf ich habe, weil ihre Schwester ihr solche Dinge nicht erzählt?

Auf jeden Fall macht ihr Erscheinen mich unruhig. Kurz zuvor habe ich noch in großer Gelassenheit und mit reinem Vergnügen in diesem Restaurant gesessen, in dem ich eine wohltuende Nähe zu den Menschen und Dingen um mich herum empfinde. Ich bin auf einer Woge von Gastlichkeit, Zuwendung und Sympathie geschwommen, und ich habe während des Essens viele Seiten mit meinen Fragen und Antworten gefüllt, so, wie ich es gewohnt bin: *Was ist das Gemeinsame dieser sizilianischen Suppen? – Dass sie auf den ersten Blick enttäuschend und verschlafen aussehen, wie dicker Brei, zu lange eingekocht, und dass sie dann so leicht und hellwach schmecken, dass jede Zutat in Erscheinung tritt (und das alles ist ein Ergebnis von Schärfe und Süße in immer anderer Mischung).*

Einen Moment weiß ich nicht mehr weiter. Ich denke daran, noch einen starken Kaffee zu bestellen, zu bezahlen und das Weite zu suchen, andererseits ärgere ich mich, dass diese schönen Stunden nun so abrupt zu Ende gehen. Ich blättere noch ein wenig unschlüssig in meinen Notizen, als Paula zurück in den Speiseraum kommt und zwischen den Tischen hindurch direkt auf mich zugeht. Am liebsten würde ich mich unter den Tisch ducken und in meinem Kinderzimmer verschwinden. Droht jetzt das Gericht? Und wird sie mich wahrhaftig ansprechen? Es sieht ganz danach aus.

Sie macht neben meinem Tisch halt und beugt sich zu mir herunter. Dann sagt sie leise:

– *Entschuldigen Sie, darf ich mich zu Ihnen setzen?*

Ihre Stimme ist diesmal freundlich und warm, als sei sie wirklich daran interessiert, sich in Ruhe mit mir zu unterhalten. Ich deute auf den leeren Stuhl neben mir, räume die Utensilien auf dem Tisch etwas beiseite und sage:

– *Bitte sehr, setzen Sie sich, ich habe lange genug allein hier gesessen.*

Sie setzt sich, rückt ihren Stuhl etwas zurecht, faltet beide Hände auf dem Tisch und schaut mich an.

Ich blicke zurück, und ich spüre sofort, wie sehr ich erschrecke. Ihr strenges, offenes Gesicht erscheint noch prägnanter als am Nachmittag, und es ist nun so nahe, dass ich seine Präsenz beinahe nicht ertrage. Was für eine schöne, auf sich selbst verweisende Frau sitzt mir gegenüber! Keine Person, die *wirken, auftrumpfen* oder sich sonst *in Szene setzen* will, sondern jemand, der ganz *bei sich* ist! Es ist zu spüren, dass jedes über sie geredete Wort ihr nichts ausgemacht, ja, dass es sie nicht einmal beschäftigt. Jahrelang hat sie wohl alles Geschwätz ignoriert, und darüber ist sie so stark und unabhängig geworden, dass sie nicht wie eine Person der Szenen hier im Restaurant, sondern wie die Figur eines ganz anderen Dramas erscheint. Ja, genau, so kommt sie mir vor: wie die Figur aus einem Drama, das sie überallhin begleitet, so dass sich die Alltagsszenen, in denen sie sich jeweils aufhält, beinahe zwangsläufig in Szenen dieses Dramas verwandeln.

Das schwache Gold der Kette und das tiefe Dunkel des Kleides sind die einzigen farblichen Akzente, und sie sind genau abgestimmt auf das Braun dieses klaren Gesichts, das einen vermuten lässt, sie arbeite während des Tages einige Zeit im Freien. Das aber tut sie wohl doch nicht, denn ihre Hände sehen nicht nach einer solchen Arbeit aus, sondern wirken eher wie die einer Musikerin oder wie die einer Frau, die viel mit Büchern umgeht.

Als wollte sie diese Gedanken, die mir rasch durch den Kopf gehen, auch gleich bestätigen, greift sie nach meinen Notizheften und betrachtet sie von vorn und hinten, dann nimmt sie das Diktiergerät in die Hand und schaut nach dem Fabrikat.

– *Sie sind also Restaurantkritiker?* fragt sie.

– *Hat Lucio Ihnen das gesagt?* antworte ich.

Sie beugt sich etwas nach vorn und flüstert:

– *Er hat mich in der Pension angerufen und gesagt: Bei uns sitzt ein Restaurantkritiker, es ist ein richtiger Profi. Was soll ich tun? Ich habe gesagt, dass er sich Mühe geben soll, doch er behauptet, er komme mit so etwas nicht gut zurecht. Also hat er mich gebeten, hierherzukommen und Ihnen Gesellschaft zu leisten.*

Ich beuge ebenfalls den Kopf etwas vor, wir sitzen jetzt da wie zwei Verschwörer, die ihr Wissen für sich behalten wollen.

– *Und Sie gehen auf so etwas ein?* flüstere ich. *Wieso telefoniert Lucio nicht mit Ihrer Schwester, sie ist doch wohl seine Frau?*

– *Das wissen Sie? Wer hat Ihnen das gesagt?*

– *Alberto, der Buchhändler, hat es erzählt.*

— Ah, Alberto, ja, der weiß fast alles. Aber es stimmt, Lucio ist mit meiner Schwester verheiratet, ich bin seine Schwägerin. Meine Schwester kommt mit Restaurantkritikern nicht klar, sie würde zu viel reden und keinen guten Eindruck hinterlassen. Sie geht nicht auf die Menschen ein, sie ist eine Monolog-Künstlerin.

— Und Sie? Was sind Sie? Alberto behauptet, Sie seien die Verschwiegene, eine, die mit niemandem spricht, eine, die sich entzieht.

— Sagt er das? Nun ja, er fantasiert gern ein bisschen, er ist ein guter Erzähler, aber halten Sie nicht alles, was er erzählt, auch gleich für die Wahrheit.

— Heute Nachmittag, im Haus des Nobelpreisträgers, habe ich es für die Wahrheit gehalten. Sie haben kein Wort mit mir gesprochen.

— Stimmt, und jetzt tut es mir leid, entschuldigen Sie. Ich bin, wie soll ich das sagen, ich bin manchmal zu vorsichtig.

— Zu vorsichtig?

— Ja, ich überlege mir oft zu genau, mit wem ich ins Gespräch kommen möchte und mit wem eben nicht.

— Ich verstehe, und in meinem Fall haben Sie es sich wohl jetzt überlegt, denn wir sind ja nun im Gespräch.

Sie richtet sich wieder auf und schaut sich nach Lucio um. Als sie ihn in der Nähe des Buffets stehen sieht, gibt sie ihm ein Zeichen. Er kommt zu uns, und sie sagt:

— Ach bitte, Lucio, bring uns doch noch etwas Gescheites zu trinken. Frisches Wasser und etwas Wein, Du weißt schon.

Lucio nickt und wirft mir einen kurzen Blick zu, ich bemerke, dass er einzuschätzen versucht, welchen Eindruck seine Schwägerin auf mich macht.

— Sie sind also Restaurantkritiker? fängt sie wieder an.

— Nein, antworte ich, *bin ich nicht. Aber ich habe das auch gar nicht behauptet. Es ist alles etwas anders, es ist nämlich so, dass Ihr Schwager bloß glaubt, dass ich ein Restaurantkritiker sei.*

— Und wieso glaubt er das?

— Weil ich gesagt habe, dass ich über dieses Restaurant und das Essen hier schreibe.

— Und das stimmt? Sie schreiben darüber?

— Na bitte, schauen Sie, hier kann ich Ihnen zeigen, wie ich über das alles schreibe.

Ich öffne ein Notizheft nach dem andern und blättere rasch ein paar Seiten durch. So etwas hat sie nicht vermutet, ich sehe es genau, ihr Gesichtsausdruck erstarrt und hat plötzlich etwas Fassungsloses.

— Wunderschön! sagt sie leise, *wirklich wunderschön! Sie haben eine vollkommene Handschrift, jedes Wort lesbar, und jede Zeile als schnurgerade Linie, wie gesetzt oder gedruckt, ohne jedes Hilfsmittel. Wie machen Sie das?*

— Das ist jahrzehntelange Übung, antworte ich, *ich schreibe mit der Hand schneller als mit jeder Maschine. Dieses Schreiben ist für mich ein Vergnügen, graphisch meine ich, es ist ein graphisches, ästhetisches Vergnügen und deshalb viel mehr als bloße Mitteilung.*

— Ja, das ist es ganz unbedingt. Sie könnten auch lauter Banales schreiben, es sähe doch so aus, als wäre es pure Lyrik.

— Sie werden sich wundern, ich schreibe wirklich sehr viel Banales. In meinen Chroniken zum Beispiel steht fast ausschließlich Banales.

— In Ihren Chroniken? Was ist das? Haben Sie eine dabei?

— *Ja*, sage ich, *ich habe eine dabei. Darf ich sie Ihnen später zeigen? Ich verspreche Ihnen, dass Sie eine zu sehen bekommen. Es geht im Augenblick nur etwas schnell, und ich habe in Gesprächen leider auch diesen Tick mit der Vorsicht, Sie verstehen aus eigener Erfahrung sicher, was ich meine.*

— *Ja, ich verstehe. Aber sagen Sie mir noch eins. Wenn Sie schon kein Restaurantkritiker sind, warum schreiben Sie dann über dieses Restaurant und das Essen?*

— *Hat Ihre Schwester Ihnen nicht erzählt, warum ich hier bin?*

— *Nein, hat sie nicht. Meine Schwester erzählt mir so etwas nicht, sie will ihre Gäste nur für sich haben, verstehen Sie?*

— *Ja, das verstehe ich schon, aber ich wusste es nicht. Nun gut, dann sage i c h Ihnen, warum ich hier bin. Ich bin von Beruf Ethnologe, ich schreibe eine größere Studie über diese Stadt, über ihre Einwohner, ihre Lebensgewohnheiten, ihre Rituale. Und dazu gehören nicht zuletzt auch das Essen, die Mahlzeiten und die Küche. Wenn ich hier sitze und esse und trinke, so ist das ein Teil meiner Forschungsarbeit.*

Sie schaut mich noch einen Grad erstaunter an als zuvor, und ich sehe, wie sie meine Mitteilungen in ihrem Kopf sortiert. Ein Ethnologe? Bei Forschungsarbeiten?! Oh, das ist durchaus interessant, das ist etwas ganz anderes als all das, was in diesem Ort an Berufen geboten wird. Aber wie funktioniert das, die Ethnologie? Wie arbeitet ein Ethnologe genau? Ihr Gesicht hat – oder bilde ich mir das alles nur ein? – ein gewisses Leuchten bekommen, sie wirkt plötzlich angespannt und hochinteressiert, als wolle sie nun rasch und unbedingt wissen, was hinter dem Zauberwort *Ethnologie* alles so steckt.

Ich erwarte eine Frage in genau dieser Richtung, als Lucio eine Flasche Wein und eine Karaffe mit Wasser bringt. Paula bittet ihn, noch zwei frische Wein- und Wassergläser zu holen, und ich überlege kurz, ob ich nach dem nächsten Schluck Wein überhaupt noch zusammenbringen werde, was *Ethnologie* ist. Jetzt aber zu streiken und zu sagen *Nein, danke! Für mich bitte nicht mehr, ich habe bereits genug!* – das ist unmöglich. Ich mag Menschen, die so etwas sagen, nicht. Mein Bruder Martin sagt so etwas bei fast jeder Mahlzeit, er bildet sich auf einen so dämlichen Satz, der jeder festlichen oder beschwingten Stimmung ein Ende bereitet, sogar noch etwas ein. *Ich kenne mein Limit!* sagt er und grinst dann meist, als hätte er etwas Supergescheites gesagt. Dabei stammen solche Sätze nur aus seiner spießigen Gesundheitsapotheke, mit deren Mittelchen und neurotischen Sätzchen er Menschen behandelt, die tatsächlich hundert Jahre alt werden wollen.

Es geht aber noch um etwas anderes als nur darum, Leuten von der Art meines Bruders Martin Paroli zu bieten. Die Flasche Wein und die Karaffe mit Wasser, die Lucio gerade serviert, sind so etwas wie das Entree zu einer zweiten Mahlzeit, die Paula und ich zusammen einnehmen werden. Diese Mahlzeit besteht nur aus gemeinsamem Trinken, und dieses Trinken ist – ich könnte es in diesem Moment schwören – der Beginn einer gegenseitigen Anziehung, die kaum noch aufzuhalten ist. *Ich mag keinen Wein mehr!* – mit einem solchen Satz würde ich diese Anziehung unterbrechen, und genau das kommt überhaupt nicht in Frage. *Wir werden uns kennenlernen,* denke ich vielmehr, *und wie wir uns kennenlernen werden! Diese Frau mir gegenüber – und ich: Wir werden uns derart intensiv kennenlernen, wie es sich keiner von uns im Augenblick auch nur vage ausmalen kann. Wir werden uns gegenseitig überraschen, jawohl, oder besser: E s wird uns überraschen, E s, das große E s, das wird uns überraschen.*

Ich bin aber still und insgeheim froh, dass ich solche Gedanken nicht laut äußere, ich bewege mich an der Grenze zum leicht beschwingten, alkoholisierten Reden, das ist sehr gefährlich, denn eine einzige falsche oder merkwürdige Wendung kann bereits das Ende unserer Begegnung bedeuten. Ich sage Lucio, dass ich die vorzügliche Mahlzeit jetzt mit einem starken Kaffee beenden will, *ein starker, nein, sehr starker Kaffee sollte es sein,* sage ich und halte gerade noch rechtzeitig inne, bevor ich mit einer *Philosophie des Kaffeetrinkens* aufwarte. Ich befehle mir, bis zu dem verdammten Kaffee möglichst nichts mehr zu sagen, und komme so beinahe zwangsläufig auf die gute Idee, auf die Toilette zu verschwinden, mir dort mit reichlich Wasser das Gesicht zu waschen und frische Luft zu schnappen.

Ich erhebe mich, als Paula zu Lucio sagt:

— *Unser Gast ist einer der führenden Restaurantkritiker Deutschlands. Wir können stolz sein, dass er unser Restaurant besucht.*

— *Ich hatte so etwas vermutet,* antwortet Lucio. *Und weil ich es vermutete, habe ich meine Schwägerin gebeten, Ihnen Gesellschaft zu leisten. Hier allein zu sitzen und allein zu essen – nein, das geht doch nicht, das bricht einem Sizilianer wie mir das*

Herz. Kein Sizilianer würde so etwas machen, niemand würde allein essen, das wäre beinahe eine Sünde ... – der Kaffee kommt sofort, und dann probieren Sie zusammen mit meiner Schwägerin einen der besten Weine, die wir haben. Aus Donnafugata, Sie wissen schon, aus der Stadt, aus der die Frauen geflohen sind, Sie wissen schon, Don-na-fu-ga-ta: »Frau auf der Flucht«.

Ich nicke und beeile mich, auf die Toilette zu kommen, natürlich kenne ich Donnafugata und seine Weine, und natürlich weiß ich auch, was *Donnafugata* bedeutet – nur will ich gerade in diesem Moment von *Frauen auf der Flucht* nichts sehen und hören. Mein Leben hat aus unzähligen Flucht-Momenten bestanden, das reicht mir, ich will gerade weder daran erinnert werden noch mir Gedanken darüber machen, ob Paula vielleicht ebenfalls ein Fluchtwesen ist (ich habe sie im Verdacht, eines zu sein).

Als ich die Toilette betrete, bin ich erleichtert, dass ich dort allein bin. Ich trete vor den Spiegel und betrachte mich. Mein Gesicht ist leicht gerötet, das wird sich durch viel kaltes Wasser beheben lassen. Und meine Haare machen einen wirren und irgendwie lausbübischen Eindruck, der mir nicht gefällt. Da ich keinen Kamm bei mir habe, werde ich in diesem Fall mit den Fingern Abhilfe schaffen und die Haare zumindest halbwegs in Ordnung bringen. Ich werde mich also etwas sortieren, frische Luft schnappen und mich auf meine Frage-Künste besinnen. Was das Fragen betrifft, bin ich kaum zu schlagen. Ich darf Paula nur nicht zu viel und nicht laufend fragen, es muss Pausen, Reprisen und kleine Wiederholungen geben. Mit anderen Worten: Ich muss unser Gespräch klug komponieren, wie ein Musiker und damit wie einer, der sich auf Motive, Melodien, Steigerungen und intensive Pausenmomente versteht.

Als ich die Toilette verlasse, ahne ich nicht im Geringsten, was passieren wird. Denn zwei Stunden später sitzen Paula und ich noch immer zusammen an dem kleinen Ecktisch. Wir haben eine fast perfekte Unterhaltung hinbekommen, ein einziges langes Gespräch über Sizilien als Insel, Inseln im Allgemeinen, die Vorzüge bestimmter Früchte, das Fahren mit dem Auto, die Liebe zum Meer, die Besonderheit von Bergwegen, das Wohnen in der Nähe eines Vulkans, die schönsten Sportarten und die Wirkungen des Lichts in Küstennähe. Ich habe dieses Gespräch, ohne dass sie es wohl bemerkt hat, mit meinen Fragen sehr vorsichtig geführt, ja, ich habe sie zum Erzählen gebracht und selbst über mein Fragen hinaus nur sehr wenig gesprochen, meist nur zwei, drei Sätze, Sätze wie *Wenn ich in der Nähe eines Vulkans lebte, würde ich nicht verreisen* oder *Seit ein paar Jahren fahre ich immer langsamer Auto, nicht aus Angst, sondern weil ich das Autofahren erst jetzt richtig genieße*. Solche Sätze waren Sätze, an denen sich Paula abarbeiten konnte, sie verführten zum Nachfragen und machten ein wenig staunen, wichtiger aber war noch, dass sie den Anschein erweckten, ich sei absolut bei der Sache und mir falle zu jeden Thema etwas Interessantes, selten Gehörtes ein.

Kurz nach Mitternacht geben wir auf. Der Rotwein aus Donnafugata ist längst getrunken, das Wasser auch – und ich bin durch unser intensives Gespräch, das ich hellwach geführt habe, schon beinahe wieder nüchtern. Ja, im Ernst, ich bin wieder nüchtern, mein Fragen und Zuhören haben mich wahrhaftig nüchtern gemacht.

– *Es ist spät*, sage ich, *wir sollten aufbrechen.*
  – *Ich helfe noch etwas in der Küche*, antwortet Paula, *früher hatte ich in diesem Restaurant mal einen Job.*
  – *Ich weiß, Alberto hat mir auch davon erzählt.*
  – *Sie wissen eine Menge, aber Sie wissen zum Glück nicht alles*, sagt sie.
  – *Ich wünsche Ihnen eine gute Nacht*, antworte ich, *und ich danke Ihnen für Ihre Gesellschaft. Unsere Unterhaltung war für mich ein großes Vergnügen. Wollen wir unser Gespräch nicht einmal fortsetzen? Meine Einladung zu einem Essen unten im Hafen, die bleibt jedenfalls bestehen.*
  – *Ich werde es mir überlegen*, sagt sie und lächelt.

Ich stehe auf und räume meine Utensilien in den Rucksack.
  – *Moment noch!* sagt sie. *Sie wollten mir Ihre Notizhefte zeigen.*
Ich überlege kurz, ob ich das wirklich tun soll, lasse dann aber alle Bedenken beiseite und lege die Notizhefte nebeneinander auf den Tisch.
  – *Schauen Sie*, sage ich und öffne das erste Heft. *Das hier ist eine Chronik, jeden Tag schreibe ich in ihr eine Seite mit knappen, stenogrammartigen Eintragungen zum Verlauf des Tages: 6 Uhr aufgestanden, Frühstück im Innenhof. Gespräch mit Maria über den regionalen Busverkehr und seine Verbindungen zu anderen Küstenstädten ... – und so weiter. Und sehen Sie hier,*

das zweite Heft. Darin stehen in loser Folge meine Aufzeichnungen: Ideen, Überlegungen oder kleine Geschichten, einfach alles, was mir durch den Kopf geht und was ich schriftlich festhalten will, damit es weiter in meinem Kopf arbeitet. Manchmal sind diese Aufzeichnungen tagebuchartig, dann aber sind es auch bloß Protokolle von Gesprächen und Begegnungen, Abschriften von Texten, die ich ins Diktiergerät gesprochen habe, dies und das, lauter Material, ungeordnet und krude. In diesem dritten Heft hier steht aber ganz anderes, denn in diesem Heft erzähle ich mir gleichsam mein Leben. Ich erzähle es im Präsens, und ich erzähle es so, als würde ich es Fremden erzählen. Das Ganze liest sich wie eine große Erzählung oder vielleicht sogar wie ein Roman, es ist aber nichts anderes als meine Lebenserzählung oder mit anderen Worten: Die Erzählung, die ich mir von meinem eigenen Leben erzähle. Ich erzähle beinahe wie ein Kind, ich erzähle so, als säße ich neben meiner Mutter oder vor meinem Vater mitten in unserer Küche und mitten in meinem Zimmer, um ... – entschuldigen Sie, das tut hier nichts zur Sache, lassen wir diese Abschweifungen. Werfen Sie lieber noch einen Blick auf dieses vierte Heft, es enthält meist sehr trockene Eintragungen zu meiner ethnologischen Forschung: Auswertungen von Fragebögen, Theorieansätze, Projekt-Dokumentationen. Vor ein paar Stunden habe ich in dieses Heft eine Menge notiert, lesen Sie etwa hier: Ristorante Alla Sophia, Ecktisch, 20.17 Uhr. Drei typisch sizilianische Suppen. Grundkonsistenz Gemüse, angereichert durch trockenes, gemahlenes Brot, das Spiel von Süße und Schärfe (durch die Beifügung von Zitronat, Fruchtlikören und in Marsala eingelegten Peperoncini, die dadurch nicht ganz die Schärfe verlieren, wohl aber etwas gebundene Schärfe an die Früchte abgeben).

Ich lasse sie eine Weile in den Heften blättern, denn ich habe noch nicht viel notiert und deshalb auch nichts zu verbergen.
– *Wann fangen Sie mit der Forschungsarbeit an?* fragt sie.
– *Morgen*, sage ich. *Morgen mache ich Ernst mit den Befragungen, und dann werden sich die Hefte Tag für Tag fast von alleine füllen.*
– *Wie durch Geisterhand.*
– *Ja genau, wie durch Geisterhand.*
– *Ich wünsche Ihnen viel Erfolg*, sagt sie.

Ich bedanke mich und streife meinen Rucksack über, es fällt mir sehr schwer, das Restaurant allein zu verlassen. Lieber würde ich die zehn Minuten mit ihr zusammen zu Fuß hinüber zur Pension gehen. Das aber will sie anscheinend nicht, ich glaube, so etwas zu bemerken. *Sie will das nicht*, denke ich, *sie will es noch nicht!* Ich öffne die Glastür und will hinausgehen, als ich sehe, dass sie noch nicht sofort in die Küche geht, sondern mir hinterherschaut:
– *Wissen Sie was? Sie fragen einem die Seele aus dem Leib. Es ist beinahe unglaublich, wie gut Sie das können, ich bin völlig betäubt. Als hätten wir zusammen eine weite Reise unternommen, als wären wir Gott weiß wo alles gewesen. Wo haben Sie denn so etwas gelernt?*
– *Darüber sprechen wir unten im Hafen, während unseres Abendessens.*
– *Sie lassen einfach nicht locker, was?*
– *Nein, tue ich nicht. Und ich würde mich freuen, wenn Sie mir diesen Wunsch erfüllen.*
– *Ich hätte übrigens auch einen Wunsch*, sagt sie.

— *Und der wäre?*
— *Sind Sie mit dem Wagen unterwegs?*
— *Ja, bin ich.*
— *Gut, dann machen wir vielleicht einmal einen kleinen Ausflug.*
— *Versprochen?*
— *Ja doch, versprochen.*

II

Der Mittag

Oggi sono io
Che ti scrivo

Heute nun
Schreibe ich Dir.

I

AM MORGEN, gegen zehn Uhr, beginne ich mit der Befragung Albertos. Es ist bereits angenehm warm, aber die Stadt ist noch etwas verschlafen. Wir setzen uns vor seiner Buchhandlung in die Sonne, es gibt Tee, eine große Kanne, Earl Grey am Morgen ist nicht gerade meine Sorte, aber ich sage dazu nichts.

Ich erkläre Alberto, dass dieser Morgen dem Warmmachen dient, und ich bemerke, dass er gespannt darauf ist, worum es gehen wird. Ich beginne damit, dass ich wild durcheinanderfrage, ich springe rasch von einem Thema zum andern und ziele mit meinen Fragen zunächst auf bestimmte Vorlieben: *Welche Mannschaftssportart würdest Du gerne betreiben und warum? Welches Musikinstrument würdest Du gerne beherrschen und warum? In welchem Film, den Du gut kennst, würdest Du gerne welche Rolle gespielt haben? Welche Führungsaufgabe hättest Du gerne übernommen? Wohin wärest Du gerne einmal mit Deiner Mutter verreist?*

Alberto antwortet so, wie ich es erwartet und erhofft habe. Er lässt sich Zeit und beginnt zu erzählen, und ich kann genau erkennen, dass solche einfachen Fragen bereits Themen berühren, die ihn eigentlich sehr beschäftigen, über die er aber lange nicht nachgedacht oder vielleicht noch nie mit jemandem gesprochen hat. (Das ist das ungemein Raffinierte solcher scheinbar einfachen Fragen: dass sie letztlich ins Herz zielen, dass sie den Befragten auf einem kleinen, unscheinbaren Umweg (den er gar nicht bemerkt) auffordern, etwas zu erzählen, das ihn berührt.)

Die Frage nach der möglichen Führungsaufgabe beantwortet Alberto nach kurzem Nachdenken zum Beispiel mit einer längeren Erzählung eines geheimen Traums. Dabei kommt heraus, dass er eigentlich gerne Verleger eines guten, literarischen Verlages mit interessanten Autoren und einem kleinen, aber in ganz Italien viel beachteten Programm geworden wäre. Er hebt hervor, dass er alles könne, was nach seiner Ansicht ein guter, literarischer Verleger können müsse: mit Schriftstellern und Autoren anregende Gespräche führen, Bücher vorstellen und präsentieren, ein attraktives Programm komponieren, Begeisterung bei den Mitarbeitern erzeugen, wildfremden Menschen neue Buchideen entlocken. Als er über das alles länger gesprochen und dabei ein ganzes Paket von Tätigkeiten geschnürt hat, die ihm anscheinend sehr liegen, während er sie andererseits nie in seinem Leben ausgeübt hat, kann ich in einem zweiten Schritt der Befragung dazu übergehen, diese offensichtlich starken Wünsche auf Hintergründe hin zu sezieren. Statt nur zu *fragen*, geht es jetzt darum, vorsichtig, aber genau *nachzufragen*.

– *Ich kann Wärme erzeugen, verstehst Du?* sagt Alberto ganz nebenbei und so, als wäre es selbstverständlich, doch ich frage sofort nach, woher er das weiß. Er antwortet, er folgere es aus der Tatsache, dass viele Freunde gern in kleiner Runde am Nachmittag mit ihm zusammen vor der Buchhandlung säßen. Sie fühlten sich von ihm angezogen, vom Klang seiner Stimme, von seinen Manieren, von seiner *Art*. Ich frage weiter nach, wie er diese besondere *Art* beschreiben würde, und er antwortet: *Ich spreche niemals von mir, und ich bin sehr zurückhaltend mit meinen Meinungen. Stattdessen spreche ich die anderen oft an und stimuliere sie, dies und das zu erzählen. Ich lasse nicht zu, dass sie einfach nur dasitzen und bei einem Glas Wein vor sich hin träumen. Ich entlocke ihnen ein paar Worte, und ich sorge dafür, dass ein Gespräch entsteht. Ich mag das Schweigen nicht, und ich hasse das Herumsitzen, das ist einfach kein Leben. Eigentlich bin ich nämlich ein enthusiastischer Mensch, ein Mensch, der sich für etwas begeistern kann, das andere schreiben, herstellen oder tun. Ich selbst bin in so etwas nicht besonders groß*, sagt er sehr bestimmt, *aber ich erkenne etwas Gutes sehr rasch, und ich kann mich dann wirklich dafür begeistern.*

Ich sage, dass die Runde der Freunde hier vor der Tür seiner Buchhandlung doch eigentlich bereits eine kleine Verlagsrunde sei, deren Gespräche er bloß noch dokumentieren müsse.

– *Das wäre dann Euer erstes Buch*, sage ich. *Die Welt kommentieren, das Leben in dieser Stadt kommentieren, Tag für Tag, in Euren Gesprächen. So etwas könnte ein Bestseller werden, glaube mir.*

Er schaut mich prüfend an, als wolle er herausbekommen, ob ich es wirklich ernst meine.

— *Denk einmal drüber nach*, sage ich, *die Idee ist gut.*

2

WÄHREND MEINER Befragung tauchen auf der gegenüberliegenden Seite der Straße immer wieder Männer auf, die zu uns herüberschauen. Zunächst kommen sie allein, bleiben eine Weile stehen, beobachten uns und gehen dann versonnen weiter, als würden sie darüber nachdenken, was sie da gerade gesehen haben. Schließlich kommen sie aber auch in kleinen Gruppen und schauen ganz ungeniert über die Straße, während sie sich nun anscheinend auch laut Gedanken über alles machen, was sie da nun vor Augen haben.

Ein solches Publikum will ich unbedingt vermeiden, denn ich weiß nur zu gut, wie stark bereits die ferne Anwesenheit von Zuschauern oder der Blickkontakt mit ihnen ein Gespräch beeinflussen kann. Ich unterbreche deshalb die Befragung unter einem Vorwand, bringe meine Utensilien in die Buchhandlung zurück und sage, dass ich eine kleine Pause machen und im Ort noch etwas einkaufen wolle.

Ich schlendere los, und als ich mich nach wenigen hundert Metern umdrehe, bemerke ich, wie die Männer von

Gegenüber sich längst auf Alberto zubewegen. Zu zweit oder zu dritt schlurfen sie über die Straße und versammeln sich dann vor seiner Buchhandlung, als wären sie dort zu einem festen Termin miteinander verabredet. Ich sehe, dass Alberto ihnen etwas zu trinken gibt und sie anscheinend bittet, sich zu setzen. Sie zögern aber und stehen unschlüssig herum wie kleine Kinder, die auf einen lauten Befehl warten. Alberto tut ihnen dann wohl den Gefallen, denn er gestikuliert stark und rückt entschieden an den Stühlen. Einer nach dem anderen setzt sich dann langsam, aber es gibt zum Schluss dieses seltsamen Empfangs dann immer noch einige, die sich nicht setzen, sondern im Stehen zuhören und reden wollen.

Ich ahne, was nun geschehen wird. Alberto wird ihnen zu erklären versuchen, was ich hier tue und was ethnologische Forschung ist. Er wird von meiner Studie über Mandlica sprechen und darüber, dass ich Gesprächspartner brauche, um mehr über Mandlica zu erfahren. Seine Zuhörer werden aufhorchen, da bin ich sicher, und einige, nein, die meisten von ihnen werden sich insgeheim überlegen, ob sie nicht auch zu der Ehre kommen wollen, die Rolle eines Gesprächspartners zu übernehmen. Keiner von ihnen wird das aber laut sagen, nein, sie werden diesen Wunsch vielmehr tief in ihrem Inneren bewegen und insgeheim darüber nachdenken, wie sie diskret und unauffällig weiter vorgehen sollen. Wenn wirklich ein großes Buch über Mandlica und seine Bewohner entsteht, dann will jeder, der in dieser Stadt etwas zu sagen hat, unbedingt darin vorkommen.

Genau mit derartigen Überlegungen rechne ich. Und ich bin auch bereits darauf gefasst, wie ich auf Gesprächsangebote reagieren und eventuelle weitere Befragungen organisieren werde. Meine Gesprächspartner dürfen nur nicht voneinander wissen, und sie dürfen zu keinem Zeitpunkt in Erfahrung bringen, was ich schon alles über den Ort und seine Menschen recherchiert habe. Ausschließlich in mir, als dem Fragenden, soll das innere Gesamtbild dieses Raums entstehen – wie ein schwieriges Puzzle, dessen Stücke sich nach reiflichen Überlegungen hoffentlich kunstvoll zusammensetzen lassen.

So gesehen, ist Alberto für mich auch eine Art Köder. Ich habe seine Befragung auf die Straße und vor seinen Laden verlegt, um möglichst viele Zeugen anzulocken. Aus den Zeugen sollen mit der Zeit Beiträger werden, und aus einigen Beiträgern dann vielleicht sogar Verbündete.

3

SEIT DEM nächtlichen Gespräch mit Paula habe ich von ihr weder etwas gehört noch habe ich sie auch nur eine Sekunde gesehen. Jeden Morgen horche ich während des Frühstücks, ob sich wie früher hinter meinem Rücken etwas tut. Kein Rumoren? Kein Türenschlagen? Nein, sie ist einfach verschwunden, und so muss ich mit Maria auskommen, die weiterhin jeden Morgen mit dem kleinen Rollwagen erscheint und mir jedes Mal etwas anderes zum Frühstück serviert.

Dabei geht mir die Begegnung mit Paula nicht aus dem Kopf. Es ist schlimm, denn ich ahne genau, was in meinem Kopf geschieht. Ich bin dabei, mich in Paula zu verlieben, ja, es ist fast schon so weit, es braucht nur noch einen kleinen Kick, dann ist die Sache vollends in Bewegung. Ich sollte mir klar machen, was passiert ist, ich sollte mich in Acht nehmen, das habe ich mir seit meinen Niederlagen doch bereits tausende Male gesagt. Meine Niederlagen liegen viele Jahre zurück, seither habe ich es vermeiden können, mich Hals über Kopf in solche emotionale Strudel zu begeben, jetzt ist es aber anscheinend wieder so weit, deshalb sollte ich wachsam sein.

Zunächst: *Wie komme ich überhaupt darauf, dass sich zwischen Paula und mir etwas anbahnt?* Ich komme darauf, weil ich in Gedanken immer wieder in unser nächtliches Gespräch zurückspringe. Ich tue so, als ginge die Zeit nicht voran, ich sitze da und warte darauf, dass ich wieder in dieser Vergangenheit ankomme. In dieser Vergangenheit möchte ich dicht neben Paula sitzen, und ich möchte eine Art von Zeit empfinden, die nicht zu vergehen scheint. Zeit an und für sich! Stillstehende Gegenwart! Keine Gedanken an ein Vorher und Nachher, sondern die pure Präsenz, die Fülle der Zeit!

Genauer: *Was meinst Du mit der Formel von der »Fülle der Zeit«?* Das Gespräch mit Paula bestand nicht aus linearen Erzählungen, sondern aus längeren, bunt gestrickten Monologen. Kein einziges Wort hat sie über ihre Herkunft, ihre Arbeit, ihre nähere Umgebung oder ihre Lebensgeschichte verloren. Ich weiß also nicht, was sie in den letzten Jahren auf Sizilien getan hat, ob sie verheiratet oder liiert war, ob sie einen Beruf ausgeübt hat oder was sie mit ihrem Leben noch vorhat. Stattdessen hat sie darüber gesprochen, was sie an Mandlica mag, wo sie sich auf Sizilien am liebsten aufhält, warum sie nicht gerne auf seine Hochplateaus fährt oder warum sie schon ein leichter Sommerwind aus der Fassung bringen kann. All diese kleinen Mitteilungen existierten gleichwertig nebeneinander, sie zielten auf das Unverwechselbare eines einzelnen Menschen, auf seine Emotionalität, seine Art, zu fühlen und zu denken. Endlos hätte ich diesen Erzählungen zuhören können, weil sie nicht auf Ursachen oder Gründe zurückgeführt wurden, sondern weil es sich so anhörte, als wären die Emotionen, die durch sie zum Ausdruck kamen ... – ja was? – als wären sie *gottgewollt*. Paula setzte sich nicht mit ihrem Leben auseinander, sie grübelte nicht darüber nach, sie gab niemandem die Schuld an bestimmten Entwicklungen, und sie entwarf erst recht kein Programm für eine eventuell andere Zukunft, sondern sie sagte Dinge wie etwa: *Das Gehen diesen berühmten kleinen Berg in X hinauf lenkt vom Sehen ab, immerzu starrt man auf die wenigen Meter Treppenstufen vor den eigenen Füßen. Und dann endlich der höchste Punkt! Man steht da und soll die Welt bewundern, die unter einem liegt! Richtige Ansprüche stellt diese Welt: Staune, bewundere mich, sag etwas Anerkennendes, Großes! Ich aber denke nicht dran, ich will vielmehr am liebsten sofort wieder runter von diesem kleinen, wichtigtuerischen Gipfel, auf dem man zu allem Überfluss irgendwann noch eine Burg gebaut hat. Berge, Gipfel und Burgen – das ist nichts für mich ...*

Es war also zunächst genau dieses Monologisieren und diese niemals zurück oder nach vorn schauende, sondern ausschließlich konstatierende Rede, die mir so gefiel. Ja, es war erlösend, einen Menschen nicht räsonieren und sein Erleben von irgendwas herleiten oder irgendwem zuordnen zu hören. Stattdessen hörte es sich so an, als hätte Paula die Welt schon immer genau so und das seit Kindheitstagen erlebt und als hätte sie die Formen ihres Erlebens inzwischen begriffen. Jemand war sich selbst auf den Grund gekommen! Jemand hatte so etwas wie einen treffenden Blick auf sein eigenes Erleben gewonnen und war damit zufrieden und wollte damit unbedingt weitermachen!

Hinzu kommt aber noch etwas anderes, Wichtiges: Ich habe das seltsame Gefühl, dass mich jeder von Paulas Monologen nicht nur stark interessiert, sondern ebenso stark dazu anregt, auf ähnliche Weise auch von mir zu erzählen. Daher erscheint mir ihr Reden wie ein Impfstoff, der mich in wache Aufmerksamkeit versetzt. *Und wie steht es mit Dir?* frage ich mich laufend, *und was würdest Du auf diesen Gipfeln tun? Und erzähl, erzähl doch: warum wanderst Du eigentlich überhaupt nicht gern und erst recht nicht in Gesellschaft?* Paulas Reden verführt mich also zu so etwas wie Teilnahme, ja, ich nehme Anteil an ihrem Erleben, ohne dass ich unbedingt Ähnliches erlebt habe oder gar zu allem, was sie schildert, bestätigend nicken würde. Darum, sich bestätigt zu sehen, geht es also ganz und gar nicht (gibt es etwas Langweiligeres?), vielmehr geht es darum, sich als geeigneten (oder sogar idealen) Gesprächspartner Paulas zu sehen. *Wie gerne hätte ich in ihrem Leben hier und dort neben ihr gestanden und hätte gehört, was sie zu diesem oder jenem gesagt hätte! Und wie gerne hätte ich darauf geantwortet, indem ich ihre Beobachtungen mit meinen eigenen Beobachtungen in Verbindung gebracht hätte!* Der heftige Wunsch, an Paulas Leben teilnehmen zu dürfen, ist also nichts anderes als der Wunsch danach, *zusammen mit ihr* über die Welt zu sprechen und sich diese Welt zu erzählen. Solche Gesprächsszenen sind seit jeher mein Traum, nach ihnen sehne ich mich eigentlich, denn sie würden mich befreien von meiner bisher ausschließlich kindlichen Erzählsucht und den merkwürdigen Manieren meiner einsamen Monologe.

Mit noch mal anderen Worten: Das nächtliche Gespräch mit Paula hat in mir ein starkes Fantasieren entwickelt. Es ist die Fantasie von einem gemeinsamen Erleben, Gehen und Reisen, in dem es lauter hellwache, geistesgegenwärtige Momente des Staunens und Sehens gibt: Wir werden unsere Emotionen gegenseitig verstärken, wir werden gar nicht mehr voneinander lassen! (Und es ist genau diese Art des Fantasierens, die mich vermuten lässt, dass ich mich verliebt habe.)

Mit solch geradezu verrückt weit ausholenden Gedanken frühstücke ich nun an jedem Morgen und werde durch kein einziges Zeichen für meine triumphale Verrücktheit belohnt. Stattdessen halte ich mich an Maria, plaudere mit ihr und versuche, zumindest durch Blicke herauszubekommen, ob sie mich in irgendeiner Hinsicht an Paula erinnert. Ich schaue, ich blicke, aber natürlich entdecke ich nichts als Unterschiede!

Und noch was, schnell noch, als Letztes, hinterher: Ich weiß, dass *der erotische Zustand* sich in meinem Fall durch ein längeres Gespräch aufbaut und inszeniert. In diesen ersten Gesprächen mit einer Frau entwickelt sich ein *intuitives Interesse*, ein Interesse, das ich nicht begreife. Es macht diese Frau zu einem anziehenden, durch und durch magischen Wesen und schenkt mir den Glauben, ich könnte darauf vertrauen, dass diese Magie ewig besteht! Als wäre sie unendlich aktiv! Und als wäre ein gemeinsames Erleben ein nicht enden wollendes rauschhaftes Vergnügen!

Am Ende solcher Gedanken sage ich mir: Es ist schön und gut, dass Du so etwas erlebst, aber mach lieber gleich Schluss damit! Du wirst genau dort enden, wo Du schon mehrmals geendet bist: In der Erschöpfung, trocken und trostlos angeblickt von einer Frau, die Dich fragt, was Dich so lange an ihrer Seite hat leben lassen ...

4

INZWISCHEN HABE ich mir das Leben hier eingerichtet und verbringe die Tage in einer durchaus wohltuenden Gleichförmigkeit. Die aber ist unbedingt notwendig, damit ich mit meinen Forschungen vorankomme. Ich brauche an jedem Tag, und das ist immer schon so gewesen, ein gewisses unveränderliches Korsett von Aktionen, das die Grundlagen für ein bestimmtes Pensum an täglicher Arbeit schafft.

Ich stehe gegen sechs Uhr auf und führe noch vor dem Frühstück meine tägliche Chronik. Dabei sitze ich vor dem weit geöffneten Fenster mit Blick hinaus auf das Meer, dem ich bisher noch nicht näher gekommen bin. Ich studiere die Veränderungen seines Blaus, und mein Blick bleibt am feinen, zitternden Saum des Horizonts hängen, den ich manchmal mit den weißen Küsten Afrikas in Verbindung bringe. Ich will aber keineswegs dorthin, ich will überhaupt nicht fort, alle Sehnsucht nach einer Veränderung ist während der Tage hier in Mandlica allmählich erloschen. Ich bin also gut angekommen in diesem Ort, ich bin neugierig darauf, was ich über seine Bewohner herausbekommen werde, und ich fühle mich insgesamt (wie noch selten in meinem Leben) genau zur richtigen Zeit am richtigen Ort.

Vielleicht haben meine Brüder in Köln etwas Ähnliches durchaus bemerkt. Ich stelle jedenfalls fest, dass sie aufgehört haben, mich täglich anzurufen. Der Letzte, der sich von ihnen noch meldete, war Andreas, der mich auch diesmal mit lauter Vorschlägen für sogenannte *Tagestouren* und *Kurzexkursionen* nervte. Als Einziger von meinen Brüdern war er bereits dreimal auf Sizilien, zweimal mit einer *gut geführten und sehr sympathischen Reisegruppe* und einmal mit einer Abiturklasse, der er allen Ernstes das antike Sizilien anhand all seiner Voll-, Halb- oder Trümmertempel nahezubringen versuchte. Auch mich wollte er dafür begeistern, das Heiligtum einer antiken Quellnymphe in Syrakus und das Tempeltal von Agrigent zu besichtigen, ich antwortete durchaus freundlich, aber knapp, dass ich mir seine Tipps notieren werde, vorerst aber nicht daran denken könne, meine Forschungen zu unterbrechen.

— *Was glaubst Du denn, wie lange Du noch brauchst?* fragte er.

— *Ich schätze, ein halbes Jahr*, antwortete ich, und mein Bruder Andreas war plötzlich still und verabschiedete sich kurz darauf mit einem eher hastig hingemurmelten Gruß.

Gegen acht Uhr frühstücke ich dann meist allein unten im Innenhof der Pension. Während des Frühstücks ist Maria beinahe immer in meiner Nähe. Natürlich setzt sie sich nicht an meinen Tisch oder an einen der anderen Tische, nein, das nicht, sie sorgt aber dafür, dass sie immer etwas zu tun hat, so dass es auch immer etwas zu berichten gibt. Im Grunde spricht sie aber gar nicht mit mir, sondern eher mit sich selbst, und ich bekomme auf diese Weise nebenbei mit, was an dem jeweiligen Tag in der Pension alles so ansteht:

– Heute sollen zwei Engländer kommen, liebe Leute, wenn man den Stimmen am Telefon glaubt. Der Mann spricht ein wenig Italienisch, und die Frau, die niemals telefoniert, denkt wohl, sie könne es besser, und korrigiert ihn aus dem Hintergrund. Meistens sind beide Versionen grammatikalisch komplett falsch, aber ich finde es rührend, wie sie sich bemühen, und tue so, als wäre alles perfekt. Ich werde ihnen Zimmer Sieben geben, denn sie wollen kein Doppelbett und auch kein Letto matrimoniale, sondern zwei einzeln stehende Betten, der Mann sagt, zumindest nachts bräuchten sie etwas Raum zwischen sich, ich habe geantwortet: Warum ausgerechnet nachts? Darauf hat er nichts zu sagen gewusst, sondern nur dreimal »oh, hallo!« gesagt, als hätte ich einen deftigen, schottischen Witz gemacht.

Natürlich denke ich darüber nach, warum Maria so erzählt, wie sie erzählt, *was steckt dahinter?*, frage ich mich, und ich frage mich auch, ob sie dieses Reden nur mir oder auch anderen gegenüber so lebhaft hinbekommt. Das Reden fließt nur so aus ihr heraus, wie ein sanfter Strom leicht abgeführten und nicht allzu konzentrierten Urins, der gleich wieder im trockenen Boden versickert. In keinem Moment wartet sie darauf, dass auch ich etwas sage oder sonstwie reagiere, sie spricht schubweise, und die Schübe lassen sie dann ohne Unterbrechung sprechen.

Ihre Auftritte stören mich aber nicht im Geringsten. Ich finde es gut, während des Frühstücks etwas Sprachmusik um mich zu haben, das ist allemal besser als die sogenannte *Popmusikpisse*, wie einer unserer bedeutendsten Ethnologen die gängige Hintergrundmusik in Flugzeugen oder Frühstücksräumen einmal treffend benannt hat. Neben der angenehm belebenden Klanglichkeit hat Marias Sprachmusik auch den Nebeneffekt, dass ich den neusten Tratsch mitbekomme und von Menschen oder Neuigkeiten im Ort erfahre, von denen ich zuvor noch nie gehört habe:

— *Heute kommt gegen elf der Bäcker, darf ich nicht vergessen, muss ich drandenken. Sie haben irgendeine neue Sorte von Mandelgebäck mit Ingwer kreiert, ich bin gespannt, ob es wirklich was taugt.*

Gegen neun Uhr verlasse ich die Pension und wenig später stecke ich mittendrin in der Arbeit. Im Augenblick beschäftige ich mich noch mit Alberto, den ich weiter ausführlich befrage, ich gehe aber alle zwei Tage auch für ein, zwei Stunden ins Stadtarchiv, um dort nach Quellen zur Stadtgeschichte und nach aufschlussreichen Details zum Thema *Sitten und Gebräuche der Einheimischen* zu forschen.

Gegen dreizehn Uhr esse ich zu Mittag, wobei ich an jedem Tag immer dieselbe kleine Trattoria aufsuche, die mir Alberto empfohlen hat. Diese Empfehlung ist ein großes Glück, denn ich kann mir kaum vorstellen, irgendwo eine bessere und für mich geeignetere Mahlzeit zu bekommen. Die Trattoria besteht aus einem einzigen, nicht allzu großen Speiseraum mit einer langen Glasfront zur Straße hin. Es gibt lauter Vierer-Tische mit karierten Decken, und an der Wand gegenüber der Glasfront hängt eine Schiefertafel, auf die der Wirt die Speisen des Tages mit Kreide notiert hat. Er ist bereits etwas älter und betreibt die Trattoria zusammen mit seiner Frau, er bedient, sie kocht, und manchmal taucht sie ebenfalls aus der Küche im Speiseraum auf, und dann stehen sie beide nebeneinander stumm hinter der Theke und beobachten, wie ihren Gästen das Essen schmeckt. Es ist ein sehr einfaches, aber gutes Essen, Gemüsesuppe mit Gemüse aus dem Garten der beiden, ein paar dünne Scheiben Braten und dazu geschmorte Kartoffeln, ein Obstsalat oder ein Sorbet als Dessert und dazu natürlich ein Quarto Weißwein, etwas Wasser und später der obligatorische starke Kaffee. Die meisten Gäste kommen allein und sind nicht selten Männer auf Durchreise, die einige Tage in Mandlica zu tun haben. Sie setzen sich an einen Tisch, falten die mitgebrachte Tageszeitung auseinander und lesen, während sie essen, ein paar Artikel. Ich tue es ihnen inzwischen nach, obwohl ich das Lesen von Zeitungsartikeln während des Essens eigentlich eine Unsitte finde. In diesem Fall aber begehe ich diese Unsitte, weil ich mich so in die Phalanx einer männlichen Typenreihe einordne: *Mann zwischen dreißig und vierzig, allein und in Geschäften auf Reisen, beim Genuss der mittäglichen Mahlzeit*. Meist bin ich der letzte Gast, der noch in der Trattoria sitzt und etwas liest oder notiert. Warum und was ich notiere, hat sich inzwischen herumgesprochen, so dass Mario, der Wirt der Trattoria, manchmal zu mir kommt und mir ohne jede Aufforderung zuflüstert, wen er heute und gerade eben noch zu Gast hatte: *Das war Signor Volpi, früher war er Direktor unseres Gymnasiums, heute hat er eine hohe Stelle in Palermo, in irgendeiner Kommission des Erziehungssektors, glaube ich. Er ist unverheiratet, aber bei den Frauen – wie soll ich sagen? – ist er sehr er-*

folgreich. Er ist ein feiner, zurückhaltender Mensch, mit einer unglaublich leisen Stimme. Irgendwas an den Stimmbändern, irgendeine Kindheitsgeschichte. Er kommt alle paar Wochen hierher, um – na, Sie dürfen raten, warum er hierher nach Mandlica kommt! Richtig, um seine alte, fast neunzigjährige Mutter zu besuchen.

Nach dem Mittagessen gehe ich in meine Zimmer unter dem Dach der Pension zurück und ruhe mich ein wenig (höchstens aber eine halbe Stunde) auf dem breiten Bett aus, dessen Breite ich oft als stummen Vorwurf empfinde. Schon immer fand ich es durch und durch beschämend, eine Hotelnacht allein in einem Doppelzimmer oder in einem Zimmer mit einem besonders bequemen oder auffälligen Doppelbett zu verbringen. Manchmal war meine innere Unruhe dann sogar so groß, dass ich eine kleine Flasche Sekt aus der Minibar holte und den Inhalt auf zwei Sektgläser verteilte. Ich tat so, als sei ich mit Begleitung unterwegs, ich sprach sogar etwas vor mich hin und begann eine Unterhaltung, musste mir aber schließlich eingestehen, dass meine Fantasie nicht einmal ausreichte, mir eine entsprechende Begleitung auch konkret vorzustellen. Mit wem wäre ich denn gern unterwegs gewesen? Gewiss nicht mit einer der bekannten TV- oder Vorzeigefrauen, deren Lebensgeschichten in den entsprechenden Internet-Portalen von Hunderten unruhiger Voyeure neidvoll diskutiert wurden. Gewiss aber auch nicht mit irgendeiner insgeheim Angebeteten, nach deren Präsenz ich mich ununterbrochen gesehnt hätte. Nichts da, es gab solche entrückten Frauen, denen ich mich gerne zu Füßen geworfen hätte, nicht, selbst die Gegenwart einer Marilyn Monroe hätte mir wenig zugesagt, zumal ich mich um eine Marilyn Monroe ununterbrochen hätte kümmern müssen. Der stumme Vorwurf, der von breiten Hotel- oder pompösen Doppelbetten ausging, betraf also weniger die Tatsache, dass ich allein unterwegs war, als eher die Unfähigkeit meiner Fantasie, mir eine Frau vorzustellen, mit der ich gerne unterwegs gewesen wäre. (*Brillant, das haben wir nun auch für immer geklärt ...*)

Die Nachmittage vergehen meist mit den vielen Schreib- und Abschreibarbeiten, für die ich an den Vormittagen Stoff und Material gesammelt habe. Vier bis fünf Stunden benötige ich für dieses unermüdliche Schreiben, das nur durch einen kurzen Gang in den Ort unterbrochen wird. Ich habe mir angewöhnt, während dieses Rundgangs eine der vielen Pasticcerien von Mandlica aufzusuchen, um dort jeweils eine kleine Süßigkeit zusammen mit einem entsprechenden Nachmittagsgetränk zu kosten. Ich sagte bereits, dass Mandlica vor allem von diesen Pasticcerien, Cafés und Dolci-Tempeln lebt, beinahe die gesamten finanziellen Erträge des Ortes haben mit diesen Luxusstätten und ihren Nebenbetrieben zu tun. Nachmittags arbeite ich mich den zentralen Corso der Stadt entlang und suche jeweils einen dieser Lustplätze auf, manchmal nehme ich auch nur ein einziges Getränk zu mir, denn eine Tasse Schokolade zum Beispiel ist in Mandlica nicht nur eine Tasse Schokolade, sondern fast schon eine kleine Mahlzeit. Die Schokolade ruht nämlich, sphinxähnlich verschlossen und mit der dunklen Patina einer beinahe lederähnlichen Haut überzogen, in einer großen Tasse, die man nicht austrinkt, sondern mit einem silbernen Löffel leert und am Ende auskratzt. Dabei taucht der Löffel in die Schokolade ein wie in eine Mousse und stößt erst auf ihrem Grund zu etwas leicht Flüssigem vor, das wie eine feurige Lava scharf und bittersüß zugleich ist. Ich erkundige mich immer wieder danach, wie man eine solche Lava herstellt und woraus sie besteht, niemand antwortet mir aber darauf mit der Angabe von konkreten Details, sondern eher mit so ausweichenden Bemerkungen wie der, dass der flüssige Schokoladensud *der schwarze Ätna* genannt werde. *Und woraus ist Euer schwarzer Ätna gemacht?* frage ich nach, und erhalte die Antwort: *Jeder macht ihn anders, und keiner weiß, wie ihn der andere macht.*

Die Dolci, die ich am Nachmittag verzehre, sind meist so mächtig, dass ich am Abend keinen Appetit mehr habe. Ich esse also nur noch etwas Obst und gehe gegen acht oder neun Uhr hinaus ins Freie. Beinahe jeden Abend nehme ich eine der breiten Freitreppen hinunter zum Hafen und setze mich dann für eine Weile in eine der vielen Bars, die das große Hafengelände säumen. Ich lese, oder ich schaue zu, wie sich allmählich all die Jugendlichen auf ihren Motorrädern einfinden, die schon bald den Ort verlassen werden, weil sie in ihm keine Arbeit mehr finden. Das Nachtleben der Stadt findet hier unten am Hafen statt, und es dauert meist bis zum Morgengrauen. Als Erstes werden die Bars geflutet, und es wird ausgiebig und laut getrunken. Dann, gegen zehn Uhr, verteilen sich alle in die Fischrestaurants an der Küste, die vor einigen Jahren noch recht armselige Holzbuden gewesen sein müssen. Inzwischen aber haben ihre Besitzer die Erlaubnis erhalten, sie aus- oder umzubauen, und so sind daraus weiträumige Esssäle geworden, in denen um Mitternacht oft Hunderte von Menschen nichts anderes essen als Fisch. Ein einziges Mal habe ich mich bisher getraut, an einer solchen nächtlichen Orgie teilzunehmen. Ich habe mich an einen Einzeltisch unter all die Familien und Freundeskreise gesetzt, die immer ausgelassener und fröhlicher werden und dabei kaum einen Tropfen Alkohol trinken. Die Kellner taten so, als würden sie mich übersehen, ich musste sie immer wieder um dieses oder jenes bitten, und am Ende wäre ich am liebsten verschwunden, ohne zu bezahlen, denn im Grunde hatten sie mich weder versorgt noch bedient, sondern eher wie Luft behandelt.

Weit mehr Vergnügen macht es, die Nacht über im Hafengelände spazieren zu gehen. In den Bars lese ich Zeitung und bekomme ganz nebenbei viele Geschichten mit, und manchmal sitze ich bis kurz nach Mitternacht auch nur bewegungslos auf einer der langgestreckten Molen, die sich weit hinaus ins Meer erstrecken. Gern würde ich in einer solchen Nacht einmal mit einem Boot hinausfahren. Und mittlerweile wüsste ich auch sehr genau, mit wem ich das gerne tun würde.

Herrgott, wohin ist Paula denn nur verschwunden? Und habe ich mich geirrt, als ich annahm, dass unser Gespräch ihr ebenso gefallen haben könnte wie mir?

5

Es passieren sehr seltsame Dinge. In den letzten Tagen habe ich festgestellt, dass Maria die anderen Pensionsgäste während des Frühstücks keineswegs so anspricht wie mich. Sie ist dann auch im Innenhof anwesend, ja, das schon, aber sie spricht nur wenig und das nur, wenn sie etwas gefragt wird. Und so habe ich plötzlich den merkwürdigen Eindruck, als bereitete sie sich ausgerechnet in meiner Gegenwart auf eine große Rolle vor – wie eine Schauspielerin, die sich einspricht und den entsprechenden Text immer aufs Neue probt. *Sie rückt näher an Dich heran*, denke ich und fühle mich in diesen Gedanken bestätigt, als sie mir ganz nebenbei das Du anbietet:

— *Signor Merz, wir beide kennen uns nun schon so gut, dass ich lieber Beniamino zu Ihnen sagen würde.*

Natürlich war ich einverstanden, dass wir uns duzten, obwohl ich gleich den Verdacht hatte, dass dieses Duzen mit weiteren Freundschaftsaktionen verbunden war. Und wirklich, kurze Zeit später taucht Maria an einem Nachmittag zum ersten Mal vor der Tür meines Zimmers auf. Sie klopft und fragt beinahe schüchtern, ob sie mich stören dürfe, und als ich öffne, sehe ich, dass sie ein ganzes Tablett mit einem Teeservice dabei hat, um uns beiden einen Nachmittagstee zu servieren. Sie hat sich umgezogen und trägt nicht mehr eines der einfarbigen oder wildbunten weiten Kleider, mit denen sie beim Frühstück wie eine Allegorie des frühen Morgens auftrumpft, sondern ein schlichtes, einfaches Kleid, das eher wie ein Arbeitskittel aussieht.

Ich räume einige im Weg liegende Bücher- und Papierstapel beiseite, während Maria das Tablett auf einem kleinen Rundtisch abstellt, zwei Stühle herbeizieht, den Tee einschenkt und Platz nimmt.

– *Du bist nachmittags immer allein auf Deinem Zimmer*, beginnt sie.
– *Nachmittags ist Schreibzeit*, antworte ich und warte ab, was nun kommen wird.
– *Oh, dann störe ich?*
– *Neinnein, ich trinke gern mit Dir einen Tee.*
– *Soll ich Dir etwas beichten? Ich mag gar keinen Tee, ich finde Tee furchtbar. Ich komme mit diesem Tee zu Dir, weil Nachmittag ist und mir kein anderes Getränk für den Nachmittag einfällt. Kaffee am Nachmittag? Nein, das geht nicht. Alkohol am Nachmittag? Geht auch nicht. Was sollen wir also trinken, wenn nicht diesen lächerlichen Tee? Tun wir so, als ob er uns schmecken würde. Oder hast Du eine bessere Idee, was wir trinken könnten?*
– *Ich habe nichts gegen Tee, ich mag Tee am Nachmittag, für eine Stunde, in der Zeit von Vier bis Fünf, danach nicht mehr.*
– *Nun gut, dann bleiben wir vorerst beim Tee. Und ich beichte Dir gleich auch noch etwas anderes: Ich bin nicht nur gekommen, um mit Dir Tee zu trinken, der Tee ist eher ein Vorwand, denn ich bin mit gewissen Hintergedanken gekommen.*

Das kann nicht sein, denke ich, *nein, das ist unmöglich. Sie wird Dir jetzt nicht als Drittes beichten, dass sie mit Dir das nahe stehende Bett aufsuchen will, nein, gewiss nicht! Obwohl sie durchaus fähig wäre, einen solchen Vorschlag zu machen! Sie ist spontan, und sie nimmt kein Blatt vor den Mund. Aber so ein Angebot zum jetzigen Zeitpunkt wäre plump und banal, und sie hat ein sehr feines Sensorium für Plumpes, Banales. Dieses Sensorium hat sie durch genaue Beobachtung ihrer Gäste geschult, da entgeht ihr kein Detail, und sie ist immer auf der Höhe ihrer Besucher. Neulich hat sie mich auf einen japanischen Gast hingewiesen, der bei leichtem Regen mit gesenktem Kopf und aufgestützt auf einen Regenschirm im Innenhof stand. Siehst Du, hat sie gesagt, er bedankt sich erst für den Regen, bevor er den Schirm aufspannt. Und erst gestern hat sie ein wunderbares Detail an dem englischen Paar beobachtet, das am Frühstückstisch immer nebeneinander und nie einander gegenüber sitzt. Sie haben die einzeln stehenden Betten zusammengerückt, sagte sie, und jetzt scheuen sie sich, morgens einander in die Augen zu schauen.*

Ich sehe dann aber schnell, dass sie wirklich nicht gekommen ist, um mir ein diesbezügliches Angebot zu machen. Sie spricht vielmehr davon, dass im ganzen Ort von mir die Rede sei und dass dieses Getuschel wohl von Alberto ausgehe.

— *Alberto behauptet, dass Du ein Magier des Fragens bist. Du schaust die Leute an und ahnst, was mit ihnen los ist, Du hast anscheinend ein Wissen oder eine Intuition, die andere nicht haben. Du sprichst aber nicht darüber, sondern befragst die Leute zunächst einmal lange und gründlich. Und dann scheint alles etwas seltsam zu werden, denn Alberto behauptet zum Beispiel, dass er Dein Fragen nach einer Weile überhaupt nicht mehr richtig bemerkt. Er fühlt sich dann, sagt er, wie unter Narkose, er verliert das Bewusstsein und bekommt doch irgendwie mit, dass er operiert wird, und nach der Operation wacht er auf, und es geht ihm besser. Hat er recht? Läuft das so? Und wie machst Du das?*

— *Beschreibt Alberto unsere Begegnungen so? Mit mir hat er darüber noch nie gesprochen.*

— *Nun weich mir nicht aus! Sag, was da abläuft!*

— *Das kann ich so einfach nicht sagen, es ist kompliziert und in jedem Einzelfall anders.*

— *Du weichst wieder aus!*

— *Nein, tue ich nicht. Es handelt sich um komplizierte Prozesse, die auf langem Training beruhen.*

— *Komplizierte Prozesse?! Was soll denn das heißen? Spielst Du jetzt plötzlich den großen Gelehrten?*

— *Nein, natürlich nicht. Ich bin jemand, der sich auf das Fragen versteht, sagen wir es so.*

— *Und wieso verstehst Du Dich darauf so gut?*

— *Es hat ...* — *mein Gott, es geht weit zurück, es ist eine alte Sache.*

— *Es scheint ja ein großes Mysterium zu sein ...*

— *Nein, auch das nicht. Es hat mit meiner Kindheit zu tun.*

— *Natürlich, womit auch sonst? Jedes menschliche Mysterium hat mit der Kindheit zu tun. Was ist denn passiert in Deiner Kindheit? Ist Dir ein Engel erschienen und hat Dir geflüstert, wie man andere Menschen befragt?*

Sie ist richtig gereizt, aber sie sieht, dass sie zu weit gegangen ist. Ihre letzten Sätze haben mich verletzt, und anscheinend sieht man mir das nun auch an.

— *Was ist denn los?* fragt sie rasch, *ist Dir nicht gut?*

— *Ich rede nicht über meine Kindheit,* sage ich, *ich rede auf gar keinen Fall über meine Kindheit!*

Es ist still, und sie schaut plötzlich etwas zur Seite, als wäre es ihr peinlich, mich anzuschauen. Nun ist es doch gut, dass der Tee auf dem Tisch vor uns steht. Ich trinke meine Tasse leer und schenke uns nach.

— *Jetzt verrate mir endlich, warum Du wirklich gekommen bist*, sage ich.

— *Das ist doch ganz einfach*, antwortet sie. *Ich möchte, dass Du mich auch befragst, ja, ich möchte von Dir genauso befragt werden, wie Du Alberto befragst.*

Das ist es also! Sie möchte, dass ich auch an ihr einige *Operationen* vornehme, die sie mit ihren dunklen Seelenzonen bekannt machen. Wahrscheinlich hält sie mich für so etwas wie einen genialen Analytiker, der tief in die menschliche Seele einzudringen versteht. Aber das bin ich nicht, ich bin kein Analytiker, sondern ein Ethnologe.

— *Ich bin kein Analytiker ...*, sage ich.

— *Das weiß ich*, fällt sie mir ins Wort. *Meinst Du, mich interessiert dieses psychoanalytische Brimborium? Nein, tut es nicht. Ich will davon nichts hören, überhaupt nichts. Ich habe es sogar einmal damit versucht, aber ich habe es gleich wieder abgebrochen, es ist nichts für mich.*

— *Und was versprichst Du Dir dann von unseren Gesprächen?* frage ich.

— *Vorerst verspreche ich mir noch rein gar nichts*, sagt sie. *Ich möchte einfach nur befragt werden, das ist alles, ich möchte Dir von meinem Leben erzählen.*

— *Von Deinem Leben? Ist das Dein Ernst?*

— *Ja, Du fragst, und ich werde erzählen. Mehr nicht. Du*

brauchst zu dem, was ich erzähle, nichts zu sagen, Du sollst es Dir nur anhören und weiter fragen, immer weiter.

Ich stehe auf, ich habe das dringende Bedürfnis, mich zu bewegen. Auf ein solches Projekt bin ich nicht vorbereitet, noch nie hat mich jemand mit einer solchen Bitte konfrontiert. *Du bist kein Analytiker, Du bist Ethnologe,* wiederhole ich im Stillen, denke dann aber auch darüber nach, ob ich, ohne es zu wissen, gegenüber Alberto andere und ungewöhnlichere Methoden des Fragens angewandt habe als sonst. *Du bist etwas älter und dadurch eventuell reifer und professioneller geworden,* denke ich, *vielleicht merkst Du gar nicht mehr genau, dass und wie Dein Fragen sich in letzter Zeit verändert hat. Schließlich hat auch Paula neulich von Deinem Fragen gesprochen und es ausdrücklich gelobt.*

– Maria, sag ehrlich: Hat auch Paula mit Dir über das alles gesprochen?
– Paula?! Nein, wieso?
– Ich habe mich mit Paula neulich länger im »Alla Sophia« unterhalten.
– Ja, ich weiß.
– Und was weißt Du noch?
– Nichts – außer, dass Ihr Euch unterhalten habt.
– Paula hat sonst nichts dazu gesagt?
– Nein, hat sie nicht. Stattdessen ist sie einfach verschwunden.
– Verschwunden? Wohin denn?
– Ich weiß es nicht. Sie ist einfach verschwunden. Sie meldet sich nicht auf dem Handy, sie ruft auch nicht an, sie ist verschwunden.
– Seltsam.

– Seltsam, ja, das kannst Du laut sagen.
– Passiert so etwas häufiger?
– Seit wir hier leben, ist es erst einmal passiert.
– Und was war damals los?
– Das erzähle ich Dir, wenn Du mich genauer befragst, vorher nicht. Befragst Du mich also?

Ich stehe noch immer unschlüssig vor dem geöffneten Fenster und denke ernsthaft darüber nach, ob ich es schließen soll. Es ist sehr warm, im Zimmer herrscht eine leicht mulchige Schwüle – und ich Idiot denke wahrhaftig darüber nach, ob ich das Fenster schließen soll!

– Maria, es tut mir leid, sage ich, *aber ich habe noch eine Verabredung.*
– Na gut, dann verschwinde ich jetzt, sagt sie.
– Du bist mir aber nicht böse? frage ich.
– Ach was, sagt sie. *Du sagst mir jetzt, ob Du es machst oder nicht – aber böse bin ich Dir in keinem Fall.*
– Ich habe noch zwei Fragen, antworte ich. *Wann wäre der richtige Zeitpunkt für ein solches Gespräch? Und wo sollten wir miteinander sprechen?*
– Darüber habe ich auch schon nachgedacht, antwortet sie. *Mein Vorschlag wäre, dass wir uns am frühen Abend unterhalten, so gegen acht, nach Deinen Schreibexzessen. Und wo? Am einfachsten wäre es, wenn wir uns hier in Deinem Zimmer unterhalten. Das würde aber zu Gerede führen, Du verstehst. Dass wir uns aber irgendwo draußen im Ort unterhalten – das kommt erst recht nicht in Frage, weil es noch zu viel mehr Gerede führen würde. Bleibt als dritte Möglichkeit, dass wir mit*

Deinem oder meinem Wagen irgendwo hinfahren. Das wäre sehr umständlich ...

— Meine Befragungen sollten an ein und demselben Ort stattfinden und nicht jedes Mal woanders, sage ich.

— Na bitte, antwortet sie, *so etwas habe ich mir auch bereits gedacht. Dann bleibt uns also nur dieses Zimmer. Und dann muss es uns eben egal sein, was im Ort geredet wird.*

— Ich denke darüber nach, sage ich.

— Ernsthaft?

— Natürlich ernsthaft, sage ich.

Sie steht auf und kommt einen Schritt auf mich zu, sie will sich durch einen Kuss auf beide Wangen, links, rechts, verabschieden. Da ich sie reflexhaft aber ebenso küssen will, treffen sich unsere beiden Münder plötzlich in der Mitte, und wir küssen uns auf den Mund. Es ist eine sicherlich lächerliche Szene, die mich sofort an mein Missgeschick mit den Marzipan-Früchten auf dem Flughafen von Catania erinnert. Ich will etwas sagen, um der Szene ihre Peinlichkeit zu nehmen, als sie mich von sich aus ein zweites Mal auf den Mund küsst. Es ist ein langer, nicht aufdringlicher, wohl aber intensiver Kuss, und er ist einfach genial, weil er alle Peinlichkeit durch eine einzige, stimmige Geste beseitigt.

— Ich mag keine halben Sachen, sagt Maria. Und dann nimmt sie das Tablett, öffnet die Tür und verschwindet, ohne noch ein Wort zu sagen.

6

Zu beginn unserer heutigen Befragung überreicht mir Alberto eine Einladung des Bürgermeisters. Der hat ... (*na was wohl?*), exakt, er hat von mir gehört, und es ist ihm eine Ehre, einen so bedeutenden Ethnologen auch im Namen der Stadt herzlich willkommen zu heißen. Das Gespräch soll morgen Mittag gegen 12.30 Uhr im Rathaus stattfinden ...

Als ich am späten Mittag in die Pension zurückkomme, weiß Maria bereits, dass ich die Einladung angenommen habe. Sie weiß das, weil sie mit einer Angestellten im Rathaus befreundet ist und weil diese Angestellte wie anscheinend fast alle Angestellten im Rathaus staunend bemerkt, dass ich in Mandlica langsam zu einer Berühmtheit aufsteige, die auch der Bürgermeister nicht mehr ignorieren kann ...

All das macht mich etwas unruhig, und ich habe das Gefühl, nicht so konzentriert wie sonst an meinem Projekt arbeiten zu können. Bisher habe ich in meinem Leben immer sehr diskret geforscht und gearbeitet, hier aber zieht jede Aktion weiter Bahnen, was mir irgendwann auch auf die Nerven gehen könnte.

Als ich etwas später an dem kleinen Café unterhalb der Pension, in dem ich manchmal einen doppelten Espresso trinke, vorbeigehe, stehen ein paar der alten Männer draußen vor dem Café auf und begrüßen mich laut. Ich nicke ihnen zu und gehe hinein, aber auch drinnen begrüßen mich ein paar Männer an der lang gestreckten Theke laut und unverkennbar respektvoll, einer von ihnen nimmt sogar den Hut ab, als sei ich ein Priester, der ihnen den Segen erteilen soll.

Ich fühle mich bereits ein wenig auf der Flucht. Als ich das Café verlasse, überlege ich krampfhaft, wohin ich noch gehen könnte, ohne angesprochen oder aufwendig begrüßt zu werden. Ich entscheide mich schließlich für den Dom. Doch als ich ihn betrete, kommt aus der Schar der älteren Frauen, die sich wieder in seinem rechten Seitenschiff aufhalten, ein lautes *buona sera, professore!* Ich winke den Frauen zu, und es ist, als wäre ich gerade zum Bischof befördert worden. Etwa zehn Minuten setze ich mich in eine Bank und tue, als studierte ich die Kunstwerke im Hauptschiff. Als ich den Dom verlasse, höre ich den Chor hinter mir: *Arrivederci, professore.* Ich winke erneut kurz mit der Rechten, aber es ist ein müdes, fast erschlafftes Winken.

Ich gehe gegen meine sonstige Gewohnheit zu Albertos Buchhandlung zurück und setze mich nach drinnen, um in ein paar Büchern zu blättern. Alberto nutzt aber meine Anwesenheit, um ein eher theoretisches Gespräch mit mir zu führen. Er behauptet, dass mein Fragen eine Perfektionierung des sokratischen Fragens sei. Jeder Leser wisse ja, dass es im Abendland nie einen besseren Fragenden als Sokrates gegeben habe, Sokrates sei die Inkarnation des Fragens – jetzt aber habe er einen Nachfolger gefunden, in mir, als einem weiteren Meister des Fragens.

Ich weiß nicht, was plötzlich in mich gefahren ist, denn ich antworte (ohne dass dies wirklich meine Meinung wäre): *Dass Sokrates ein großer Fragender war, ist ein nicht auszurottendes Vorurteil. Genau das Gegenteil ist wahr! Er stellte sich auf die Straßen Athens und passte den Nächstbesten ab, der gerade vorbeikam. Dann fragte er betont harmlos nach diesem und jenem, aber er hörte nicht zu. Ja oder Nein – mehr blieb den Befragten schließlich nicht mehr zu antworten, während Sokrates die Fragerunden nutzte, seine eigenen Themen und sein eigenes Denken Frage für Frage in Szene zu setzen und schließlich zu betonieren. Jawohl, Fragen wie Beton: zunächst noch flüssig, dann zu harter, öder Materie erstarrend. Immer dieselbe Methode, immer dasselbe, den anderen laut- und hilflos machende Fragen! Grausame Exerzitien an Schülern! Hat es je einen schlimmeren Fragesteller gegeben?! Er war der Vorläufer der Inquisition! Ihn haben alle nachgeahmt, die seine Fragemethoden als das begriffen, was sie eigentlich waren: als Folter!*

Alberto bemerkt, dass mit mir etwas nicht stimmt, denn er sagt darauf kein einziges Wort. Wir sitzen stumm in seiner Buchhandlung und regen uns nicht. Ich denke einen Moment daran, in einer Bar in rascher Folge zwei oder drei Glas Bier hintereinander zu leeren, um auf vollkommen andere und nun vor allem ganz und gar blöde Gedanken zu kommen. Ich verwerfe diese dumme Idee aber, während mir schmerzhaft bewusst wird, dass ich mich viel zu lange schon nach Paula sehne. Ich benötige jetzt einen Gesprächspartner, mit dem ich gerne spreche, und das nicht aus beruflichen Gründen. Darüber hinaus aber sehne ich mich auch nach ihrer körperlichen Präsenz: nach dem strengen, dunkelbraunen, hellwachen Gesicht, nach der schwarzen Dichte ihrer Haare, den großen, schmalen Händen, dem schlanken Körper, der mich immer so stark an *Tanz oder Tango* erinnert.

– *Tanz mag ja stimmen*, sage ich plötzlich laut, *Tango dagegen ist sicher Unsinn. Tanz ist ja auch eine offene, weite Geschichte, Tanz kann alles sein, Tango dagegen ist schon eine Spur beschränkter und eher eine sehr enge Kiste.*

– *Wovon redest Du?* fragt Alberto leise und blättert weiter in seinem Buch.

– *Können wir einen Moment mal über sizilianische Musik reden?* frage ich.

– *Worüber?*

– *Über sizilianische Tänze, über sizilianische Sängerinnen.*

– *Ich bin da kein Fachmann, Beniamino. An Tänzen, da gibt es zum Beispiel die Tarantella. Ist eine wilde Sache und wurde vor Urzeiten getanzt, um dem Körper gefährliches Gift zu entziehen.*

– *Gift? Was für ein Gift?*

– *Spinnengift, Gift der Tarantel, man tanzte Tag und Nacht, um das Gift aus dem Körper zu pumpen.*

– *Verstehe. Und Sängerinnen, welche fallen Dir ein?*

– *Rosa Balistreri, die zuerst.*

– *Die Canti della Sicilia.*

– *Ja, die Canti. Du kennst sie?*

– *Und ob.*

– *Woher kennst Du sie?*

– *Sie war einmal meine Braut.*

– *Wer? Rosa Balistreri?*

– *Ja, genau die.*

– *Das kann nicht sein, was redest Du denn, Beniamino?*

– Du glaubst mir nicht, das habe ich mir schon gedacht. Ich gehe. Bis morgen früh.

– Beniamino, so bleib doch, wir trinken noch ein Glas Wein zusammen!

– Nein danke. Ich gehe, ich muss schreiben.

In den langen Jahren, in denen ich nicht mit einer Frau befreundet war, hatte ich viele Bräute. Viele, aber natürlich nicht mehrere zugleich. Ich erwähle einfach eine Frau, die mir sehr gefällt, zu meiner Braut. In Gedanken lebe ich mit ihr zusammen. Wir gehen zusammen in ein Restaurant, das meiner Braut gefällt, wir hören uns Musik an, die nicht ich, sondern meine Braut ausgesucht hat. Mit Rosa Balistreri war es eine sehr schöne Zeit. Morgens zum Frühstück habe ich ihre *Canti* gehört – und dann während des Tages immer wieder. Ich bin mit ihr in sizilianische Restaurants gegangen, sie hat mir Geschichten von Palermo erzählt, und wir haben sizilianisch gekocht. 1990 ist Rosa in Palermo gestorben. Ich habe eine Todesanzeige in eine Kölner Zeitung setzen und nach der Standardformel *In tiefer Trauer* meinen Namen drucken lassen. Die Anzeige ist niemandem aufgefallen, selbst Martin, meinem Bruder, nicht, der als Arzt ein passionierter Leser von Todesanzeigen ist.

Als ich so plötzlich und in diesem Zusammenhang an Martin denke, ist er mir fast schon wieder sympathisch. Von all meinen Brüdern ist er der Einzige, in dessen Nähe ich es halbwegs und sogar über einen etwas längeren Zeitraum aushalte. Ich vermute, ich habe Respekt vor seinen chirurgischen Künsten, von denen ich immer wieder gehört habe. Ich kann ihn mir aber nur schwer bei chirurgischen Eingriffen vorstellen, er ist so ungelenk und langsam, aber, wer weiß?, vielleicht hilft ihm gerade diese Schwerfälligkeit dabei, als Chirurg zu glänzen.

Ich komme nach meinen Irrwegen durch Mandlica wieder zurück in die Pension. Ich bin müde und fühle mich schwach, an Schreiben ist nicht zu denken. Also setze ich mich für zwanzig Minuten in den kühlen Innenhof. Maria kommt zu mir und bringt mir ein Glas Tee, diesmal ist er kalt, diesmal ist es *Eistee*. Wir plaudern ein wenig, oder besser: Maria spricht, ich höre zu. Am Ende, als ich mich verabschiede und hinauf auf mein Zimmer gehe, sagt sie:

— *Beniamino, ich weiß es übrigens jetzt.*
— *Was weißt Du, Maria?*
— *Du warst nie verheiratet, Beniamino.*
— *Und wieso bist Du Dir jetzt so sicher?*
— *Du bist kein Mann für die Ehe.*
— *Bin ich nicht?! Und warum nicht?*
— *Du brauchst Freiheit, Leben und Abwechslung, und Du lebst in einer eigenen, anderen Welt. Das habe ich jetzt verstanden.*

Oben, in meinem Zimmer. Das unter schwachen Frühjahrswinden herumschlingernde Meer, lauter hastige, nervöse Striche von Hellblau, Weiß und Hellgrün auf meiner Leinwand.

7

DER BÜRGERMEISTER von Mandlica heißt Enrico Bonni. Als seine Sekretärin mich gegen 12.30 Uhr in sein Zimmer führt, sitzt er hinter einem kleinen, tadellos aufgeräumten Schreibtisch und liest in einer Tageszeitung. Er steht sofort auf und kommt mir mit raschen Schritten entgegen. Ich bin erstaunt, wie groß er ist, über ein Meter neunzig auf jeden Fall, zwischen fünfundvierzig und fünfzig Jahre alt, schätze ich. Er ist sehr schlank, und der dunkle Anzug sitzt so perfekt und doch lässig, dass ich ihn mir sofort als männliches Model für die Mode betuchter älterer Knaben vorstelle. Sicher läuft er täglich zehnmal um Mandlica herum, in der Frühe, wenn niemand ihn sieht. Er hat schwarzes Haar, und in der titanischen Mähne schimmert noch kein einziges graues. *Ein Jurist*, denke ich, *ein allwissender, alles beachtender, alles einkalkulierender Jurist, ein Mann der Zukunft!*

Wir sitzen uns in zwei weißen Ledersesseln an einem kleinen Tisch gegenüber, er hat *Martini* servieren lassen, und als wir anstoßen, weiß ich, dass er Alkohol nicht mag. Natürlich führt er die Unterhaltung, und er tut gleich so, als wüsste er genau Bescheid über mich. Ich bin ein bedeutender Ethnologe aus Deutschland, Verfasser von viel beachteten Studien über das Wohnverhalten und die Lebensformen der Bürger im Rheinland, sicher habe ich Mandlica für meine neuste Studie ausgewählt, weil Mandlica etwas ganz und gar Besonderes ist und keine typisch sizilianische Stadt mit großer Jugendarbeitslosigkeit wie viele andere, sondern eine einzigartige Insel, die von der Kultur der Dolci lebt. *Von der Kultur der Dolci*, sagt er wahrhaftig und nicht, dass Mandlica *von seinen Dolci* lebe. *Kultur der Dolci* klingt anspruchsvoll und ist eine Formulierung auf dem neusten Stand des EU-Blablas, *gleich wird er zu einem Breitwandpanorama über die Kultur der Dolci ausholen*, denke ich und spüre, dass ich nun mindestens für fünfundvierzig Minuten festsitzen werde. (*Warum, warum tue ich mir so etwas an?*)

Dann spricht er davon, dass Mandlica die sizilianischen Traditionen der Dolci-Herstellung *in sich vereine*, deshalb habe die Stadt einen Architekturwettbewerb für ein entsprechendes *repräsentatives Gelände* ausgeschrieben, ein *Ensemble von Natur und Kultur* natürlich und keineswegs ein Museum wie noch in alten Tagen. *Museen sind passé*, sagt er und tut hoch konzentriert. Einen Moment ist es still, und ich habe ihn im Verdacht, von mir Zustimmung zu erwarten. *Für uns Ethnologen waren Museen eigentlich immer passé*, könnte ich sagen, aber ich sage es nicht. Stattdessen macht er weiter mit seinem *Ensemble*, das aus einem *Park des Marzipan*, aus *Schokoladenwerkstätten* sowie aus *Studios* bestehen soll, in denen die Besucher *interaktiv* die *Geschichte der Dolci* nicht als *Rezipienten*, sondern als *Produzenten* begreifen. In der Mitte des *Ensembles* aber erwartet den Besucher die in der Erde versenkbare *Tagungsstation*, ein *Zentrum für interkulturelle Nahrungsmittelforschung*, angeschlossen an mehrere Universitäten, die ihre Lehrkörper in Scharen nach Mandlica schicken werden.

Ich bin abgelenkt, und ich merke es daran, dass ich mir kurz überlege, ob die heranströmenden Lehrkörper so wie ich bei *Mario* zu Mittag essen werden. Ich brauche nicht lange zu überlegen, denn ich weiß sofort, dass sie es nicht tun werden. *Mario ist passé*, denke ich und hätte es fast laut gesagt. Enrico Bonni aber würde gar nicht mitbekommen, wenn ich etwas sage, er ist voll in Fahrt und entwickelt eine Mandlica-Zukunft, in der die Stadt zu einem *kulinarischen Paradies Europas* werden wird, und das eben nicht nur durch eine hypermodern ausgerichtete Herstellung der Dolci, nein, auch durch eine diese Praxis auf Vordermann bringende wissenschaftliche Theorie. *Nahrungsmittel- und Essforschung sind heutzutage elementar*, sagt er und blickt so ernst, als wollte er mich auf etwas verpflichten. Und dann kommt der Satz, auf den ich gewartet habe: *Mandlica hat in dieser Hinsicht eine absolute Vorreiterrolle in Sizilien und damit auch in Europa.*

– *Sie sind Jurist?* frage ich.

– *Ja, in der Tat*, antwortet er und lächelt zum ersten Mal.

– *Das klingt alles fantastisch*, sage ich (und meine es absolut wörtlich).

– *Ja*, antwortet er, *es ist ein ehrgeiziges Programm.*

– *Wie viel Zeit werden Sie brauchen?*

– *Wir haben uns einen Zeitraum von fünf Jahren gegeben.*

– *Das klingt vernünftig und realistisch*, sage ich und gebe mir Mühe, nicht zu lachen.

Ich trinke mein Glas leer und wehre ihn höflich ab, als er mir ein zweites einschenken will. Er selbst nippt nicht ein einziges Mal an dem viel zu süßen Zeug, das ich nie leiden mochte. *Cinzano, Campari, Martini – das sind die ersten Getränke, die die neuere Trinkforschung einmal kritisch unter die Lupe nehmen sollte,* denke ich. Aber dann wird es mir zu langweilig, und ich sage:

— *Meine Forschungen über Mandlica werden – und jetzt verzeihen Sie mir und legen Sie es nicht als Größenwahn aus –, meine Forschungen werden ein Jahrhundertwerk werden. Zum ersten Mal wird die neuere Ethnologie die engeren Grenzen einer Fachwissenschaft überschreiten und alles einbeziehen, was im intermedialen Sinn von Bedeutung ist: die Theorie des Gesprächs, die Theorie der normativen Gesellschaft, die Theorie der amourösen Komplikation, ja sogar die Manier-Theorie abendländischer Tischsitten. Hier in Mandlica bringe ich, und verzeihen Sie mir, wenn ich jetzt auch noch metaphorisch werde, das sizilianische Erbe der Griechen, Normannen und Araber zum Glühen – und zwar eben nicht im Gewand der traditionellen historisierenden Ethnologie, sondern als multiple Theorie neurotisch-virtueller Geschmacksvalenzen. Im Grunde zielt mein Werk, das in der Ethnologie einmal die Rolle eines bahnbrechenden Standardwerks spielen wird, auf eine Theorie der Verschmelzung. Integrieren und sezieren – das sind die Darstellungsmodi. Probieren und artikulieren – das sind die Affektschemata.*

— *Und wie viel Zeit werden Sie brauchen?* fragt Bonni, sichtlich beeindruckt.

— *Ich habe mir einen Forschungszeitraum von etwa fünf Jahren gegeben,* sage ich.

— *Aber das wäre ja fabelhaft,* sagt er rasch, und ich weiß genau, dass sein hochgezüchtetes Planungshirn jetzt Fünf und Fünf auf einen Nenner bringt.

— *Was meinen Sie?* sage ich betont langsam und lauernd.

— *Dann wäre unser Zentrum ja exakt genau dann fertig, wenn auch Ihre Studie fertig ist.*

— *Stimmt*, sage ich, *was für ein schöner Zufall!*

— *Zufall?! Nein, viel mehr! Wir werden aus dem Zufall etwas Großes machen.*

— *Etwas Großes?*

— *Ja, Sie werden den Eröffnungsvortrag für unser Zentrum halten. Vor Hunderten angereister Wissenschaftler, Kommentatoren und Kommunikatoren aus ganz Europa!*

Ich rücke, scheinbar begeistert und plötzlich sehr munter, auf meinem Sitz etwas nach vorn.

— *Keine schlechte Idee!* sage ich. *Und das alles im Rahmen eines großen Kongresses! Man sollte die dafür notwendigen Gelder schon jetzt beantragen. EU-Gelder natürlich, und außerdem Gelder von Sponsoren der Dolci-Industrie. Ich denke an Ferrero und ...* — *ach mein Gott, da kann man ja wirklich Hunderte von Einfällen haben.*

Enrico Bonni ist vollkommen begeistert, im Grunde liebt er sein Amt vor allem wegen eines solchen Gesprächs, in dem es um eine strahlende, hypermodern ausgerichtete Zukunft geht, in der das alte Mandlica der mittelständischen Schokoladen- und Marzipan-Hersteller in digitalen und virtuellen Apotheosen untergeht. Und so reibt er sich auch längst die Hände, denn natürlich sieht er sich in solchen Momenten als Befreier Mandlicas von seiner althergebrachten Geschichte.

— *Wären Sie denn bereit, mit unserer Planungskommission zusammenzuarbeiten? Sie sprechen fließend Italienisch und sicher auch Französisch und Englisch, Sie wären ein idealer Kommunikator!*

— *Wenn Sie das wünschen, gebe ich mein Bestes*, antworte ich.

— *Dann werde ich den Leiter unserer Kommission darüber informieren. Wo kann er Sie erreichen?*

— *Wie heißt er denn, der Leiter Ihrer Kommission?*

— *Es handelt sich um Professore Volpi. Er ist hier geboren und …*

— *Volpi? Seine Mutter lebt doch hier.*

— *Sie kennen Volpi?*

— *Nicht direkt, aber ich kenne seine Mutter.*

— *Das ist erstaunlich, sie verlässt ihr Haus nämlich kaum noch.*

— *Es gibt auch andere Wege für eine Begegnung*, sage ich.

Bonni scheint etwas irritiert, denn er schaut mich einen Moment forschend an. Als ich dann aber den Namen der Pension nenne, wo man mich erreichen kann, ist der winzige Funken Misstrauen sofort wieder verschwunden.

— *Sie wohnen bei Maria! Das ist die beste Adresse, die Sie hätten wählen können!*

— *Ich wohne bei Maria und Paula.*

— *Paula?! Richtig, Paula! Ich habe sie seit langer Zeit nicht mehr gesehen. Was ist mir ihr? Ist sie krank?*

— *Neinnein, sie ist länger unterwegs gewesen. Seit ich hier bin, arbeitet sie eng mit mir zusammen und hält den Kontakt zu den Archiven, Bibliotheken und Forschungszentren Siziliens.*

— *Was Sie nicht sagen! Das freut mich aber, dass Sie eine so ideale Mitarbeiterin gefunden haben! Wer gehört denn sonst noch zu Ihrem Forschungsteam?*

— *Hier in Mandlica arbeite ich allein. Meine Kontakte zu den sizilianischen Zentren pflegt Paula. Darüber hinaus aber bin ich an die Forschungseinrichtungen meiner Universität in Köln angeschlossen. Das gesamte Datenmaterial fließt in gewaltigen Mengen beinahe täglich dorthin und wird gespeichert, auf Schlag- und Stichworte hin systematisiert und ergebnistechnisch weiter aufgearbeitet. Vier ständige wissenschaftliche Mitarbeiter und zwei Technik-Spezialisten sind dafür zuständig. Meine Arbeit ist ein Teilprojekt des transnationalen Großprojekts »La Sicilia Dolce in passato e futuro«.*

— *Grandios! Und, sagen Sie, wie ist das Projekt finanziert?*

— *Meinem Team stehen 1,5 Millionen Euro, zunächst für den Zeitraum von zwei Jahren, zur Verfügung.*

Er ist so hingerissen, dass er mich am liebsten umarmen würde. So einen wie mich hat er seit langem gesucht, einen, der das *ergebnistechnisch* noch weit zurückgebliebene Mandlica in sanften EU-Kurven überfliegt und dabei laufend Geldscheine fallen und auf Mandlicas Boden herabschweben lässt. Immer wieder räuspert er sich, er ist aufgeregt und mitgenommen, all die Fantasien, mit denen er seine Wahlkämpfe bisher gewonnen hat, haben Nahrung erhalten. Am Ende unseres Gesprächs beglückwünscht er sich allen Ernstes selbst zu der Idee, mich eingeladen zu haben.

— *Als Nächstes lade ich Sie und einige Mitglieder der Kommission zu einem Mandlicaner Mittagessen ein,* sagt er.

— *Etwa bei Lucio?* frage ich.

— *Ja, bei Lucio! Den kennen Sie also auch schon! Sie überraschen mich ohne Ende!*

— *Dann lassen Sie mich noch mit einer letzten Überraschung herausrücken, die Sie allerdings unbedingt für sich behalten müssen.*

— Ein Geheimnis? Etwas Delikates?

— Sehr delikat — und natürlich geheim. Es handelt sich um den ersten Satz meines Werkes, das ein Gesamtvolumen von drei Bänden mit zusammen ungefähr eintausendachthundert Seiten haben wird.

— Der erste Satz? Steht der denn schon fest?

— Ja, es gibt bereits den ersten Satz, und ich sage Ihnen: Dieser Satz ist wie in Stein gemeißelt.

— Lassen Sie hören!

— Bitte hören Sie: Der erste Satz lautet: Die Stadt Mandlica hat etwa neunzehntausend Einwohner und liegt an der Südküste Siziliens ...

Er starrt mich an und fährt sich mit der rechten Hand durch seine Titanenmähne. Dann murmelt er meinen ersten Satz vor sich hin und wiederholt ihn zwei-, dreimal. Was dann kommt (ich gebe es zu), hätte ich niemals erwartet, es ist die erste wirkliche Überraschung, die von seiner Seite ausgeht. Enrico Bonni pustet nämlich etwas Luft aus seinen schmalen und *sporttechnisch* bestens durchtrainierten Backen und sagt:

— Gallia est omnis divisa in partes tres ...

Ich bin so überrumpelt, dass ich nicht sofort verstehe. Ich begreife erst, als er auch diesen Satz mehrmals wiederholt.

— Cäsar, sage ich dann wie ein eifriger Schüler, *De bello gallico,* der Anfang seiner großen Erzählung über den Gallischen Krieg.

– *Exakt*, sagt er und steht nun endlich auf, hoch befriedigt darüber, eine Schlusspointe gesetzt zu haben.

– *Wenn Sie meinen ersten Satz mit Cäsar vergleichen, schmeichelt mir das natürlich sehr*, sage ich. *Danach kann eigentlich gar nichts mehr schiefgehen.*

– *Wie in Stein gemeißelt*, sagt Enrico Bonni und legt kurz die rechte, breite Hand auf meine rechte Schulter. Dann begleitet er mich noch hinaus, wortlos, als habe ihn dieses Gespräch nicht nur tief beeindruckt, sondern sogar gezeichnet.

Ich verlasse das Rathaus und stehe plötzlich in der hellen Mittagssonne. Das Seltsame ist, dass ich nicht weiß, wohin mit mir. Zu Mario? Nein, da könnte ich jetzt Professore Volpi begegnen. In die Pension? Nein, meine Zimmer kommen mir nach einem solchen Gespräch geradezu lächerlich bescheiden vor. Zu Alberto? Nein, mit Alberto würde ich dieses abartige Gespräch nur zerreden. Abartig? Natürlich war es abartig! Merkwürdig ist nur, dass dieses schräge Reden meinen Forscherehrgeiz durchaus berührt hat. Ich habe mein Projekt bisher vielleicht zu klein angesetzt. Zu klein, zu vorsichtig, zu begrenzt! Ich sollte nicht nur wenigen Themen, sondern allen nur denkbaren nachgehen, die sich vor mir auftun. Nicht an dreihundert, vierhundert Seiten sollte ich denken, sondern in der Tat an mehrere Bände und Tausende von Seiten! Ein Jahrhundertwerk? Aber ja, warum nicht? Warum die Ansprüche von vornherein niedrig halten? Und warum sich überhaupt noch mit ethnologischen Standards begnügen? Die beherrsche ich längst, und jeder Fachmann weiß, dass und wie ich sie beherrsche! Niemandem brauche ich mehr zu beweisen, dass ich so etwas leisten kann. Warum also nicht freier, weiter, universaler?!

Als ich bei Lucio auftauche und ihn frage, ob er noch einen Einzeltisch frei hat, führt er mich sofort zu dem kleinen Ecktisch, an dem ich bereits mit Paula gesessen habe.
— *Wasser? Wein? Wie üblich?* fragt Lucio.
— *Bringen Sie Wasser und eine kühle Flasche guten Spumante,* sage ich, *und informieren Sie, wenn Sie das hinbekommen, doch bitte Paula, dass ich hier auf sie warte.*

8

Maria kommt gegen 19.30 Uhr in mein Zimmer. Sie bringt eine Flasche Sherry mit, aber ich sage ihr gleich, dass ich während unseres Gespräches keinen Alkohol trinke. Sie fragt, ob das auch für sie gelte, und ich antworte, dass sie durchaus etwas trinken könne, es aber nicht übertreiben solle. Anscheinend trinkt sie zu dieser Tageszeit recht häufig Sherry, sie hat sich daran gewöhnt, ich lasse das Thema *Trinkgewohnheiten* aber zunächst auf sich beruhen.

Während der Befragung läuft wie immer mein Aufnahmegerät. Mit der Hand notiere ich Stichworte, über die ich später, wenn ich das Gespräch abhöre, noch einmal genauer nachdenken will. Jede Befragung eröffnet ein weites, zunächst vollkommen undurchsichtiges *Personales Feld* mit lauter disparaten Themen, die eng miteinander verbunden sind, und manchmal sogar so eng, dass man die Bezüge kaum noch erkennt. Ein Hauptfehler, den man immer wieder begeht, besteht darin, die Themen von vornherein zu trennen und sie unterschiedlichen Kategorien zuzuordnen. Eine Notiz wie *Sherry – ein Lieblingsgetränk der Befragten hauptsächlich am frühen Abend*, eingeordnet unter *Personale Esskultur / Täglicher Bedarf / Essrituale* verengt das Thema Sherry. Ein Glas *Sherry* – das könnte nämlich auch als Protestgetränk gegen sizilianische Trinkrituale dienen und damit zu eher sozial definierten Kategorien gehören: *Widerstand gegen Traditionen / Soziale Rituale / Gesuchte Autarkie.* Solche Bezüge und Verbindungen herauszubekommen, gehört zum Schwierigsten und Schönsten der Arbeit. Und genau hierin, solche Verbindungen zu entdecken, besteht meine eigentliche Stärke, die wohl auf meine ganz besondere *Ahndunk* zurückzuführen ist.

Bin ich mit einer einzelnen Person länger allein in einem Raum und habe ich die Möglichkeit, dieser Person Fragen zu stellen, wächst mein *intuitives Wissen* von ihr stetig. Plötzlich ahne ich die seltsamsten Dinge: dass sie einmal Cello gespielt hat, dass sie als kleines Kind länger krank war, dass sie gern Auto fährt. Die Befragten haben solche Details oft kaum noch in Erinnerung. Wenn ich sie darauf anspreche, erinnern sie sich meist nur mit Mühe. Wird die Erinnerung dann aber doch lebendig, kommen sie aus dem Staunen nicht mehr heraus: *Woher wissen Sie das? Wer, verdammt noch mal, hat Ihnen davon erzählt?*

Ganz wie es ihre Art ist, wartet Maria nicht darauf, dass ich die erste Frage stelle. Sie nimmt einen kleinen Schluck und beginnt: *Ich bin vor vielen Jahren nach Mandlica gekommen ...* Ich brauche aber nur eine kurze Handbewegung zu machen, dann hört sie auf. Ich sage, dass ich ein paar Minuten brauche, um ein paar Formalia zu notieren, und ich füge hinzu, dass wir während dieser Minuten nicht miteinander reden sollten. Danach werde ich die Befragung beginnen, die beim ersten Mal nicht länger als eine Stunde dauern soll. Es handle sich um ein Orientierungsgespräch, mehr nicht, zu einem späteren Zeitpunkt würden die Gespräche dann konkreter und zielorientierter. So die Regeln, wir sollten uns an sie halten.

– *Natürlich halten wir uns daran*, sagt sie etwas kleinlaut, *dann halte ich jetzt mal einfach die Klappe.*

19.37 Uhr. Maria. Sie trägt wieder den schlichten, dunkelblauen Arbeitskittel wie neulich auch. Keine Anzeichen von Nervosität. Anscheinend hat sie sich all das, was sie nun erzählen möchte, bereits zurechtgelegt. Eine Menge Text hat sich in ihr angestaut, und obwohl sie sehr mitteilsam ist, kommt sie nicht dazu, das mitzuteilen, was ihr wichtig ist. Sie redet sich den Druck, vom Wichtigen sprechen zu wollen, vom Leib, indem sie ohne Unterbrechung über das Unwichtige redet. Alter:? Seit wann verheiratet:? Warum keine Kinder:?

Ich schaue einen Moment konzentriert gegen die weiße Decke. Dann beginne ich mit einer Frage, die sie niemals erwartet haben kann:

– *Maria, wo ist Paula?*

Sie schaut irritiert, sie versteht nicht, warum wir gerade mit dieser Frage beginnen. Ich sage ihr, dass sie selbst keine Fragen stellen, sondern meine Fragen beantworten soll. Überhaupt soll sie nicht darüber nachdenken, wie und was ich sie frage, sie soll vielmehr einfach nur antworten, so gut sie es eben kann. Nach kurzem Hin und Her ist sie so weit. Zu Beginn antwortet sie betont kurz, und ich verstehe sofort, dass sie auf den Fragekomplex *Paula* zu diesem Zeitpunkt noch nicht eingehen will. Sie will *Paula* umgehen, genau das ahnte ich, und genau deshalb beginne ich jetzt mit *Paula* (eigene Frage-Interessen braucht der Fragesteller nicht zu verleugnen, er sollte sie aber für sich behalten).

Nach etwa einer Viertelstunde verläuft das Gespräch flüssig, und ich nehme an ihm ausschließlich dadurch teil, dass ich kurze, prägnante Fragen stelle. In einer zweiten Stufe werde ich dann dazu übergehen, knappe Behauptungssätze einzustreuen, die ich der Befragten probeweise in den Mund lege. Es sind genau diese Sätze, die im Nachhinein bei den Befragten den Eindruck entstehen lassen, narkotisiert oder hypnotisiert worden zu sein. Im Spätstadium des Gesprächs haben sie vergessen oder verdrängt, dass ich ihnen viele dieser Sätze in den Mund gelegt habe. Sie glauben, diese Sätze selbst gefunden zu haben, und wundern sich dann darüber, dass ihnen Zusammenhänge und Details aufgefallen sind, an die sie vorher nicht einmal gedacht haben. Im Idealfall sind viele dieser Sätze ein Treffer. Geht einer von ihnen einmal ins Leere, entsteht ein prekärer Moment: Die Befragten erwachen, schauen einen zweifelnd an und fragen (wie angeekelt) zurück: *Wie bitte?! Was redest Du denn für einen Unsinn?!*

Kurzprotokoll I. Maria kann sich keinen Menschen vorstellen, mit dem sie einen engeren Kontakt haben könnte als mit Paula. In der Kindheit waren die beiden unzertrennlich. Nach dem Ende der Schulzeit haben sie die Ferien miteinander verbracht. Für Maria war es (mehrfach betont) eine unglaublich schöne Zeit. Die großen europäischen Städte (London, Paris, Madrid, Rom, Helsinki), Musikfestivals, Shopping, Dancing, die Nächte im Freien, das ganze spätpubertäre Programm. Um sich ein solches Lebensgefühl (vital und auf Reisen, täglich andere Menschen, aber lose Kontakte) möglichst lang zu erhalten, ist sie Stewardess geworden. Paula war dagegen, hat es dann aber toleriert. Sie selbst hat studiert, ziellos, an verschiedenen Universitäten, immer andere Fächerkombinationen, ohne je an einen Beruf oder ein späteres Leben zu denken. Keine Ehe!, keine Kinder! – das seien selbstverständliche Gebote für sie beide gewesen. Dann habe es sie beide während einer Ferienreise durch Süditalien (eigentlich wollten sie nur nach Neapel) nach Sizilien verschlagen. Mit einem Mietwagen seien sie an einem Sonntag in Mandlica angekommen, verschwitzt und ausgehungert. Durch einen blöden Zufall (sie, Maria, sei gerade auf der Toilette gewesen, um sich ein wenig frisch zu machen) habe Paula draußen, im Freien, in einer Bar, beim Trinken von Espresso und Wasser die Bekanntschaft eines Mannes gemacht. Diese Bekanntschaft habe ihr ganzes Leben verändert.

Schnitt. Natürlich weiß ich längst, dass es sich bei dieser Bekanntschaft um Lucio handelt. Würde ich Maria jetzt weitererzählen lassen, würde sie das Thema *Lucio* von dem soeben Erzählten her in Angriff nehmen und damit in einen engen Zusammenhang bringen. *Lucio* wäre dann so etwas wie *der erste Mann, der in unser gemeinsames Leben getreten ist*. Ich selbst ahne, dass Lucio das enge Zusammenleben der beiden Schwestern dramatisiert und wahrscheinlich eine erste, starke Konfrontation zwischen ihnen heraufbeschworen hat. Beide könnten sich gleichzeitig in ihn verliebt haben (oder, sehr viel wahrscheinlicher: Eine von ihnen hat sich in ihn verliebt, und die andere glaubte, mit ihr gleichziehen zu müssen. Damit sie beide wieder ähnlich empfänden. Damit keine von ihnen mit etwas ganz anderem beschäftigt wäre als die Schwester. Damit das schwesterliche Zusammenleben wieder parallel verliefe). Ich habe sehr genaue Vermutungen in dieser Hinsicht, aber ich brauche noch etwas Zeit, damit sich diese Vermutungen in mir verfestigen und bestätigen.

Nach der kurzen Pause: rascher, brutaler Themenwechsel. Ich bitte Maria, wahllos zehn Gebäude in Mandlica zu nennen, die ihr nach ihrer ersten Ankunft in der Stadt als Erstes auffielen. Danach bitte ich sie, wiederum zehn Gebäude zu nennen, die sie in den ersten Wochen ihres Aufenthaltes regelmäßig besucht hat. (Solche Fragestellungen sind klassische Ethnologie und arbeiten den von mir schon erwähnten *topographischen Psychoraum* heraus, der für jeden Menschen einer Stadt ein anderer ist. Fragt man viele Menschen nach solchen Räumen, ergeben sich aus den Überschneidungen *psychogrammatische Stadtpläne*.) Als Letztes frage ich in diesem Part meiner Befragung (einem Part der Zerstreuung, auch als Konzentrationsübung zu verstehen, im Verlauf dieser Fragestunde aber auch ein Part der Ablenkung) nach fünf Farben, die Maria mit Mandlica in Verbindung bringt. Sie beantwortet alle drei Fragen sehr ruhig und bestimmt, ohne lange nachdenken zu müssen (was ein gutes Zeichen ist).

Wiederum Schnitt. Ich bitte Maria, ruhig noch ein Glas Sherry zu trinken. Ich sage, dass ich mit diesem Gespräch außerordentlich zufrieden bin (was sogar stimmt). Ich möchte das Thema *Lucio* im kurzen Schlussteil des Gesprächs jetzt noch einmal aufgreifen. Fünf stille Minuten, in denen ich ein Glas Wasser trinke und mich über die Maßen nach einer *Antico toscano* sehne (könnte ich jetzt eine rauchen, würde mir sofort eine passende Einstiegsfrage in den dritten Teil einfallen). Ich überlege kurz, ob ich viel riskieren oder doch eher eine brave Variante wählen soll. Dann entscheide ich mich für das Risiko.

– *Maria, seit wann schläfst Du nicht mehr mit Lucio?*

Die Frage durchfährt sie. Sie reckt sich auf und schlägt gleichzeitig ein Bein über das andere. Sie spreizt die Finger der rechten Hand und mustert jeden einzeln, als habe sie plötzlich fünf kleine Kinder, nach denen sie kurz schauen muss. Ich erwarte eine Rückfrage oder jedenfalls Widerstand, aber ich habe mich getäuscht, denn sie antwortet:
 – *Ich habe keine genaue Erinnerung mehr an das letzte Mal, und das sagt ja wohl alles.*

Jetzt bloß dieses Thema nicht weiter vertiefen! Rasch ganz andere Perspektiven suchen! Das Thema *Lucio* neu aufrollen, langsam, geduldig, und den ersten Behauptungssatz platzieren, der die Narkose einladen könnte.

— Damals, als Ihr beide, Paula und Du, Lucio kennengelernt habt, sind Dir seine Pullover aufgefallen. Was war so merkwürdig an diesen Pullovern?

Ich habe nie mit ihr über Lucios Pullover gesprochen. Mir selbst ist aber während der beiden Mahlzeiten in seinem Restaurant sein leichter, grauer Pullover aufgefallen, ein Pullover, wie ihn niemand sonst in Mandlica trägt (seltene Farbe, seltener Schnitt, und ein Pullover, obwohl es doch draußen relativ warm ist …). Wenn Maria jetzt nicht stutzt, sondern relativ rasch zu erzählen beginnt, ist das Narkose-Stadium erreicht.

— Lucio trug immer graue Pullover. Wie merkwürdig, dass er selbst an warmen Tagen graue Pullover trägt, dachte ich damals. Ich habe diese Pullover sehr an ihm gemocht, sie machten ihn älter und verliehen ihm etwas Seriöses. Am schönsten waren die Momente abends, wenn er nach seiner Arbeit den Pullover über den Kopf streifte und über eine Stuhllehne legte. Da lag sie, seine Haut, sein intimer Schutzanzug, den er den ganzen Tag übergestreift hatte, um sich vor den Sonnenanbetern zu schützen. Er saß dann im weißen Unterhemd da und trank ein kühles Bier. Erschöpft und liebenswert wie ein Kind, das mit seiner Küche gespielt hat.
 — Er hat den Dingen in der Küche Namen gegeben …
 — Den Dingen in der Küche hat er eigene Namen gegeben.

Den Schneebesen nannte er Schaumschläger und die Nudelrolle Dampfwalze, der Toaster hieß Springteufel und der Fleischwolf Impotentes Gedärm. Es hat großen Spaß gemacht, für ihn zu kochen, und niemals gab es in der Küche auch nur ein lautes Wort. Wenn seiner Mannschaft etwas besonders gut gelungen war, hat er alle probieren lassen und Fotos von den Gerichten gemacht. Jedes fotografierte Gericht bekam dann wiederum einen Namen und wurde in einer Opus-Reihe geführt, als handelte es sich um Werke eines bedeutenden Komponisten. Opus Eins war eine ganz schlichte Mandelmilch und hieß Mandeln in Weiß, und Opus Fünfzehn war eine Orangenpraline und hieß Cezanne grüßt Van Gogh, ich erinnere mich noch sehr genau.

– Er hat immer nur Bier getrunken und Wein nur, wenn er seinen Gästen einen guten Wein vorstellte und präsentierte …

– Am liebsten hat er Bier getrunken, aber es musste gut gekühlt sein, und nach dem dritten Glas Bier war es dann auch möglich, einen gut gekühlten Spumante mit ihm zu trinken, während er Wein im Grunde nicht mochte, dabei aber immer so tat, als bedeutete ihm ausgerechnet der Wein am meisten …

Jetzt ist das schönste Stadium der Befragung erreicht: Die sacht geführte, freie Erzählung, das *Stadium der somnambulen Selbstvergessenheit*, in dem die Befragte sich fallen lässt. Wenige Stichworte genügen, um die Erzählung im Fluss zu halten, und immer wieder bin ich erstaunt, wie Menschen, die so etwas gar nicht ahnen und nicht von sich vermuten, derart fabelhaft erzählen können. Ich bin noch selten einem Menschen begegnet, der das nicht kann, aber es bedarf, bevor er damit beginnen kann, einer genau auf ihn zugeschnittenen Vorbereitung (ich nenne es brutal und profan: *Anmache*). Die passende *Anmache*, die mein Gegenüber in Bewegung versetzt und die freie Erzählung ins Laufen bringt, ist der schwierigste Teil meiner Befragungstechnik. Sie zu komponieren, ist der Gipfel der *ethnologischen Kunst*.

Ethnologische Kunst? Ethnologisches Kunststück?! Ich notiere die neuen Begriffe, die mich etwas erstaunen. (Taugen sie was? Sind sie ausbaufähig? Und wie komme ich plötzlich auf sie?)

Ich lasse Maria etwa eine Viertelstunde von Lucio erzählen, dann beende ich die Befragung. Ich erkenne ihre leichte Ermüdung und dass sie (wie gehofft) den Eindruck macht, aus einem Halbschlaf (oder einem Tagtraum) zu erwachen. Sie lächelt etwas schüchtern und leicht betäubt und fasst einen Moment nach dem kleinen Tisch, den sie ein paar Zentimeter von sich wegschiebt. Ich sage ihr, dass wir uns jetzt leider trennen müssen und auf keinen Fall noch weiter miteinander reden werden. In ein paar Tagen werden wir die Befragung fortsetzen.

— *Und Du bist wirklich zufrieden?* fragt sie.
— *Sehr*, antworte ich.
— *Aber wieso eigentlich? Habe ich denn schon etwas Besonderes gesagt?*
— *Vieles*, sage ich.
— *Vieles? Aber was? Ich begreife das nicht.*
— *Du kannst mir glauben.*
— *Ich glaube Dir aufs Wort. Und ich danke Dir, es war …*
— *Lass doch, Lob heben wir uns für später auf.*
— *Na gut. Was denn noch? Einen Kuss?*

— Nichts mehr. Keinen Kuss.
— Ich soll verschwinden? Einfach so?
— Ja, einfach so.
— Ich kann nichts mehr für Dich tun?
— Doch, morgen früh wieder, zum Frühstück. Opus Eins: Mandeln in Weiß.

9

GUTE BEFRAGUNGEN können bis zu vier Stunden dauern. Danach bin ich so erledigt, dass ich zunächst nur Wasser trinken kann. Nichts essen, nichts trinken, außer eben Wasser (und am besten: Leitungswasser). Gebe ich der starken Müdigkeit nach und lege mich hin, geht viel Stoff verloren. Er springt und sinkt einfach weg, uneinholbar. Deshalb versuche ich, mich wach zu halten und meine Überlegungen fortzusetzen. Meist gehe ich kurz spazieren und trinke dann doch irgendwo einen Schluck. Auch nach dem Gespräch mit Maria ging ich durch den Ort und trank dann in einer Bar zwei Glas Sherry. *Sherry? Wirklich Sherry?* fragte der Mann hinter der Theke, und ich bemerkte, dass die Bestellung von Sherry einen hier in Mandlica auf Distanz bringt und hält.

Die Anmache, ja, das ist das Schwierigste. Bin ich als Erwachsener je *angemacht* worden? Nein, nie, ich bin nie angemacht worden. Kurz befragt, das schon, auch angefragt, abgefragt, knapp durchgefragt, aber nie *ange-*

macht. Seit den Kinder- und Jugendtagen (und den wenigen starken Momenten mit den lieben Eltern) habe ich niemandem länger von mir erzählt. Niemand hat mich tagträumen lassen, niemandem ist es gelungen, mir Erzählungen zu entlocken, von denen ich nicht wusste, dass sie darauf warten, laut erzählt zu werden.

Ich bin meinen vier Brüdern so gram, weil sie genau die richtigen Personen gewesen wären, mich *anzumachen*. Sie hätten die Rolle der Eltern und die des Beichtvaters übernehmen müssen, und danach wäre wiederum eine Frau an der Reihe gewesen, an die Stelle meiner vier Brüder zu treten. Doch meine vier Brüder sind mir gegenüber sprachlos geblieben, während ich zumindest heimlich, in stummen Selbstgesprächen, mit ihnen gesprochen habe. Aus jedem meiner vier Brüder habe ich einen idealen Gesprächspartner gemacht, so hatte ich gleich vier Fragesteller, und jeder hatte ein anderes Spezialgebiet. Um ihren gezielten Fragen gewachsen zu sein, habe ich mich vorbereitet. Ich habe die jeweilige Fachliteratur (juristische, medizinische, pharmazeutische, antike) gelesen und mir genau überlegt, wie ich sie zur Geltung bringen könnte. Ich wollte dem Unterhaltungsniveau meiner Brüder gewachsen sein, ich wollte glänzen. In meinen geheimen Selbstgesprächen gelang mir das auch, doch in der Realität hatten die Gespräche zwischen meinen Brüdern und mir nur das Niveau von *Telefongesprächen: Geht es Dir gut? Wo bist Du? Kann ich was für Dich tun? Wann kommst Du zurück?* (Das sind die Fragen hilfloser Eltern. Meine lieben Eltern haben anders und besser gefragt, doch meine vier Brüder entblöden sich bis heute nicht, unter das Frageniveau unserer verehrten Eltern zu sinken.)

Einmal (und ausgerechnet in New York) ist es mir gelungen, einen Taxifahrer *anzumachen*. Ich hatte einen anstrengenden Tag hinter mir und setzte mich am frühen Abend in sein Taxi, damit er mich zu meinem Hotel brachte. Es war ein Weg von höchstens fünfzehn Minuten. Müde stellte ich ihm ein paar Verlegenheitsfragen, und er antwortete zunächst ebenfalls kurz und erkennbar gelangweilt. Plötzlich aber bemerkte ich, dass ich mit irgendeiner harmlosen Bemerkung etwas in ihm getroffen hatte. Jedenfalls begann er zu erzählen, und er hörte gar nicht mehr auf. Ich musste ihn drängen, mich zu meinem Hotel zu fahren, denn er drehte laufend neue Runden. Er nahm an, dass es mir, wenn ich ihn unterbrechen wollte, um das Geld gehe, deshalb erklärte er, dass ich nichts zu bezahlen brauche, wenn ich ihn *zu Ende erzählen* lasse. *Ich möchte die Sache gerade noch zu Ende erzählen*, sagte er, dabei wusste ich natürlich, dass es so etwas wie ein *zu Ende erzählen* niemals gibt. Am Ende musste ich ihn mit aller Macht bitten, mich endlich zum Hotel zu fahren, wo ich verabredet sei. Er brachte mich schließlich auch hin, blieb dann aber vor dem Hotel stehen, bis ich wenige Stunden später wieder erschien. Ich verließ das Hotel und ahnte nicht, dass er gewartet hatte. Ich stand einen Moment unschlüssig herum, da rollte sein Wagen aus einer Seitenstraße vor und platzierte sich dreist und direkt vor den anderen wartenden Taxis. Es war *großer Film* (aus dem ich später ein Drehbuch machte, das niemanden interessierte).

Eine gute *Anmache* ist der Übergang zum *erotischen Zustand*. Der Alltag verschwimmt und lädt sich auf mit Symbolik, jedes Stück Haut bekommt etwas Herausforderndes, jedes Ding in der Nähe verwandelt sich in das Objekt eines Spiels. Alles ist möglich: ein Aufbruch, eine Reise, ein Flanieren durch eine fremde Stadt, ein Abtauchen ins Meer. Ich beobachte seit langem, wie bestimmte Filme versuchen, diesen erotischen Zustand zu inszenieren. Der Film *Casablanca* zum Beispiel besteht aus unendlich vielen Anläufen, genau das hinzubekommen. Immerzu wird das leichte Verschwimmen in den Augen von Ingrid Bergman und Humphrey Bogart in Nahaufnahmen gezeigt, und immerzu wird ihnen dann verwehrt, weiterzumachen. *Ingrid, Humphrey – macht's bitte noch einmal*, höre ich den Regisseur laufend aus dem Hintergrund rufen, und wahrhaftig ist daraus der laufend wiederholte Standardrefrain des Films geworden: *Do it again, do it again ...* – Ingrid und Humphrey sind die seltenen Darsteller eines nicht aufhörenden *do it again*.

(*Der schmerzhafte Eindruck, den der Film »La dolce vita« beim Sehen jedes Mal hinterlässt, rührt daher, dass sich die beiden zentralen Protagonisten unablässig abmühen, den erotischen Zustand herbeizuführen. Es will ihnen aber nicht gelingen, und diese Erfahrung eines andauernden Misslingens lässt sie endlich resignieren, klein beigeben und verstummen.*)

Ich habe viele Ideen für gute Drehbücher, in denen es um den *erotischen Zustand* geht. (*Träume ich vielleicht letztlich davon, dass sich die Realität endlich in ein perfektes Drehbuch verwandelt?*)

Nach dem zweiten Glas Sherry weiß ich plötzlich (mit absoluter Sicherheit), dass Paula einen zweiten Vornamen hat. Dieser zweite Vorname lautet *Sophia*, und genau diesen Vornamen hat Lucio als Namen für sein Restaurant gewählt.

Mit Alkohol lässt sich in meinem Fall viel erreichen. Trinke ich ihn dosiert und allein, öffnen sich häufig die weiten *Felder der Intuition* wie von selbst. Ich bemerke es daran, dass ich zunächst mit mir selbst, dann aber auch rasch mit anderen rede. Es ist wie zu den kindlichen Zeiten der Beichte: *Gott antwortet, indem ich mir selbst antworte.* Viele dieser kostbaren Selbstgespräche notiere ich. Setzt sich jedoch jemand zu mir, ist alles aus. Aus lauter Verzweiflung beginne ich dann, immer mehr zu trinken. *Do it again, Benjamin, do it again ...*

Das Verrückte ist, dass mir wahrhaftig einmal (aber nur ein einziges Mal in meinem ganzen bisherigen Leben) eine Frau begegnet sein muss, mit der ich (wie ich jetzt nur vermute) die Kurve bekommen habe. Aus dem Stadium verzweifelten Trinkens haben wir es zusammen (beide trinkend) geschafft, den *erotischen Zustand* zu erreichen und festzuhalten, über viele Stunden hinweg. Ich weiß genau, dass *es einmal geschehen ist*, aber ich weiß nicht, wo und auch nicht mit wem, und natürlich weiß ich erst recht nicht, wie es ausging und was danach geschah. Woher ich es dann trotzdem so genau weiß? Ich träume es häufig, ich sitze in einem filmischen Traumland und spiele in einem meiner Drehbücher die Hauptrolle. Plötzlich erscheint sie, die Partnerin, von irgendwoher und allein. Wir fahren mit der Pariser Métro, oder wir gehen in ein Tanzlokal, wir sitzen mitten in einer Großstadt auf einem Schiff und treiben einen nächtlich erleuchteten Fluss hinunter. Ununterbrochen sprechen wir miteinander, aber ich verstehe sie nicht richtig. Nur manchmal höre ich etwas Musik (Jazz), und ganz selten habe ich nach dem Erwachen eine vage Vermutung, wem ich begegnet sein könnte (die Schauspielerin Michèle Morgan spielt in meinen Träumen oft eine undurchschaubare Rolle).

Auch ein Großteil Musik zielt auf die Herstellung des *erotischen Zustands*. Deswegen hängt alle Welt ja an Musik und kann sich nichts Schöneres vorstellen, als von ihr geführt und entführt zu werden.

Bleibt im Leben eines Menschen mit den Jahren des Älterwerdens die *Anmache* aus, verdorrt er innerlich. All das, was er erzählen könnte, stirbt ab und verfault. In Italien besteht *die große Illusion Familie* vor allem deshalb so hartnäckig, weil viele Italiener sie für einen Garanten der *Anmache* halten. Das aber ist ein gewaltiger Irrtum, denn gerade in italienischen Familien gibt es strenge Gebote des Redens und Schweigens, die für jedes Familienmitglied nur ganz bestimmte Erzählformen vorsehen und ihm dadurch jede Erzählfreiheit rauben. (Zu diesem Thema habe ich in Mandlica bereits erstaunliche Erkenntnisse gewonnen.)

10

JEDER TAG beginnt jetzt mit einem gleißenden, bereits schwerblauen Himmel, und die Mittagshitze ist bereits zu ahnen, wenn ich am Morgen aus dem Fenster schaue und dieses Starkgold der Sonnenfarbe sehe, das sich einfach auf alles legt. Es ist wie ein sanftes, aber entschiedenes Zupacken, denn die Sonne bemächtigt sich aller Zonen der Stadt und hinterlässt nichts als Schwere, Stille und Einfarbigkeit. Die Grasflächen des Frühjahrs bestehen jetzt aus fahlgelbem Stroh, und die Hafengegend ist zu einer hellblauen Zone erstarrt. Am Mittag ist es im Ort so still, dass man jede halblaute Stimme genau versteht. Es hört sich an, als spielten diese Stimmen auf leerer Bühne.

In letzter Zeit habe ich viele Einladungen erhalten. Ich gehe sie mit Alberto durch und lasse mir von ihm erklären, wer sich jeweils dahinter verbirgt. Meistens handelt es sich um Besitzer von Pasticcerien, Cafés und anderen Lokalitäten, in denen die Dolci von Mandlica die Hauptrolle spielen. Albertos detaillierte Informationen sind von unschätzbarem Wert, denn durch seine Angaben gewinne ich für meine Gespräche und Befragungen einen enormen Vorsprung. Konzentrierte ich mich aufs Wesentliche, käme ich jetzt bereits auf etwa fünfzig Adressen, die ich kontaktieren sollte. Bei genauerem Hinschauen haben Alberto und ich aber die überraschende Erkenntnis gewonnen, dass es sich im Ganzen höchstens um fünf Familien handeln kann.

Fünf Familien beherrschen mit lauter kaum durchschaubaren, verwandtschaftlichen Seitenzweigen die gesamte Dolci-Produktion Mandlicas! Und diese Produktion ist so raffiniert angelegt, dass die Käufer an jedem Ort eine um wenige Nuancen andere Ware erhalten. Wollen sie die Dolci Mandlicas also wirklich kennenlernen, können sie keine einzige Pasticceria und kein einziges Café auslassen oder übergehen. Jede Pasticceria bietet eine genau begrenzte Palette von Dolci an, und jedes einer Pasticceria angegliederte Café liefert dazu die darauf abgestimmten Getränke.

Um den Besuchern der Stadt einen scheinbaren Überblick zu ermöglichen, gibt es das schmale *Buch der Dolci*, das überall ausliegt und gratis zu haben ist. In ihm sind die Waren jeder Pasticceria und jedes Cafés exakt aufgeführt. Es gibt nur ein einziges solches, vom Touristenbüro der Stadt Mandlica herausgegebenes, Buch. Andere Bücher über das Thema (wie etwa solche von Autoren, die nicht in Mandlica leben) werden in den Buchhandlungen der Stadt nicht angeboten. Die Stadt und ihre Dolci-Betriebe besitzen also das Monopol zu diesem Thema.

Ich lasse mich von einer Dolci-Familie zu einem Mittagessen einladen. Das hat den Vorteil, dass während des Essens die gesamte Familie anwesend ist und an einem Tisch sitzt. Abends essen die meisten Familien nicht mehr zusammen, die Jungen sind auswärts (und essen kaum noch etwas, sondern trinken eher), und die Alten begnügen sich mit einer frugalen Mahlzeit. Sitzt eine

Familie mit oft mehr als zehn Personen unterschiedlichen Alters zusammen bei Tisch, bekomme ich die Verhaltensweisen, die für jedes Alter vorgesehen sind, genau mit. Daneben erhalte ich unbezahlbare Einblicke in die *familiären Psycho-Strukturen*. Solche Strukturen erkenne ich schnell, so dass ich auf Grund meiner ersten Vermutungen später jene Gesprächspartner auswählen kann, die für mich von besonderem Interesse sind. Drei oder vier Mitglieder jeder Familie bitte ich zu einer Befragung, die dann mit jeder Person einzeln durchgeführt wird. Am schwierigsten ist es, an die jungen Frauen heranzukommen. Meist sind sie mit der Einladung zu einer Befragung einverstanden, kurz vor einem Termin sagen sie dann aber doch ab und sind später nicht mehr zu erreichen. Ich habe noch mit keiner einzigen Frau unter dreißig gesprochen, das wird allmählich zu einem Problem. Sollte ich in diesem Punkt keine Fortschritte machen, werde ich Maria um Hilfe bitten.

Maria ist eine geradezu ideale Gesprächspartnerin. Sie hat schnell begriffen, wie ich vorgehe und warum ich gerade angesprochene Themen oft abrupt beende und zu anderen Themen übergehe. Von Diktier- und Aufnahmegeräten ist sie inzwischen stark angezogen, so dass ich sie im Verdacht habe, sich ein solches Gerät gekauft und ihm viel Mündliches anvertraut zu haben. Ich weiß nicht, wie ich so etwas einschätzen soll. Ist die Unabhängigkeit unseres Gesprächs dadurch gefährdet? Könnte sich durch Wiederholung Routine einschleichen? Im Fall Marias muss ich besonders aufmerksam sein, da sie eine intelligente und hellwache Gesprächspartnerin ist.

Sherry zu trinken, hat sie längst aufgegeben, jetzt ist es immer nur eiskalter Tee, jedes Mal in einer anderen Geschmackskombination: *Zitronentee, Minztee, Jasmintee mit Holunderextrakt.* (So etwas zu trinken würde mich bereits ablenken, also trinke ich Wasser, nichts als Wasser.)

Meine Frage nach einem zweiten Vornamen Paulas ist ein Treffer ins Schwarze: Paula heißt mit zweitem Vornamen *Sophia.* Als Maria damit herausrückt, sagt sie nur kurz:

— *Sie heißt Sophia, jaaaa, Sophia. Jetzt weißt Du's, und jetzt kannst Du Dir allein zurechtreimen, was immer Du willst. Mehr sage ich im Augenblick nicht, Ende des Themas, Schluss, Aus!*

Mehrmals spricht Maria in letzter Zeit davon, dass sie am Ende des Monats für ein paar Tage nach Catania müsse, um sich dort untersuchen zu lassen. Jedes Jahr lässt sie sich untersuchen, und jedes Mal kommt sie, wenn alles gut verlaufen ist, in angeblich bester Laune zurück. Sie will sehr alt werden, und sie glaubt, dass ihre ausgebliebenen Ortsveränderungen in den letzten Jahrzehnten sehr dazu beitragen werden. Einige der alten Frauen in der Oberstadt sind bereits über hundert Jahre alt. Sie haben Mandlica niemals verlassen, und sie legen jeden Tag dieselben Wege durch die schmalen Gassen der Oberstadt zurück.

— *Früher,* sagt Maria, *haben in der Oberstadt die Bediensteten des Hofes gewohnt. Der hatte seinen Sitz etwas darüber, im großen Kastell.*

— *Was ist mit diesem Kastell?* frage ich.

— Schau es Dir doch mal an, antwortet Maria. *Es ist an drei Tagen in der Woche geöffnet, immer spätnachmittags und abends. Die Touristen gehen gerne dorthin und huschen jedes kleine Treppchen hinauf, als dürfte man für sein Eintrittsgeld kein Einziges auslassen. Vom Hauptturm hast Du eine fantastische Aussicht. Sonst ist das gesamte Kastell leer.*

Gestern Nachmittag überrascht Maria mich mit der Nachricht, Paula habe sich nun endlich auf dem Handy gemeldet. Sie werde bald zurückkommen, versprochen, sagt sie. Mehr darf ich nicht erfahren.

II

WÄHREND DER familiären Mittagessen, zu denen ich jetzt zweimal in jeder Woche eingeladen werde, spricht beinahe ausschließlich die mittlere Generation. Es ist jener Teil der Großfamilie, der am härtesten arbeitet, mindestens zwölf Stunden täglich. Der Vater und seine (meist sehr schweigsamen) Söhne stellen die Dolci her und leiten das angeschlossene Café. Mutter und Töchter helfen, so gut es geht, in ihren freien Stunden. Die Mutter sitzt an der Kasse, die Töchter leiten den Service. Gegen zwölf Uhr mittags verschwindet die Mutter, um das Mittagessen für die gesamte Familie zu kochen. Die Großeltern tauchen dann und wann in den Betrieben auf, helfen manchmal auch aus, kümmern sich sonst aber um das wichtige Thema *Konversation mit den Kunden*.

Gäste und Besucher wollen gut unterhalten sein und haben viele Fragen.

Bei Tisch sitzen die Großeltern jeweils am Kopf des Tisches. Die Speisen werden ihnen zuerst gereicht und wandern dann langsam (über die Enkel) zur Mitte des Tisches, wo sich wiederum Mutter und Vater gegenüber sitzen. Die Großeltern sagen kaum etwas. Wenn sie aber sprechen, stellen sie etwas klar, ergänzen etwas oder erweitern ein Thema um einen kleinen Akzent. Die *zentrale Rede* führt das Elternpaar der mittleren Generation, und zwar durchaus gleichmäßig verteilt auf den weiblichen und männlichen Part. (Es gibt auch Männer, die eher wortkarg oder sogar schweigsam sind, dann sprechen die Frauen umso mehr. Umgekehrt ist das fast nie der Fall.)

Das offizielle Reden von Mann und Frau hört sich an, als bestünde es aus immer denselben Bruchstücken, die, jedes Mal leicht variiert, in einen öffentlichen (und das heißt: vertrauten, aber dennoch fremd bleibenden) Raum hineingesprochen werden. Die anderen Mitglieder der Familie kennen diesen Text bereits, sie haben ihn wohl schon Hunderte Male gehört. Es handelt sich um einen Text, der die offizielle Version dessen darstellt, was eine Familie von sich berichten und preisgeben will. Ein solches Reden ist von der *Familienrede* streng zu unterscheiden.

Die *Familienrede* besteht aus den Gesprächen, die eine Familie nur dann führt, wenn keine Fremden im Raum sind. Im Rahmen der *Familienrede* werden die entscheidenden Dinge besprochen, die Beziehungen verankert, die Abhängigkeiten fundamentiert. Sie ist daher vertraulich, denn sie kreist um die Familiengeheimnisse, die niemals nach außen dringen dürfen, selbst nicht zu entfernten Verwandten. Wer die *Familienrede* alles zu hören bekommt, ist von vornherein klar geregelt. Heiratet ein Fremder in eine Familie ein, wird er auf diese Rede eingeschworen. Verletzt er die Absprache und kommuniziert er etwas nach außen, wird er verstoßen und gehört nicht mehr zur Familie (selbst wenn er noch weiter am Familientisch sitzt).

Familientische sind Tische am Stück. Sie werden in Mandlica in drei Schreinereien eigens für jede Familie nach ihren besonderen Vorgaben hergestellt. Die größten Familientische können etwa vierzig bis fünfzig Personen Platz bieten.

Was sind eigentlich *Familiengeheimnisse?* Woraus bestehen sie? Ich stelle Ricarda Chiaretta, der über achtzigjährigen Patronin der Familie Chiaretta, während eines Gesprächs unter vier Augen genau diese Frage.

— *Die Herstellung der Dolci ist das wichtigste Familiengeheimnis,* antwortet Ricarda. *Jede Familie stellt die Dolci, die sie verkauft, auf eigene, unverwechselbare Weise her. In meiner Familie kennen nur drei Menschen das Geheimnis unserer Dolci. An Jüngere wird es nie weitergegeben, sie erfahren es erst, wenn die Ältesten gestorben sind.*

— *Wurden solche streng gehüteten Rezepte schon einmal verraten?* frage ich nach.

– Ich weiß davon nur in einem einzigen Fall, antwortet Ricarda. *Ein Eingeheirateter wollte sich bereichern und die verratenen Rezepte zur Grundlage einer eigenen Dolci-Produktion machen. Angeblich wollte er seine Dolci bis nach Japan oder sogar China vertreiben.*
– Was ist daraus geworden?
– Nichts, er arbeitet heute als Strandwächter.

Auf Marias Empfehlung hin besuche ich an einem frühen Abend das hoch gelegene Kastell. Es ist gut restauriert, aber so leer geräumt, dass es wie ein Architekturmodell wirkt. Es gibt einen Hauptturm, von dem aus der Blick weit hinaus auf das Meer, die angrenzenden Hügel und Hochebenen geht. Seltsamerweise stehen ausgerechnet auf der Aussichtsplattform dieses Turms zwei Stühle, die den älteren Besuchern der Anlage eine Möglichkeit zum Verschnaufen bieten. Als ich selbst aber die beiden Stühle wahrnehme, verstehe ich sie sofort als einen unfreiwilligen, versteckten Hinweis darauf, dass ich auch auf dem Gelände des Kastells Befragungen durchführen könnte. Befragungen zum Beispiel mit Menschen, die nicht gesehen werden wollen. Ich denke an Personen, die mir etwas anvertrauen, und ich denke an jüngere Frauen, die sich abends aus dem Haus stehlen, um mit mir zu sprechen. Gibt es solche Frauen? Maria behauptet, dass die jüngeren Frauen des Ortes über nichts anderes miteinander reden als darüber, wie sie mit mir ins Gespräch kommen und von mir befragt werden könnten. Ein solches Gespräch allein mit einem Mann zu führen, wäre auch heutzutage nicht ganz ungefährlich. Vor einigen Jahren galt eine junge Frau, die so etwas tat, noch als entehrt. Maria behauptet aber, sie könne solche Gespräche sofort vermitteln, ich brauche bloß einen entsprechenden Wunsch zu äußern.

Seit ich davon weiß, schaue ich mich während der familiären Mittagessen in den Dolci-Kreisen der Stadt besonders nach den jüngeren Frauen um. Mit welcher sollte ich reden? Und was sollte ich sie fragen?

Ich frage Ricarda Chiaretta während unserer dritten Befragung, was die älteren und jüngeren Frauen an den Nachmittagen in die Kirche des Ortes treibt.
 — *Wir gehen nachmittags in die Kirche, um uns dort zu treffen und miteinander zu unterhalten. Allein umherzugehen, gehört sich nicht, und in ein Café oder eine Bar dürfen wir uns selbst zu zweit oder zu dritt nicht setzen. Das Sitzen draußen im Freien ist nämlich noch immer den Männern vorbehalten. Die aber sitzen dort stundenlang, und es ist vollkommen gleichgültig, mit wie vielen anderen Männern sie dort sitzen. Auch das Alleinsitzen ist für einen Mann nichts Außergewöhnliches, ja, er legt manchmal sogar Wert darauf, als einer gesehen zu werden, der allein auf einem möglichst alten Stuhl sitzt und nichts anderes tut als über zwei Stunden an einem Glas Wasser zu nippen. Auf diese Weise beweist er, dass er ein Mann ist, dem es gut geht und der es sich leisten kann, zwei Stunden lang nichts anderes zu tun. Zwei Stunden bei einem Glas Wasser sind Zeichen einer höheren Lebensart, mit der ein Mann zeigt, dass er über den Dingen steht, sich nicht mehr in die alltäglichen Probleme einmischt und seinen eigenen Gedankengängen nachgeht. Viele Männer halten das für aristokratisch.*
 — *Worüber unterhaltet Ihr Frauen Euch in der Kirche?*

– Über alles. Wir erzählen uns den ganzen Tratsch der Welt und der Tage. Leider können wir dabei nicht sitzen, denn wohin sollten wir uns auch setzen? Sich in die Kirchenbänke zu setzen und dann drauflos zu erzählen, das gehört sich nicht. Also bleiben wir stundenlang stehen und reden. Oft nehmen wir sogar die kleinen Enkelinnen mit in die Kirche und beschäftigen sie dort. Sie dürfen Kerzen anzünden und das Weihwasser nachfüllen und die Blumen in den Vasen austauschen. In vielen Enkelinnen wächst dadurch eine erstaunliche Liebe zum Kirchenraum. Wenn sie älter werden und die Kirchen seltener und schließlich gar nicht mehr besuchen, steckt in ihnen doch noch immer die Liebe zu Kirchenräumen. Kommen sie dann aus der weiten Welt einmal wieder hierher und sind hier für ein paar Wochen zu Besuch, gehen sie ganz selbstverständlich auch wieder in die Kirche. Viele nimmt das dann so mit, dass sie zu weinen anfangen. Es ist aber kein verzweifeltes, hartes Weinen, sondern ein ergriffenes, sanftes, ja, es ist ein schönes Weinen.

– Schönes Weinen? Ist diese Formulierung von Ihnen, Ricarda, oder nennen es auch die anderen Frauen so?

– Auch die anderen Frauen nennen es so, wir sprechen gar nicht so selten von einem schönen Weinen. Es ist eine sizilianische Formulierung, ja, so eine Formulierung gibt es nur auf Sizilien. Wir sprechen davon, wenn Menschen plötzlich von etwas ergriffen sind und dann die Fassung verlieren. Etwas Schönes, das sie vergessen oder nicht mehr bemerkt haben, überwältigt sie. Der Glaube hat viel Schönes, das die Menschen in der Kindheit noch genau kennen, dann aber vergessen. Stoßen sie durch einen Zufall darauf, sind sie erschüttert und weinen das schöne Weinen.

– Haben Sie selbst auch oft so geweint?

– Nein, ich habe den Glauben nie verloren oder vergessen. Ich *habe viele Male allein und für mich geweint, aber es war kein Weinen wegen Sachen des Glaubens.*

– Warum haben Sie dann geweint, Ricarda?

– *Ich möchte darüber nicht sprechen.*

– Sie haben geweint, weil Sie oft allein waren und Ihnen niemand mehr zugehört hat, wenn Sie etwas erzählen wollten.

– *Ja, ich möchte darüber aber nicht sprechen.*

– Sie haben geweint, als Sie bemerkten, dass Ihre Enkelin Pia aufgehört hat zu singen. Ihre Enkelin Pia hat sehr schön gesungen, im Kirchenchor, später auch als Solistin des Chores. Alle haben ihre Stimme gemocht, dann aber hat sie plötzlich und ohne dass klar geworden wäre, warum, aufgehört mit dem Singen.

– *Woher wissen Sie denn das?! Ich habe nicht darüber mit Ihnen gesprochen.*

– Stimmt es denn? Stimmt, was ich sage?

– *Ja, es stimmt. Und es stimmt anscheinend auch, was die Leute von Ihnen erzählen.*

– Was erzählen Sie, Ricarda?

– *Dass Sie vieles wissen, was niemand sonst weiß. Dass Sie geheime Dinge wissen und dass nur Sie diese Dinge wissen. Ist das so? Haben die Leute recht?*

– Ich beantworte keine Fragen, Ricarda. Ich habe Ihnen zu Beginn unserer Gespräche gesagt, dass ich keine Fragen beantworte. Das gehört zu den Regeln. Ich bitte Sie um Verständnis.

– *Entschuldigen Sie, professore, ich möchte die Regeln ja einhalten und nicht verletzen.*

– Gut, dann frage ich zum Schluss noch etwas Wichtiges, das mit der Kirche zu tun hat. Warum gehen noch immer so viele Menschen an den Sonntagen zu den Gottesdiensten in die Kirche? Es wird doch nicht so sein, dass sie es alle aus lauter Frömmig-

keit tun. Ich kann mir das nicht vorstellen. Oder ist es doch so, sind die meisten noch immer sehr gläubig?

– Natürlich sind sie das nicht, professore. Sie gehen in die Kirche, weil sie in der Kirche für die Dauer eines Gottesdienstes eng zusammen sind. Sie können einander heimlich beobachten, sie können den Blick auf einem anderen Menschen ruhen lassen. Den Blick ruhen lassen – so nennen wir das. Die jungen Männer können den Blick auf den jungen Frauen ruhen lassen, sie können sie lange anschauen, ohne dass es auffällt. Sie gehen einfach in die letzten Reihen der Kirche, denn die jungen Frauen sitzen weiter vorne, in den vorderen Reihen. Die jungen Männer können ihre Blicke schweifen lassen und die junge Frau, die sie verehren oder sogar lieben, ohne Scheu über fast eine Stunde betrachten. Ihr Kleid, ihre Haartracht, ihre Hände, ihre Bewegungen, ihre Strümpfe, ihre Schuhe – die jungen Frauen überlegen genau und lange, was sie anziehen, wenn sie in die Kirche gehen.

– Und die älteren Frauen? Überlegen die auch lange?

– Aber natürlich. Sie tun es schon aus Gewohnheit, und sie tun es, lachen Sie jetzt nicht, weil sie sich trotz ihres Alters noch für junge Mädchen halten. Das junge Mädchen in einem selbst wird man nie los – das ist wieder so eine sizilianische Redensart, wissen Sie. Auch die älteren Frauen wünschen sich nichts mehr, als von älteren oder jüngeren Männern angeschaut und beobachtet zu werden. Sie möchten die Blicke anziehen, sie möchten beachtet und durch die Blicke geehrt werden. Es ist schön, voller Achtung oder sogar Bewunderung angeschaut zu werden. Was gibt es denn Schöneres, professore?

– Die jungen Leute wählen sich also während der Gottesdienste ihre Partner. Und sie tun es zunächst ausschließlich durch Blicke. Stimmt das?

– Ja, das stimmt. Sie tun es zunächst nur durch Blicke, weil

sie ja nicht einfach zum anderen hingehen und mit ihm reden können. Hingehen und reden gilt bei uns nicht als anständig. Die jungen Männer müssen also genau überlegen, ob sie es riskieren wollen, mit einer jungen Frau direkter in Kontakt zu kommen. So ein direkter Kontakt durch Sprechen und Reden bedeutet meistens schon viel. Tauchen zwei junge Menschen längere Zeit zusammen in der Öffentlichkeit auf, sind sie oft schon miteinander verlobt. Und eine Verlobung kann man nicht mehr ungeschehen machen.

– Gibt es Verlobte, die das versucht haben? Erinnern Sie sich an solche Paare, Ricarda?

– Ich erinnere mich an Lucio und Paula, professore. Die beiden waren vor Jahrzehnten ja einmal verlobt und haben die Verlobung dann aufgelöst, und Lucio hat dann Paulas Schwester, die Maria, geheiratet. Aber das werden Sie ja längst wissen, Sie wissen ja beinahe alles.

12

ICH MÖCHTE *frühstücken, aber Maria ist nirgends zu sehen. Ich setze mich an einen Tisch, hole mir eine Zeitung (die auf dem Tisch der Rezeption liegt) und warte. Es dauert mehr als zehn Minuten, bis ich Bewegung in der Küche höre. Ich vermute, dass Maria verschlafen hat, deshalb gehe ich hinüber in die Küche, um ihr zu helfen. Als ich den Raum betrete, sehe ich Paula, die dabei ist, mir das Frühstück zu machen.*

– Guten Morgen. Ich komme gleich mit den Sachen, sagt sie,

als hätten wir uns noch am Abend zuvor gesehen und lange miteinander gesprochen.

– *Ah, Du bist wieder zurück!* sage ich überrascht und bemerke sofort, dass ich Paula duze.

– *Duzen wir uns seit neustem?* fragt sie und stellt die Sachen für das Frühstück auf den kleinen Rollwagen.

– *Entschuldigen Sie,* antworte ich. *Natürlich duzen wir uns nicht.*

– *Doch, tun wir,* sagt sie. *Wir duzen uns ab sofort.*

Sie fährt den Rollwagen hinüber in den Frühstücksraum, und ich trotte hinterher. Soll ich sie fragen, ob sie mit mir frühstücken möchte? Das geht vielleicht doch etwas zu weit, obwohl ich den geradezu beängstigend heftigen Wunsch habe, jetzt, sofort, mit ihr zu frühstücken. (Was ist los? Ich habe nie gerne zusammen mit anderen Personen gefrühstückt. Fremde Menschen an meinem Frühstückstisch ignoriere ich durch penetrantes Schweigen. Hotelpersonal, das mich am Frühstückstisch anspricht, wird mit dunklen, Angst einflößenden Drohblicken bestraft.) Statt Paula aber zu einem gemeinsamen Frühstück einzuladen, verfalle ich in meine gewohnte Zurückhaltung. (Je stärker ich mich nach etwas sehne, umso zurückhaltender werde ich. So das Benjamin-Merzsche-Gesetz der *umgekehrt proportionalen Zurückhaltung.*) Ich sage also:

– *Wo steckt denn Maria?*

– *Das weißt Du doch. Sie ist für ein paar Tage im Krankenhaus von Catania. Sie lässt sich gründlich untersuchen. Das macht sie jedes Jahr.*

– *Ach ja, richtig, sie hat davon gesprochen.*

— *Du musst also mit mir auskommen. Geht leider nicht anders. Aber vielleicht gefällt Dir die Abwechslung ja auch. Ich rede zwar nicht so viel wie Maria, aber ich mache das bessere Frühstück. Schau: Eine kalte Fruchtsuppe, ein sehr guter Kaffee mit Zimt, griechischer Joghurt aus Korfu mit Mandeln, Honig und Sesam. Einverstanden?*

— *Sehr schön. Aber alleine kann ich das nicht alles essen.*

— *Ist das eine Einladung zum gemeinsamen Frühstück?*

— *Gute Idee, wir frühstücken zusammen.*

— *Tun wir nicht. Was meinst Du, was dann über uns geredet wird!*

— *Kümmert Dich das?*

— *Nein, tut es nicht. Aber es verärgert Maria. Die mag so etwas nicht. Die ist auf unseren fantastischen Ruf bedacht. Sonst funktioniert diese Pension nicht.*

— *Funktioniert sie denn?*

— *Sind wir hier bei einer Deiner fulminanten Befragungsrunden? Der ganze Ort spricht davon, selbst den Bürgermeister hast Du angeblich bereits verhext. Er wälzt sich nachts unruhig im Schlaf und sehnt sich danach, Dir seine Wahlbetrügereien zu beichten. Beichten, beichten! Alle Welt will Dir beichten! Weißt Du, was Du angerichtet hast?*

— *Du übertreibst, so schlimm ist es nicht. Ich tue nur, was ich immer tue, wenn ich meine Forschungen durchführe. Das ist nichts Besonderes.*

— *Oh, das ist es doch! Du sollst vieles wissen, das zu wissen nur wenigen Menschen vorbehalten ist. Du sollst die geheimsten Gedanken der Leute lesen können.*

— *Nein, so einfach ist das nicht.*

— *Wie einfach ist es denn?*

— *Manchmal weiß ich etwas Besonderes über bestimmte Men-*

schen einfach dadurch, dass andere es mir im Vertrauen erzählt haben. Und manchmal, nun ja, das stimmt, manchmal kommt es vor, dass ich so etwas wie eine plötzliche Erleuchtung habe und Dinge weiß, die ich eigentlich gar nicht wissen dürfte.

– Was erzählen Dir die Mandlicaner denn zum Beispiel so im Vertrauen?

– Zum Beispiel, dass Du mit Lucio verlobt warst und dass diese Verlobung später aufgelöst wurde und dass dies nur sehr selten geschieht.

– Das erzählen sie Dir? Und weiter? Was erzählen sie noch über mich?

– Das kann ich Dir nicht sagen, das ist geheim.

– Nun gut, dann frage ich einmal anders. Schau Dir mal genau diesen Rollwagen an, den meine Schwester immer benutzt, um den Gästen das Frühstück zu bringen. Was denkst Du? Warum macht sie das? Warum benutzt sie Tag für Tag diesen unpraktischen, idiotischen Rollwagen, um jeden Frühstückstisch einzeln zu bedienen? Sie könnte den ganzen Frühstückskram auch als Buffet servieren. So machen das heutzutage doch alle. Ein Frühstücksbuffet! Wie in den USA! In den USA hat man die Frühstücksbuffets erfunden. Großartige Erfindung, findest Du nicht auch?

– Ich hasse Frühstücksbuffets.

– Ich auch. Gibt es einen vernünftigen Menschen, der sie nicht hasst? Jetzt aber zurück zu meiner Schwester: Warum benutzt sie den Rollwagen? Hast Du dazu auch eine Erleuchtung? Du kannst es nämlich nicht wissen, Maria spricht nicht darüber, sie tut, als sei es Gott weiß was für ein Geheimnis.

– Ich weiß es dennoch.

– Wie bitte?! Sie hat es Dir wirklich erzählt?! Das kann ich nicht glauben.

— Sie hat es mir nicht erzählt, ich weiß es wahrhaftig nur intuitiv.

— Und Du bist sicher, dass Du die richtige Intuition hast?

— In diesem Fall ja, absolut.

— Dann sag, los, sag es mir!

— Sie benutzt die Rollwagen, weil die Rollwagen sie an ihre Zeit als Stewardess erinnern. Als Stewardess hat sie kleine Rollwagen durch die Mittelgänge der Flugzeuge geschoben. Das tut sie jetzt noch immer, sie bedient ihre Gäste wie eine Stewardess, einzeln, freundlich, ausgesprochen höflich. Sie fragt die Gäste nach ihren individuellen Wünschen, anstatt sie einem blöden, anonymen Buffet zu überlassen. Das ist das Geheimnis. Stimmt's?

— Mein Gott, ja, es stimmt. Jetzt wirst Du mir langsam unheimlich.

— Wieso? Ich habe gewusst, dass Maria einmal als Stewardess gearbeitet hat. Und als ich sie jeden Tag mit dem Rollwagen kommen sah, dachte ich fast jeden Tag: Sie kommt mit dem Rollwagen, als arbeitete sie noch immer in Flugzeugen. Ich mag Stewardessen, ich mag sie gerade deshalb, weil sie einen im besten Fall so individuell und freundlich bedienen. Den Tomatensaft mit Eis und Wodka? Den Orangensaft bitter oder süß? Und dazu vielleicht einen Schuss Limette? Solche Fragen mag ich sehr.

— Solche Fragen mag ich auch.

— Aber Du stellst sie niemandem, wie Deine Schwester es tut.

— Nein, ich war ja auch keine Stewardess, ich war etwas anderes.

— Richtig, Du warst etwas anderes.

— Wie bitte?! Weißt Du etwa auch, was ich gemacht habe, während meine Schwester als Stewardess durch die Welt flog?

— Ich weiß es so ungefähr.

— Ist ja nicht zu fassen. Nein, ich kann das nicht glauben. Aber nun gut, ich denke darüber nach und lasse Dich jetzt mal allein frühstücken. Wenn Du fertig bist, kannst Du mir etwas helfen, indem Du den Rollwagen zurück in die Küche schiebst. Ich bin nun mal keine Rollwagenfrau, das weißt Du ja sicher auch.

Als ich wieder allein bin und zu frühstücken beginne, ahne ich, dass Paula nie mehr für so lange Zeit und allein wegfahren wird. Ich ahne auch, was sie in der letzten Zeit gemacht hat. Sie ist allein durch Sizilien gefahren, sie hat sich dies und das angeschaut. Ich habe auch bereits eine erste Vermutung, warum sie das getan hat, aber ich muss darüber noch länger nachdenken und außerdem ein paar Leute befragen. (*Muss ich denn wirklich wissen, wo genau Paula war? Für mich ist das sehr wichtig, ich möchte es unbedingt wissen. Und warum? Darum. Basta.*)

Ich frühstücke gut und habe, je länger ich frühstücke, eine immer bessere Laune. Seit langem war ich nicht mehr so gut gelaunt. Ich bemerke es an dem Schwung, den ich spüre und der am Ende so stark ist, dass ich Tassen, Teller und Besteck wahrhaftig auf den Rollwagen packe und ihn beinahe beschwingt in die Küche zurückfahre. Paula ist beschäftigt, natürlich, sie hat jetzt viel zu tun.
— *Kann ich Dir helfen?* frage ich.
— *Nein, kannst Du nicht. Du sollst forschen, nicht helfen.*
— *Kann ich Dir sonst einen Gefallen tun?*
— *Kannst Du.*
— *Na dann, ich höre.*

— *Du hattest eine Audienz bei unserem Bürgermeister, stimmt's?*

— *Ja, ich war im Rathaus und habe mich eine Weile mit ihm unterhalten.*

— *Unser Bürgermeister behält nichts für sich. Wenn Du eine Audienz bei ihm hast, weiß halb Mandlica eine Stunde später, was während der Audienz geredet wurde.*

— *Und was wurde geredet?*

— *Du hast ihm das erste Kapitel Deines Buches über Mandlica vorgelesen.*

— *Aha. Und weiter?*

— *Unser Bürgermeister behauptet, es sei das schönste Stück Poesie, das er je gehört habe.*

— *Hat er das gesagt. Hat er gesagt, es sei Poesie?*

— *Genau das. Er hat gesagt, Deine Prosa sei eigentlich Poesie, in Stein gemeißelt. Wie die großen Texte der alten Lateiner, wie Tacitus oder Caesar.*

— *Donnerwetter! Ich habe ihn anscheinend wirklich beeindruckt.*

— *Und wie Du ihn beeindruckt hast! Du kannst es Dir gar nicht vorstellen.*

— *Doch, kann ich. Und ich weiß jetzt auch, welchen Gefallen ich Dir tun könnte. Du möchtest das erste Kapitel meines Buches hören, stimmt das?*

— *Ich gebe auf, Du weißt wirklich alles.*

— *Lass mir noch ein wenig Zeit, ich möchte noch einige Ergänzungen vornehmen. Dann lese ich Dir den Text vor.*

— *In Ordnung. Ich bin sehr gespannt auf diesen Text, weißt Du?*

— *Ja, weiß ich, aber ich weiß nicht genau, warum er Dich so interessiert.*

— Na fein, endlich weißt Du einmal etwas nicht.

— Wie steht es denn mit meiner Einladung zu einem Abendessen unten im Hafen?

— Du enttäuschst mich. Ich war nie mit einem Mann zum Abendessen unten im Hafen. Und jetzt soll ich das plötzlich tun? Einfach so? Das wäre gegen all meine Gewohnheiten und Regeln. Wir könnten aber zusammen einen Ausflug mit Deinem Wagen machen, das ginge.

— Man wird uns sehen, wenn wir mit meinem Wagen unterwegs sind.

— Nein, wird man nicht. Ich fahre mit meiner Vespa zu einem Treffpunkt außerhalb von Mandlica, dorthin kommst Du mit Deinem Wagen, dann fahren wir zusammen los.

— Du hast alles bereits geplant ...

— Ja, ich habe mir Gedanken gemacht.

Ich räume die Sachen vom Rollwagen und denke beinahe zwanghaft darüber nach, welche Gedanken sie sich gemacht haben könnte. Sonst habe ich in solchen Fällen schon bald ein paar Ideen, jetzt aber fühle ich mich durch Paulas Nähe blockiert. Ich spüre diese Nähe bei jeder meiner Bewegungen, sie sind richtig bleiern und verkrampft. Ich lenke mich dadurch ab, dass ich Paula genauer beobachte. Sie trägt einen dunkelblauen Arbeitskittel von genau der Art, wie Maria sie während unserer Gespräche trägt. Das Verhältnis der beiden Schwestern zueinander ist für mich noch immer schwer zu durchschauen. Soll ich Paula einfach danach fragen? Oder soll ich im Ort weitere Erkundigungen einziehen? Ich entschließe mich für die direkte Methode.

– Wenn ich meine Forschungs-Gespräche mit Deiner Schwester führe, trägt sie ein ganz ähnliches Kleid wie Du gerade, beginne ich.

– Ja, kann sein. Diese Kleider sind unsere Arbeitskleidung. Wir ziehen sie an, wenn wir die Zimmer säubern, etwas reparieren, den Hof kehren und so weiter. Wir haben viele von diesen Kleidern, und wir tragen sie seit vielen Jahren.

– Versteht Ihr Euch eigentlich gut?

– Das geht Dich im Grunde nichts an, aber ich sage Dir jetzt einmal etwas dazu. Und zwar sage ich es, weil Du Dich ewig in dieser Sache täuschen könntest. Es wäre aber schade, wenn Du Dich ausgerechnet in dieser Sache nur deshalb täuschst, weil die Leute von Mandlica etwas Falsches erzählen. Sie werden Dir nämlich erzählen, dass wir sehr verschieden sind und uns nicht gut verstehen. Maria ist beliebter als ich, sie ist die heitere und gesprächige Person, mit der sich alle gut verstehen. Ich dagegen bin das seltsame, verquere Biest, mit dem man keinen Kontakt haben will. Ich bin eigensinnig, störrisch, ich lasse mich auf keine krummen Geschäfte ein. So sehen die Leute von Mandlica uns. Und dann haben sie natürlich gut in Erinnerung, dass Maria und ich einmal schwer aneinander geraten sind. Vor vielen Jahren, als ich mit Lucio verlobt war und Maria sich einmischte und Lucio dann doch Maria und nicht mich heiratete. Die Mandlicaner glauben, dass diese Sache Maria und mich auseinander gebracht hat. Sie glauben, dass ich Maria hasse und dass wir uns abgrundtief fremd oder gram sind.

– Und das stimmt nicht?

– Maria und ich – wir sind seit unserer Kindheit unzertrennlich. Das war immer so, und es ist so auch geblieben. Was meinst Du denn, warum ich noch immer hier lebe? Ich hätte nach dem Desaster mit Lucio doch auch verschwinden und Maria allein

zurücklassen können. *Was aber habe ich getan? Ich bin für ein paar Wochen verreist, und dann bin ich wiederkommen. Während der Reise habe ich meine ganze Wut und meinen ganzen Ärger bekämpft und schließlich wohl auch halbwegs besiegt. Lucio sollte uns nicht auseinander bringen, dieser Mann nicht! Und so bin ich zurückgekommen und habe mich mit Maria versöhnt. Es hat ein bisschen gedauert, bis wir uns wieder vertragen haben, aber wir haben es hinbekommen. Du siehst es ja, diese Pension funktioniert, und es ist unsere Pension, Lucio hat hier nichts zu sagen. Zu dritt sind wir also wieder miteinander ins Reine gekommen, Maria hatte ihren Lucio, und ich fand meine Ruhe wieder.*

— So war das also! Du hast recht, ich hätte, wenn Du mich nach Eurer Beziehung gefragt hättest, eine andere Version angeboten.

— Ja natürlich. Und diese andere Version wäre auch sehr plausibel gewesen. Schließlich gehen Maria und ich nicht zusammen in die Öffentlichkeit, und schließlich erwecken wir auch sonst den Eindruck, wir gingen uns noch immer aus dem Weg.

— Aber warum macht Ihr das, wenn Ihr Euch doch so gut versteht?

— Das ist ganz einfach. Wir machen es, damit wir in den Augen der Mandlicaner als zwei selbständige Wesen erscheinen. Sie halten uns für so verschieden, dass sie mit bestimmten Anliegen entweder zu Maria oder zu mir kommen. Wir sind für sie keine Einheitsfront, die alles längst untereinander geklärt hat, eng zusammen kooperiert und immer einer Meinung ist, sondern wir sind zwei eigenständige Wesen mit eigenständigen Interessen. Deshalb kann es passieren, dass eine Person aus Mandlica mich sprechen will und mir, und nur mir!, erzählt, was meine Schwester Maria in dieser oder jener Sache behauptet und Schlimmes

getan oder entschieden hat. Sie schwärzt Maria bei mir an, und sie erwartet, dass ich gegen Maria vorgehe. So sind wir immer im Bilde, was die Mandlicaner über uns denken.

– Fantastisch. Aber dafür nehmt Ihr in Kauf, dass Ihr niemals zusammen in der Stadt auftreten könnt!

– Na ja. Müssen wir das unbedingt? Wäre das so ein großes Vergnügen? Nein, keine von uns will das. Wir frühstücken jeden Morgen zusammen, und wir essen jeden Mittag zusammen die guten Dinge, die eine von uns für uns beide gekocht hat. Wir sind, wenn niemand uns sieht, sehr viel zusammen, und wir erzählen uns fast alles, was uns durch den Kopf geht. Das sollte doch wirklich genug sein, und das ist auch genug.

Ich würde mich gerne noch viel länger mit Paula unterhalten. Doch schon bald treffen auch die anderen Gäste zum Frühstück im Innenhof ein. Ein deutsches Ehepaar aus Schleswig-Holstein! (Der Mann beschäftigt sich mit dem Thema *Die Vögel Siziliens* und bringt den Feldstecher bereits zum Frühstück mit, um die Vögel über dem quadratischen Himmelsloch des Innenhofs beobachten zu können.) Zwei ältere Engländerinnen! (Die eine sieht aus wie ein Mitglied des britischen Königshauses, leider komme ich nicht darauf, wie dieses Mitglied genau heißt, es handelt sich um eine gute Reiterin und Pferdenärrin, die oft etwas verknautscht daher kommt, als habe sie sich nachts genau ein Glas Gin zu viel genehmigt.)

Ich verabschiede mich also von Paula und frage noch kurz, wann wir den verabredeten Ausflug machen.

– Sobald Maria wieder da ist, sagt sie.

— *Und bis dahin sehen wir uns nur hier zum Frühstück?*
— *Nein, wir sehen uns auch anderswo.*
— *Aber wann? Und wo?*
— *Lass Dich einfach mal überraschen, Beniamino.*

13

TEMPERATUREN ÜBER vierzig Grad. Der gesamte Ort zieht sich während der Mittagszeit für mehrere Stunden in die Häuser zurück, als wäre oben im Kastell ein tyrannischer Despot eingetroffen, der so etwas befohlen hat. Auch zu den anderen Zeiten hört man kaum noch laute Stimmen, selbst die Ortsrundfahrten der jungen Männer mit ihren Autos haben aufgehört. Stattdessen hört man die Stimmen der Vögel: das helle, kreischende Ziehen der Schwalben, das heisere, trockene Wispern der Stare, die in einigen Haushalten in Käfigen gehalten werden. Ich gehe weiter jeden Mittag zu Mario, habe aber kaum noch Appetit. Selbst ein harmloses Glas Wein bekommt mir nicht mehr. Bei der großen Hitze macht Wein mich derart müde, dass ich den gesamten Tag für die Arbeit abschreiben kann.

Sonst aber ist diese Hitze genau mein Fall. Ich fühle mich unendlich wohl, sage es aber niemandem. Alle Welt klagt, und ich stelle fest, dass ich mich in meinem bisherigen Leben nie besser gefühlt habe als jetzt, bei über vierzig Grad. In den stillen Mittagsstunden sitze ich in meinem Arbeitszimmer und komme mit meinen Studien gut voran. Manchmal dringt von unten, aus den Tiefen der Stadt, ein mattes Schnarchen zu mir herauf. Ich verstehe nicht, wie man in dieser durch und durch wohltuenden Wärme so viel schlafen kann. In meinem Fall ist das anders: Die Wärme lässt mich so viel arbeiten wie bisher noch nie in meinem Leben. Ich sitze mit nacktem Oberkörper und einer kurzen Sporthose am Schreibtisch, ich trinke jede Stunde etwas Eistee, ich arbeite stundenlang, ohne erschöpft zu sein. Es ist, als wäre der überhitzte Körper dieser Stadt ein gewaltiger warmer Leib, der mich umschlungen hält. *Komm zu mir, Beniamino, sauge Dich voll mit meinen Säften, lass es Dir gut gehen!*

An zwei Tagen hintereinander rufen meine Brüder wieder an. Angeblich haben sie von schweren Waldbränden auf Sizilien gehört, und angeblich *nähern sich die Flammen bedrohlich* dieser und jener Stadt. Sie sind so nachrichtenfixiert, dass jeder von ihnen unabhängig vom andern immer wieder sagt, dass sich die Flammen *bedrohlich nähern*. Ich antworte, dass ich davon noch nichts gehört hätte (natürlich habe ich doch davon gehört, aber es ist einfacher, gar nicht erst auf diese Nachrichten einzugehen). Sie fragen, ob ich *kein Fernsehen sehe* oder *kein Radio höre*, sie müssen wohl glauben, ich säße fernab der Welt in einer Steinzeithöhle, ohne jeden Anschluss an die biederste technische Zivilisation.

– *Es gibt hier keinen guten Empfang*, antworte ich und muss lachen, als sie aus ihrem in dieser Hinsicht doch ideal ausgerüsteten Köln zurück morsen: *Meine Herren, Benjamin, meine Herren! Wo bist Du denn bloß gelandet?*

In einer der schönsten Gegenden des Mittelmeeres, würde ich am liebsten antworten und noch ein paar Hymnen dranhängen: *Es ist eine ideale Gegend für meine Arbeit, nirgends habe ich mich je so wohlgefühlt, und nirgends bin ich mit so vielen Menschen derart leicht ins Gespräch gekommen. Meine alten Hemmungen sind so gut wie überwunden. Ich bin nicht mehr der kleine Bub, der sich unter den Tischen und in seinem Zimmer verkriecht und ins Stottern gerät, wenn man ihn etwas fragt. Hier in Sizilien wachse ich: Der Verstand ist beweglicher, die Sinne sind angeregter, der Sexus explodiert (auch das könnte, denke ich, durchaus geschehen. Jedenfalls liegt es wie alles, was sich bisher positiv verändert hat, durchaus im Bereich der Möglichkeiten, auch wenn das entsprechende, von mir bereits angedachte Liebesobjekt noch etwas zurückhaltend wirkt.)* Ich sage das meinen Brüdern aber nicht so. Und warum nicht? Weil ich genau weiß, dass sie sich in diesem Fall zu zweit oder sogar zu dritt (ja wenn nicht zu viert) auf den Weg nach Sizilien machen würden, um hier, an meiner Seite, Ferien zu machen. Mit ihren gesamten Familien würden sie Mandlica besetzen, und diese Besetzung wäre schlimmer als die brutalste Eroberung des Ortes durch sämtliche Normannen in dunkler Zeit.

Ich spreche mit Alberto über das hoch gelegene Kastell und meinen Einfall, dort Gespräche mit Menschen zu führen, die nicht mit mir zusammen im Ort gesehen werden wollen. Alberto findet die Idee gut und will sich um einen Schlüssel zum Kastell bemühen. Wir werden den Schlüssel und damit den nächtlichen Zugang zum Kastell ganz offiziell im Rathaus beantragen, ja ich werde sogar einen schriftlichen Antrag einreichen, damit alles seine Ordnung hat. Natürlich werde ich die heimlichen Gespräche unerwähnt lassen. Meine Begründung wird sich vielmehr auf *Kapitel Neun* meines Buchprojekts über Mandlica beziehen: *Sprachen des Kastells. Ethnologie der verborgenen Reden/ Nachtmotorik der Rede*. Niemand im Rathaus kann sich darunter etwas vorstellen. Als ich Alberto meinen Text vorlese, muss er so laut und lange lachen, dass in einer Seitenstraße die Hunde vor lauter Angst heftig zu bellen anfangen.

Professore Volpi bittet mich dringend um eine Begegnung. Wir verabreden uns zu einem Mittagessen bei Mario. Schon oft haben wir an getrennten Tischen dort gesessen und unsere Suppen gelöffelt, jetzt sitzen wir zusammen an einem Tisch und reden wie universitäre Kollegen, die auch prompt in die Sprache der universitären Kollegialität verfallen. Volpi spricht von dem Großprojekt über die *Kultur der sizilianischen Dolci*, das er in Palermo *durchgesetzt* habe. Er hat auch gleich die entsprechenden Papiere und Anträge dabei, die mich schon beim ersten Draufschauen leicht verärgern. Das Projekt ist historisch orientiert und durchwandert von den Zeiten der Eroberungen Siziliens durch die Griechen bis in die Gegenwart jede historisch neue Nuance der Dolci-Produktion ideenlos und penetrant wie eine Folge historischer Marotten, die genau so, aber auch ganz anders hätte stattfinden können. Ich habe nicht die geringste Lust, gegen diesen Materialfetischismus etwas zu sagen. Ich werde mich nicht einmischen, nein, auf keinen Fall. Ich werde – wie gewünscht – den Eröffnungsvortrag der Großtagung in fünf Jahren halten, mehr nicht. Ich tue daher interessiert, steuere ein paar Nichtigkeiten zum Gespräch bei und höre mir (gar nicht überrascht) an, dass die Großtagung unabhängig vom Stand des baulichen Großprojekts auf jeden Fall stattfinden wird. Das bauliche Großprojekt leide nämlich unter Geldmangel und sei noch längst nicht ausreichend finanziert. (Es fehlen Staats- und Landesgelder in erheblichen Summen, und diese Summen stehen höchstens dann bereit, wenn die beantragten EU-Gelder fließen.) Ich beobachte Volpi, mir gefällt seine relativ bescheidene Art, ich kann mir aber nicht vorstellen, woher ein Mann wie er seine angeblich legendäre Wirkung auf Frauen beziehen will. (Ich werde seine Mutter danach fragen.) Als wir uns verabschieden, bitte ich ihn um ein Gespräch mit seiner Mutter. Er weicht aus und lügt zum ersten Mal dreist, indem er behauptet, seine Mutter sei *seit Jahren sehr kränklich*. (Er ahnt nicht, dass solche Lügen mich reizen. Sie reizen mich so sehr, dass ich mit allen Mitteln versuchen werde, mit seiner Mutter ins Gespräch zu kommen. Ich habe auch bereits eine Idee, wie ich das anstellen werde. Ich würde diesen Plan aber nicht verfolgen, wenn Alberto mir nicht zuvor gesagt hätte, Mamma Volpi sei eine der interessantesten Frauen Mandlicas und vollkommen gesund. Sie war einmal Schulleiterin, und sie soll die sizilianische Literatur der Vergangenheit so gut kennen wie niemand sonst in Mandlica.)

Paula ist sehr tüchtig. Tagsüber begegne ich ihr immer wieder. Sie führt in Marias Abwesenheit ein relativ offenes Haus, jedenfalls wird die Klingel sehr häufig betätigt, und ich höre immer wieder Stimmen aus dem Innenhof. Sie fertigt die Besucher aber keineswegs ab (wie ich irrtümlich vermutet habe), sondern nimmt sich anscheinend viel Zeit für sie. Dann und wann sehe ich auch Handwerker, die den Innenhof vermessen. Anscheinend sind kleinere bauliche Veränderungen geplant. Wenn wir uns sehen, geben wir uns meist ein kurzes Zeichen. Es sind Zeichen eines (wie ich mir einrede) tiefen Einverständnisses, und sie kommen mir so vor, als wären es Zeichen von zwei Menschen, die sich ununterbrochen sehen und sich auf jedes spätere Wiedersehen freuen.

Einmal kommt sie an einem Nachmittag mit etwas Tee zu mir hinauf auf mein Zimmer. Sie sagt, dass Maria ihr von den Teegesprächen mit mir erzählt habe. Ich vermute kurz, dass Paula auch von mir befragt werden will, verwerfe diesen Gedanken dann aber sofort wieder. (Mein Gott, welche Fehler mir manchmal unterlaufen! Natürlich hat Paula nie daran gedacht, an diesem Forschungsprojekt teilzunehmen. *Nie, niemals, never!* Das weiß ich doch längst! Ich wünsche es mir nur, das ist es, das steckt dahinter!) Wir trinken eine Tasse Tee zusammen, sie hat aber nicht viel Zeit. Kurz bevor sie gehen will, zitiere ich den (angeblich) ersten Satz meines Buchprojekts: *Die Stadt Mandlica hat etwa neunzehntausend Einwohner und liegt an der Südküste Siziliens.* Sie wiederholt den Satz, lächelt kurz und sagt:

— *Lass das »etwa« weg. Und nenne stattdessen die exakte Einwohnerzahl. Ist nur ein Vorschlag. Bringt aber viel, glaube ich.*

Paulas kurze Reaktion auf meinen cäsarischen Satz irritiert mich. So reagiert eigentlich nur eine Fachfrau, die viel von Literatur versteht. Versteht Paula viel von Literatur? Habe ich etwas übersehen? Habe ich mir überhaupt genug Gedanken darüber gemacht, in wen ich mich so *abgrundtief* (ich liebe dieses Wort, da ist nichts zu machen) verliebt habe? Als sie mein Zimmer wieder verlässt, gerate ich ins Schwitzen. Ich schwitze sonst nicht, selbst nicht bei Temperaturen über vierzig Grad. (Als einziges Familienmitglied bin ich hitzeresistent, ich habe eben lange genug unter schweren Tischen und in engen Kinderzimmern gelebt. So etwas härtet ab.)

Nur zwei Tage nach Einreichung meines Antrags auf nächtlichen Zutritt zum Kastell trifft bereits die amtliche Genehmigung (samt Schlüssel) bei mir ein. Enrico Bonni hat sie eigenhändig unterschrieben und sogar einen handschriftlichen Kommentar (in sizilianischem Ortsdialekt) hinzugefügt. Ich verstehe seinen Text nicht genau, deshalb bitte ich Alberto um eine Übersetzung. Sie lautet: *Brillanten Stilisten in der Nachfolge des großen Cäsar schlägt man nichts ab. Bis bald – Ihr ergebener Enrico Bonni.*

14

IN DER darauf folgenden Nacht betrete ich das Kastell gegen zweiundzwanzig Uhr. Ich schleiche langsam und vorsichtig durch die dunklen Gänge mit den kleinen Aussichtsfenstern, die an das breite Eingangstor anschließen und den Weg zum weiten Innenhof bahnen. Dort herrscht eine angenehm luftige, deutlich niedrigere Temperatur als unten im Ort. An mehreren Seiten steigen schmale Treppen hinauf zum Umgang, der auf der äußersten Höhe der Mauern von Turm zu Turm führt. Ich lasse mir Zeit und gehe den gesamten Weg ab, ich blicke von den Türmen hinab auf das flache Hochland, das die Hitze des Tages ausdünstet. In der Ferne das schwarze Meer, das in der Nähe des Hafens von einer Unzahl bunter, flackernder Punkte durchschossen wird. Der lang gestreckte Arm der steinernen Mole, die bis zu einem Leuchtturm verläuft, der genau am äußersten Ende der Hafenregion steht! Die hier und da angegrabenen und abgetragenen Hügel ringsum, wie stark verletzte Erdwesen, die auf Heilung durch erneuten Bewuchs warten! Ich stelle mir vor, dass ich mich entweder unten im Innenhof oder hier oben, auf einem der Türme, mit den jungen Frauen des Ortes unterhalte. Ich sitze etwas schräg, abgewandt, wie die Priester der alten Tage im Beichtstuhl gesessen haben, *ich leihe ihnen mein Ohr* (wie man so schön sagt), und ich warte auf ihr Flüstern:

— *Ich möchte studieren, professore, aber meine Familie ist dagegen. Was kann ich tun, professore ...?*

— *Ich liebe Marzio, professore, aber meine Familie und Marzio selbst wissen davon noch nichts. Was soll ich tun, professore ...?*

— *Ich möchte an den Miss Sicilia-Wahlen teilnehmen, professore, aber meine Familie sagt, es komme überhaupt nicht in Frage, dass ich mich wie eine Stripperin im Bikini vor dem halben Ort prostituiere. Was meinen Sie, professore ...?*

Als ich kurz nach Mitternacht in die Pension zurückkomme, brennt in der Küche noch Licht. Ich schaue kurz nach, ob sich Paula dort aufhält, aber die Küche ist leer. Ich gehe also langsam hinauf auf mein Zimmer, dusche kurz und lege mich dann unter das dünne Leinentuch auf mein Bett. Ohne dieses Tuch kann ich nicht schlafen, ich brauche diese leichte Bedeckung wie ein Kind, das sich erst sicher fühlt, wenn es nachts die Haut einer Decke am ganzen Körper spürt. Ich schlafe nackt, das ist bei dieser Hitze sehr angenehm, wie es in dieser Jahreszeit zum Angenehmsten überhaupt gehört, tagsüber auf viel Kleidung verzichten zu können. (Ich werde mich mit dem Herbst und der Zeit der Pullover schwertun ...)

Ich schließe die Augen und lausche noch etwas auf die Geräusche ringsum, ich mag es sehr, auf diese Weise langsam einzuschlafen. Das Bellen der Hunde hat längst aufgehört, jetzt ist die Stunde der Grillen, die sich die halbe Nacht wie ein leicht zerstrittenes Orchester abmühen, den einen, großen Unisono-Klang hinzubekommen und dann auch zu halten. Ein Orchester, das über seinen ersten Einsatz nicht hinauskommt, ein Orchester, das immer wieder denselben Akkord anstimmt und ihn im Dunkel verebben lässt. Ich nehme mir vor, diesen Klang in einer der folgenden Nächte aufzunehmen.

Ich finde langsam hinüber zu den ersten Traumbildern: Eine lange Straße im Sonnenlicht, keine Menschen, Rauchwolken in der Ferne ... – da höre ich (eigentlich nur mit halbem Ohr, als gehörte dieses Geräusch doch eher in meinen Traum), dass die Tür meines Zimmers geöffnet wird. Ein leichter Luftzug, ein Geruch von Kräutern und Öl. Ich wache auf und lausche weiter: Irre ich mich? Ich bewege mich nicht, dazu bin ich zu erschrocken, ich halte die Luft an, ich kann nicht glauben, dass ein Dieb in mein Zimmer eingedrungen sein könnte. Nein, das ist Unsinn, nein, ein Dieb ist das nicht!

Da spüre ich, wie das Leinentuch langsam angehoben wird. Von der Seite schlüpft ein nackter Leib darunter und legt sich dicht neben mich. Ich öffne die Augen nicht, ich weiß genau, dass es Paula ist. Sie berührt mich mit beiden Händen leicht, aber es ist eher ein Tasten, ein Suchen, dann auch ein Streicheln, schließlich spüre ich ihre beiden Hände auf meinem Rücken. Sie fahren langsam über die gesamte Rückenpartie, sie hüllen mich ein wie eine zweite Decke.
  – *Bist Du's, Paula?* flüstere ich, ohne die Augen zu öffnen.
  – *Ja*, sagt sie, *ich bin's.*
  – *Ich habe genau von einem solchen Moment geträumt*, sage ich.
  – *Ich weiß*, antwortet sie.
  – *Du weißt es?*
  – *Ich habe es schon während unserer Unterhaltung bei Lucio gespürt. Ich habe genau gespürt, was in Dir vorging.*
  – *Und was ging in mir vor?*
  – *Es war so schön, das mit anzusehen. Du wolltest mich die ganze Zeit berühren, an den Fingern, an der Schulter, am Haar, aber es hat nur zu ein paar flüchtigen Kontakten gereicht.*

— *Wirklich? Ich habe versucht, Dich zu berühren?*

— *Du hast es gar nicht bemerkt, aber doch immer wieder – fast wie im Traum – versucht. Ich habe gedacht: Am Ende küsst er Dich, ja, im Grunde möchte er nichts anderes, als Dich auf der Stelle zu küssen.*

— *Richtig, genau so war es.*

— *Passiert Dir das häufig mit Frauen, die Du noch gar nicht kennst?*

— *Was denkst Du denn? Passiert mir so etwas häufig?*

— *Ich glaube nicht.*

— *Und warum passiert es mir eigentlich nie?*

— *Du bist so vorsichtig und – wie sagt man noch im Deutschen? – zurückhaltend. Einen zurückhaltenderen Menschen kenne ich nicht.*

— *Aber an diesem Abend war ich das nicht.*

— *Oh doch, aber Du konntest Deine Gefühle nicht so gut verbergen wie sonst. Je länger wir miteinander gesprochen haben, umso neugieriger und offener für alles, was ich erzählte, wurdest Du.*

— *Und Du? Wie ging es Dir?*

— *Ich sage Dir jetzt die Wahrheit, in wenigen Sätzen, dann haben wir es hinter uns, Beniamino. Ich habe mich an diesem Abend auch in Dich verguckt, und Du bist meine erste Liebe seit Lucio, damit Du das auch gleich weißt. Als ich das am Morgen nach unserer Begegnung bei klarem Kopf feststellte, bekam ich es mit der Angst zu tun. Ich habe ein paar Sachen zusammengepackt und bin geflohen, wie damals, als die Sache mit Lucio passierte. Ich wollte erst länger darüber nachdenken: Was ich jetzt tun soll, ob ich überhaupt etwas tun soll, mit wem ich es zu tun habe und was geschehen wird, wenn wir uns wieder begegnen. Ich bin auf meiner Vespa durch halb Sizilien gefahren, habe an verschiedenen Orten übernachtet und ununterbrochen über nichts anderes nachgedacht. Jetzt wird es ernst, habe ich gedacht, jetzt entscheidet sich Dein zukünftiges Leben. Ich werde in ein paar Jahren vierzig, Beniamino, ich habe viel Zeit hier in Mandlica in aller Stille und Ruhe verbracht, ich muss mir jetzt genau überlegen, wie die Zukunft aussehen soll.*

— *Und weißt Du es jetzt?*

— *Ja, ich habe eine Idee, aber ich weiß natürlich nicht, wie die Sache mit uns beiden ausgehen wird. Wir kennen uns ja kaum, und das Wenige, das ich im Augenblick über Dich weiß, weiß ich von anderen Menschen und nicht direkt von Dir.*

— *Wer hat Dir denn von mir erzählt?*

— *Maria hat viel von Dir erzählt, auch ohne dass ich sie nach Dir gefragt hätte. Sie weiß nicht, dass ich mich in Dich verguckt habe, ich habe es ihr noch nicht gesagt. Auch Alberto hat mir einiges erzählt, ich habe ihn von unterwegs mehrmals angerufen, und wir hatten ein paar längere, gute Gespräche. Alberto ist sehr verschwiegen, ich kann ihm vertrauen. Und schließlich war da noch Ricarda Chiaretta, mit der Du ein paar Fragerunden durchgeführt hast. Sie ist eine meiner besten Freundinnen hier in Mandlica, weißt Du. Sie hat gesagt, dass Du der Richtige für mich bist, aber dass es ein langer Weg werden wird, bis wir uns einig sind. Genau das hat sie gesagt. Ich habe oft darüber nachgedacht und manchmal auch über diese Orakel-Sätze gelacht. Dann habe ich mir überlegt, den langen Weg abzukürzen und nachts einfach in Dein Zimmer zu schleichen, um mich zu Dir ins Bett zu legen. Der einfachste, kürzeste Weg ist der schönste, dachte ich.*

— *Der einfachste Weg ist an Schönheit nicht zu überbieten,* antworte ich.

— *Nicht wahr?* sagt sie leise.

Ich höre dieses hingeflüsterte *Nicht wahr?*, und ich bemerke zum ersten Mal, dass sie leicht verlegen ist. *Sie hat sich all diese Sätze zurechtgelegt und abgerungen*, denke ich, *sie hat unendlich lange darüber nachgedacht, wie sie es anstellt, mit mir zusammenzukommen. Ich kann es nicht glauben, ich habe mit so etwas nie gerechnet. Wir liegen nebeneinander in diesem breiten, herrlichen Bett, und wir verstehen uns sofort, obwohl wir bisher nur wenig miteinander gesprochen haben.*

Ich drehe mich zu ihr, ich öffne die Augen und sehe, dass Paula gegen die Decke schaut. Sie liegt wie erstarrt oder abwesend da, als ich ihren Kopf in beide Hände nehme und sie zum ersten Mal küsse. Ich küsse sie vorsichtig, versuchsweise, mehrmals und dann immer wieder, und ich spüre, wie ich den leicht erstarrten Körper belebe. Er regt sich, er kommt auf mich zu, er schmiegt sich eng an mich, und dann küssen wir uns beide, und ich schließe wieder die Augen und glaube, in dem tiefen Schwarz der Nacht wie in einem raschen Flug zu verschwinden.

Der spröde Duft ihrer Haare! Die straffe, leicht warme und anschmiegsame Haut! Die breiten Lippen, deren Erregung ich genau spüre: etwas Zitterndes, Forschendes, Beharrendes, Tastendes! Ihre Hände, die meinen ganzen Körper immer wieder heranholen an den eigenen. Ihr Atem, der allmählich schärfer und stärker wird. (Ich liebe es, diesen starken und immer stärker werdenden Atem zu hören. Dieses heftiger werdende Atmen signalisiert das Ende des ewigen Redens und damit das Ende des Fragens und Antwortens. Es bläst die Sprache fort, es füllt den Körper mit den Atmosphären des geliebten, anderen Körpers, es saugt ihn allmählich heran ... – und bringt die beiden Körper schließlich auf eine gemeinsame Stufe der Erregung. Sie laden sich gegenseitig auf, sie wachsen, sie tanken die Liebesenergien, bis hin zu dem Punkt, an dem sie ganz zueinander finden und die Vereinigung von keiner Macht der Welt mehr aufzuhalten ist.)

Ihr Körper ist fest und athletisch und erscheint viel kräftiger und größer als tagsüber. (Ich denke wieder an *Tanz* oder *Tango* und erzähle ihr das später auch, sie lacht und verneint das: *Wieso denn Tanz? Und wie kommst Du auf Tango? Nein, ich schwimme viel und oft, ich schwimme unten im Meer, ich werde Dir zeigen, wo ich alle paar Sommertage schwimme.*) Sie stützt ihren Körper einen Moment mit beiden Händen ab und legt sich dann langsam und vorsichtig auf mich. Ich spüre diese Bewegung wie die einer starken Welle, die sich auf mir ausbreitet und mich überläuft. Sie nennt mehrmals meinen Namen, und es hört sich an, als riefe sie um Hilfe oder Beistand, dann hört das auf, und sie küsst mich immer wieder, nicht mehr auf den Mund, sondern auf den Hals und die Brust, sie gleitet mit ihren Küssen an meinem Körper hinab, und ich glaube zu hören, dass sie mit diesem entzündeten, erhitzten Körper jetzt spricht. Es ist aber eine unverständliche, kindliche, manchmal sogar jammernde Sprache, eine Sprache des Bittens und Bettelns, fiebrig, nervös und heftig, als könnte sie die Vereinigung nicht länger erwarten und sehnte sich, dass es gleich, sofort, im nächsten Moment geschieht.

Dieses kindliche, fiebrige und immer heftiger werdende Sprechen ist sehr schön und klangvoll, es ist die Sprache einer großen Verausgabung und eines vollkommenen Loslassens, sie spricht sich fort von allem Bekannten, sie will hinüberschwimmen zu mir, zu diesem fremden Kontinent, der auf sie wartet und nun erobert werden will. Sie küsst und streichelt ihn weiter, es ist, als präparierte sie ihn unaufhörlich für diese Eroberung, sie hinterlässt ihren Duft und ihren Geruch, sie speichelt die nachgiebigen Hautstellen ein, unglaublich schnell und beinahe hastig, ihr Stammeln und Rufen wird immer lauter, sie streut diese Liebesvokabeln in den dunklen Raum und hinaus aus dem weit geöffneten Fenster, dass ich denke: Jetzt wirbelt dieser feurige Wortstrom hinunter, über die Dächer, springt durch die Gassen und brandet ins Meer!

Eine derartige, unbedingte Ekstase habe ich noch nicht erlebt, ich erlebe sie staunend und leicht verlegen, ich weiß nicht, wie damit umgehen, deshalb halte ich eine Weile still, als sei ich ein Kind, das überrascht wird und das Neue beobachtet, das es in seinen Bann zieht und ihm etwas vormacht und es einlädt zum Mittun. Am wenigsten aber habe ich Worte für das alles, *siciliano*, denke ich, weil ich mir unter *siciliano* etwas Glühendes, Dunkles und sehr Heftiges vorstelle. Dazu passt ihr tiefbrauner, markanter Leib, der sich immer wieder dehnt vor lauter Begehren, der mich einschnürt und packt und dreht, als wendete er mich momentweise über einem Feuer oder einer glimmenden Glut.

Dann hört das undeutliche, sehnende und kindliche Sprechen mit einem Mal auf und geht in ein Sprechen über, das aus vielen italienischen und deutschen Vokabeln besteht. Dieses Sprechen hat aber keine Ordnung und keine Grammatik, es ist wie ein Rausch, der ein wildes, freies Vokabular anzieht, Bruchstücke von Sätzen nur, Bruchstücke aber, die wie aufbewahrt erscheinen für eine solche Stunde und die jetzt unser Lieben begleiten.

Als ich diese Worte höre und zu verstehen und miteinander zu verbinden versuche, weiß ich, womit sie sich in den letzten Jahren beschäftigt hat, *sie ist eine Übersetzerin*, denke ich, sie übersetzt aus dem Italienischen und Sizilianischen ins Deutsche, sie übersetzt Lyrik und Prosa, genau damit hat sie sich beschäftigt. (*Vielleicht hat sie auch die Lyrik des Nobelpreisträgers übersetzt, ich hätte darauf kommen können, dass sie etwas mit Literatur zu tun hat, ich hätte mir so etwas denken können, als ich ihr im Kindheitshaus des Nobelpreisträgers begegnete.*)

Diese Gedanken erscheinen mir wie die letzten noch fehlenden Teile zu dem Bild, das ich mir bisher von ihr gemacht habe. Ich denke aber nicht länger an all das, ich lasse es hinter mir, denn die Bewegungen, die von ihr ausgehen, erfassen jetzt auch meinen Körper, und es ist, als geriete dieser bestürmte Kontinent endlich auch in Bewegung. Einen Moment krümme ich mich vor Erleichterung zusammen, dann strecke auch ich mich und fasse nach ihren Händen und bekomme sie zu packen, und es ist wie ein heftiges Ringen und Ziehen, und ich höre, wie begeistert sie darauf antwortet und die nächste Runde einleitet und mich bestürmt und fassungslos macht. (*Ich bin nicht mehr Benjamin Merz*, denke ich, *ich bin das nicht mehr. Ich erhalte gerade einen zweiten Körper, der sich auf ein zweites Forschen versteht. Was hat dieser neue Körper denn für ein Leben? Woraus besteht er? Wann kam er zur Welt? Wo hat er sich bisher versteckt? Und wie wird er mit dem ersten, alltäglichen Körper umgehen? Wird er ihn verwandeln?*)

Der Körper der Lust: Ihre Rückenflügel, die tief abtauchen wie die einer Schwimmerin und dann wieder nach oben schnellen, als reckten sie sich aus dem Wasser und der Sonne entgegen. Die weicheren Partien ihrer Haut in der Umgebung des Nabels, empfindliche Hautfelder, die bei jeder leichten Berührung aufblühen und sich dann wieder zusammenziehen. Ihre Füße, die nach vorn und zurück schwingen, als suchten sie nach einem Widerstand, von dem sie sich abstoßen könnten. Die feine Spur aus Schweißtropfen, die an ihrer Wirbelsäule entlangsickern. Ihre zupackenden Hände, die den fremden Körper erforschen, abtasten, stimulieren. Ihre wild umherschwingenden Haare, die mir in der Dunkelheit erscheinen wie die einer besessenen Tänzerin. Ihre festen, erregten Brüste, die jede Berührung hinauszögern und bei jeder Berührung fester und härter werden. Ihr heftiger Atem, der den Stand der starken Erregung signalisiert, plötzlich absinkt, verstummt und umso lauter und stärker wieder von Neuem beginnt. Ihre Zunge, die meine Zunge sucht und nach ihr schnappt und sie zurückdrängt und glatt streicht und mit scharfen Bewegungen mittendurch schneidet. Ihre Lippen, die meine Lippen festhalten und weiter festhalten und ansaugen, als sollten diese Lippen durch die heftige Reibung und den nicht nachlassenden Druck ein Feuer entzünden.

Leicht, wie ein Fisch, gleitet sie davon. Sie durchschwimmt meinen Körper pfeilschnell, dreht sich um die eigene Achse, folgt den aufschäumenden Welleninseln, schnellt ihnen hinterher, reitet auf ihnen voran, ist kaum noch zu sehen, löst sich im Dunst der Ferne langsam auf.

Später schläft sie eine kurze Weile. Ihr halber Körper liegt auf mir, unendlich leicht, als habe er jede Schwere verloren. Ihr Kopf liegt auf meiner Brust, und ich atme den Haarduft ein (der mir wie ein Garten-Windduft erscheint). Ich küsse sie leicht auf die Stirn, aber sie scheint es nicht mehr zu bemerken, ich streiche ihr mit den Fingerkuppen vorsichtig über den Rücken. Es ist, als müsste ich sie jetzt zur Ruhe bringen und die hohe Erregung besänftigen. Und so spiele ich wahrhaftig mit ihr wie mit einem Kind, das man ins Bett bringt und dem man Beruhigendes sagt. Gedichte? Verse? *Isole che ho abitato / Verdi su mari immobili* – geht es mir durch den Kopf, und ich wiederhole es immer wieder. (Verse des Nobelpreisträgers sind es, Alberto schenkte mir einen Band mit seinen Gedichten, und manche von ihnen weiß ich mittlerweile auswendig.)

Als ich diese Verse höre und später auch flüstere, erinnere ich mich an unsere verzweifelt stumme Begegnung im Haus dieses Dichters. Anfänglich hatte ich (wie ein guter, fleißiger Schüler) die Idee, seine Verse auswendig lernen zu müssen, um Bekanntschaft mit Paula zu machen. Als ich sie aber las und immer wieder las, kamen sie mir wie Verse eines alten Mannes vor, der mit Paula verwandt war. Ein Onkel, der Bruder ihres Vaters, ein kinderloser Mann. Ich mochte diese Verse sehr, in meiner Ahnungslosigkeit erschienen sie mir wie *pures Sizilien*, ohne dass ich das weiter hätte begründen oder erklären können, ich fühlte mich während ihrer Lektüre eingeweiht in den großen sizilianischen Raum (und ich verstand, dass die sizilianische Literatur anders, ganz anders ist als die italienische und darüber hinaus überhaupt *anders, ganz anders*). Du wirst irgendwann noch zum *Sizilianisten*, dachte ich (und war erstaunt, als ein bedeutender Vertreter des Faches Ethnologie *aus heiterem Himmel* wenig später behauptete, eigentlich sei er *von Beruf Sizilianist*).

Sie bewegt sich nicht, sie liegt seitlich auf meiner Brust, als seien wir seit Jahrzehnten ein Paar. Woher rührt denn bloß diese tiefe Vertrautheit? denke ich und setze meine Gedankenspiele im Dunkeln unentwegt fort. Leichtes, flottes, unbekümmertes Denken und Sprechen! Ich bleibe wach, ich lasse meine Hände nicht ruhen, ich bin nicht müde, und ich will nicht schlafen. Schlafen erscheint mir wie ein Verrat, und so denke ich weiter und flüstere wie ein kleines Kind, das sich ein neues, ihm zuvor nicht bekanntes Wunder erklärt und nicht zurecht damit kommt und brabbelt und stottert.

Ich beginne etwas zu träumen, als sie sich plötzlich wieder regt. Sie fragt, ob ich schlafen wolle. Ich sage: *Was soll ich?! Schlafen?!* – und da höre ich, während sie sich erneut leicht erhebt und über mich beugt und langsam wieder auf mich herabsinkt, ihr tiefes Lachen.

15

AM FRÜHEN Morgen sagt sie, dass sie uns jetzt das Frühstück machen werde und dass wir heute gemeinsam unten im Innenhof frühstücken, zusammen an einem Tisch. Sie küsst mich ein letztes Mal und verschwindet dann auf den Flur, und ich liege noch eine Weile auf dem Bett und höre lauter Verse und Sprachen und viel Gelächter, und in mir geht es wild durcheinander. Ich stehe auf und gehe kurz ins Bad, ich trinke etwas Wasser und dusche mich, aber die wilden Stimmen begleiten mich, und ich vermute schließlich, dass ich etwas Sizilianisches höre, sizilianischen Dialekt, ganz ähnlich den Texten meiner Ex-Braut Rosa Balistreri. Hat Paula in der tiefen Nacht etwa gesungen?

Später sitzen wir wahrhaftig unten im Innenhof zusammen wie ein Paar, das auf der Durchreise sein könnte. Wir lieben uns, wir machen unsere erste gemeinsame Reise, wir hören auch beim Frühstück nicht auf, einander zu berühren, wir haben diese großen, geweiteten Augen, wie sie nur während langer Liebesnächte entstehen.

Ich kann mir nicht vorstellen, wieder zurück in den Alltag zu finden, ich sage das aber nicht, sondern frage sie nach Rosa Balistreri, und sie erzählt davon, wie sie deren Lieder zum ersten Mal gehört und dann später ebenfalls gesungen habe. *Ich habe es gewusst*, denke ich, sage aber auch das nicht laut, ich möchte jetzt nicht weiter zurück in die Vergangenheit, sondern diese starke Gegenwart am Leben erhalten. Ich sage, dass ich nach dem Frühstück am liebsten wieder auf mein Zimmer gehen würde, um dort auf sie zu warten, sie antwortet, dass es ihr genauso gehe, sie aber am Morgen viel zu tun habe und keine Vertretung auftreiben könne. Stattdessen sollten wir uns am Nachmittag treffen, dann werde sie mir zeigen, wo sie im Meer schwimme, es sei ein sehr schöner, nur wenigen bekannter Ort, es sei ihr *kleines Landgut am Meer*, das sie vor Jahren gekauft habe und in dem sie sich häufig aufhalte.

Sie holt eine kleine touristisch bunte Karte vom Ort und seiner Umgebung, und sie zeichnet die Stelle ein, wo wir uns am Nachmittag treffen. Ich helfe ihr beim Abräumen, und als wir zusammen in der Küche stehen, küssen wir uns so lange und selbstverloren, bis die ersten anderen Gäste im Innenhof erscheinen. Als ich die Stufen zu meinem Zimmer hinaufgehe, spüre ich eine zweite Haut, sie ist durch die Berührung in der Nacht entstanden, und sie erlebt die Welt wahrhaftig anders als die erste, alltägliche, die ein sehr zurückgezogenes Leben zu führen gewohnt ist. Die zweite Haut aber ist hochempfindlich und reagiert auf kleinste Reize. Sie spürt das Sonnenleuchten auf einem Handlauf, sie wittert die bittere, schwere Erde in den großen Oleanderkübeln, sie ist warm und geschmeidig, und es verlangt sie nach Wind und nach Luft und nach Wasser und Meer.

(*Wann war ich das letzte Mal im Meer?* frage ich mich und kann mich nicht mehr genau erinnern. Mehr als zehn Jahre ist es gewiss her, aber wo war es? In Portugal habe ich während eines Kongresses über *Ethnologische Forschung im Mittelmeerraum* einmal im Meer gebadet, daran erinnere ich mich, und ich erinnere mich an die Kindertage, als ich mit den Eltern und Brüdern jedes Jahr auf eine andere Nordseeinsel fuhr. Wir haben sie nacheinander alle besucht, Borkum, Juist, Spiekeroog, Wangerooge, die Eltern liebten das Meer und trieben uns durch den heißen Sand, *rasch, rasch, dass ihr euch nicht die Füße verbrennt.* Am frühen Abend saßen wir in kleinen Kurhotels und spielten *Mensch ärgere Dich nicht*, es war das einzige Spiel, in dem ich manchmal gewann und dadurch die Wut der Brüder auf mich zog. Mein Gewinnen reizte sie, und sie zahlten es mir heim, indem sie mich am nächsten Tag in einer Umkleidekabine einschlossen und dort in der Wärme stundenlang hocken ließen, bis die Eltern mich endlich fanden: *Warum rufst Du uns nicht? Warum lässt Du das mit Dir machen? Du sollst um Hilfe schreien, hörst Du, Du musst lernen, um Hilfe zu schreien!* Zu den Mahlzeiten gab es jeden Tag völlig verkochten Fisch mit einer dicken, hier und da aufgeplatzten, fladdrigen Panade, das alles lag neben den in Öl und Butter schwimmenden Bratkartoffeln, schwere, unverdauliche, von Speck zersetzte Bratkartoffelhaufen, die Rache der deutschen Küche am Meer ...)

Oben in meinem Zimmer ist die schöne Nacht noch vollkommen gegenwärtig. Ich lege mich für eine Weile erneut auf das Bett und starre aus dem Fenster, das schwere Sommerblau des Himmels wirkt jetzt so, als sei es das Betttuch der Nacht gewesen. Ich überlege, wie ich den Tag bis zum Nachmittag verbringe. Arbeit kann ich mir keine vornehmen, nein, heute nicht. Und so nehme ich mir vor, rein gar nichts zu tun, ich werde ziellos durch den Ort wandern, ich werde hier und da einen Kaffee trinken, viele Zeitungen lesen, aber ich werde nichts notieren und sammeln, nein, ich werde diesen Tag meiner zweiten Haut gönnen.

Als ich das erste Café betrete, ziehe ich sofort Menschen an, die mit mir sprechen wollen. Heute früh wollen sie sich aber nur mit mir unterhalten, sie stehen neben mir und nippen ebenfalls an ihrem Kaffee und erzählen von der Ernte in ihrem Hausgarten (*Interessieren Sie die Erntezahlen, professore? Ich könnte eine Aufstellung der letzten Jahre für Sie machen*), von Oliven und Wein (*Probieren Sie einmal meinen Weißwein, professore, er ist unvergleichlich, ich werde Ihnen einige Flaschen in die Pension schicken lassen*), vom Unterricht in der Schule (*Die Kinder lernen die sizilianische Geschichte nicht mehr, alles ist jetzt europäisch, und immer geht es gleich um Napoleon, halb Europa und schließlich die ganze Welt*), oder von den bevorstehenden Festen (*Diesmal wird die Miss Sicilia in unserer Stadt gewählt, professore. Was halten Sie von so einem Spektakel? Es ist gut für den Tourismus, aber es ist albern und prollig. Aus unserer Stadt haben sich bisher nur zwei Mädchen gemeldet, ausgerechnet die Schönste des Ortes ist nicht dabei, sie hätte große Chancen. Es ist die Tochter des*

Bürgermeisters, die Sie nie zu sehen bekommen, weil die Familie sie wie ein weißes Täubchen in einem goldenen Käfig versteckt).

Später schaue ich kurz bei Alberto vorbei, und wir setzen uns nach draußen, wo er mir wieder seinen fürchterlichen Earl-Grey-Morning-Tea serviert. Ich erkundige mich nach der Tochter des Bürgermeisters und erfahre, dass sie auf ein nahes, teures Internat geht. Alberto hält sie für eine sehr seltene Mischung von außerordentlicher Schönheit und beachtlicher Intelligenz, und er erklärt mir auch umständlich, woher das schöne und kluge Kind sein Äußeres und die Geistesgaben habe (vom Vater hat sie diese Gaben angeblich nicht). Ich frage ihn, ob es möglich sei, dieses Mädchen für mein Projekt zu gewinnen, aber er winkt ab, nein, das sei völlig unmöglich, an Adriana Bonni komme niemand heran, selbst er nicht, obwohl er doch die besten Beziehungen zu den Familien der Stadt unterhalte.

Als ich Alberto verlassen will, hält er mich kurz am Arm fest und fragt:
— *Ist alles in Ordnung, Beniamino?*
— *Aber ja, Alberto, alles in Ordnung. Warum fragst Du?*
— *Du bist heute ein wenig anders als sonst.*
— *Bin ich das? Aber wie anders, was meinst Du?*
— *Du bist etwas verträumt, mir kannst Du nichts vormachen.*
— *Oh, so etwas fällt Dir auf?*
— *Beniamino, wer ist es?*
— *Wer ist was?*
— *Beniamino, ich habe immer auf den Moment gewartet, in dem es bei Dir zündet. Irgendwann wird er in Mandlica einer*

Frau begegnen, die ihn an sich reißt und nicht mehr loslässt, so habe ich stets gedacht. Pass auf, Beniamino, lass Dich nicht einwickeln, ich gebe Dir diesen guten Rat.

— Du redest ja wie meine Brüder, Alberto. Die haben mich auch vor den Frauen Siziliens gewarnt, als sei ich ein kleines Kind, das man mit solchen Ratschlägen in die weite Welt hinausschickt.

— Vielleicht bist Du ja ein solches Kind, Beniamino, man weiß das selbst nie genau.

— Du enttäuschst mich, Alberto. Und weil Du mich enttäuschst, verschwinde ich jetzt. Beim nächsten Mal reden wir über D e i n e Träumereien, und das dann ganz offiziell, für mein Projekt.

Schließlich gehe ich auch die schmalen Wege zum Haus des Nobelpreisträgers hinauf. Das Haus ist verschlossen, aber unten im Innenhof, neben der Freitreppe, die in den ersten Stock führt, steht im Schatten ein einfacher Stuhl. Ich setze mich und schließe die Augen. Ich komme mit dem Morgen noch nicht zurecht, ich trage die Nacht spazieren und sehne mich danach, nur noch mit meinem zweiten Körper zu leben. Dieser zweite Körper hat seine Magie, er zieht die kleinen Dinge an, die Farben, die Gerüche, das Licht, den Wind. Laufend gehen mir die sizilianischen Lieder und Gesänge durch den Kopf, das wilde Durcheinander ist einfach nicht zu beruhigen, ich jedenfalls habe dagegen noch kein Mittel gefunden.

Als ein französisches Ehepaar aus Lyon erscheint und den Innenhof betritt, halten sie mich für einen Führer, der sie durch die alten Kindheitsstuben oben im ersten Stock begleiten wird. Ich widerspreche nicht, sage aber, dass diese Räume nur nachmittags geöffnet seien. Sie fragen weiter, und ich beginne (auch um mich abzulenken) zu erzählen, und plötzlich kann ich sogar recht gut Französisch sprechen. Ich präsentiere eine lange Erzählung, und ich wundere mich, wie viel ich über das Leben des Nobelpreisträgers weiß. (Ich habe nur Aufsätze und keine ausführlicheren Bücher über sein Leben und Werk gelesen.)

Während ich aber so lebhaft erzähle, glaube ich mit Paula in Verbindung zu treten, ja, es ist verrückt, aber es ist so, als hätte ich ihren Part übernommen und erzählte nun in freier und weit ausholender Manier, was sie mir während ihrer Führung nur in knappen Worten sagte. Ich schlüpfe in ihre Rolle, ich begegne ihr wieder, es ist seltsam, aber dieser Rollentausch ist so intensiv, dass mich mein eigenes Französisch erregt. (Es ist genau die richtige Sprache in diesem Moment, ich spreche sie weich und sehr verhalten, leise und aufmerksam, ich lasse kein rhetorisches Mittelchen aus, ich wiederhole, fasse zusammen, wiederhole, bilde ein paar exorbitante Metaphern, streue eine persönliche Anmerkung (*wenn Sie mir das erlauben, liebe französische Freunde*) ein und spare nicht mit Triumph-Vokabeln, als sei dem Mandlicaner Nobelpreisträger die subtilste Lyrik des Abendlandes gelungen.)

Ich ende sogar mit einer leichtsinnigen Bemerkung über Lyon, meine beiden Zuhörer müssen annehmen, dass ich ein eifriger Lyon-Besucher sei, und als sie fragen, ob ich häufig in Lyon sei, bestätige ich das und erkläre, dass mich vor allem die berühmten Restaurants der Stadt seit Jahren anzögen. (Natürlich habe ich von diesen Restaurants nur gehört und gelesen, ich war noch nie in Lyon.) Warum aber mache ich das? Warum diese überflüssigen Schluss-Bemerkungen? Ich möchte das Paar *in mein Herz schließen*, ich möchte es meinem zweiten, Französisch deklamierenden Körper einverleiben. Und als sei das gelungen, überreicht der Mann mir seine Visitenkarte und lädt mich zum Abschluss meiner Vorstellung nach Lyon ein. (Er heißt Antoine Griolet, ist von Beruf Finanzbeamter, beschäftigt sich aber in seiner Freizeit mit dem Thema *Der Nobelpreis und seine Preisträger*, alles in dieser Hinsicht interessiert ihn, er kennt die Preisträger sämtlicher Sparten auswendig, samt ihren Biografien, samt den letzten Details aus Kindheit und Jugend. Nur im Fall der Schriftstellerin Herta Müller ist er, wie er behauptet, nicht ganz auf dem Laufenden. Ich überlege kurz, winke dann aber ebenfalls ab. Zu Herta Müller fällt mir kein französischer Text ein, und die Nobelpreissprache Englisch spreche ich nicht so gut wie Französisch.) Beim Abschied umarmen wir uns, und ich denke: *Nun ist es geschehen, die Magie wird universell.* Und als sie mich fragen, ob ich an den kommenden Tagen nachmittags wieder hier sei, um ihnen auch noch die Räume zu zeigen, antworte ich:

– *Nachmittags führt meine Frau Sie durch die Räume. Sie ist von Beruf Übersetzerin, sie hat die Verse des von uns Verehrten in einige Weltsprachen übersetzt.*

16

Am nachmittag fahre ich mit meinem Wagen hinaus zu dem Ort, den Paula in der Karte angekreuzt hat. Als ich dort ankomme, steht sie neben ihrer Vespa, die wir in einem kleinen Schuppen zurücklassen. Dann fahren wir eine schmale, mehrfach gewundene Panoramastraße hinunter ans Meer und weiter an der Küste entlang. Nach einer Viertelstunde biegen wir von der viel befahrenen Hauptstraße ab und nehmen einen hellen, staubigen Feldweg hinunter an den Strand. Wegen der Schlaglöcher und der überall herumliegenden Steinbrocken muss ich sehr langsam fahren, ich frage Paula, ob die *Canti della Sicilia* unsere Fahrt begleiten sollen, und sie ist erstaunt, dass ich eine CD mit diesen Liedern dabeihabe. Ich fahre im Schritttempo, und wir hören Rosas dunkle Geisterstimme, es ist die Stimme einer Erinnye, die lauter Vergehen beklagt und keine Ruhe geben wird bis ans Ende der Tage. Ich möchte Paula nach Rosa und ihrer Musik fragen, sicher weiß sie darüber viel, aber ich lasse es bleiben, denn es erscheint mir noch immer fehl am Platz zu sein, nach der letzten Nacht über solche Themen mit ihr zu sprechen. (*Gegenwart, pure Gegenwart, ich suche das augenblickliche Sprechen ...*)

Wir erreichen dann eine Kreuzung, der schottrige Weg verzweigt sich nach rechts und links, wohin auch jeweils einige Schilder mit mir unverständlichen Aufschriften verweisen, geradeaus aber führt nur ein unauffälliger Pfad. Paula bittet mich, diesen Pfad zu nehmen, und so rollen wir noch langsamer als zuvor bis zu einem hohen Zaun aus trockenem, schwerem Schilf. In der Mitte befindet sich ein Gartentor, daneben stelle ich den Wagen dann ab. Der Zaun hat eine Länge von vielleicht zweihundert Metern, dann schließen sich an beide Seiten hohe Felsen an, so dass das gesamte Grundstück zwischen zwei Felsmassiven liegt. Paula öffnet das Tor, und wir gehen hinein, und ich kann nicht glauben, was ich jetzt sehe.

Wir befinden uns in einem richtigen Garten, den in der Mitte ein schmaler Gehweg bis zu einem frei stehenden Gartenhaus durchläuft. Die Bäume zu beiden Seiten stehen dunkel über der braunen, aufgelockerten Erde. Orangen und Zitronen liegen auf diesem Boden, und an die Bäume schließen sich Blumenrabatten und Gemüseanpflanzungen an, sie werden von großen Pergolen überdacht. Ich bin zuerst am Eingang des Grundstücks stehen geblieben und folge Paula, die direkt auf das Gartenhaus zugeht, noch nicht, langsam schleiche ich nach einer Zeit des Wartens hinter ihr her und versuche, mich an die Namen der Blumen, an denen ich vorbeikomme, genau zu erinnern (*Lupinen, ja, blaue Lupinen!*). Als ich endlich auch das Gartenhaus erreiche, steht die Eingangstür offen, und ich sehe gleich, dass das Haus nur aus einem einzigen, großen Raum besteht, den man auf der anderen Seite zum Strand hin verlassen kann. Auch diese Tür hinaus zum Strand ist geöffnet, so dass in der großen Hitze beinahe ein kühl wirkender Luftzug zu spüren ist. Er kommt vom Meer, wandert durch das Haus und verfängt sich in der schmalen, zwischen den Felsen liegenden fruchtbaren Landschaft des Gartens.

Paula steht bereits draußen am Meer, sie blickt auf seine weite, glatte Fläche, die wie ein goldener Spiegel ins Endlose schimmert. Ich aber verlasse das kleine Gartenhaus nicht sofort, sondern schaue mich um. Alle Wände des Hauses sind voll mit Bücherregalen, auf denen sich bunt und dicht gedrängt Hunderte von Lektüren reihen und stapeln. Zum Strand hin steht direkt unterhalb der breiten Fensterfront ein großes, bequemes Bett, und davor befinden sich einige leichte Sessel und ein Tisch, auf dem viele Zeitungen und Zeitschriften liegen. Auf der gegenüberliegenden Seite steht ein Eisschrank neben einem kleinen Herd und einer Küchenanrichte, das alles sieht handlich und praktisch aus, als habe der Mensch, der das benutzt, lange Erfahrung im Umgang mit diesem unglaublichen Raum.

Denn, wahrhaftig, dieser Raum *ist* unglaublich. Als ich nämlich das Haus verlasse und hinaus zum Strand gehe, erkenne ich zu beiden Seiten jetzt wieder die schweren, Schatten spendenden Felsen und die kleine Bucht, die von diesen Felsen gerahmt wird. Sie ist nicht breiter als vielleicht einhundert Meter, ein heller, glitzernder, stiller Saum, und dahinter scheint das Meer nur noch zu schweben. Es rollt nicht heran, es zeigt keine Wellen, es kauert wie eine durchsichtige, hellgrüne, dann ins Blaue übergehende Masse hinter dem feinen Saum und strahlt, als liege an seinem Horizont das ersehnte Sonnenland.

Ich bin von diesem plötzlichen Ausblick so ergriffen, dass ich nicht mehr weitergehe, die Bucht mit ihren Felsflanken und der weiten Öffnung ins Freie hat etwas Griechisches, Insulares, nirgends ist noch etwas anderes zu sehen außer diesem ganz und gar geschlossenen Bild, das wie ein Strandbild der puren Fantasie erscheint: *Hier ist Odysseus gestrandet, hier wäre er mit seinen Gefährten beinahe verhungert, bevor er den Garten hinter dem Haus angelegt hat und ein paar Früchte und etwas Gemüse ernten konnte.* Zum Strand hin hat das Haus eine kleine Terrasse, auf der einige bequeme Stühle und mehrere Tische unter Sonnenschirmen stehen, auch das erinnert nicht an Italien, sondern an *Griechenland*, immer wieder denke ich dieses dunkle, mit dem Wort *Sizilien* so sehr verwandte Wort. (*Im Grunde hat Rosas Gesang ebenfalls etwas Griechisches, das Wehklagen, das Lamento und diese zersprungene, nicht loszuwerdende Sehnsucht sind griechisch*, denke ich.)

Ich stehe noch immer auf der Terrasse, als Paula vom Strand zurückkommt. Sie schaut mich an und muss lachen, sie sieht genau, wie sehr mich das alles hier überrascht.

– *Damit hast Du nicht gerechnet, gib's zu!* sagt sie.

– *Wo sind wir?* frage ich. *Ich überlege andauernd, in welchem Zauberland wir eigentlich sind.*

– *Tja,* sagt sie, *das habe ich mich auch gefragt, als ich diese Bucht hier zum ersten Mal sah. Hundert Meter Strand, Felsen, Schatten und bester fruchtbarer Boden, ideal für einen hier leicht zu bewässernden Garten. Vor vielen Jahren konnte ich das Grundstück pachten, niemand wollte es haben, wozu sollte es taugen? Ich habe es durch einen Zaun vom übrigen Land abge-*

grenzt und später gekauft. Nach und nach habe ich den Garten angelegt, die Rabatten, die Gemüse- und Obstpflanzungen, die Orangen- und Zitronenbäume. Und schließlich habe ich das kleine Haus vor den Strand bauen lassen, das war damals in kaum einer Woche geschehen. Ich habe das Gelände »Mein Landgut« genannt, von Mai bis Oktober schlafe ich hier fast jede Nacht. Wenn es dieses Stück Land nicht gegeben hätte, wäre ich wohl nicht auf Sizilien geblieben. Ich liebe Sizilien, ich liebe es sehr, ich kann mir nicht vorstellen, es je zu verlassen, aber ich wollte immer auch ein Stück von dieser großen, alten Fantasie wirklich besitzen. Nur für mich. Ein Stück Insel. Hat es nicht etwas Griechisches, wirkt es nicht wie eine kleine Einheit aus sizilianischem und griechischem Inselleben? Ich bin in Inseln vernarrt, weißt Du. Wenn ich einen Wunsch äußern dürfte, dann wäre es der, alle Inseln des Mittelmeers einmal zu besuchen. Die spanischen, die italienischen, die afrikanischen, die türkischen, die zypriotischen, vor allem aber natürlich die griechischen – mein Gott, lach mich nicht aus, ich wäre neugierig auf jede Einzelne. Schon als Kind habe ich Inseln gezeichnet und eigene Inselsprachen erfunden, nur für mich, denn natürlich war ich auf all meinen herbeifantasierten Inseln allein. Aber jetzt setz Dich, setz Dich doch, lass uns ein wenig plaudern, bevor wir ins Meer gehen. Was möchtest Du trinken? Hast Du Durst? Es ist seltsam, aber ich habe hier nur selten wirklichen Durst, ich trinke meist frisch ausgepressten Limettensaft, möchtest Du das, frisch ausgepresst, mit ein klein wenig Zucker und frischem Wasser, recht kalt?

Sie ist plötzlich so gesprächig und lebhaft, wie ich sie zuvor noch nie erlebt habe. Die Nähe des Meeres, die Schönheit des unglaublich offenen und doch anschmiegsamen Raumes – das alles strahlt auf sie ab und weckt ihr ganzes Temperament. Hier, auf dieser entrückt liegenden Insel, fühlt sie sich frei, ja, sie fühlt sich vollkommen und unbegrenzt frei. Es gibt keine Kontrollen, Beobachter und Mitwisser mehr, diese Insel gehört nur ihr, hier ist sie Königin und Gesetzgeberin. Sie bestellt ihre eigene Wirtschaft und treibt einen eigenen Handel, und die vielen Bücher sind ihre sizilianische Schule und Universität.

Ich setze mich, und sie geht zum Eisschrank und entnimmt ihm eine große Karaffe mit Limettensaft. Mit der Karaffe und zwei Gläsern kommt sie wieder nach draußen und schenkt mir ein. Wir heben unsere Gläser und trinken behutsam, es sieht so aus, als führten wir ein sehr kostbares, rares Getränk zum Mund, *ein aphrodisischer Trank, ein Zaubertrank,* denke ich kurz und erinnere mich wieder an Bilder der Odyssee: *Odysseus und die Nymphe Kirke, die ihn bei sich behalten und nie mehr loslassen will.* Der Saft hat eine feine, genau austarierte Balance von Bitterem und Süßem, er ist sehr kalt, und er schmeckt mir ausgezeichnet. *Ich wette, sie hat auf dieser Insel auch eine eigene Küche kreiert, Speisen und Getränke, die man nur hier bekommt, und das meiste aus ihrem Anbau,* denke ich weiter. Da aber sagt sie auch schon, als könne sie meine Gedanken lesen:

– *Die Limetten sind aus diesem Garten. Ich habe hier meine eigene, kleine Küche, mit lauter Rezepten, die mir zu diesem Stück Land eingefallen sind. Ich könnte ein kleines Restaurant mit all diesen Gerichten eröffnen, und wer weiß, vielleicht werde ich das sogar einmal tun.*

Ich erinnere mich daran, dass sie zu Beginn ihres Sizilien-Aufenthaltes mit Lucio zusammen gewesen ist und in seinem Restaurant gearbeitet hat, aber ich bin wieder zu vorsichtig und will nach diesem Anfang nicht fragen. Sie aber redet weiter, als hätte sie auch diese Gedanken lesen können:

— *Du denkst jetzt an Lucios Restaurant, stimmt's? Und Du fragst Dich, warum ich dort nicht meine Gerichte präsentiere. Ich will Dir das rasch erklären, dann haben wir auch das hinter uns. Ich kam nach Sizilien als eine junge Frau mit tausend Ideen, und noch während ich mit Maria die Insel bereiste, wollte ich schon länger bleiben. Warum? Sizilien war ein Stück Italien, wie ich es liebte, und es war ein noch größeres Stück Griechenland, das ich ebenfalls liebte. Italien und Griechenland waren die Länder, in denen ich mich zu Hause fühlte, ich beherrsche sogar ihre Sprachen, ja, ich spreche Italienisch und auch etwas Griechisch. Wie wir dann hier gestrandet sind, hat Dir vermutlich Maria erzählt, ich habe Lucio wenige Minuten nach unserer Ankunft in einer Bar am Corso centrale kennengelernt und mich von einem Moment in den andern in diesen sehr liebenswürdigen Menschen verliebt.*

Liebenswürdig, ja, das war er, ich kann seine Art nicht anders benennen als mit diesem altmodischen Wort. Mir kam es so vor, als hätte er genau auf mich gewartet und als machte er mir nach seinem langen Warten nun ununterbrochen den Hof. Ich müsse bleiben, unbedingt, sagte er, er werde sich das Leben nehmen, wenn ich Mandlica verließe — na, in unserem jetzigen Alter kennen wir diese Sprüche und ihr schweißtreibendes Pathos, ich aber kannte sie damals noch nicht. Hätte mir in Bayern, auf dem Bauernhof unserer Eltern, wo Maria und ich aufwuchsen, vielleicht ein junger Bursche gesagt, dass er sich das Leben nehmen werde, wenn ich ihm nicht in seinen heimischen Bretterstadel folgen werde? Das wäre ja zum Lachen gewesen und höchstens niederbayrisches Volkstheater! Lucio aber präsentierte die komplette Rhetorik des Werbens, alles, was man sich als junge Frau wünscht, und das mit einer Mischung aus Naivität, Feuer und Schüchternheit, die mich einfach hinriss. Nun gut, das reicht jetzt, ich hasse Wiederholungen. Und das Thema war ja auch nicht Lucio, sondern seine Kochkunst, seine Küche.

Damals also, als ich »wie ein Stern vom Himmel« – ja, so nannte Lucio es wirklich – in Mandlica erschien, machte er sich gerade selbständig und eröffnete sein eigenes Lokal. Er zog mich hinein in sein Projekt, wir verlobten uns, natürlich wollten wir heiraten, ich war längst »auserkoren«, mit ihm in der noblen Küche zu stehen und für die Feinschmecker Mandlicas und der Region zu kochen. Das Problem war, ich konnte gar nicht kochen! Daher hielt ich den Mund, stellte mich in die Küche, lernte und lernte und las mich nachts durch die halbe europäische Kochliteratur. Ich begreife schnell, ich lerne rasch und mühelos, ich konnte das immer schon, es macht mir Spaß, etwas Interessantes zu erlernen, schon in der Kindheit war das so. Also war ich, was die Theorie betraf, bald auf einem gewissen Niveau. Ich wollte aber auch umsetzen, was ich gelernt hatte, ich hatte viele Ideen, und ich stellte mir vor, dass mein liebenswürdiger Lucio auf nichts anderes wartete als darauf, dass ich diese Ideen in der Praxis realisieren würde. Da hatte ich mich aber gewaltig getäuscht! Lucio wünschte sich von mir gar keine Ideen, er glaubte, selber welche und vor allem genug davon zu haben! Und welche hatte er? Die alten Rezepte der italienischen Küche, das ganze in jedem italienischen Restaurant bis zum Überdruss zelebrierte

Programm von Antipasti, Paste sowie Carne e Pesche – und hinterher für die Gäste noch einen Grappa, einen Limoncello oder einen Averna! Sicher, er kochte auf hohem Niveau und mit den besten Materialien, aber es war die klassische italienische Küche, keinen einzigen Schritt weg von Mammas Herd und all dem, was er in der Familie seit Kindesbeinen gelöffelt hat! Und genau das wollte ich nicht, nein, auf gar keinen Fall!

All diese Worte sprudeln geradezu aus ihr heraus, sie spricht noch immer sehr lebhaft, als wollte sie den herrlichen Furor der letzten Nacht mit ihrem Reden am Leben erhalten. Ich komme nicht einmal dazu, eine Frage zu stellen, ich höre nur zu.

Lucio ignorierte also meine Ideen, sie interessierten ihn nicht, für ihn stand seit langem fest, was er wollte. Sein Restaurant benannte er noch nach mir, »Alla Sophia«, aber mein Name war nur ein Schmuck, der geheimnisvoll wirken und schillern sollte. Und als es dann ernst wurde und losging, stand ich neben ihm in der Küche und rieb Parmesan über die Pasta und hobelte Trüffeln und schnitt den Speck klein, der in die abscheuliche Carbonara-Sauce gehörte. Von Tag zu Tag wurde ich lustloser und phlegmatischer, denn ich begriff, wie ich enden würde. Mit vier Kindern (immerzu sprach Lucio genau von vieren, wieso denn vier? – fragte ich mich), mit unendlich viel Arbeit in der Küche, mit der Betreuung seiner betagten Eltern, mit einem Großfamilienhaushalt von kaum überschaubar vielen Personen, von denen die meisten nur herumsitzen und sich bedienen lassen würden. Da war es vorbei mit dem liebenswürdigen Lucio! Da wurde er streng und entschieden! So wollte er das, und er wollte sich im Grunde keineswegs quälen, sondern eine Stelle an seiner

Seite mit jemandem besetzen, der sich um alles kümmert! Genau das aber wollte ich nicht! Und – was soll ich sagen? Wir spürten dann beide, dass dieses Restaurant uns trennte, die Auseinandersetzungen nahmen zu, und wir redeten miteinander wie in vielen gemeinsamen Jahren müde gewordene Eheleute, und das, bevor wir überhaupt verheiratet waren. Eigentlich, dachte ich damals, hattest Du doch nie vor zu heiraten, und jetzt gibst Du nach und lässt Dich vielleicht ein auf vier Kinder und Schwiegereltern und Lucios Geschwister mit ihren Familien und lauter Verwandte, die im Restaurant essen und keinen Finger krümmen.

Als dann noch die gegenseitige Magie nachließ und wir beide sprachlos in der Küche standen und Salat putzten oder ein blödes und umständliches Tiramisu herstellten (ich konnte den Tingeltangel-Namen »Ti-ra-mi-su« schon bald nicht mehr hören), tauchte plötzlich meine Schwester im Restaurant auf. Lucio hatte sie eingeladen, uns bei der Arbeit zu helfen, und meine Schwester war sofort dabei. Und wie hilfsbereit sie damals noch war! Der schöne, liebenswürdige und manchmal sogar etwas schüchterne Lucio mit all seinen Pullovern, die ihm etwas Zartes, Ephebenhaftes verliehen – sie war richtig vernarrt in seine Auftritte, und sie konnte sich kaum etwas Schöneres vorstellen, als in seinem Restaurant ihren kleinen Stewardessen-Rollwagen von Tisch zu Tisch zu schieben. Kochen wollte sie nicht, das sollten andere erledigen, aber Rollwagen schieben und den Gästen ihre rasanten, kunterbunten Monologe halten, das konnte sie.

Mir wurde bald klar, dass sie meine Stelle im Handumdrehen übernehmen würde. Und dann kam ein Freitag, und an diesem Freitag kam sie mit blond gefärbten Haaren vom Friseur zurück. Meine zuvor noch tief schwarzhaarige Bayernschwester in Blond! Sie wollte sich absetzen und unterscheiden von ihrer geliebten Paula, und sie wollte die Ältere zum ersten Mal in ihrem Leben übertrumpfen und abhängen. Als ich das sah, gab ich sofort auf und löste den Verlobungskontrakt. Ich packte meine Sachen, lieh mir einen Wagen und verschwand von einem Tag auf den andern. Wochenlang war ich allein in Sizilien unterwegs, bis ich die Sache hinter mir hatte.

Sie trinkt ihr Glas aus und steht auf, ich sehe, dass dieses Kapitel für sie jetzt beendet ist, sie möchte nicht mehr davon sprechen, sie schüttelt sich ein wenig und geht in das Haus zurück. Ich sehe, wie sie sich auszieht und einen schwarzen, durchgehenden Badeanzug überstreift, und als sie wieder nach draußen kommt, sagt sie:

— *Komm, lass uns schwimmen, bevor ich immer weiter rede.*

— *Moment*, sage ich, *das Kapitel ist noch nicht ganz zu Ende! Du denkst wirklich daran, irgendwann ein Restaurant zu eröffnen?*

Sie schaut mich an und setzt sich langsam wieder. Sie schenkt uns noch einmal Limettensaft nach, nippt an ihrem Glas und sagt:

— *Soll ich den Saft nicht etwas veredeln? Man sollte sich nicht wiederholen, auch nicht beim Trinken.*

Sie wartet aber nicht auf meine Antwort, sondern geht wieder nach drinnen und holt eine Flasche Prosecco, aus der sie jeweils eine kleine Menge in unsere Gläser gießt. Sie reicht mir mein Glas und sagt:

— *Probier mal! Wenn Du es nicht magst, steigen wir wieder auf den puren Saft um!*

Ich probiere, und es ist etwas besser als zuvor. Der Limettensaft ist noch sehr rein zu schmecken, aber sein Aroma ist voller, intensiver, von etwas leicht Herbem, Basisartigem durchdrungen und gehalten.

— *Sehr gut!* sage ich, *jetzt schmeckt es noch besser als vorher! Aber sag, wie sähe Dein Restaurant aus? Und was wären Deine Gerichte? Und sollte das Restaurant hier in Mandlica eröffnet werden?*

Sie lacht kurz auf, als ich all diese Fragen stelle. (Ich stelle sonst nie so viele Fragen hintereinander, es ist der schlimmste Anfängerfehler, ich lasse mich gehen, was das Fragen betrifft, *so geht das nicht, Beniamino!*)

— *Lass uns später einmal länger darüber reden, die Sonne steht jetzt geradezu ideal, wir sollten ins Meer gehen.*

— *Ja, sofort, nur ein paar Andeutungen!*

— *Ein kleiner Essraum, hier in Mandlica, höchstens acht bis zehn Tische! Sizilianische Küche mit Gemüse, Gewürzen und Obst aus diesem Garten, in dem ich die seltensten Sachen anbaue und ernte. Fleisch und Fisch aus dieser Region, ich weiß genau, wo ich einkaufen würde. Und Wein nur aus Marsala, da habe ich selbst jedenfalls den besten sizilianischen Wein getrunken. Und zum Dessert natürlich Dolci aus Mandlica.*

— *Gibt es das denn wirklich — eine spezifisch sizilianische Küche?*

— *Aber ja, ich habe mir die Rezepte während meiner Fahrten durchs Land notiert und hier in meiner Einsiedelei nachgekocht. Ich habe experimentiert und lange über jedes einzelne Rezept nachgedacht. Es würde mir Spaß machen, für Dich etwas zu kochen und Dir meine Philosophie zu erklären. Ich weiß nämlich jetzt sehr gut über das Kochen Bescheid, vor allem aber kenne ich die Fehler, die dabei gemacht werden. Und ich kann Dir sagen: Es werden sehr viele Fehler gemacht, gerade in der italienischen und erst recht in der sizilianischen Küche! Kein Mensch denkt über die richtige Zubereitung der Gerichte nach, denn die meisten Köche kochen noch so, wie es eine uralte Tradition vorschreibt. Die italienische Küche ist eine der ältesten und besten der Welt, aber gerade deshalb ist sie auch vollkommen erstarrt. Jetzt aber genug davon, komm, wir gehen ins Meer!*

Sie zögert keinen Moment, sondern steht auf und geht die paar Schritte zum Wasser. Sie macht dort aber nicht halt, sondern geht einfach weiter, nach einigen Schritten lässt sie sich vornüberfallen und schwimmt mit starken Armbewegungen davon. Sie kommt rasch voran, ihre Züge sind gleichmäßig, und ich vermute, dass sie eine enorme Ausdauer hat und weit hinausschwimmen wird. Ich trinke mein Glas leer, gehe in das Haus zurück und ziehe mich um. Drinnen riecht es jetzt nach Jasmin und anderen stark duftenden Blumen, eine richtige Blütenduftwärme steht in dem kleinen Bau, ich schnuppere kurz an meiner Kleidung und stelle fest, dass sie von diesem Duft bereits etwas durchdrungen ist. Dann ziehe ich mich aus, streife die Badehose über und gehe zum Wasser.

Der schmale Sandstreifen lässt mich etwas innehalten. Ich starre auf den leuchtenden Boden, der übersät ist von zerstoßenen, weißen Muschelsplittern und grün leuchtenden Algenbündeln. Wie feine Schwämme tanzen sie hin und her. Nach ein paar Metern ist das Wasser so klar, dass ich den Grund gut erkenne, ich blicke auf eine weltabgewandte, stille Wüstenlandschaft aus parallel verlaufenden, geschlängelten Dünen. Je weiter ich ins Meer gehe, umso unruhiger wird ihre Struktur, das Geschlängel nimmt zu und bildet große, weite Augen, und dazwischen treiben nervöse, immer wieder zur Seite zuckende Fischschwärme mit sehr kleinen, durchsichtig glänzenden Fischen. Nirgends ein Stein, die Grundfarbe dieses Bildes ist sandgelb, darüber die schwere Schicht des Meeres, wie blaugrünes Gelee, in dem sich ein paar Meerestiere verfangen, ohne sich noch zu bewegen. Ich erkenne kleine, weiße Krebse, sie stecken im Sand und rühren sich nicht, und ich sehe jetzt auch Seeigel, zusammengeballt zu undurchdringlichen Haufen, die über den Sand kollern. Ich bin mit alldem so beschäftigt, dass ich gar nicht ans Schwimmen denke. Als ich dann aber nach Paula schaue, ist sie längst weit fort, ein schmales Segment schwarzer Farbe am Horizont, das im Blau des Meeres zerläuft.

Ich gehe weiter, bis ich keinen Grund mehr unter den Füßen spüre, und als ich dann endlich losschwimme, verstehe ich nicht mehr, warum ich in den letzten Jahren nie im Meer gewesen bin. Dieses Schwimmen ist nämlich nichts anderes als eine einzige starke Befreiung. Keine Grenzen, keine herandrängenden und sich aufspielenden Bilder mehr, stattdessen die pure Weite, der offene Himmel, die Unendlichkeit! Ich schwimme nicht besonders schnell, komme aber doch einigermaßen gut voran, und als ich mit angehobenem Kopf in diese Weite schaue, denke ich plötzlich, dass sich mein Herz öffnet. *Dein Herz öffnet sich!* (denke ich wahrhaftig wie ein Kind und bin auch noch derart begeistert von diesem Ausruf, als hätte ich ihn in einem uralten griechischem Text, bei einem der frühsten Lyriker Griechenlands, in fragmentarischer Form gefunden: *Das Meer: / Und das Herz, das sich öffnet ...*)

Früher dachte ich immer, das Meer sei nichts für mich, zu viele Menschen, zu viele Albernheiten. Allein die Possen der Halbnackten, die sie mit ihrer Bademontur treiben, dazu lauter Liegen in Reih und Glied (oder, noch schlimmer: Strandkörbe!) und grellfarbige Sonnenschirme und natürlich die übliche *Dumpfnussmusik*, der neuste, krudeste *Popmop*, Saison für Saison ... – Aber warum habe ich mir nur das und nichts Besseres vorstellen können? Das hier ist jedenfalls ein griechischer Strand, und das hier ist das griechische Meer, von dieser Küste aus haben die Griechen Sizilien erobert und mit der Kultivierung seiner Fluren und Täler begonnen – diese starke Fantasie hat sich jetzt festgesetzt, und ich werde sie wohl nie mehr los.

Und ich schwimme immer weiter und spüre, wie ich leichter werde und das ewige Denken und Reden zurücklasse, ich werfe das alles ab, ich entkomme ihm, ich bin schon weit draußen, und wenn ich mich umdrehe, liegt das dunkelblaue Haus in der kleinen Bucht wie eine märchenhafte Erscheinung, in der Menschen wohnen, die eine ganz andere Sprache sprechen. (*Griechisch lernen!* denke ich, *unbedingt Griechisch lernen! Und die alten Lektüren im Original lesen, eine Seite pro Tag, und das Ganze mit Paulas Hilfe übersetzen und in ein glanzvolles Deutsch bringen!*)

Paula, richtig, Paula! Ich kann sie nicht mehr erkennen, sie ist im schwächer werdenden Sonnenlicht verblasst, oder sie wurde von einem Schiff mitgenommen, oder sie ist in eine warme Strömung geraten, die sie bis zur nächsten Küste, nach Afrika, getragen hat. Ich aber traue mich nicht mehr, noch weiter hinaus zu schwimmen, ich habe im Schwimmen nicht die Übung dafür und außerdem keine gute Kondition, deshalb mache ich halt, lasse mich etwas treiben und schwimme dann sehr langsam und mit geschlossenen Augen auf dem Rücken zurück, bis ich ihre näher kommenden Schwimmbewegungen höre und plötzlich einen Kuss im Nacken spüre und dann einen zweiten und dritten und bemerke, dass sie sich an mir festhält und mich umklammert und ich mich umdrehe, und wir beide uns küssen und dann so, aneinandergeklammert, eine lange Zeit im Meer treiben, ohne auch nur ein Wort zu sagen.

Später sitzen wir wieder zusammen auf der Terrasse zum Meer, wir trinken Limettensaft mit Prosecco, und ich frage Paula, wann wir hinauf nach Mandlica zurückfahren müssen.

— *Wir müssen gar nichts*, antwortet sie. *Wenn Du willst, können wir hier übernachten.*

— *Aber musst Du nicht am Abend in der Pension sein?*

— *Nein. Maria ist vor ein paar Stunden zurückgekommen, sie übernimmt heute Abend die Arbeit.*

— *Und das heißt, wir können jetzt bleiben, die ganze Nacht?*

— *Ja, das heißt es, und ich sehe, mein Beniamino, dass Du Dich darüber freust.*

Wir sitzen dann weiter zusammen draußen im Freien und beobachten, wie es langsam dunkelt und das Meer etwas Schmaleres, Enges bekommt, die dunklen Felsen zu beiden Seiten der Bucht stürzen über es her, und in der Ferne glimmen und tanzen schließlich nur noch ein paar Lichter. Paula geht dann nach drinnen, ins Haus, und bringt einige Kerzen und Leuchten, und ich will mich überhaupt nicht mehr bewegen, sondern das Meer im Blick behalten, wie es sich von uns trennt und davonschwimmt. Wir trinken roten, schweren Wein aus Marsala, und wir essen ein paar kleine Gerichte aus Paulas Küche, die sich noch im Eisschrank befinden, Pasten aus grünen Oliven, Sesam und Mandeln, ein Joghurt mit geriebenen Gurken, Knoblauch und Peperoncini, eine Auberginencreme mit Zitrone und etwas Fischsalat mit viel klein geschnittenem Gemüse.

Tief in der Nacht kommen wir erneut auf ihr Restaurant zu sprechen:

– *Und wie würdest Du Dein Restaurant finanzieren?* frage ich.

– *Ganz einfach, ich habe gespart*, antwortet sie. *Das Sparen fiel nicht einmal schwer, denn ich habe ja kaum etwas ausgegeben. Freie Unterkunft, keine Unkosten für Verpflegung, viel Geld habe ich für das tägliche Leben nie gebraucht. Stattdessen hatte ich Einkünfte durch die Pension, und das gar nicht so wenig. Und außerdem habe ich aus dem Sizilianischen ins Deutsche übersetzt, eine lange Flotte von Erzählungen und Romanen, ach ja, mein Gott, darüber haben wir, glaube ich, überhaupt noch nicht gesprochen! Oder irre ich mich?*

– *Wie man's nimmt. Direkt haben wir nicht darüber gespro-*

chen, aber ich habe es geahnt. Gestern Nacht hast Du im Traum manchmal Sizilianisch und Deutsch durcheinandergesprochen, und da dachte ich, dass Du vom Sizilianischen ins Deutsche übersetzt.

— Und wieso hattest Du vorher bereits eine Ahnung?

— Du hast manchmal eine Bemerkung gemacht, wie sie nur jemand macht, der Literatur nicht nur liest, sondern auch schreibt. Erinnerst Du Dich, wie Du den ersten Satz meines Mandlica-Buches sofort und ohne nachzudenken in die richtige Fassung gebracht hast?

— Ja, genau, aber das war doch keine besondere Kunst.

— Nein, keine Kunst, aber diese einfachen Korrekturen ließen darauf schließen, dass Du mit Literatur mehr zu tun hast als Leser, die alles so nehmen, wie es nun einmal dasteht. Aber nun gut — Dein Traum von einem Restaurant ist also finanziert.

— Ja, ist er. Das Einzige, was mir noch fehlt, ist der passende Raum, aber den werde ich auch noch finden. Verstehst Du eigentlich etwas vom Kochen, kennst Du Dich damit aus?

— Nein, ach was, aber ich lerne sehr schnell, und wenn ich erst mal drin bin in einer Materie, fällt mir auch bald etwas dazu ein. Ich meine Neues, Anderes, Verrücktes, etwas, an das zuvor, obwohl es auf der Hand liegt, kein Mensch gedacht hat.

— Wunderbar! Genau so jemanden bräuchte ich. Ich stelle Dich als Mitarbeiter ein, ja, soll ich das tun? Aber erst, wenn Du so weit bist und etwas Theorie gelernt hast. Einverstanden? Wir planen den Coup zusammen, aber ich behalte das Heft in der Hand.

— Ich werde eine ethnologische Kulinarik schreiben, sage ich.

— Ach was, hör bloß damit auf!

— Eben nicht, gerade nicht! Ich fange gerade erst damit an.

17

W IR SCHLAFEN nun immer wieder auf Paulas Landgut. Manchmal fahren wir schon am frühen Nachmittag hin, und dann arbeite ich dort, und wir gehen mehrmals am Tag ins Meer. Paula übersetzt Erzählungen des sizilianischen Schriftstellers Luigi Pirandello, und manchmal liest sie mir nach dem Abendessen aus ihren Übersetzungen vor. Fast jeden Tag blättere und lese ich in einer griechischen Grammatik und lerne griechische Vokabeln wie ein Schüler, der sich auf eine Prüfung vorbereitet. Ich komme ganz gut voran, Paula korrigiert meine Aussprache und überlässt mir ein griechisches Sprachprogramm auf CD, so dass ich häufig mit Kopfhörern am Strand sitze und beim Blick auf die Weite des Meeres griechische Sätze höre. Da die Kopfhörer alle anderen Geräusche fernhalten, scheinen die griechischen Stimmen direkt vom Himmel oder aus dem leuchtenden Meer zu kommen, es ist ein seltsamer, theatralischer Eindruck.

Alberto ist nun ganz sicher, dass Beniamino sich mit einer Sizilianerin zusammengetan hat. Hinter meinem Rücken streckt er seine Fühler im ganzen Ort aus, gerät dabei aber nur an Gerüchte, die er selbst rasch verwirft. Adriana Bonni, die schöne Tochter des Bürgermeisters? Nein, das ist einfach unmöglich. Eine Enkelin Ricarda Chiarettas, die in einem Nachbarort wohnt und zusammen mit mir einmal in einem Café gesehen wurde? Sehr unwahrscheinlich. Maria wäre die Person, von der er etwas erfahren könnte, aber Maria hält im Moment noch dicht und spricht mit niemandem über die Beziehung ihrer Schwester.

Na so was, sagt sie zu mir bei einem Frühstück im Innenhof, *mit allem hätte ich gerechnet, aber damit nicht! Meine Schwester hat eine Beziehung, und dazu noch eine richtige, mit einem richtigen Mann! Früher hatte sie nur Beziehungen mit Kerlen aus ihrer Literatur, und dann ist sie mit ihrer todschicken Vespa durch halb Sizilien gefahren und hat sich für ein paar Tage an den Orten einquartiert, wo diese Schriftsteller einmal gewohnt haben. Am schlimmsten war es mit Tomasi di Lampedusa, den hat sie am heftigsten verehrt, und es war ein Unglück für alle, dass sein Roman »Der Leopard« längst übersetzt war und dass Lampedusa außer diesem Roman nur sehr wenig geschrieben hat. Nur ein paar Briefe konnten noch übersetzt werden, und mit diesen Briefen hat sie sich dann Wochen beschäftigt, als seien sie wer weiß wie schwer zu übersetzen. Und dann erst der Film! Früher lief die Verfilmung von »Der Leopard« alle paar Wochen im einzigen Kino von Mandlica, ganze Schulklassen gingen hinein und mussten sich den Film ansehen. Die Kinder langweilten sich, der Film war ja nicht spannend, und nach einer Weile waren die Kinder es leid, mehr als zwei Stunden Burt Lancaster dabei zu beobachten, wie er einen sizilianischen Adligen spielt. Sogar unsere Bauern gingen manchmal ins Kino, um Burt Lancaster in dieser Rolle zu sehen, sie lachten sich tot, weil Burt Lancaster einfach keinen sizilianischen Adligen hergibt, höchstens einen Westernhelden im Stil von »Spiel mir das Lied vom Tod«, in dem man sich die Gamaschen putzt, bevor man ein paar Leute erledigt.*

Paula aber saß unter den Schulkindern oder unter unseren Bauern, und sie lachte keinen Moment. Alles in diesem Film war heilig, weil es mit Tomasi di Lampedusa zu tun hatte, und wenn Tomasi hier in Mandlica vorbeigekommen wäre, hätte sie sich ihm zu Füßen geworfen. Du hast einen Vater-Komplex, habe ich damals gesagt, vielleicht stimmte das auch nicht, aber nein, sie hatte wahrscheinlich doch keinen Vater-Komplex, das war Unsinn, aber es stimmte, dass sie einen Lampedusa-Komplex hatte, wie sie übrigens auch eine abartige Zuneigung zu diesem Nobelpreisträger hat, der hier in Mandlica geboren wurde. Alles ältere Herren und alle schon eine Weile tot und alles große Dichter, nun mach Dir bitte darauf mal einen Reim! Ich jedenfalls bin nie dahintergekommen, aber vielleicht kommst Du ja dahinter, was mit meiner Schwester in Sachen Literatur los ist.

– Paula ist gern ins Kino gegangen, Maria?

– Woher weißt Du denn das nun schon wieder? Hat sie davon erzählt?

– Nein, hat sie nicht.

– Na, Du bist wirklich ein begnadeter Hellseher. Denn es stimmt: Paula ist früher in jeder Woche mehrmals ins Kino gegangen. Es kam nicht darauf an, welche Filme gerade liefen, sie interessierte sich einfach für alle. Manchmal machte sie auch eine Liste mit neuen Filmen, und die gab sie dann den Betreibern des kleinen Kinos, und die kamen ihr dann und wann entgegen und ließen einige ihrer geliebten Filme dann wirklich laufen. Sie liefen aber nur zwei, drei Tage, denn niemand, aber auch wirklich niemand in Mandlica wollte sich anschauen, wie Catherine Deneuve die Männer verführt, während Paula noch glaubte, es interessiere vor allem die Männer von Mandlica brennend, wie eine so blonde, große und attraktive französische Frau wie Catherine Deneuve Männer verführt. Der springende Punkt war,

dass die Männer von Mandlica nicht heimlich ins Kino gehen konnten, denn das kleine Kino lag direkt gegenüber dem Dom auf dem Domplatz, und im Ort registrierte man natürlich genau, welche Männer hineingingen. Da war nichts zu machen. Die Männer scheuten sich einfach, solche Filme zu sehen, denn ihre Frauen hätten es erfahren, und das wäre dann kein Spaß mehr gewesen.

— Was ist aus diesem Kino geworden? Werden noch Filme in Mandlica gezeigt?

— Aber nein, das ist längst vorbei. Der schöne, kleine Kinosaal gegenüber dem Dom ist geschlossen und seit Jahren verwaist.

— Paula hat diesen Saal sehr gemocht.

— Ja, mein Herr Hellseher, sie hat diesen Saal mit seinen dunkelroten Samtvorhängen und den kleinen, knarrenden Klappstühlen sehr gemocht. Sie saß immer auf demselben Platz, mitten in der neunten Reihe, und manchmal hat sie mich mitgenommen, und wir saßen dann oft allein in einer Vorstellung und haben geraucht, was das Zeug hielt. Damals haben wir noch beide geraucht, auch das ist vorbei. Keine Filme mehr und keine französischen Zigaretten, das Leben ist immer asketischer geworden.

— Wie groß ist denn der Kinosaal?

— Groß? Er ist nicht besonders groß. Das Kino hatte nur fünfzehn Reihen, es war ein kleiner Saal mit einem dunkelblauen, muffigen Teppich, aber er hatte sogar ein Foyer, ein richtig schönes Foyer aus den fünfziger Jahren, in dem sich damals nur die Kasse und die Garderobe befand.

— Das Kino ist aus den fünfziger Jahren?

— Ja, alles ist aus den fünfziger Jahren. In den Toiletten sind die Waschbecken im Stil der fünfziger Jahre so groß, dass man Kleinkinder darin baden könnte! Sie sind wirklich großzügig und

schön, diese Waschbecken! Immerzu hieß es, dass man sie austauschen werde gegen elegantere, kleine, denn heutzutage sind die Waschbecken ja so klein, dass höchstens noch eine Handvoll Wasser hineingeht. Auch so ein Irrsinn, die fortschreitende Zivilisation ist ein einziger, dummer Irrsinn!

Ich unterhalte mich weiter sehr gern mit Maria, und sie redet noch mehr als früher. Ich vermute, dass sie derart viel redet, weil sie sich noch nicht traut, mir von Lucio und ihrer Heirat zu erzählen. Jedes Mal redet sie über Paula und findet irgendein besonders, spezielles Thema für ihren Monolog, so dass ich Morgen für Morgen, wenn wir im Innenhof zusammen sind, *Paula-Monologe* zu hören bekomme. Von diesen Monologen merke ich mir jedes Detail, und so erweitert sich das Bild, das ich von Paula habe.

18

ENRICO BONNI hat wegen eines Termins für das Mittagessen im *Alla Sophia* nachgefragt, und ich habe ihm drei Termine genannt. Die Einladung wurde dann per Telefon fest vereinbart, und so werde ich nun bald wieder in den Genuss von Lucios Kochkunst kommen. Seit ich mit Paula zusammen bin, habe ich sein Restaurant nicht mehr aufgesucht. Ich weiß nämlich noch nicht, wie ich ihm begegnen und was ich mit ihm reden soll. Hinzu kommt, dass ich noch keine Vorstellung von seiner

Person habe, ich sehe bisher nur einen etwas unsicheren Mann mit leicht sentimentalem Hang zu allem Schönen, Guten und Wahren.

In meinen Augen besteht eine kleine Sensation dieser Tage darin, dass Maria mir in der Pension einen Brief überreicht, der dort für mich abgegeben wurde. Es ist ein kleiner Brief mit einem hellblauen Umschlag, und die Schrift auf der Vorderseite (*An den verehrten Professore Merz*) ist nicht von Hand, sondern wurde anscheinend auf der Tastatur eines Computers getippt. Auch der Brief ist mit Computer geschrieben, und diese Schrift stammt offensichtlich von Adriana Bonni. Sie bittet mich um ein Gespräch, und sie nennt eine Mobilfunk-Nummer, unter der sie zu erreichen sei. *Ich würde mich außerordentlich über Ihre Bereitschaft freuen, mit mir Verbindung aufzunehmen* – so schreibt sie, reichlich blumig und umständlich. Ich spreche mit niemandem über diesen Brief, selbst mit Paula nicht. In Gedanken bereite ich das Gespräch mit Adriana Bonni aber längst vor. Ich vermute, dass es ein virtuoses Gespräch werden wird. Es wird das erste sein, das ich im Kastell führe, in den Stunden vor Mitternacht, im tiefsten Dunkel, wenn der Innenhof des Kastells voll ist vom schweren Harzduft der Pinien, die sich rings um das Kastell befinden.

Ich unterhalte mich mit Alberto lange über die Filme, die in Mandlica gelaufen sind, und frage ihn, wie ich an den Schlüssel des alten Kinos komme. Auch diesmal weiß er sofort einen Rat und wird sogar selber aktiv, indem er einen Verwaltungsbeamten im Rathaus, mit dem er befreundet ist, um den Schlüssel bittet. Der Beamte bringt ihn dann am Nachmittag selber vorbei, und wenig später stehen Alberto und ich in dem alten Kino gegenüber dem Dom. Das Foyer ist unverändert, es hat eine schön geschwungene Glasfront, und dahinter ist nichts als das Kassenhäuschen und eine Garderobe, ganz wie im Theater, mit einer durchlaufenden Brüstung, hinter der sich die Ständer mit den Garderobenhaken befinden. Den eigentlichen Kinoraum betritt man durch eine hohe Flügeltür, und der Raum selbst besteht aus einem einfachen, soliden Rechteck, noch immer mit den alten Stuhlreihen bestückt. Auf der rechten Seite geht es zu den Toiletten, und die Leinwand ist oberhalb einer kleinen Holzbühne angebracht, auf der vielleicht sogar einmal Kammertheater gespielt wurde. Die gesamte Anlage hat durch ihre Fünfziger-Jahre-Einrichtung ein wunderbar entrücktes und träumerisches Flair, am nächsten Tag gehen Alberto und ich noch einmal hin und lassen dort französische Chansons aus diesen Jahren laufen. Das Ergebnis ist überraschend: Das alte Kino scheint – wie in einer der märchenhaften Erzählungen von Saint-Exupéry – von diesen Melodien getragen zu werden und ins Weltall zu schweben, wo ein kleiner Sputnik nach dem andern es wie im Kinderwunderland lautlos umkreist.

  – *Dieses Kino ist eine große Entdeckung,* sage ich.
  – *Du meinst für Dein Buch?*
  – *Ja, das auch. Aber es ist noch viel mehr.*
  – *Es ist ein gut erhaltenes, seltenes Stück Kinogeschichte.*
  – *Nein, das meine ich nicht. Es ist ein geradezu idealer Raum für ein Restaurant.*
  – *Wie bitte?*

— *Aber ja, das ist es. In einer Hälfte des Foyers bringt man die Küche unter, die Garderobe in der anderen Hälfte kann bleiben. Ein paar Schulmädchen aus Mandlica stehen an den Abenden dort und nehmen den Gästen die Mäntel ab, und dann gehen die Gäste durch die weit geöffnete, große Flügeltür in einen Raum, in dem acht bis zehn Tische stehen und französische Chansons laufen. Manchmal wird während des Essens auf der großen Leinwand ein Film gezeigt, lautlos oder mit einer Begleitmusik. Was hältst Du davon, Alberto?*

— *Die Idee ist genial. Aber wer soll so etwas finanzieren und einrichten?*

— *Ich, Alberto. Ich werde das in Angriff nehmen.*

— *Das ist nicht Dein Ernst, Beniamino.*

— *Wir werden noch häufig darüber sprechen, Alberto, und dann wirst Du sehen!*

Als ich wenig später mit Enrico Bonni bei Lucio zum Mittagessen sitze, habe ich einen ersten Entwurf für das Restaurant dabei. Ich habe ihn selbst gezeichnet, und ich habe mich dabei von einem Architekten des Ortes beraten lassen, den ich bereits vor Wochen in den Kreis meiner Dialogpartner aufgenommen habe. Er heißt Giulio Frattese, ist etwas über dreißig und glaubt, dass die Behörden nichts gegen einen solchen Plan einwenden können. (Im Ernstfall würde er die Bauplanung übernehmen.)

Ich spreche Enrico Bonni aber nicht sofort auf diesen Plan an, sondern warte, bis er mit seinen eigenen, ehrgeizigen Plänen und all ihren Details herausrückt. Natürlich habe ich nicht erwartet, mit Enrico Bonni allein zu Mittag zu essen, ich habe an einen größeren Kreis von Planungsstrategen aus dem Ort (mit Matteo Volpi an der Spitze) gerechnet, stattdessen sitze ich wahrhaftig mit Bonni an genau jenem Zweiertisch, an dem ich vor nun schon einiger Zeit einmal mit Paula gesessen habe. Lucio nimmt leise, dezent und überaus charmant unsere Bestellungen entgegen, dann verschwindet er und überlässt die Zeremonien seinen Kellnern.

Warum sitze ich aber mit Enrico Bonni allein? Ich bin sehr gespannt und erfahre eine durch und durch kuriose Geschichte. Es geht nämlich um niemand anderen als Antoine Griolet, den französischen Finanzbeamten, dem ich zusammen mit seiner Frau an einem unvergesslichen Tag einmal einen Vortrag über Leben und Werk des Nobelpreisträgers gehalten habe. Monsieur Griolet war aber anscheinend nicht nur wegen seines Hobbys (*Der Nobelpreis und seine Preisträger*) in Mandlica, nein, er war auch aus beruflichen Gründen hier. In seinem Berufsalltag arbeitet Monsieur nämlich unter anderem für eine kulturelle Institution der EU, in der er die ehrenvolle Aufgabe hat, Frankreichs Interessen zu vertreten. Diese Institution hat nun über jene Gelder zu entscheiden, die Enrico Bonni für das große Mandlicaner Bauprojekt beantragte. Bonni hat lange mit Griolet gesprochen, er hat ihn (*für eine angenehme Ferienwoche im besten Hotel der Stadt, eine hübsche Yacht aus unserem Yachthafen würden wir Ihnen und Ihrer geschätzten Gemahlin natürlich zusätzlich zur Verfügung stellen*) nach Mandlica eingeladen, und er hat überhaupt alle Geschütze aufgefahren, die Griolet beeindrucken können. Angeblich war Griolet auch wahrhaftig beeindruckt (*und spielt jetzt bereits mit dem Gedanken, hier bald Ferien zu machen*), angeblich äußerte er aber auch in einem entscheidenden Punkt seine Kritik: Antoine Griolet hält Matteo Volpi nicht für die ideale Person, das Projekt bei den Gremien der EU zu präsentieren.

– *Aber warum denn nicht?* frage ich nach (während ich einen kleinen *Pastaauflauf mit Seeigelfleisch und Thunfischrogen* esse).
 – *Monsieur Griolet hält unseren freundlichen Volpi für zu zurückhaltend und, na ja, für zu bescheiden. Er glaubt, Volpi könne bei den Leuten der EU nicht richtig glänzen, rhetorisch nicht und von den Kenntnissen her auch nicht. Volpi sei der typische italienische Bürokrat, gediegen und konservativ bis auf die Knochen, aber ohne Schwung und Elan. Was meinen Sie, Sie haben inzwischen doch auch mit Volpi gesprochen, was denken Sie über ihn?*
 – *An Griolets Überlegungen ist etwas dran*, sage ich (und nehme einen gut gekühlten Schluck Weißwein aus den Lavaregionen des Ätna). *Andererseits könnte Volpis Gediegenheit und sein enormer Fleiß aber auch Eindruck machen, das weiß man nie. Es kommt auf die Zusammensetzung der Gremien an. Griolet soll uns die Leute, die über das Projekt abstimmen, einmal nennen und zu jeder Person einen kurzen Kommentar abgeben. Dann wissen wir, ob wir Volpi in diese Raubtier-Arena schicken oder lieber nicht.*

Ich trinke zu rasch, der Weißwein ist vorzüglich. Ich wechsle zu Mineralwasser und trinke wieder zwei Gläser direkt hintereinander. Das Gespräch verursacht in mir einen Durst, der auf meinen Schwung und meine Lust, eine seltene, herrliche Rolle zu spielen, reagiert. Ist das alles hier in Lucios Restaurant nicht bestes Kammertheater? Und bin ich in diesem Stück nicht die einzige Figur, die nicht auf eine Rolle festgelegt ist? Ich spreche bereits von einem *wir* und von einem *uns*, und meine Kommentare lassen an Eindeutigkeit nichts zu wünschen übrig. Und so rede ich Matteo Volpi vorläufig einmal ins zweite Glied und mache ganz vorn, im ersten Glied, Platz für eine neue *Führungspersönlichkeit*. Ich warte auf das Wort, ich sehne mich danach, dass Enrico Bonni es ausspricht, und dann tut er es wirklich.

— *Im schlimmsten Fall, den ich aber keineswegs herbeireden möchte, brauchen wir eine neue Führungspersönlichkeit*, sagt er und schaut mich ganz direkt an.
 — *Wir sollten zumindest eine in der Reserve haben, damit wir im Notfall nicht in die Verlegenheit kommen, lange nach einer suchen zu müssen.*
 — *Exakt!* sagt Enrico Bonni und streckt seinen perfekt durchtrainierten Marathonkörper durch, den heute ein weißes Baumwollhemd mit den feinsten blauen Streifen der Welt schmückt. Er schenkt etwas Wein nach, er räuspert sich und sagt plötzlich sehr leise:
 — *Ich denke, Sie wären der richtige Mann für diese Aufgabe. Ein begnadeter Wissenschaftler wie Sie und dazu eben kein Sizilianer, sondern ein Deutscher! Das macht Eindruck, das erweckt den Anschein, als hätten wir eine unabhängige Person des Geisteslebens gewählt, die den Blick frei hat und in keinem Moment korrumpierbar ist. Sie wissen, wovon ich spreche.*

Ich tue überrascht und gerührt und bedanke mich bereits, ohne dass ich zugesagt hätte. Ich genieße diesen Moment (*und das ist mein Ernst*) als einen großen Moment in meinem Leben. Wenn ich jetzt meine Brüder in Köln anrufen würde und ihnen erzählte, was gerade geschehen ist, würden sie mir niemals glauben. Unser Benjamin, an der Spitze eines großen EU-Projekts, mitten in Sizilien?! Unmöglich! Und was soll ich sagen? Sie haben recht, es *war* ja auch unmöglich, vor einiger Zeit wäre das noch undenkbar gewesen. Ich wäre mitten im Gespräch mit Enrico Bonni davongelaufen, ach was, es wäre nie zu einem solchen Gespräch gekommen! Keiner in Mandlica wäre auf meine eigensinnigen Forschungen aufmerksam geworden, ich hätte meine Zeit in den Zimmern unter dem Dach einer kleinen Pension zugebracht und wäre dann unbemerkt wieder abgereist!

Das Gespräch mit Bonni aber zeigt mir, wie sehr ich mich verändere und mich bereits verändert habe. Hier in Mandlica ist aus dem extrem scheuen Ethnologen Benjamin Merz, der bei seiner Ankunft auf Sizilien nicht einmal einen Wortwechsel mit den Stewardessen seines Fluges hinbekam, ein anderer Mensch geworden. Ein Mensch, dem man zutraut, Gremien und Kommissionen zu leiten und vor hohen Institutionen der EU zu reden! (*Bin ich mir da ganz sicher? Könnte es nicht wieder Rückfälle geben? Ja, es stimmt, es könnte wohl noch Rückfälle geben.*)

– *Sie sind also im Notfall bereit?* fragt Bonni nach.
 – *Grundsätzlich ja*, antworte ich. *Wir müssten die Details natürlich noch genauer besprechen und schriftlich fixieren. Für*

einen Teller Pasta arbeite ich nicht, und ich brauche eine kleine Mannschaft, mit der ich mich gut verstehe.

– *Haben Sie schon jemandem im Auge?*

– *Ja, sage ich, ich denke an Alberto, den Buchhändler, an Giulio Frattese, den Architekten, und an eine ältere Mandlicanerin, deren Namen ich noch nicht nennen möchte. Sollte ich die Aufgabe übernehmen, werde ich als Erstes nach Lyon fahren, um mit Griolet länger zu sprechen.*

– *Woher wissen Sie, dass er in Lyon wohnt?*

– *Ich kenne ihn gut, ich habe mich hier in Mandlica mit ihm getroffen.*

– *Das ist aber jetzt doch ein Scherz, nicht wahr? Sie machen Witze!*

Ich ziehe mein Portemonnaie aus der Hosentasche, öffne es und hole Griolets Visitenkarte heraus. Ich lege sie neben Bonnis Teller, auf dem sich jetzt das Hauptgericht (*Rouladen von der Kalbslende mit Meerfenchel*) befindet. Ich genieße, wie er stutzt und die Karte von vorn und hinten studiert, und ich sehe, wie sein leicht alkoholisiertes Lächeln wächst und er Züge eines hellenistischen Eroberers annimmt.

– *Das ist ja nicht zu glauben*, sagt er, *Sie lassen mich reden und reden, und Sie selbst haben längst die Kontakte geknüpft. Worüber haben Sie denn mit Griolet gesprochen?*

– *Über sizilianische Lyrik*, antworte ich. *Ich habe seiner Frau und ihm einen Vortrag über die selten schönen Verse unseres Nobelpreisträgers gehalten.*

– *Von Lyrik verstehen Sie also auch etwas?*

– *Natürlich, Sie sollten doch wissen: Stilisten vom Schlage Cäsars verstehen auch etwas von den Versen Ovids.*

Dieser Satz hatte noch gerade gefehlt. Als Enrico Bonni ihn hört, lacht er wieder so laut, dass alle Gäste im Restaurant sich nach ihm umdrehen. Und da ihn die meisten kennen, beginnen nun auch die Gäste zu lachen. *Unser Bürgermeister lacht! Es geht ihm gut! Prosten wir ihm doch zu! Und vergessen wir seinen deutschen Tischnachbarn nicht! Salute! Salute!* Enrico Bonni und ich – wir heben unsere Gläser und prosten den anderen Gästen zu, selbst Lucio ist aus der Küche herbeigeeilt und öffnet vorsichtshalber eine weitere Flasche für unser kleines Gelage.

Beim Dessert (*Espressosorbet mit Sesamtorrone*) hole ich meine Kinopläne heraus und stelle Enrico Bonni den Grundriss meines neuen Restaurants vor.

— *Sie wollen hier ansässig werden?* fragt er.

— *Wenn Sie mir eine Baugenehmigung geben, vielleicht*, antworte ich.

— *Sie erhalten von mir alle Baugenehmigungen der Welt*, flüstert er. *Aber wollen Sie dieses Restaurant etwa allein betreiben?*

— *Natürlich nicht*, sage ich. *Ich kann nicht ausreichend gut kochen, deshalb werde ich mit einer Frau zusammenarbeiten, die sich bestens auskennt.*

— *Und wer ist es?*

— *Ich sage noch nichts*, antworte ich.

— *Gut, dann eben nicht, aber irgendwann müssen Sie das Geheimnis lüften.*

— *Wenn ich mein Amt antreten sollte.*

— *In Ordnung. Aber noch eins: Weiß Lucio von Ihrer Restaurantidee?*

— *Nein, weiß er nicht.*

— *Sie wird ihm ganz und gar nicht gefallen.*
— *Wissen Sie was, lieber Bonni?! Sie soll ihm auch nicht gefallen, sie soll ihm ganz und gar nicht gefallen! Und das hat sogar einen Grund, glauben Sie mir.*

Enrico Bonni stockt und lächelt wieder, aber jetzt ist es ein beinahe schütteres Lächeln, ein Lächeln hinter dem Vorhang eines Gesichts, das sich kaum noch unter Kontrolle hat. *Rasch einen starken Kaffee für meinen neuen Freund,* denke ich, *und für mich eine Antico toscano!*
— *Man wird aus Ihnen wirklich nicht schlau!* sagt Bonni beim Kaffee.
— *Warten Sie nur ab, Bürgermeister,* antworte ich, *bald wird Ihnen alles klar sein, strand- und sandklar, meeresklar!*

19

Ich warte im Innenhof des Kastells auf Adriana Bonni, aber sie verspätet sich. Nach mehr als zwanzig Minuten will ich wieder gehen, als sich die nur angelehnte Tür des Kastells langsam öffnet und eine junge Frau erscheint, die sofort stehen bleibt. In der Umgebung der Tür ist es sehr dunkel, deshalb zögert sie, weiterzugehen. Ich gehe ihr ein paar Schritte entgegen, da erkennt sie meine Gestalt und kommt auf mich zu. Schon während sie näher kommt, glaube ich zu ahnen, wen ich vor mir habe. Das ist kein achtzehnjähriges Schulmädchen, das ist eine junge Frau, die zwar noch nicht ganz genau weiß, was sie will, aber klar und entschieden denkt. Sie hat ein flächiges, charaktervolles Gesicht (das mich an Frauengestalten des Malers Botticelli erinnert), und sie hat lange, blonde, in der Nachtluft leicht wehende Haare. Sie trägt ein dunkelblaues Kleid, und am linken Arm glänzt ein goldener Armreif. Eine kleine Umhängetasche, ebenfalls links, sonst nichts.

Sie steht, denke ich, ganz am Anfang einer eigenen Geschichte, ja, sie sucht genau danach: nach den ersten, grundlegenden Themen einer eigenen Geschichte. Sie ist nicht das Mädchen, das mit Freundinnen nachmittags durch den Ort zieht und über die Jungs, die neusten Songs, die erfrischendsten Getränke oder die schärfste Mode spricht. Sie ist aber auch nicht die schulische Streberin, die ihre Zeit zu Hause verbringt, um zu lernen und den besten Notendurchschnitt von allen zu bekommen. Eine sehr gute Schülerin ist sie dennoch, aber das Lernen fällt ihr so leicht, dass sie dafür nicht lange braucht. Ich stelle mir vor, dass sie ein paar ausgefallene Hobbys ausübt, sie hat vielleicht professionell tanzen gelernt, oder sie treibt sonst einen raren, nicht sizilianischen Sport, etwas wie Badminton oder Beach-Volleyball (*Beach-Volleyball? Benjamin, ist das Dein Ernst?*).

Sie hat keinen Freund, und der ganze Komplex *Sex und Freundschaft mit Jungen* ist für sie derart kompliziert, dass sie lieber gleich die Finger davon lässt. Sie weiß nicht, wie sie mit den Jungs zurechtkommen soll, sie will nicht angebetet werden, und sie will niemanden so lieben, dass sie darüber die Selbstachtung verliert. Wenn sie sich etwas wünschen dürfte, dann wäre es eine gute Freundschaft mit gelegentlichem Sex, aber der Freund sollte etwas älter als sie sein und am besten ein Student mit einer vernünftigen, aber nicht übertrieben großen Portion Intelligenz. Sie selbst hat davon so viel, dass es sie manchmal erschreckt, sie weiß nichts anzufangen damit, sie weiß aber auch, dass sie dieser großen Intelligenz etwas schuldet: eine eigene Geschichte, einen Lebensplan. Weil sie danach sucht, ist sie hier, sie möchte von mir einen Rat, das ist es. (*Bist Du ganz sicher? Ja, absolut.*)

Wir geben uns die Hand, und sie lächelt nicht. Sie ist auch sonst keine Spur verlegen, sondern wirkt eher wie, sagen wir, eine junge Architektin, die mit mir zu einem Besichtigungstermin verabredet ist. Wenn ich ein Mann in ihrem Alter wäre, würde ich mich wohl platonisch in sie verlieben. Sie wäre die schönste, junge Frau der Region, aber ich würde von vornherein wissen, dass jede Werbung an ihr abprallen würde. Wäre ich ein Mann um die dreißig, würde ich nach etwas sehr Seltenem (*Karfreitagsliturgien in Trapani mit der berühmten Trauermusik sizilianischer Blaskapellen? Das Konzert einer sizilianischen Sängerin in der Nachfolge Rosa Balistreris in einem der altgriechischen Tempel von Agrigent?*) suchen und sie dazu einladen. Sie würde die Einladung annehmen, aber nicht meinetwegen, sondern weil sie sich *das Seltene* nicht entgehen lassen möchte.

Sie lebt nämlich vom *Seltenen*, das ist ihre große Chance und ihr großes Problem. Als ein sizilianischer Mann, der viel älter als sie wäre, bliebe ich zu ihr auf Distanz, obwohl mich ihre Art und ihr ganzes Wesen stark anziehen würden. Die Anziehung käme dann daher, dass man sich diese junge Frau als eine ideale Begleiterin auf Reisen vorstellen könnte. Sie wäre neugierig und klug, sie würde sich umschauen und sich nichts entgehen lassen, sie wäre auch hier hinter dem *Seltenen* her, und es würde einfach großen Spaß machen, mit ihr unterwegs zu sein. Bei Tisch wäre sie eine einfallsreiche Gesprächspartnerin, alles würde sie interessieren, einfach alles, und sie würde jedes erdenkliche Wissen gierig aufsaugen und sich sogar gefallen lassen, dass man ihr dieses Wissen präsentieren und sie durch die Ländereien des Denkens führen würde. Genau darin bestände ein zusätzlicher Reiz für einen älteren Mann: dieser jungen Frau so manches zeigen und dabei genießen zu dürfen, wie ein junger Mensch die großen Lebensthemen zum ersten Mal erkennt und begreift. (*Das erotische Moment der Lehre besteht genau darin.*)

Ich *bin* ein etwas älterer Mann. Genauer gesagt, bin ich etwa zwanzig Jahre älter als sie. Sie kommt zu mir, weil es sie nach so etwas wie einer *Lehre* verlangt. Die Bedingungen stimmen also. Ich bin aber kein Sizilianer, und ich habe nicht vor, mit dieser jungen Frau irgendeine komplizierte Beziehung einzugehen. Ich möchte mit ihr überhaupt keine Beziehung eingehen, ich befinde mich nämlich gerade selbst am Anfang einer Beziehung, wie ich sie mir nicht schöner vorstellen könnte. Nein, eine weitere Beziehung kommt nicht in Frage. Ich sage mir das so deutlich, weil ich die Anziehung und das erotische

Moment durchaus spüre. Mein Gott, ich bin mit dieser sizilianischen Schönheit mitten in der Nacht allein in einem sizilianischen Kastell, wie sollte ich da das erotische Moment nicht in jeder Sekunde spüren?

Sie sagt ein paar Sätze und entschuldigt sich für die Verspätung. Sie flüstert nicht, sondern spricht so deutlich und klar, dass ich ihr Italienisch im Stillen fast als *Schulbuch-Italienisch* bezeichnen würde. (Die Bezeichnung rührt daher, dass sie ohne jedes Stocken und scheinbar ohne weiteres Nachdenken hyperkorrekte Sätze formuliert, die wie Sätze aus einem Lehrbuch erscheinen). Erst jetzt bemerke ich, dass sie fast genauso groß ist wie ich, ich deute auf die beiden Stühle, die ich zusammen mit einem Tisch in dem hinteren Teil des Innenhofs platziert habe, dann gehen wir zusammen dorthin. Sie sagt nichts weiter, sie lauscht, sie ist gespannt darauf, was ich als Erstes frage oder sage. Und ich frage und sage, was mir nach meinen ersten Eindrücken durch den Kopf geht:

– Sie haben vor, im Herbst mit dem Studium zu beginnen?
– Ja, aber woher wissen Sie das?
– Denken Sie bitte nicht darüber nach, woher ich dieses oder jenes weiß. Es sollte Sie nicht beeinflussen und erst recht nicht stören. Beantworten Sie einfach nur meine Fragen. An welches Studium denken Sie?
– An ein Studium der alten Sprachen Griechisch und Latein oder an ein Studium der Architektur.
– Sie haben in Griechisch und Latein Bestnoten?
– Ja, das habe ich.

— *Wir könnten uns auch in Griechisch oder Latein unterhalten?*

— *Ja, könnten wir.*

— *Oh, wie schade, dass ich Griechisch und Latein nicht gut genug spreche, Sie haben mir da etwas Wunderbares voraus.*

— *Sie brauchen sich nicht zu entschuldigen, niemand spricht in dieser Gegend Griechisch oder Latein. Selbst meine Lehrer sprechen es nicht besonders gut.*

— *Und warum sprechen Sie es so gut?*

— *Das weiß ich selbst nicht genau. Griechisch und Latein sind meine Sprachen, manchmal denke ich, ich bin unter Griechen und Römern aufgewachsen.*

— *Sie haben also neben Sizilien noch eine zweite, vielleicht noch viel größere Heimat.*

— *Ja, die habe ich! Es ist sehr schön, dass Sie es so sagen.*

— *Das ist schön für Sie, weil viele Menschen in Ihrer Umgebung auch etwas anderes sagen, nicht wahr? Diese Menschen sagen, dass Griechisch und Latein tote Sprachen seien und dass es sich heutzutage nicht lohnen würde, solche toten Sprachen zu studieren. Ihr Vater zum Beispiel sagt das, und er sagt es, obwohl er zum Beispiel für die lateinischen Klassiker durchaus schwärmt.*

— *Mein Vater kann für vieles schwärmen, vielleicht ist das Schwärmen überhaupt seine stärkste Seite.*

— *Sie haben mit dem Schwärmen aber Probleme, nicht wahr? Sie schwärmen nicht, Sie tolerieren das Schwärmen, aber Sie selbst schwärmen nicht.*

— *Woher wissen Sie das?!*

— *Wenn Sie Gegenfragen stellen, kommt unsere Unterhaltung nicht voran, ich sagte Ihnen das schon. Also, es stimmt, Sie schwärmen nicht. Ihre Liebe zur griechischen und lateinischen*

Literatur ist keine Schwärmerei, sondern eine Liebe zum Seltenen, die mit Arbeit und Lernen zu tun hat. Griechisch und Lateinisch gut sprechen zu können ist etwas Seltenes und mit Arbeit verbunden, Sie heben sich dadurch von anderen Menschen ab. Haben Sie viele Freundinnen?

Wir setzen uns, und ich genieße dieses Gespräch bereits jetzt. Sie ist niemand, der jetzt mit Wendungen wie *ach, mein Gott!* oder *Was Sie nicht alles wissen!* Komplimente austeilt, sondern sie hört sich alles genau an, wägt es ab und antwortet mit klaren Aussagen und ohne alle Jungmädchenallüren. Sie antwortet, dass sie drei bis vier Freundinnen habe, dass es aber keine wirklich guten Freundinnen, sondern nur Mitschülerinnen seien, mit denen sie *eine Art Freundschaft* auf begrenzte Zeit eingegangen sei. Nach Jungs frage ich nicht, ich möchte sie nicht in Verlegenheit bringen (und außerdem glaube ich ja, Bescheid zu wissen). Ich frage sie nach dem zweiten Studienfach, über das sie nachdenkt, nach Architektur, und heraus kommt (nach einigen guten, mit Bedacht nicht gezielt auf das Thema zusteuernden Fragen), dass sie ihren Vater in den letzten Jahren manchmal zu Besichtigungen von Bauland sowie von Neu- oder Umbauten begleitet hat (ihr Vater ist auch Vorsitzender des städtischen Bauausschusses.). *Architektur* ist im architektonisch überalterten Mandlica ein großes Thema, deshalb wäre das auch etwas für sie. (*Architektur* wäre aber auch ein *Vater-Thema*, während *Griechisch und Latein* ein *Ego-Thema* wäre. Was ist aber mit Ihrer Mutter? Warum taucht sie nicht auf?)

— Gibt es noch etwas Drittes, das Sie interessieren könnte?
— Ja, das gibt es.
— Und dieses Dritte wäre?
— Es wäre das Fach Ethnologie.

Darauf bin ich nicht gekommen, und darauf wäre ich nie gekommen. *Ethnologie* ist auf dieser Insel ein absolutes Fremdwort, niemand hier hat je davon Genaueres gehört. Es ist etwas vollkommen Rares – und, na bitte, es ist ... *etwas Seltenes!* –, ich hätte also doch darauf kommen können, dass sie sich für Ethnologie interessiert. Sie glaubt jedoch, dass ich ihr Interesse an Ethnologie für ein oberflächliches Interesse halten könnte, obwohl sie solche oberflächlichen Interessen nicht hat. Wenn sie von Ethnologie spricht, hat sie sich bestimmt informiert und längst auch ethnologische Klassiker gelesen. Da wette ich, und mit einer Frage genau danach mache ich weiter.

— Sie haben also Malinowski gelesen? frage ich.

— Ja, antwortet sie und beginnt nun wahrhaftig, mir zu erklären, was sie an Malinowski und seiner Theorie zur *Teilnehmenden Beobachtung* so beeindruckt hat. (Sie spricht wieder fehlerfrei und ohne Stocken, es ist ein Sprechen wie das einer überaus klugen Assistentin in einem universitären Seminar. Sie bringt jetzt mal eben fünf Minuten gezielter Information in das Seminar ein, sie nimmt dem gelangweilten Professor, der es leid ist, immer weiter Standardwissen zu vermitteln, diese Informationsnummer ab. Und sie macht es natürlich besser, als er es hätte machen können.)

Ich unterbreche sie vorsichtig und platziere eine Frage, die von der Ethnologie etwas wegführt:

— *Zu welchem Ihrer drei Studienpläne rät denn Ihre Mutter?*

— *Meine Mutter ist Sängerin, sie ist viel auf Tournee. Sie ist enttäuscht, dass ich keine Musik mache wie sie. Sie hält Musik für das einzige Wichtige im Leben, alles andere ist sinnlos, Nirwana, diffuses Gehampel. Sie hat mir aber nie gesagt, dass sie enttäuscht sei, wenn ich mich für etwas anderes entscheide, sie sagt so etwas nicht. Ich verstehe mich sogar sehr gut mit ihr, und manchmal begleite ich sie auf ihren Tourneen. Für mich sind wunderbare Erfahrungen damit verbunden. Aber bei meinem Studium kann sie mir leider nicht helfen.*

— *Ihre Mutter singt auf den großen Bühnen? Sie singt in Venedig oder sogar in Mailand?*

— *Ja, das auch. Sie singt aber vor allem in den vielen kleinen Opernhäusern, die es auf dem italienischen Festland gibt. Ich weiß nicht, ob Sie wissen, wie viele es davon gibt. Touristen kennen sie meist nicht, aber es gibt sie.*

— *Ich würde mich nicht als Touristen bezeichnen, aber Sie haben recht, ich weiß von all diesen Opernhäusern nichts.*

— *Könnte man über dieses Thema eine ethnologische Studie schreiben? Das würde mich sehr interessieren.*

Mich auch! hätte ich beinahe laut gesagt, denn natürlich ist dieses Opernhausthema ein geradezu ideales Thema für ethnologische Forschung. Ich brauche bloß daran zu denken, und schon entsteht in meinem Kopf eine erste Gliederung. Wie zielsicher Adriana Bonni das gewittert hat! Allein diese Witterung ist bereits eine Meisterleistung!

Ich sage einen langen Moment nichts, diese Wendung der Dinge macht mich sprachlos. Sprachlos und unsicher, denn durch die Entwicklung des Themas *Ethnologie* platziert sich Adriana Bonni direkt an meiner Seite. (Sie rückt näher, sie referiert bereits die ersten Thesen ihrer Forschung, und sie nennt das Thema für ihre Dissertation. Ab jetzt werde ich sie für einige Zeit an meiner Seite haben. Ich werde sie betreuen, ich werde ihre Dissertation mit ihr entwerfen, mit der Zeit wird aus uns beiden vielleicht ein wissenschaftliches Team werden, wobei – ebenfalls mit der Zeit – schließlich die Jüngere den zwanzig Jahre Älteren mitziehen und zu Höchstleistungen anstacheln wird. Arbeitsteams solcher Art, das belegen viele Beispiele von Biografien ethnologischer Forscherinnen und Forscher, münden beinahe immer auch in die Ehe oder ein festes Zusammenleben. *Ethnologischer Sex?* Ja, das soll es geben, ich mag es mir aber nicht vorstellen.)

Während dieser hastigen, konfusen Nebengedanken suche ich nach einem sofortigen Ausstieg aus diesem Themenfeld. (*Ich will das alles nicht*, denke ich mehrmals, *ich will dieser Sache entkommen, ich will nicht ein paar Jahre oder noch mehr mit Adriana Bonni auf Teufel komm raus forschen.*)

— *Schade, dass wir hier nichts zu trinken haben*, sage ich.

— *Ja, sehr schade*, antwortet sie, *aber ich bitte Sie zu verstehen, dass ich mich draußen, im Ort, mit Ihnen nicht zeigen kann. Das geht einfach nicht. Sollten Sie aber auf meinen Vorschlag eingehen, können wir uns im Ort so oft treffen und sprechen, wie es nötig ist.*

— Welchen Vorschlag meinen Sie?

— Ich möchte Sie bitten, in den nächsten Wochen bei Ihnen ein ethnologisches Praktikum machen zu dürfen. Dadurch erhalte ich eine genauere Vorstellung von diesem Fach und weiß dann rechtzeitig zu meinem Studienbeginn im Herbst, ob ich es wirklich studieren möchte.

(Na bitte! Ich habe es geahnt! Sie will mich begleiten, sie will von mir lernen und nochmals lernen. Geht so etwas? Könnte sich daraus etwas Fatales ergeben? Ich habe mich in diese junge Frau nicht »verguckt«, nein, wirklich nicht, ich bin in eine ältere Frau sehr heftig verliebt. Das sollte mich gegenüber der jüngeren immunisieren. Aber ich kenne mich mit diesen Dingen nicht aus. Ich weiß, dass es in der Literatur viele Fälle von Dreiecksgeschichten gibt, die am Anfang gar keine Dreiecksgeschichten waren, dann aber zu welchen wurden und immer schlimm ausgingen, mit Selbstmord oder anderen lächerlichen Pathos-Attacken.)

Ich antworte wieder nicht sofort, sondern denke kurz nach. Einerseits reizt es mich sehr, zu verfolgen, wie eine junge, intelligente Frau wie Adriana Bonni in das Fach Ethnologie einsteigt und Fortschritte macht, andererseits ist dieses Projekt nicht ungefährlich. Ich weiß einfach nicht, wohin es führt, ich meine jetzt nicht im Privaten, Liebestechnischen, sondern hier in Mandlica. Was werden die Leute, die mich schätzen gelernt haben, dazu sagen? Keine Ahnung, nein, diesmal habe ich wirklich keine Ahnung. Und weil ich nicht weiter weiß, werde ich vor einer Entscheidung mit ein paar Leuten sprechen. Mit Alberto, mit Adrianas Vater und natürlich mit Paula.

— *Haben Sie über Ihren Vorschlag bereits mit Ihrem Vater gesprochen?* frage ich.
— *Nein,* antwortet sie.
— *Was vermuten Sie, wie wird er reagieren?*
— *Es wäre ihm lieber, wenn ich ohne Umwege Architektur studieren würde, aber er wird keine Einwände erheben.*
— *Und wieso nicht?*
— *Erstens erhebt er meist keine Einwände gegen Dinge, die ich mache, auch wenn diese Dinge manchmal etwas verquer sind. Und zweitens hat er eine so hohe Meinung von Ihnen, dass er es für eine besondere Ehre halten würde, wenn ich bei Ihnen ein Praktikum machen dürfte.*
— *Und Ihre Mutter?*
— *Meine Mutter wäre von einer großen ethnologischen Studie über die kleinen Provinzopernhäuser Italiens begeistert.*
— *Hat sie das bereits gesagt?*
— *Nein, ich habe mit ihr auch noch nicht darüber gesprochen. Aber ich weiß genau, wie sie reagieren würde.*
— *Sie sind ein Einzelkind?*
— *Das wissen Sie also.*
— *Ja, das weiß ich. Und nun sage ich Ihnen, ganz direkt, wie Sie es sich nach meiner Ansicht wohl auch wünschen: Sie machen auf mich einen sehr starken Eindruck. Sie sind eine kluge, konzentrierte und interessante junge Frau, Sie können alle drei Fächer studieren. Für ein Studium sind Sie bestens gerüstet, und Sie sind den Gleichaltrigen um viele Jahre voraus. Aber das brauche ich Ihnen eigentlich gar nicht zu sagen, weil Sie es nämlich längst selbst wissen. Überhaupt wissen Sie vieles bereits*

selbst. Sie sind keine Frau, der man noch viel über das Leben erzählen muss, Sie kennen sich fast überall bereits sehr gut aus. Aber Sie sind vielleicht etwas zu ernst, eben weil Sie sich auskennen und weil Sie das, was Ihre Frau Mutter »das Gehampel« nennt, zum großen Teil ebenfalls als »Gehampel« empfinden. »Gehampel« nervt und ist verlorene Zeit. Viele Menschen beschäftigen sich ihr ganzes Leben ausschließlich damit. Sie werden so etwas nicht tun, Sie werden sich mit dem Seltenen beschäftigen. Das ist Ihr Metier, das Seltene. Schon dass wir jetzt hier im Dunkel des Kastells miteinander sprechen, zeigt, wie zielstrebig und passioniert Sie sind. Bestimmt sind Sie eine leidenschaftliche Frau, im Lernen, im Denken, im Forschen. Wie es damit im Leben aussieht, darüber erlaube ich mir kein Urteil. Die Art, wie Sie vorgehen, gefällt mir jedenfalls sehr. Aber ich kann Ihnen jetzt noch keine Zusage geben. Ich muss mir das überlegen, und wenn ich Ihnen eine Absage erteile, dann liegt das nicht an Ihnen oder daran, dass ich Sie nicht für geeignet hielte, sondern an anderen Dingen, über die ich nicht reden möchte. Ich denke, Sie haben dafür Verständnis. Soweit. Das war's. Ich werde Sie wieder anrufen und Ihnen dann meine Entscheidung mitteilen. Sind Sie damit einverstanden?

Ich habe an einem Stück geredet, *in Schulbuchmanier*, ohne Stocken. Ich selbst finde meinen Text gar nicht so schlecht, jedenfalls habe ich vorläufig mein Bestes gegeben. Ich habe sie gelobt, wie es sich gehört, und ich habe nicht drumherum geredet, sondern klar und deutlich gesprochen. Ich bin sicher, dass ihr so etwas imponiert. Sie sagt aber nichts, sondern steht nur still von ihrem Stuhl auf. Sie bewegt sich nicht weiter, sie blickt zu Boden (was sie zuvor kein einziges Mal getan hat). Dann sehe ich, dass sie ein klein wenig schwankt. Es ist nur eine Nuance und dauert nicht länger als ein Atemzug. Irgendetwas stimmt nicht mit ihr, deshalb stehe ich auch auf. Wir stehen einander gegenüber, als sie sagt:

— *Ich danke Ihnen sehr. Noch nie hat mir jemand so etwas Schönes gesagt. Sie sind ein sehr feiner Mensch.*

Zum dritten Mal macht sie mich in dieser Nacht sprachlos. Ich bin *ein sehr feiner Mensch?* Das hat noch niemand zu *mir* gesagt. (Es macht mich auch verlegen, so etwas zu hören. Abstreiten kann und will ich es nicht, aber sollte ich dagegen nicht etwas sagen, denn es ist eindeutig zu hoch gegriffen? Oder hat sie vielleicht sogar recht?) Sie nimmt mir alles Nachdenken ab, indem sie einen Schritt auf mich zugeht und mich zum Abschied auf die rechte und linke Wange küsst. Zum ersten Mal lacht sie. Und sie sagt:

— *Sie haben mich sehr froh gemacht, wissen Sie das?*
— *Das freut mich. Jetzt sind Sie endlich durch mit Ihrem Ernst, jetzt lachen Sie wieder. Das ist gut.*
— *Melden Sie sich bald?*
— *Wie viel Zeit geben Sie mir?*
— *Eine Woche, ist das genug?*
— *Ja, ist es. Ich melde mich. Aber was tun Sie jetzt noch, so spät am Abend? Lassen Sie mich raten! Sie fahren nach Hause und lesen noch ein paar Zeilen griechische Klassik?*
— *Diesmal irren Sie sich.*
— *Sie gehen noch ein wenig mit Ihrem Vater in Mandlica aus?*
— *Das allerdings stimmt ...*
— *Dann stelle ich noch eine allerletzte Frage.*
— *Bitte sehr.*

— Sie sehen sportlich und gut durchtrainiert aus. Ich habe aber nicht die geringste Ahnung, welchen Sport Sie betreiben.
— Das können Sie auch nicht ahnen. Auf den Sport, den ich treibe, kommt kein Mensch.
— Und?! Was ist es? Worauf kommt kein Mensch?
— Ich spiele Beach-Volleyball, ich bin sogar sizilianische Meisterin in dieser Sportart.

Ich nicke stumm. Dann begleite ich sie zum Tor des Kastells. Ich winke ihr nach, als sie den abschüssigen Weg hinunter in die Innenstadt geht, und ich sehe einen Menschen, aus dem ich gern noch etwas schlauer werden würde.

III

Der Abend, die Nächte

*La nostra ora /
Scatta inavvertibile, affilato raggio
Nel labirinto armonico*

*Unsere Stunde /
Schlägt unbemerkt, gespitzter Strahl /
Im harmonischen Labyrinth*

I

Nach einer langen, scheinbar ewig währenden Hitzeperiode gibt es nun die ersten, schweren Gewitter. Sie dauern meist einen halben Tag und sind so heftig, dass man glaubt, nie zuvor ein Gewitter erlebt zu haben. Kurz bevor sie ausbrechen, regt sich der Wind, pfeift durch die Gassen und wirbelt alles vor sich her, was nicht zwei- oder dreimal befestigt oder angebunden ist. Die Läden der Geschäfte werden rasch geschlossen, die Auslagen draußen im Freien hastig in das Geschäft geräumt, alles duckt sich ins Dunkle weg und verharrt dort für die Zeit des Sturms.

Der trifft den Ort von allen Seiten und schlägt zu. Es ist ein trockener, rasender, kleiner Orkan, der aus lauter einzelnen, sich verirrenden Böen besteht, ein lauwarmer Brand, der Bäume entwurzeln, Dächer abdecken und den Müll der Straßen an den Rändern der größeren Plätze auftürmen kann. Unter lautem Krachen bricht ein Kiosk auseinander, ein Wagen stürzt eine abschüssige Straße zum Meer hinab, oder im Hafen zerschlägt es ein Boot an der Kaimauer. Eine Stunde später kommen dann die schrillen Blitze und die Explosionen des dumpfen Donners, schließlich setzt der Regen ein. Rasch anschwellende Sturzbäche, die flink wie eilige Katzen um jede Ecke schießen und so hastig die vielen Treppen zum Meer hinabfallen, als wollten sie den Ort mit hinabreißen.

Nach den ersten Gewittern wird es allmählich sogar etwas herbstlich. Die Temperaturen sinken um zehn, fünfzehn Grad, und manchmal hocken oben, am früher noch schwerblauen Himmel, graue, aufgedunsene Wolken, so missmutig und gelangweilt, dass man nicht hinschauen mag. Im Ort breitet sich eine verhaltene Trauer um den verschwundenen Sommer aus, ja sogar eine Sehnsucht nach Hitze (die vor einigen Tagen noch heftig beklagt wurde). Der Herbst bedeutet nicht nur unsicheres, sich laufend veränderndes Wetter, sondern auch Arbeit, viel Arbeit. In den Gärten und auf den Feldern wird jetzt geerntet, und in den hoch an den Steilhängen neben der Stadt gelegenen Weinbergen stehen kleine Menschengruppen und arbeiten sich von einem Weinstock zum anderen vor.

Meine Arbeit kommt ebenfalls sehr gut voran. Ich habe viele Gespräche geführt und bin dabei, die Tonaufnahmen durchzuhören und mir zu ihnen Notizen zu machen. Jedes Gespräch höre ich mindestens fünfmal an, ich achte auf jeden Verweis und jede Kleinigkeit und erstelle kurze Protokolle über die zur Sprache gekommenen Themen. So entstehen Vorfassungen des späteren Buches, für das ich wohl noch viel Zeit brauchen werde, denn noch nie habe ich so komplex und ideenreich gearbeitet. Im Vordergrund meiner jetzigen Untersuchungen stehen mehr als jemals zuvor die Biographien der einzelnen Menschen, während die großen Themen nicht das Hauptgewicht bilden. Aus den Biographien heraus soll also das Buch entstehen und sollen die einzelnen Themen dann weiter verfolgt werden. Dieser Zugang zu meinem Stoff wird sich in der Endfassung spiegeln. In ihr werde ich immer die Geschichten einzelner Menschen erzählen, und schließlich auch die größeren Themen in erzählender Form behandeln. (Ich nähere mich den *erzählerischen* Darstellungsformen der ethnologischen Meister, endlich werde auch ich zum *Erzähler*.)

Immer wieder verblüfft mich, wie gut die Einwohner von Mandlica das Erzählen beherrschen. Sie können es, als wären sie damit geboren worden, und sie haben nicht die geringste Mühe, verzweigte Sachverhalte konkret und anschaulich darzustellen. Selbst ältere Männer, die im Ort als schweigsam und etwas verstockt gelten, erzählen nach einigen Auflockerungsübungen mit großer Bereitschaft und als wären sie froh, endlich einmal länger sprechen zu dürfen. Genau hierin besteht die Macht meiner Fragen. Sie entlocken den Menschen Details und Geschichten, die sie zuvor nicht loswurden und die sie seit langem nur für sich behielten. Ich wittere solche Details und Geschichten relativ rasch, und wenn ich auf solche Details und Geschichten (*Nebenfiguren, übersehene Verwandte, Sehnsüchte nach bestimmten Erlebniszuständen*) gestoßen bin, versuche ich, zu den *Erzählzentren* vorzudringen.

Bei den *Erzählzentren* handelt es sich um *Urszenen* oder *Urkonstellationen* einer Biographie. Trifft man auf ein derartiges Zentrum, wird der Erzähler unruhig, beredsamer (oder aber plötzlich schweigsamer) als sonst, bricht häufig ab, setzt wieder neu an und zeigt überhaupt eine gewisse Angespanntheit oder Übererregtheit. (Sie rührt daher, dass er noch keine endgültige Fassung seiner Erzählung besitzt. Das Erzählte befindet sich vielmehr noch in einem kruden Rohzustand.) So etwas kann bei der Erwähnung einfachster und scheinbar unauffälliger, ja sogar nichtiger Details geschehen, denn schon ein einziger, winziger Pfirsich, den ein älterer Bruder einmal langsam durchschnitten und geteilt hat, ohne ihn dann wirklich mit dem jüngeren Bruder zu teilen, kann ein Leben vergiftendes Zeichen sein, das sich tief eingebrannt hat. *Eingebrannte Details* sind Zeichen, die man sich ein Leben lang merkt. In Momenten von Traurigkeit treten sie geradezu inflationär auf und bilden lauter kleine Ketten aus vielen Vorwürfen oder Abneigungen (Typische Redensarten sind dann: *Schon immer hat er/sie ... – Seit ich mich erinnern kann, war dies/das ...* – etc.).

Natürlich habe ich mich oft gefragt, wodurch das besondere Erzählvermögen der Mandlicaner Bevölkerung entstanden sein mag. Einige einfache Beobachtungen haben mir geholfen, diese schwierige Frage zu beantworten. (Und ich vermute nach einer längeren Unterhaltung mit Paula über genau dieses Thema, dass meine Antworten nicht nur auf Mandlica, sondern auf große Teile Siziliens, ja vielleicht sogar Italiens zutreffen.) Ich habe nämlich beobachtet, dass es in vielen Familien meist immer eine Person gibt, die wie ein *Erzählmotor* wirkt. Oft steht sie als Erste auf und beginnt dann gleich, die anderen Familienmitglieder, sobald sie auf sind, in ihr fortlaufendes Sprechen einzubeziehen. Schon in den frühsten Morgenstunden geht das los: Der Erzählmotor wird angeworfen und schnurrt dann ohne größere Pausen, bis auch die ruhigeren Familienmitglieder in das Gespräch einsteigen und zu sprechen beginnen.

Dieses frühmorgendliche Sprechen taut die nächtliche Steifheit und Verlegenheit (die in eher nördlichen Ländern wie Deutschland den ganzen Tag mehr oder weniger anhält) rasch auf. Sie wirkt wie ein Morgentraining in Sprache und Eloquenz und ruft allen Familienmitgliedern in Erinnerung, dass der Mensch ein sprechendes und sich darstellendes Wesen ist. Die Hilfsmittel dieses Trainings aber bestehen aus einer jahrtausendealten Rhetorik, und das meint: Es werden bestimmte Stilmittel (wie etwa *die Wiederholung, die Aneinanderreihung, die Umdrehung, der Kontrast etc.*) eingesetzt, die gute Sprecher, ohne es deutlich zu wissen, von Natur aus und von den frühsten Kinderjahren an beherrschen. Darüber hinaus haben sie seit diesen ersten Jahren ein Reservoir an bestimmten Vokabeln und Begriffen gesammelt, das sie immer neu miteinander kombinieren und Stück für Stück erweitern. So entsteht ein fester Vokabelvorrat, auf den sich ein guter Sprecher verlassen kann. (Einen guten Sprecher zeichnet aus, dass er diesen Vorrat fast täglich abruft, er spricht über die verschiedensten Themen an immer neuen Orten auf meist dieselbe, höchstens leicht variierte Art.)

So muss man sich Mandlica in der Frühe (etwa ab sechs Uhr und damit seit Sonnenaufgang) als einen Ort vorstellen, der zum Sprechen erwacht. In den Wohnhäusern und in den Geschäften wird der Erzählmotor angeworfen, werden Erzählkerzen entzündet und erste Erzählpirouetten gedreht. Das Sprechen schwillt an und beginnt dann zu rauschen, und die verschiedenen Sprecher tauchen langsam ein in die Sprech- und Erzählströme. Dabei kommt es eben nicht darauf an, von sich selbst oder überhaupt von etwas Neuem, höchst Mitteilenswertem, zu erzählen. Es wird gesprochen, um sich des Sprechens zu vergewissern, um im Sprechen warm zu werden und dieses Warmwerden auf andere Sprecher zu übertragen: *Ah, da liegt ja meine Haarspange, da habe ich sie also gestern hingelegt! – Was Du nicht sagst, ich dachte, Du hast sie vorgestern verloren? – Vorgestern? Nein, gestern erst habe ich zu Dir gesagt, ich könnte sie gerade verloren haben, beim Fahrradfahren. Aber ich wusste nicht genau, wo, ich hatte überhaupt keine Ahnung. – Richtig, Du hattest überhaupt keine Ahnung, und jetzt fliegt Dir das blöde Ding einfach ruckzuck zurück in die Hände. Du hast Glück. – Ja, heute habe ich Glück, ruckzuck fliegt mir das Ding in die Hände. – Ruckzuck. – Ja, ruckzuck. So sollte es immer sein mit Dingen, die man vermisst: Einfach ruckzuck. – Ja, genau. Neulich habe ich meinen Lippenstift gesucht, stundenlang …*

So ein Reden und Gegenreden ist durch und durch rhetorisch. Der Inhalt ist zunächst nichtig, viel wichtiger ist, dass das gegenseitige Reden sich langsam verstärkt und anschwillt. Dabei ist auch von Bedeutung, dass sich die Gesprächspartner nicht laufend widersprechen (wie das in eher nördlichen Ländern beinahe zu einer fatalen, letztlich gesprächshemmenden Mode geworden ist), sondern sich eher in der Rede bestärken. (*Widerspruch* wird zumeist vorsichtig, als zögernde Frage, als Annäherung oder als Nachfragen artikuliert, während *das Bestärken* und *Zusprechen* eine unterstützende, anheizende und aufhellende Funktion hat.)

Gutes miteinander Reden und Sprechen hat dadurch etwas Helles, Klingendes, Freundliches, Verlockendes, manchmal sogar dezidiert Albernes. Es hört sich an wie ein immer flotter, leichter und brillanter werdendes Duett, mit kurzen Rezitativen beiderseits. Die Sprechmusik trällert, windet sich in die Höhe, ruht sich aus in den Tiefen, legt wieder los, holt Luft, wird hektisch und nervös, fast bis zur Besinnungslosigkeit. Diese Hektik und Raschheit lässt sie immer weiter ausholen, als müsste sie die halbe Welt neu erzählen. Bald fallen von allen Seiten schwere Themenbrocken ins Reden, werden unwirsch beiseite gestoßen, rühren sich von selbst wieder, kollern umher und werden schließlich doch noch in Angriff genommen (*der Tod eines nahen Menschen, ein Verkehrsunglück, die Taufe der Nichte* ... – also sowohl negativ wie positiv besetzte, schwerer wiegende Ereignisse).

Irgendwann muss dann aber aus verständlichen, zeitlichen Gründen Schluss gemacht werden. Die Sprecher müssen raus aus ihren Häusern und sich unter andere Sprecher mischen, die ebenfalls am frühen Morgen das große Training des Sprechreigens durchlaufen haben. Günstig ist es, wenn bereits die Straße, die direkt vor dem eigenen Haus liegt, solche anderen Sprecher zum erneuten Gespräch anbietet. *Das Sprechen und Reden verlagert sich dann vom Haus hinaus auf die Straße* – und wird dort den ganzen Tag über mit neuen Sprechern und in neuen Konstellationen weitergeführt. Der ganze Tag – ein einziges Sprechen mit immer denselben Versatzstücken an immer neuen Orten! (Genau dafür wurden in Italien *die Bar, der Tabacchi-Laden, das Lebensmittelgeschäft etc.* erfunden, und genau deshalb gibt es in Italien in fast allen Orten und Städten noch immer derart viele kleinere Läden. Es sind *Sprechzentren*, von denen man sich nicht trennen mag.)

So besteht jeder normale Tag für einen Mandlicaner aus vielen kurzen Duetten und Gesprächen, die sich manchmal auch zu größeren Runden (einem *Trio*, einem *Quartett*) hin erweitern. Die Oper ist in Italien (und nirgends sonst) entstanden, weil sie die Umsetzung solcher Gesprächsformen ins Musikalische ist. Als Kunstform führt sie vor, dass *Leben* aus *Sprechen* und *Sprechen* aus *Musik* besteht und dass alles Leben nur existiert, insofern es ausgesprochen und besungen wurde. (Selbst im Sterben wird noch gesungen, selbst der tödlich Getroffene bäumt sich noch ein letztes Mal auf, um zu verkünden, dass er gerade tödlich getroffen wurde.)

Jeder Tag führt also die Bewohner Mandlicas zu immer neuen Sprechgesängen zusammen, jeder Tag ist ein Meister der Komposition, ja *ein Komponist*. Und manchmal, in besonders schönen Momenten, bilden diese Menschen dann sogar einen Chor. Wie etwa nach schweren

Gewittern, wenn die Frauen Mandlicas, ohne sich dazu verabredet zu haben, in den Dom strömen, um dort Marienlieder zu singen. Höre ich sie von weitem, laufe ich jedes Mal auf den Domplatz und zeichne ihre Gesänge auf. (Eine natürliche Scheu verbietet mir, den Dom als Mann zu betreten, die Frauen von Mandlica wollen unter sich bleiben – das spüre ich und habe davor auch Respekt. Es gibt aber kaum Schöneres, als die alten Marienlieder leicht gedämpft auf dem Domplatz zu hören und dabei zu erleben, wie der Regen abzieht, die Dinge wieder Farbe und Geruch annehmen, die Erde noch dampft und die Pfützen im langsam wieder aufstrahlenden Sonnenlicht blinken. Der Chor der Sängerinnen dankt Maria für die Rückkehr des Lichts – genau diesen Eindruck hinterlassen solche Szenen. *Großer Film* ist auch das, aber auch in diesem Fall interessiert sich wahrscheinlich kein Mensch für mein Drehbuch.)

Und ich?! Wie steht es inzwischen mit meinem Erzählen? Sagen wir es so: Noch nie bin ich an einem Ort derart leicht und effektiv mit anderen Menschen ins Gespräch gekommen. Dadurch ist hier in Mandlica alles anders als sonst. Ich verstecke mich nicht den halben Tag in den Zimmern meiner Pension, und ich sitze längst nicht mehr allein an einem Tisch, um in der Gesellschaft von ein paar Zeitungen oder Büchern einsam zu Abend zu essen. Kaum habe ich die Pension verlassen, strömen Menschen auf mich zu, grüßen mich, beginnen ein zumindest kurzes Gespräch mit mir, erzählen mir etwas. Das alles ist wohltuend, erleichternd und angenehm, und ich habe mich noch in keinem Moment über diese

Veränderungen gegenüber meinem bisherigen, extrem scheuen Leben beklagt. Im Grunde könnte es nicht besser und schöner sein: Die Bewohner von Mandlica haben mich eingemeindet, und ich habe eine bestimmte, von ihnen anerkannte Aufgabe übernommen, um ihr Sprechen, Denken und Leben zu dokumentieren.

Andererseits aber bemerke ich (fast schmerzhaft) weiterhin, dass ich in all diesen Situationen, die mein Leben jetzt so bereichern, noch immer der Zuhörer bin. Die Mandlicaner sprechen mit mir, aber sie tun es aus eigenem und meistens konkretem Verlangen heraus. Keiner von ihnen befragt mich, keiner will wissen, *wie es mir geht, was ich denke und woraus mein Leben besteht.* Ich höre genau zu, mache ein paar Anmerkungen, halte das Gespräch in Gang, kommentiere eine Neuigkeit oder eine Frage, stelle mich für jedes Thema als Gesprächspartner zur Verfügung. (Alles ist ja von Interesse, ja, genau, ein Ethnologe hat das Glück, dass eigentlich alles, was ein Befragter sagt, von Interesse ist.) Ich selbst aber bringe mich in all diesen Unterhaltungen nicht ein. Und so bin ich weiter der fleißige Diener der Forschung, der Mann aus Deutschland, der das Fragen so unglaublich gut beherrscht und der von den Menschen Dinge weiß, die sie selbst oft nicht einmal mehr von sich wissen.

Sollte es aber nicht genau so sein? Besteht eines der stillschweigend eingehaltenen wissenschaftlichen Gebote nicht genau darin, dass der Ethnologe sein eigenes Leben aus dem Spiel der Befragungen heraus hält? Natürlich, so soll es sein. Doch es hat noch nie einen Ethnologen von einigem Können gegeben, der sich an eine solche Regel gebunden gefühlt hätte. Im Gegenteil, große Ethnologen wurden vor allem deshalb groß und bedeutend, weil ihren Texten die Beziehung zu ihren Themen anzumerken ist. Letztlich waren es Menschen, die ihre Zurückhaltung und Schüchternheit im Umgang mit der Fremde zunehmend verloren. Genau deshalb gingen sie ja in die Fremde: Um dort die sie störenden Eigenschaften ihrer früheren Identität gegen eine neue, von der Fremde begründete und geformte Identität einzutauschen. In der Fremde verwandelten sie sich, blühten auf und spürten die positiven Auswirkungen ihrer Forschungen am eigenen Leib und an der eigenen Seele.

Und?! Spüre ich diese Auswirkungen etwa nicht?! Ich spüre sie natürlich im Umgang mit Paula. Noch nie war ich nach dem kindlichen Leben mit den geliebten Eltern und dem jugendlichen Leben mit Gottes Priestern und Beichtvätern mit einem Menschen zusammen, der mir derart vertraut war und mit dem ich mich so leicht und mühelos unterhalten konnte. Ich denke inzwischen, Paula hat auch *den ethnologischen Blick*. Sie beobachtet die Menschen und ihr Leben ungeheuer genau, und sie kommt dabei zu Erkenntnissen, die mich oft erstaunen. Das alles rührt daher, dass sie in einer gehörigen Distanz zu den anderen lebt. Diese Distanz macht sie aber nicht unfreundlich, ironisch oder verbittert, sondern verleiht ihr eine stets präsente, wache Höflichkeit. Höflich und aufmerksam begegnet sie ihrer Umgebung, merkt sich viele Details, fragt nach, zeigt sich offen und interessiert und übertreibt dieses Interesse doch um keine Minute.

Ich bewundere, dass sie genau weiß, wann es so weit ist, sich von einem Gesprächspartner zu trennen, und ich sehe, wie gekonnt sie so etwas macht, ohne dass es der andere bemerkt oder beleidigt ist. Paula ist *ein Souverän des Gesprächs*, kein Gespräch entgleitet ihr, und in keinem verliert sie den Überblick oder die Kontrolle.

So aber ist es auch im Umgang mit mir. Ich bemerke, dass sie mich immer besser versteht, immer mehr von mir weiß und mich in jedem Gespräch genauer durchdringt. Das alles ist keineswegs unangenehm oder findet allzu direkt statt, und es ist erst recht in keinem Moment aufdringlich oder peinlich. Denn immerzu spüre ich ja, was dahintersteckt und was Paulas Interesse am Leben hält: Es ist ihre Liebe zu mir, Paula glaubt wahrhaftig, jenen Menschen gefunden zu haben, den sie über alles liebt. Deshalb beschäftigt sie sich so sehr mit mir, und deshalb weiht sie mich Tag für Tag mehr in ihr Leben ein. Nicht, indem sie pausenlos darüber spricht, sondern einfach dadurch, dass sie mich an diesem Leben teilnehmen lässt. Wir fahren für ein paar Stunden in einen Nachbarort und wandern dort auf einen einsam gelegenen Felsen über der Küste. Wir treffen uns auf ihrem Landgut und kochen einen ganzen Abend eine einzige Speise. Wir hören auf unseren Fahrten ihre Musik, und sie erzählt ununterbrochen davon, wann sie genau diese Musik zum ersten Mal gehört hat und warum diese Musik sie derart fasziniert. Wir gehen ihre Übersetzungen gemeinsam durch und sprechen über die Details, indem wir uns lauter Übersetzungsvarianten überlegen.

Das Leben mit Paula ist also ein Erzählstrom eigener, lebendiger und heftiger Art, im Grunde ist es ein *erotisches Sprechen*, das unsere Vereinigungen vorbereitet oder sogar begleitet. Ich kann nicht sagen, dass ich auch in diesem Erzählstrom bloß der passive Anreger oder Zuhörer wäre, nein, das bin ich nicht. Wir teilen uns unsere Themen, wir bestücken sie, und die Freude, die wir beide täglich empfinden, rührt daher, dass unser Reden großzügig von Thema zu Thema wandert, etwas Neues an einem Thema erkennt, es liegen lässt und dieses Thema Tage später wieder aufnimmt. Wir besprechen unseren eigenen Kosmos, wir stecken ihn ab – so könnte man sagen.

Und doch weiß ich und bemerke es auch jeden Tag, dass ich trotz all meines Sprechens und Redens im Grunde noch immer an den entscheidenden Stellen und in den entscheidenden Momenten schweige. Ich halte nicht inne und erzähle von mir, ich hüte mich sogar davor, das zu tun. Vertraue ich Paula etwa nicht oder warum gelingt es mir auch ihr gegenüber nicht, meine Hemmungen zu besiegen? Die Antwort ist: *Ich weiß es nicht.* Ich spüre nur, dass es einfach nicht geht. Ich bemühe mich, ich kämpfe gegen das Schweigen an, aber ich überwinde es nicht. Die Erzählungen von meinem Leben scheinen so tief in einem Dunkel verborgen zu sein, dass ich längst keinen Zugang mehr zu diesen Erzählungen habe. Und ich weiß nicht einmal, womit ich beginnen sollte, ich habe keine Idee, sondern nur dieses Unbehagen und das starke Verlangen, in dieses Dunkel vorzudringen.

Der große Fortschritt gegenüber meinem bisherigen Leben besteht aber darin, dass Paula von alldem etwas zu ahnen scheint. Sie spricht mich nicht darauf an, sie erkundigt sich nicht nach Details aus meinem Leben, sie weiß wohl nicht einmal, dass ich vier Brüder habe und noch immer in meinem alten Elternhaus unter dem Dach lebe. Aber ich glaube zu bemerken, dass sie die Eindrücke, die sie von mir gewinnt, sammelt, kombiniert und die richtigen Schlüsse daraus zieht. Manchmal gibt es ein kurzes Stocken in einem Gespräch, dann scheint sie etwas aufgeschnappt zu haben, über das sie kurz nachdenkt. Manchmal gibt es aber auch Gesten von starker Intensität, die mir in überwältigender Art zeigen, wie sie sich noch zurückhält, mich zu befragen. Sie legt einen Arm um meinen Hals und zieht meinen Kopf langsam und lachend zu sich heran. Sie küsst mich auf die Stirn und schaut, wie die Feuchtigkeit des Kusses allmählich verfliegt. Sie streicht mir leicht nachdenklich mit einer Hand über eine Wange, als überprüfte sie eine bestimmte Partie des Gesichtes für ein Porträt.

Sieht sie in diesen ungemein schönen und wahren Momenten in mir das Kind? Und ahnt sie, dass dieses Kind einmal nicht fragen konnte und deshalb nie von sich erzählte?

Ich gebe nicht auf, natürlich nicht. Ich denke, ich bin auf einem guten Weg. Irgendwann könnte der Durchbruch gelingen, das wäre dann wie eine Offenbarung. Aber ich bin keineswegs sicher, ob so etwas jemals geschehen wird. Von diesem Gelingen oder Misslingen hängt unsere Liebe ab. Denn ohne ein Gelingen wird diese Liebe nicht für lange Zeiten bestehen. Auch das weiß ich, und wenn ich daran denke, weiß ich nicht weiter. Ich setze mich ins Arbeitszimmer meiner Pension und höre die Marienlieder der Frauen von Mandlica, die nach schweren Gewittern gesungen werden. Ich höre sie genau, ich folge jedem Klang, ich bin der klangliche Leib und *das Herz, das sich öffnet* (Von wem ist dieser Vers eigentlich? Ich kann ihn in den Gedichten des Nobelpreisträgers nicht finden, und auch in einer großen Sammlung antiker Lyrik taucht er nicht auf.).

Was nun aber Deutschland betrifft, so habe ich die Kontakte dorthin beinahe vollständig abgebrochen. Ich habe meine Brüder eindringlich gebeten, mich nicht mehr laufend anzurufen, und ich selbst rufe einen von ihnen höchstens einmal pro Woche an. Unsere Gespräche sind kurz und berühren keine wichtigen Themen. Ich melde, dass ich am Leben bin und meine Forschungen Fortschritte machen, mehr möchte ich nicht sagen. Die Kürze meiner Telefonate hat aber auch damit zu tun, dass ich mir eine Rückkehr nach Deutschland immer schwerer vorstellen kann. Wenn ich die Augen schließe und an Deutschland denke, sehe ich ein Land der Quiz- und Kochsendungen, der überdrehten, wichtigtuerisch vorgetragenen Wetterberichte und der sich täglich ins Kleinste verlaufenden politischen und ökonomischen Kommentare, die ein immerwährendes Unwohlsein verbreiten und dieses Unwohlsein kultivieren. Ich will diese Welt nicht mehr sehen, und ich will auch nicht mehr tagaus, tagein in meinen Kölner Zimmern sitzen, um mich auf universitäre Seminare mit Erstsemestern vorzubereiten.

Am liebsten würde ich den größten Teil des Jahres hier im Süden Italiens verbringen. Ich würde die Sonne spüren und damit die Leichtigkeit meines Körpers, ich würde überhaupt ein freundlicheres, geselligeres Leben führen. Ich hätte nicht das Gefühl einer niemals aufhörenden Bedrückung, sondern eine Empfindung von lebenswertem Elan. Schon wenn ich morgens die Pension verlasse, ist dieser Elan da, er hat damit zu tun, dass ich in das Leben hier eintauche, ich wittere die Atmosphären der Gassen und Straßen, die Düfte und Gerüche fliegen auf mich zu, und ich betrete eine Bar, in der die Menschen das Leben nicht laufend beklagen, sondern munter, ironisch oder sarkastisch von ihm erzählen. Ob ich noch weiter in Deutschland leben werde, hängt auch von der weiteren Entwicklung meiner Liebesgeschichte ab. Sollte ich mit Paula zusammenbleiben, würde ich den größten Teil des Jahres hier in Mandlica bleiben wollen. Ich kann mir das gut vorstellen, und ich möchte nichts lieber. Ich warte aber noch, dass mit mir etwas geschieht, ja, verdammt, ich warte darauf, dass sich mein Herz endlich öffnet.

2

Die geschichte mit der jungen Adriana Bonni hat nun deutlichere Konturen angenommen. Ihr Vater hat mich mit besonderem Nachdruck gebeten, ihr ein Praktikum bei mir zu ermöglichen, und Alberto hat ebenfalls zugeraten, weil die junge Bonni ein außergewöhnliches Talent für fast alles besitze, das sie irgendwie interessiere. Deshalb könne sie mir nur von Nutzen sein. Paula schließlich meint ebenfalls, dass Adriana zu einer großen Hilfe werden könnte, rät mir aber unbedingt, sie auf Distanz zu halten.

— Sie wird immer näher an Dich heranrücken, glaub mir. Darauf solltest Du achten. Du solltest nicht zu viel allein mit ihr sein, am besten gar nicht. Sie ist jemand, der den ganzen Lebenssaft will, nicht nur die Lehre und das Wissen, sondern auch den, der ihn hortet und besitzt. Sie hatte noch nie einen Freund, weißt Du das?, und sie ist genau der Typ, der gleichaltrige junge Männer nicht ausstehen kann. Sie sucht den welt- und lebenserfahrenen Meister, Du wirst das zu spüren bekommen.

Ich treffe mich mit Adriana Bonni in Lucios Restaurant und lade sie zu einem Arbeitsessen ein. Ich habe viele Papiere und eine Unmenge von Arbeit dabei, und ich rede die ganze Zeit über nichts anderes. Bei der Bestellung der Mahlzeit gebe ich mich kurz und präzise und insgesamt so, als interessierte ich mich nicht für das Essen. Lucio bemerkt das mit einem gewissen Staunen, er traut sich schließlich nicht mehr an unseren Tisch, sondern schickt seine Mannschaft, die in deutlicher Distanz um uns herumschleicht und zwischendurch nur an den Tisch kommt, um das Wasser nachzufüllen. (*Keinen Aperitif! Keinen Wein! Überhaupt keinen Alkohol!* – das hatte ich mir vorgenommen, und ich halte mich daran.)

Adriana trägt diesmal kein Kleid, sondern eine eng anliegende strahlend weiße Hose und eine weit geöffnete Bluse mit blau-weißen Streifen, die mich an das blau-weiß gestreifte Hemd ihres Vaters erinnern. Die Locken in ihrem blonden Haar sind verschwunden, sie hat jetzt eine strenge Frisur, mit der sie deutlich betont, dass sie vorerst die Rolle des Arbeitstiers zu spielen gewillt ist. Natürlich hat sie einen Laptop dabei und macht mit ihren extrem schnellen Fingern laufend Notizen. Ihre Finger sind lang und gut geformt, sie könnte auch einmal Klavier gespielt haben, ich glaube das aber nicht, Klavierspielen käme ihr zu altmodisch vor. Sie fragt kaum, sondern saugt alles, was ich sage, mit enormer Geschwindigkeit auf, anscheinend versteht sie beinahe alles. Wenn sie nachfragt, ist die Frage kurz und richtet sich meist auf die Ergänzung oder Präzisierung eines Details. Sie bestellt keine *Antipasti* (natürlich nicht, über diese Spielereien ist sie hinaus), sie bestellt *Pasta* (und natürlich *Ravioli*, weil sie sich leicht und unkompliziert essen lassen). Beim Hauptgericht wählt sie *Doradenfilet*, denn auch in diesem Fall weiß sie genau, dass ein solches Gericht aus zwei oder drei kleinen Stücken Fischfilet besteht, die in kaum zehn Minuten, zusammen mit etwas Gemüse, gegessen sind. *Ein Dessert?* Nein, danke, lieber einen starken Kaffee.

Am Ende unseres Gesprächs bittet sie darum, dass ich sie *mit Arbeit eindecke*. Ich gebe ihr einen kleinen Stoß ausgefüllter Fragebögen zur Auswertung und erkläre ihr, wie sie dabei vorgehen soll. Als wir mit allem durch sind, bittet sie noch um eine Bücherliste mit zehn Klassikern der Ethnologie. Sie erscheint *fit*, absolut fit, ich habe lange keinen so rasch wahrnehmenden und mitdenkenden Menschen mehr erlebt. Bevor wir uns verabschieden (und das Gespräch war *sachlich*, ausschließlich *sachlich*, so dass ich bereits erleichtert bin), sagt sie jedoch noch etwas Merkwürdiges, das mich kurz aufhorchen lässt. Ich will ihr die Hand geben (wir stehen bereits neben dem Tisch), da verzögert sie das Händereichen um einen kurzen Moment.

– *Darf ich Sie auch einmal zum Essen einladen?* fragt sie.

– *Wenn unsere Zusammenarbeit richtig begonnen hat, dann gerne*, antworte ich.

– *Ich würde Sie in ein Fischlokal im Hafen einladen*, sagt sie. *Da möchten Sie doch schon die ganze Zeit hin.*

– *Ich möchte da hin? Wer behauptet denn sowas?*

– *Ich behaupte das, ich denke es mir.*

– *Aha, Sie denken es sich. Sie denken wohl, Sie haben nun auch bereits raus, wie man die Gedanken der Menschen liest.*

– *Ja, in Ihrem Fall denke ich das.*

– *Sie glauben ernsthaft, Sie wissen, wie ich denke und fühle?*

– *Ja, das denke ich.*

– *Na dann, irgendwann werden wir sehen, ob Sie recht haben.*

– *Genau, wir werden sehen.*

Wir geben uns endlich die Hand, und ich sehe, dass sie Wert darauf legt, zumindest ansatz- und förmlicherweise auf die rechte und linke Wange geküsst zu werden. Als ich es tue, rieche ich ihr Parfum, und es erinnert mich an den ersten Aperitif, den ich in Lucios Restaurant einmal erhielt. *Das ist ja Jasmin!* – hätte ich beinahe gesagt, lächle aber nur. Sie lächelt zurück, packt ihren Laptop unter den Arm, greift nach ihrer hellbraunen Lederaktentasche und verlässt das Restaurant. Als sie endlich draußen ist, spüre ich, wie müde ich bin. Ich falle beinahe wieder auf meinen Stuhl, ich will nichts als Ruhe. Als ich aufblicke, erkenne ich, dass Lucio versteht, was gerade mit mir passiert. Er kommt an meinen Tisch und sagt:

– *Das war anstrengend, nicht wahr?*
– *Ja,* sage ich, *jeden Tag möchte ich das nicht erleben.*
– *Jetzt trinken Sie ein Glas Wein und entspannen sich.*
– *Gern, Lucio, das ist ein guter Gedanke.*

Ich räume meine Utensilien zusammen und lege alles auf einen Stuhl. Ich starre auf die kleine Kerze vor mir und den winzigen Blumenstrauß in der Vase. Vielleicht war es doch ein Fehler, Adriana Bonni ein Praktikum angeboten zu haben. Ich muss sie auf Distanz halten, da hat Paula recht. Ich habe keine Ahnung, was unten, im Hafen, während eines gemeinsamen Abendessens so alles geschehen könnte. Sicher hat sie dort bereits sehr oft gegessen, und sicher beherrscht sie eine Menge Tricks, um einem solchen Abendessen etwas *Seltenes, Überraschendes* abzugewinnen. Mit mir an einem Tisch zu sitzen, Fischsuppe zu löffeln und ein paar Gläser Wein zu trinken – das wird ihr bestimmt nicht genügen. Irgendetwas wird sie sich einfallen lassen, ich spüre das. (Erste, kleine Vermutung: Sie wird mich im Wagen ihres Vaters abholen, in irgendeinem eleganten Cabrio. Wir werden in diesem hellgrünen (?) Wagen die geschlängelte Straße zum Hafen langsam und gefühlvoll hinabrollen, und sie wird dabei – meine Herren, woher weiß ich denn jetzt auch noch so etwas? – *sie wird nicht angeschnallt sein*. Um nicht spießiger als nötig zu erscheinen, werde ich mich ebenfalls nicht anschnallen. *Nicht angeschnallt* werden wir hinab in die dunklen Hafenzonen fahren, und sie wird nicht vor einem Restaurant, sondern auf dem großen Parkplatz hinter der Mole parken. Während unserer Fahrt wird sie Musik einer CD laufen lassen. *Musik*, nun gut, aber welche? Ich bin noch *überfragt*, und das bin ich selten.)

Ich sitze eine Weile regungslos auf meinem Platz, Adriana Bonni ist in meinen Gedanken noch erstaunlich präsent. Langsam verlieren sich die letzten Gäste des Restaurants *Alla Sophia* nach draußen, und schließlich sitze ich nur noch alleine da. Als Lucio zur Tür geht und sie von innen abschließt, sage ich:

— *Einen Moment, Lucio! Lass noch offen. Ich werde auch gehen.*

Lucio aber schließt trotz dieses Zurufs dennoch ab und kommt dann an meinen Tisch. Er setzt sich zu mir und sagt:

— *Signor Merz, in letzter Zeit ist sehr viel passiert, und wir beide haben noch nie darüber gesprochen. Ich habe das große Bedürfnis, genau das zu tun. Wenn Sie mir jetzt etwas Zeit schenkten, wäre ich froh. Haben Sie Zeit? Können wir sprechen?*

Sein Anliegen überrascht mich nicht, ich kann ihn gut verstehen, aber ich überlege kurz, ob jetzt der richtige Zeitpunkt für ein solches Gespräch ist. Dann antworte ich:

— *In Ordnung, Lucio, ich verstehe, was Sie meinen. Reden wir miteinander!*

Er lächelt kurz und so unnachahmlich fein und zurückhaltend, als säße er einer Frau gegenüber, die er gleich in seinen Harem führen wird. Dort spielt bereits die Musik, und der alte Sultan hat Schlaftabletten bekommen und wird nichts merken. (Wie zum Teufel komme ich auf so was? Wieso geht mir genau das durch den Kopf?) Ich ahne, dass er eine gute Flasche auffahren wird. Es ist später Mittag und zu früh, so etwas zu trinken, aber ich sollte nicht unhöflich sein und eine gute Flasche nicht ablehnen. Er sagt aber nichts, sondern steht auf, geht kurz in die Küche und kommt mit einer Flasche Champagner (*Ruinart Rosé*) und zwei Gläsern zurück. Er öffnet sie leichthändig und rasch, holt noch einen Kübel mit Eis, schenkt ein und versenkt die Flasche dann in dem bereits leicht beschlagenen Gefäß. Wir stoßen an, und ich warte darauf, dass er das Gespräch eröffnet. Ich bin gespannt, womit er beginnt, ich liege auf der Lauer.

Als er dann aber zu reden beginnt, bemerke ich, dass er den Einstieg verpasst. Er redet zunächst von Mandlica, seinen Dolci, von der Besonderheit dieses Ortes, dann überblendet er zu seinen Jugendjahren und dem Haus, in dem er aufgewachsen sei. Mindestens zehn Minuten treibt seine Rede lose umher, und ich habe den unangenehmen Verdacht, dass er nicht weiß, was er mit mir anfangen soll. Und was sollte er mit mir anfangen?! Er sollte mich etwas fragen, und, ganz konkret: Er sollte mit mir über Maria und Paula sprechen. (Weiß er überhaupt, dass Paula und ich ein Paar sind?) Ist ihm ein Gespräch darüber aber zu peinlich oder möchte er es auf keinen Fall, dann könnten wir es auch bei einem Gespräch über Maria belassen. Paula und/oder Maria! Das wären die Themen, aber Lucio fabuliert über sizilianische Süßspeisen.

Nachdem ich ihm zehn Minuten geschenkt habe, unterbreche ich ihn und übernehme die Führung in unserem Gespräch:

— *Lucio, wollten Sie mit mir wirklich über Mandlica sprechen? Oder gibt es keine interessanteren Themen?*

— *Nein, Signor Merz, über Mandlica wollte ich mit Ihnen keineswegs sprechen. Ich hatte vor, mit Ihnen über Maria und Paula zu sprechen.*

— *Und warum tun Sie das nicht?*

— *Darf ich ehrlich sein, Signor Merz?*

— *Bitte, Lucio.*

— *Ich habe vor Ihnen großen Respekt, und ich weiß nicht, wie ich mit Ihnen sprechen soll. Sie sind kein Sizilianer, Sie sind Deutscher, und das heißt, Sie sehen viele Sachen anders als ich.*

— *Nun gut, aber das ist doch interessant: Herauszubekommen, was ich anders sehe und warum ich bestimmte Sachen anders sehe.*

— *Ja, gewiss, es ist trotzdem nicht leicht, Ihnen zu erklären, was mich beschäftigt.*

— *Nein, leicht ist das nicht. Wäre es Ihnen angenehmer, wenn ich Sie etwas fragen würde, anstatt dass Sie sich jetzt lange erklären?*

– Das wäre mir sehr recht, Signor Merz.

– Gut, dann versuchen wir es einmal anders. Wenn ich etwas frage, das Ihnen unangenehm ist, oder wenn Sie generell das Gefühl haben, dass unsere Unterhaltung nicht gut verläuft, dann sagen Sie es.

– Das werde ich tun, Signor Merz.

Im Vergleich mit Adriana Bonni wirkt er geradezu diffus. Er denkt nicht genau, und er besitzt nur ein geringes plastisches Vorstellungsvermögen, um sich Probleme zu vergegenwärtigen. Er hat vielmehr das Gefühl, dass es ihn *irgendwo juckt*, und nun kratzt er sich an allen möglichen Stellen, ohne den richtigen Punkt zu finden. Genau so kommt er mir vor, wie ein rasch gealterter Jüngling, dessen Fühlen und Denken mit den Jahren nicht reifer geworden ist. (Meine innere Stimme sagt mir, dass er Drogen nimmt, und das nicht zu wenig. Soll ich das erwähnen? Treibt unser Gespräch auf ein schonungsloses Geständnis zu? Nein, daran habe ich kein Interesse.)

Ich leere mein Glas, warte, bis er nachgeschenkt hat, dann lege ich los:

– Seit ich hier in Mandlica bin, habe ich mit sehr vielen Menschen zum Teil ausführlich gesprochen, das wissen Sie, Lucio. Durch diese Gespräche habe ich mir ein genaueres Bild von so manchen Personen und Sachverhalten gemacht. Mit Ihnen habe ich nicht gesprochen, aber ich habe auch von dem, was Sie tun und einmal getan haben, eine Vorstellung. Möchten Sie hören, wie diese Vorstellung aussieht?

— *Ja, sehr gerne, sprechen Sie nur und schonen Sie mich nicht.* (Ich soll ihn nicht schonen? Wie kommt er darauf? Denkt er, dass ich ihm hart zusetzen werde? Aber wieso? Bitte, ich kann auch eine Spur Härte in dieses Gespräch bringen, schließlich hat er sich gegenüber Paula sehr schäbig benommen.)

— *Sie sind jetzt etwa so alt wie ich, nur ein wenig jünger, kaum der Rede wert. Sie haben zwei Brüder, und Ihre Eltern leben noch. Große Teile Ihres Einkommens gehen an Ihre Herkunftsfamilie, denn Ihre beiden Brüder verdienen nicht gut und haben nur Gelegenheitsjobs. Ihr Jugendtraum war es einmal, Ihre ganze Familie durch ein exklusives Restaurant zu ernähren und an diese Versorgungsstation eine eigene Familie mit Frau und Kindern anzuschließen. Sie haben viel getan, um ihn zu verwirklichen. Es ist ein ehrgeiziger, aber leider auch konventioneller Traum. Sie haben das Konventionelle an ihm übertrieben, indem Sie nur auf die traditionelle italienische Küche mit einigen wenigen sizilianischen Akzenten gesetzt haben. Da es in dieser Gegend weit und breit kein ähnlich ambitioniertes Restaurant gibt, waren Sie trotz Ihres fehlenden Wagemuts rasch erfolgreich.*

Sie haben Ihr Restaurant geschmackvoll eingerichtet und sich nach einer zukünftigen Frau umgesehen. Dabei sind Sie anfangs so vorgegangen, wie das ein gut aussehender Sizilianer mit Geschmack und Verstand in Mandlica tut: Er gründet einen Harem, lädt sich alle paar Tage eine andere Frau auf sein Zimmer und schenkt den lieben, alten Eltern Karten für Theater- oder Opernaufführungen samt Übernachtung in der Umgebung. (Der Harem! Jetzt taucht er auf! Dahin verlief also meine Vorahnung.) *Sie waren kein Kostverächter, Sie ha-*

ben einer Menge junger Frauen einige schöne Stunden geschenkt, aber Sie sind nicht richtig fündig geworden. Da begegnete Ihnen Paula, und Paula war die Person, die Sie sich erträumt hatten: Kein braves sizilianisches Mädchen mit lästigem Anhang, sondern eine junge, gestandene Frau mit einem gehörigen Quantum Lebenserfahrung. Eine Frau, die darüber hinaus Italienisch spricht und keineswegs »Deutsch« wirkt, denn so etwas wäre natürlich unmöglich gewesen und hätte die Mandlicaner aus Ihrem Restaurant ferngehalten. Nun aber Paula! Eine schwarzhaarige, große Schönheit, eine Frau vom Schlage der Schauspielerin Irene Pappas, ein wenig sizilianisch, ein wenig griechisch, die ewige Sonne Siziliens hat ihre Haut dunkelbraun gefärbt! (Wie komme ich denn auf Irene Pappas? Vor Jahrzehnten, als junger Mann, habe ich sie in dem Film *Alexis Sorbas* gesehen. Sie machte einen unglaublich starken Eindruck auf mich. Ich kannte solche Frauen nicht, in Deutschland begegnete man diesem Typ Frau nirgendwo. Hätte ich gewusst, wo und wie man sie findet, wäre ich auf die einsamste griechische Insel gereist, um dort mit ihr Schafe und Ziegen zu züchten. Schafe und Ziegen? Aus Schafskäse, Lamm- und Ziegenfleisch bestand in den Jahren von *Alexis Sorbas* die in Deutschland angebotene, griechische Küche.)

Sie haben aber den Fehler gemacht, Paula für eine weitere Nummer in Ihrem Harem zu halten. Paula sollte die Auserwählte, die Erste Frau unter den vielen anderen Nebenfrauen sein. Sie haben sich mit ihr verlobt und sie in ihr Küchenteam integriert. Überhaupt haben Sie versucht, Paula, so gut es eben geht, zu integrieren. Dagegen hat sie sich gewehrt, Sie wissen, warum, deshalb gehen wir an diesem Punkt nicht in die Details. Als Sie erkannten, dass Paula für Sie zu stark war, haben Sie sich nach einer Variante umgeschaut. Sie haben sich für ihre Schwester Maria entschieden, das war die leichtere, bequemere Variante, und Paula wurde rasch abgeschoben. Mit Maria lief alles einfacher, besser, sie ist eine freundliche, hilfsbereite und vor allem muntere Person, die die Gäste bei Laune hält. Dann aber haben Sie erneut einen schweren Fehler begangen: Sie haben Ihren Harem nicht aufgegeben, sondern weiter den jungen Sultan gespielt, während Ihre alten Eltern für die Dauer Ihrer Vergnügungen weiter auf Kunstreise oder in den Schlaf geschickt wurden. (Jetzt kommen zum ersten Mal die Drogen ins Spiel. Stimmt das? Widerspricht er jetzt heftig? Im Grunde müsste er mir an genau dieser Stelle zum ersten Mal an den Kragen gehen.)

Ich mache eine Pause und nehme einen großen Schluck Wasser, ich will ihm ausreichend Gelegenheit geben, mir *an den Kragen zu gehen*. Ich schaue ihn nicht an, ich warte, dass er jetzt etwas sagt. Er räuspert sich und fragt nach einiger Zeit:

— *Was meinen Sie damit, dass meine Eltern in den Schlaf geschickt wurden?*

— *Lucio, das ist ganz einfach, und Sie wissen doch, was ich meine. Sie haben ein Drogenproblem. Seit Sie sich Gedanken über Ihr Restaurant gemacht haben, haben Sie ein massives Drogenproblem. Einige Mittelchen haben Sie an so manchem Abend Ihren Eltern als Schlaftrunk verabreicht, das meiste aber haben Sie selbst geschluckt. Sie sprechen mit niemandem darüber, selbst mit Maria nicht. Maria ahnt es, schweigt aber seit langem. Sie beide haben keine Kinder, weil Maria keine Kinder mit einem Mann haben möchte, der Drogen nimmt. Schauen Sie sich an, wie Sie während der Mahlzeiten durch dieses Restaurant gleiten, ja, schauen Sie einmal in die Spiegel. Und wer begegnet Ihnen da? Ein nach außen hin soft durch den Raum gleitender, innerlich aber sehr unsicher wirkender Restaurantbesitzer mit weit aufgerissenen, feuchten Augen! Jeder, der nur ein wenig von Drogen versteht, ahnt, was mit Ihnen los ist! Und jeder halbwegs Eingeweihte weiß, warum Sie sogar an manch warmen Tagen graue Pullover tragen. Graue, Lucio, ausgerechnet graue!* (So, das reicht. Mehr möchte ich eigentlich gar nicht auftischen. Ich habe ihm gesagt, was ich von ihm halte: Wenig, sehr wenig, fast nichts. Das Wenige besteht aus seinem unleugbaren Charme. Er kann charmant sein, ja, das kann er, und so etwas ist eben auch eine Qualität und eine Leistung.)

Eigentlich will ich jetzt fort, der Champagner schmeckt mir nicht mehr. Ich leere noch ein Glas Wasser und tue so, als wollte ich die Sache beenden: Ich schlage mit beiden Fäusten auf den Tisch, fest und entschieden. Es wirkt wie ein Gongschlag, der kleine *Fight* ist zu Ende. Da höre ich Lucio sagen:

— *Was Sie sagen, stimmt. Das Schlimmste ist, dass Maria und ich keine Kinder haben, weil alles so schiefgelaufen ist. Ich habe mich immer sehr nach Kindern gesehnt, aber Maria hat gespürt, dass ich ihr nicht ganz gehöre. Ich hatte viele Affären, das ist richtig, und schließlich kam noch die Sache mit den Drogen hinzu. Wir leben nicht mehr in einem gemeinsamen Haus, im Grunde leben wir längst getrennt und wahren nur noch die Form.*

— *Und Ihr Harem? Existiert der noch immer?*

— *Nein, den gibt es zum Glück jetzt nicht mehr.*

— *Aber die Drogen — die gibt es?*

— *Ja, die gibt es.*

— *Was ist mit Maria? Sie ist eine schöne, attraktive Frau. Ich kann mir nicht vorstellen, dass sie in Ihrer Pension verkümmert.*

— *Nein, das tut sie auch nicht. Sie schläft manchmal mit Gästen, sie hat schon vor Jahren ihren eigenen Harem eröffnet. Sie sollten das eigentlich wissen.*

— *Wieso sollte ich?*

— *Man erzählt sich in Mandlica, dass auch Sie zu Marias Harem gehören.*

— *Ich?! Nein, das stimmt nicht, Sie können mir glauben.*

— *Ich glaube Ihnen, aber ich kann mir nicht vorstellen, dass Sie allein leben. Sie haben bestimmt eine Beziehung, man redet auch sonst allerhand über Sie.*

— *Und was redet man noch?*

— *Dass Sie hinter Adriana Bonni her sind!*

— *Das ist ein Witz. Adriana Bonni ist etwa zwanzig Jahre jünger als ich.*

— *Aber wer ist es dann? Oder gibt es diese Frau nicht?*

— *Doch, es gibt sie. Aber ich sage Ihnen nur, wer es ist, wenn Sie schweigen. Tun Sie das aber nicht ...*

— *Schon gut, Signor Merz, übertreiben Sie es jetzt nicht! Ich bin nicht gerade ein Heiliger, aber ich halte mein Wort.*

— *Nun gut, dann sage ich Ihnen, mit wem ich zusammenlebe, ohne dass es in Mandlica jemand weiß: Ich lebe mit Paula zusammen.*

Er starrt mich an, als hätte ich gerade ein Wunder vollbracht. Nicht im Geringsten war er auf diese Wende der Dinge gefasst. Er ist so verwirrt, dass ich schon vor mir sehe, wie er sich in wenigen Minuten zur Beruhigung an seinen Drogenschränkchen bedient. Ihm fällt nichts mehr ein, er denkt nicht einmal mehr darüber nach, was er noch sagen könnte. In seinem Kopf treibt ein unklares *Mus*, ein *Kompott* aus falschen Träumen, Angeberei, Feigheit und ein paar elend schlappen Charmeimpulsen. Er blickt glasig und verstimmt, er rührt sich nicht von seinem Platz.

Ich nehme meine Utensilien vom Stuhl und greife nach dem Schlüssel des Restaurants, der noch immer auf dem Tisch liegt. Ich nehme ihn in die Hand, stehe auf, gehe zur Tür, schließe auf und lege den Schlüssel zurück. Ich sage nichts mehr, und ich warte auch nicht darauf, dass Lucio etwas sagt. Dann verschwinde ich und weiß genau, dass ich das Restaurant *Alla Sophia* nie mehr betreten werde. In Mandlica sollte es Besseres geben als traditionelle italienische Küche mit sizilianischen Akzenten.

3

PAULA UND ich sind täglich viele Stunden zusammen und verbringen jede Nacht miteinander. Meist übernachten wir unten, auf ihrem kleinen Landgut, und kommen, wenn sie in der Pension am frühen Morgen zu tun hat, dorthin zum Frühstück. Ist noch kein Gast im Frühstücksraum, frühstücken wir zusammen. Übernachten wir aber in der Pension, schleicht sie in der Nacht zu mir, genau wie beim ersten Mal. Außer Maria (und nun auch Lucio) weiß bisher kein Mensch in Mandlica von unserer Beziehung.

Es ist anstrengend, diese Beziehung derart geheim zu halten. Und langsam frage ich mich, warum diese Geheimhaltung überhaupt noch nötig ist. Paula war es anfangs sehr wichtig, dass niemand von uns wusste, aber jetzt, da einige Zeit vergangen ist, sollten wir uns auch zusammen in der Öffentlichkeit zeigen. Ich zögere aber noch etwas, Paula diesen Vorschlag zu machen, ich warte vielmehr auf einen günstigen Moment, der sich von allein ergeben sollte.

Das Zusammenleben mit Paula ist die stärkste emotionale Erfahrung, die ich nach meinen Kinder- und Jugendjahren gemacht habe. Ich habe es nie für möglich gehalten, dass eine solche Intensität des Zusammenseins möglich ist. Die Beziehungen zu meinen früheren Freundinnen waren demgegenüber nur harmlose Spaziergänge, die man unternimmt, weil man dann und wann einmal spazieren gehen sollte und einem gerade nichts anderes einfällt. Man schlendert so daher, man redet über dieses und jenes, und wenn man sich nach einigen Tagen wiedersieht, redet man über etwas anderes. Jetzt aber knüpft jede Begegnung an frühere Begegnungen an, und wir erleben beide, dass unsere Geschichte immer reicher wird und immer mehr Themen anzieht, die uns beschäftigen und berühren.

Und so entdecke ich, was *Liebe* in meinem Fall alles sein kann, denn Paula ist wie ein Spiegel, der mich meine eigenen Themen und Passionen heftiger und intensiver erleben lässt. Alles, was ich jetzt noch sage, denke und fühle, verläuft über eine *emotionale Brücke*, die sich jedes Mal beim Wiedersehen erneut zwischen uns aufbaut. Ich erkenne es daran, dass ich beinahe alles, was ich in den Stunden des Getrenntseins denke und fühle, hinterher auch wieder mit Paula bespreche. Ich löse es von mir, fixiere es und biete es auf unserer emotionalen Bahn an, und ich erlebe, wie es dort abgeholt, aufgeladen und zurückgeschickt wird. (*Abholung, Aufladung, Rückkopplung – das sind die Lademomente der Liebesemotionen.*) So gesehen, löst die Liebe das Schweigen allmählich auf. Er gibt seine Geheimnisse eins nach dem andern preis, er redet, öffnet sich und verliert die Züge von Erstarrung und Isolation, die ihm zuvor deutlich anzusehen waren. (Die Liebe könnte mir wahrhaftig ein anderes, zweites Leben ermöglichen, das glaube ich jetzt.)

In letzter Zeit ist es manchmal vorgekommen, dass wir uns scheinbar durch Zufall mitten in Mandlica begegnen. So betrat ich neulich Albertos Buchhandlung und sah, dass Paula vor einem Regal stand und sich sofort umdrehte, als ich in den Raum kam. Wir grüßten uns wie zwei halbwegs Fremde, Paula lachte dabei, es war, als spielten wir Theater. Auch in einem Lebensmittelladen sind wir uns begegnet, sie stand vor der Theke und bestellte gerade etwas Käse, als ich hinzukam. Wir grüßten uns wieder und führten (auf Italienisch) eine Unterhaltung über die Vorzüge bestimmter Käsesorten, und wir übertrieben es so, dass die Verkäuferin fast schwindlig wurde und die Sorten am Ende verwechselte. Ein ganz ähnliches Spiel führten wir in einem Dolci-Laden auf, als ein Verkäufer uns einige Schokoladen aus Mandlica kosten ließ. Wir kosteten, diskutierten, fragten nach den Rezepten, entwarfen selbst welche und blieben fast eine Stunde in dem Geschäft.

Ich habe eine Theorie, warum wir uns immer häufiger begegnen. Wir wollen uns im Grunde nicht trennen, nicht einmal für wenige Stunden. Es zieht uns stark hin zu dem anderen, und wir wollen unsere Unterhaltungen unbedingt fortsetzen. Die Kammerspiele in der Öffentlichkeit sind daher die Vorstufen zu späteren Auftritten, bei denen wir unsere Beziehung nicht mehr geheim halten. Neulich ist es bereits einmal geschehen, dass ich Paula nach dem gemeinsamen Verlassen eines Cafés kurz umarmt habe. Sie zuckte zusammen, und ich nahm den Arm sofort wieder von ihrer Schulter. Auch im Haus des Nobelpreisträgers sind wir uns einmal begegnet, leider waren Besucher da. Paula führte durch die Räume, und ich stellte Fragen wie ein vertrottelter Tourist, der noch nie etwas von den Werken des großen Lyrikers gehört hatte. Später, als die Besucher endlich verschwunden waren, küssten wir uns, schlossen die Türe ab und brachten neues Leben in das Kindheitsbett des Verehrten. Und so ist es meist: Sind wir uns irgendwo in Mandlica begegnet, eilt jeder für sich in die Pension, und wir treffen uns in meinem Zimmer. Das Fenster ist weit geöffnet, man müsste unser Lachen über unsere Spielereien unten auf der Straße hören, aber wir sind längst nicht mehr vorsichtig.

Manchmal ist Paula aber auch morgens beschäftigt, und ich sitze nach dem Frühstück noch eine Weile im Innenhof und unterhalte mich mit Maria. Bereits einen Tag nach meinem Gespräch mit Lucio erzählt sie mir, dass Lucio lange mit ihr darüber gesprochen habe. Ich frage sie, was er genau gesagt habe, und sie gibt es wieder, als wären es Sätze eines Fremden, zu dem sie keine nähere Beziehung unterhält. Zum ersten Mal, sagt sie, habe er ihr gegenüber von seinem erheblichen Drogenkonsum gesprochen und sogar lauter Details aufgefahren: Wo er das Zeug kaufe, wie viel es koste, dass er Schulden mache, um es zu bezahlen. Maria sagt, dass sie das alles nicht nur geahnt, sondern vieles auch gewusst habe. Sie führten, wie ich ja bereits wisse, einen getrennten Haushalt und wirtschafteten längst nicht mehr zusammen. Lucio gehöre das Restaurant, ihr die Pension, früher sei das alles noch eins gewesen.

Ich bin sehr versucht, Maria nach ihren Liebhabern zu fragen, und tue das schließlich auch, indem ich von ihrem Harem spreche. Das Wort gefällt ihr und erleichtert die Verständigung über das heikle Thema. (*Heikel? Wirklich heikel? Gibt es zwischen Maria und mir noch solche Themen? Nein, eigentlich nicht, ich könnte mit ihr über fast alles reden und sie wohl auch mit mir.*) Sie wird zum Glück auch nicht ernst, sondern behandelt das Thema genauso vital und drastisch, wie sie auch sonst die Weltthemen behandelt.

— Eine Zeitlang habe ich meinen Harem für meine eigene Dolci-Produktion gehalten. Ich leiste mir einen süßen Spanier und

nehme zum Kontrast einen herberen Japaner. Ich koste Philippinos, die sind, was den Sex betrifft, abenteuerlich talentiert, oder ich gehe mit einem Engländer ins Bett, dessen Frau gerade durch Mandlica trottet, um sich ein Paar überflüssige neue Schuhe zu kaufen. O mein Gott, manchmal war das alles ein richtiges Abenteuer, und ich habe neugierig darauf gewartet, was ich mit einem Gast oder was ein Gast mit mir alles so anstellen würde. Solche Aktionen laufen immer über denselben Trick: Wenn die Gäste gerade ihr Zimmer beziehen, trete ich mit dem Meldezettel auf und erkundige mich nach ein paar Details. Ich streife durch den Raum, ich gehe auf und ab, ich berühre dieses und jenes, und manchmal funkt es dann schon bereits. Eine flüchtige, nachlässige Berührung – und zack! – die Lippen begegnen sich. (Richtig, so war es auch in meinem Fall. Sie kam mit dem Meldezettel in mein Zimmer, und ich beobachtete, wie sie spielerisch und versonnen über die Kanten der Möbel strich. Schon damals spürte ich die geheime Erotik, die von diesen Gesten ausging. Was ist mit ihr? dachte ich. Und später, als sie mich auf den Mund küsste, hielt ich auch das nicht für einen Zufall. Sie hat etwas mit dir vor, dachte ich.)

– *In meinem Fall bist Du nicht sehr erfolgreich gewesen*, sage ich.

– *In Deinem Fall war alles anders, Du hast mich durcheinandergebracht. Nicht einmal die simple Frage, ob Du verheiratet seist, hast Du beantwortet. Und dann hast Du gleich alle Möbel umgeräumt und von Deiner Ethnologie gesprochen. Ich war richtig perplex, so einen merkwürdigen Gast hatte ich noch nie gehabt. Ich bin hinunter an meinen Computer gelaufen und habe Deine Daten eingegeben und habe recherchiert, was Ethnologie überhaupt ist. Einen Moment hatte ich sogar etwas Angst vor Dir. Du warst mir unheimlich.*

– Das ist nicht Dein Ernst.

– Aber ja, es ist mein Ernst. Anfangs hast Du kaum ein paar Worte gesagt und so durchdringend geschaut. Ich habe gedacht, Ethnologie ist eine Geheimwissenschaft, und der Mann ist eine Art Magier, der Geheimnisse im Nu erkennt.

– Und später? Wie war es später?

– Später habe ich mir Zeit gelassen für Dich. Übereile nichts, habe ich mir gedacht, dieser Mann bleibt Monate oder vielleicht Jahre. Er könnte einmal so etwas wie Dein Dauerliebhaber werden.

– Maria!

– Du hast mich gefragt, und ich antworte ehrlich. Du weißt, ich rede nicht um die Sachen herum.

– Aber dann warst Du zu spät. Paula ist Dir zuvorgekommen.

– Ja, das ist sie, aber das ist auch etwas anderes. Ich schätze Dich sehr, Paula aber liebt Dich.

– Und das respektierst Du?

– Unbedingt, ich mache in meinem Leben nicht noch einmal einen derart schlimmen Fehler wie im Falle Lucios.

– Aber was wird jetzt aus Lucio und Dir? Werdet Ihr Euch trennen?

– Ich weiß es nicht. Und Ihr beide, Paula und Du? Was werdet Ihr tun?

– Ach, Maria, ich weiß es auch nicht, im Augenblick weiß ich gar nichts.

Wir lachen beide, und ich stehe auf und gebe ihr einen Kuss. Um ein Haar hätte ich also vor einiger Zeit eine neue Freundin erhalten. Es wäre gewesen wie früher: ein entspannter Spaziergang, leicht, munter, vital. Ich hätte mich wohlgefühlt bei dieser Sache, und – wer weiß? – vielleicht hätten wir sogar Kinder bekommen und Maria hätte sich von Lucio getrennt. (*Kinder? Ist das Dein Ernst? Du hast in Deinem ganzen bisherigen Leben noch keine Minute an Kinder gedacht! Nein, habe ich nicht, das stimmt. Zu einer Beziehung mit Maria hätten aber Kinder gehört, ganz unbedingt. Und wieso? Mein Gott, ich weiß es nicht ganz genau, ich habe nur so eine Ahnung.*)

4

Alberto ist ein sehr guter Freund geworden, instinktiv habe ich in ihm genau jenen Menschen gefunden, mit dem ich mich über alle anstehenden Probleme unterhalten kann. Als wir an einem Nachmittag wieder in seiner Buchhandlung sitzen, sage ich ihm, dass ich mit Paula zusammenlebe. Er ist nicht erstaunt, er lacht vielmehr und beglückwünscht mich zu dieser Beziehung. Ich weiß, dass er Stillschweigen bewahren wird, aber ich bekomme von ihm – trotz all seiner Sympathien für Paula – zu hören, dass er selbst keineswegs sicher ist, ob unsere Beziehung lange Bestand haben wird. (Insgeheim vermute ich übrigens, dass auch Maria sich in dieser Hinsicht nicht sicher ist, ich kann aber nicht genau sagen, warum ich das glaube. Sie fragt mich häufig nach Paula und nach bestimmten Details, und ich antworte wahrscheinlich zu ausweichend und naiv. Beide, Maria und Alberto, haben uns aber noch nie zusammen gesehen, und ich nehme an, dass dieser Anblick vom ersten Moment an jede Skepsis zerstreuen würde. Und wieso? Paula und ich – wir sind uns in vielem sehr ähnlich, jeder halbwegs genaue Beobachter muss das bemerken. Ja, es gibt eine starke, auch äußerliche Ähnlichkeit von so manchen Liebenden. Eine ähnliche Größe, ein ähnlicher Gang, eine ähnliche Art, über etwas zu sprechen. Solche *Ähnlichkeit* ist nach meinen Beobachtungen ein untrügliches Zeichen dafür, dass eine Liebe lange Bestand haben wird.)

Ich bitte Alberto um einen Rat und frage ihn, ob Paula und ich unsere Beziehung weiter geheim halten sollen. Er zieht die Schultern einen Moment hoch, er ist sich unschlüssig, und als ich nachfrage, warum er sich unschlüssig ist, sagt er, dass mir eine eventuelle spätere Trennung von Paula, wenn sie publik werden würde, bei den Mandlicanern schaden und meine zukünftige Arbeit behindern würde. Die Mandlicaner, behauptet er weiter, trauen Paaren, die sich zusammentun und dann wieder trennen, nicht mehr. Sie begegnen diesen Getrennten weiter mit Freundlichkeit und Respekt, aber sie gehen ihnen, wo immer es geht, aus dem Wege. Wer einen anderen Menschen einmal derart enttäuscht hat, wird immer wieder andere Menschen enttäuschen – das glauben sie, und deshalb halten sie sich von solchen Menschen fern. Im schlimmsten Fall würden sie meine Forschungsarbeit blockieren oder sich ganz entziehen, ja, es könne sogar passieren, dass sie mit einer Veröffentlichung meiner Forschungsergebnisse nicht mehr einverstanden seien.

Die Beziehung mit Paula publik zu machen, stelle daher ein erhebliches Risiko dar. Das müsse ich wissen, sagt Alberto, um dann plötzlich und überraschend das Thema zu wechseln: Ob ich bereit sei, mit der alten Signora Volpi, der Mutter Matteo Volpis, zu sprechen. Erst neulich sei sie in seiner Buchhandlung gewesen und habe sich nach mir erkundigt. Sie sei neugierig auf mich, sie wolle mich kennenlernen, sonst nichts. Eine Befragung im Rahmen meiner Forschungen komme aber nicht in Frage. Ich bin einverstanden, und es fällt mir nicht auf, dass Alberto mich (wie schon einmal, als er mich auf das Haus unseres Nobelpreisträgers aufmerksam machte) auf den Weg schickt. Er gibt mir die Adresse, zeigt mir den Weg und lässt mich gehen. (Keinen Moment bin ich skeptisch oder ahne ich etwas, ich ziehe los, ohne mir die geringsten Gedanken zu machen.)

Das Haus der Signora liegt auf einem Hügel neben dem alten Kastell, es steht dort allein, mitten auf der Höhe, und es erweckt, wenn man sich ihm von unten her nähert, den Eindruck eines herrschaftlichen Besitzes, der von einer hohen, aber unauffälligen Mauer umgeben ist. Es gibt sogar ein richtiges, ebenso herrschaftliches Tor, das sich nach einer kurzen Unterhaltung durch eine Sprechanlage auf einen Knopfdruck hin öffnet. Man geht einen breiten Kiesweg zum Haus hinauf, und man ist erstaunt, wie groß dieses Grundstück ist. Es besteht aus lauter Olivenhainen und Weinbergen, die sich über alle

Seiten des Hügels erstrecken. Das Land ist gut bewirtschaftet, die Bäume sind beschnitten, oben im Haus könnte auch ein alter Landadliger von jenem Schlage leben, wie ihn Tomasi di Lampedusa in seinem Roman beschrieb. (Aber ich bringe diesen Eindruck nicht in Verbindung zu anderen, vorigen Eindrücken und ahne nichts und betrete das Haus auf dem Hügel dann wie ein naiver Tor.)

Als ich im Haus ankomme, werde ich zunächst von einer Frau mittleren Alters begrüßt, die sich als Haushälterin der Signora bezeichnet. Ich warte einen Moment in der Eingangshalle und bemerke, dass das Haus weitaus weniger groß ist, als es von unten, von der Stadt her, erscheint. Im Erdgeschoss gibt es einen mittleren Raum und zwei rechts und links angrenzende Räume, und eine Treppe führt hinauf in den ersten Stock, wo sich anscheinend erneut nur drei Räume derselben Größe befinden. In der Eingangshalle steht ein *Steinway*, er ist geöffnet und schaut einen so von der Seite her an, als wollte er einem zuflüstern: *Komm, Freundchen, zeig, was Du kannst!* (Ich habe Pianisten immer sehr bewundert, denn ich selbst könnte niemals Klavierspielen. Unmusikalisch bin ich wohl nicht, aber ich spiele kein Instrument.)

Ich stehe neben dem Steinway, als Signora Volpi erscheint. Ich hatte sie mir als eine alte, zerbrechliche Frau vorgestellt, die ab und zu noch ein paar Spaziergänge durch Mandlica in schweren, schwarzen Kleidern oder weiten Mänteln unternimmt. Jetzt aber begegne ich einer aufrechten, weißhaarigen Frau in schwarzen Hosen mit grauer Bluse, sie trägt keinerlei Schmuck, nur in ihren kunstvoll hochgesteckten Haaren befindet sich eine silberne Spange. Sie kommt rasch auf mich zu, gibt mir die Hand, begrüßt mich und sagt:

— *Spielen Sie etwa Klavier? Nein, das kann nicht sein, Sie spielen doch kein Klavier!*

Selten habe ich einen merkwürdigeren Auftakt eines Gespräches erlebt. Sie redet mit mir, als kennte sie mich bereits oder als hätte sie von irgendwem bestimmte Informationen erhalten. Dieser Auftakt überrascht mich so, dass ich durcheinandergerate und ebenso seltsam antworte:

— *Und Sie?! Sie spielen doch auch kein Klavier. Warum steht dann aber der Steinway hier, können Sie mir das verraten?*
— *Sie könnten es längst wissen, Signor Merz.*
— *Ich könnte es wissen, wie kommen Sie darauf?*
— *Sie wissen doch, dass ich hier nicht immer allein bin. Mein Sohn kommt mich regelmäßig besuchen, Sie haben doch bereits mehrmals mit ihm gesprochen. Matteo, das kluge Kind — Matteo spielt fantastisch Klavier.*

Sie lacht so laut, als wäre sie die Patronin eines Theaters und als wären wir alle ihre Kinder, die zu ihrem Vergnügen ein Stück mit dem Titel *Sizilianisches Leben* aufführen. Sie deutet an, dass wir nach links, in das angrenzende Zimmer, gehen sollen, und als wir das tun, kommen wir in einen mit alten Möbeln sehr *geschmackvoll* eingerichteten Raum (ich mag dieses Wort nicht, aber es passt nun einmal genau zu dieser Möblierung, sie ist *ge-*

schmackvoll, und das meint: Es zeigt sich kein individueller Geschmack, sondern der Raum wurde eingerichtet, um *einen bestimmten Geschmack* zu demonstrieren). Wir setzen uns an einen kleinen Tisch und schauen durch die hohen Flügeltüren direkt nach draußen, auf eine Terrasse und auf das umgebende Land.

– Von unten aus hat das Haus Stil, finden Sie nicht auch? fragt Signora Volpi, wartet aber nicht auf meine Antwort, sondern sagt weiter: *Ist man aber erst einmal hier oben, fällt es leicht ab. Es wirkt plötzlich kleiner, es schnurrt zusammen wie ein aufgeblasener Luftballon, dem dann die Luft ausgeht. Macht nichts! sage ich immer. Das Haus hat nämlich genau die richtige Größe für eine ältere Frau, die allein lebt. Was soll ich mit mehr Zimmern, das wäre doch Unsinn! Viel wichtiger ist das umgebende Land, und dieser Grund und Boden ist wirklich beachtlich. Zehn Hektar, mein Lieber! Das hätten Sie nicht vermutet, nicht wahr? Ein Mensch braucht um sich gehörig viel Raum, als Abstand zu seinesgleichen sowie als Luft zum Denken und Atmen! Weite Natur in direkter Umgebung eines Hauses ist das Wichtigste überhaupt, sage ich oft. Die Römer haben davon sehr viel verstanden, wie die Römer überhaupt die ersten Experten des profanen Raums waren. Die Griechen dagegen ahnten von Raumwirkungen höchstens beim Bau ihrer Tempel, aber sie dachten insgesamt zu viel an die öden, sprachlosen Götter und an all die schwer und traurig machenden religiösen Kulte für Apoll, Athene und Zeus. Die Römer dagegen haben es mit Göttern und Religion nie übertrieben, sie fanden die rechte Leichtigkeit in diesen Dingen, fiel Ihnen das auch schon einmal auf? Ich jedenfalls habe das schon sehr früh bemerkt und bin den Römern und nicht den Griechen gefolgt. Ein kleines Gut auf der*

Höhe eines Hügels mit viel Land drumherum – das ist es, das ist mein Tusculum.

Oh, ist sie brillant! Sie redet und redet und wartet keinen Moment darauf, dass ich etwas sage. Sie spricht von den Römern, den Arabern und den Normannen, sie entwirft die halbe Geschichte Siziliens wie ganz nebenbei, und sie scheint alles gelesen zu haben, was diese Geschichte erhellt. Vor allem aber hat sie die sizilianische Literatur selber gelesen, sogar die arabischen Poeten des Mittelalters, die angeblich herrliche Gedichte auf die schönen Gärten Siziliens geschrieben hätten, zitiert sie, und es hört sich an, als wären diese (mir unbekannten) Poeten ihre direkten Vorfahren gewesen.

Während dieser Suada, die mich hellwach hält und die ich am liebsten sofort aufzeichnen würde, wird etwas Tee mit Gebäck serviert. Diese Aufgabe übernimmt Signoras Haushälterin, die mehrfach das Zimmer betritt, kein Wort sagt und anscheinend große Erfahrung darin besitzt, wie Signora sich alles wünscht. Die aber redet weiter, auch als wir bereits Tee trinken, sie verliert keine Silbe über das Getränk, und ich trinke den besten Tee, den ich seit langem getrunken habe.

Ich höre zu, es macht mir nichts aus, nicht zu Wort zu kommen (im Gegenteil, es ist eine Erlösung), und ich beginne, die Themen der Signora mit einigen Menschen aus Mandlica, die ich inzwischen kennengelernt habe, in Verbindung zu bringen. Es ist klar, dass sie mit Alberto befreundet ist, er füttert sie mit Lektüre, und sie füttert ihn wiederum mit ihren frischen und klugen Leseeindrücken. Klar ist auch, dass sie aus Matteo, ihrem einzigen Sohn, ein Kind des großen Wissens und Lernens gemacht hat. (Ich vermute, sie hat sich einen tatkräftigeren, entschiedeneren Sohn gewünscht, Matteo ist ihr vielleicht etwas zu besonnen, langsam und umständlich.) Und während ich weiter nachdenke, komme ich plötzlich auch wie von selbst auf Adriana Bonni. Könnte es nicht sein, dass Adrianas Vorliebe für die alte griechische und lateinische Literatur durch die Signora angeregt wurde? Und weiter (und nun vermute ich bereits nichts mehr, sondern weiß es ganz sicher): Hat die Signora nicht auch Paula mit der sizilianischen Literatur bekannt gemacht und ihre große Liebe zu dieser Literatur geweckt?

Plötzlich bricht sie ihre Suada ab, schaut mich an und fragt:

— *Mein lieber Signor Merz, warum sagen Sie eigentlich nichts?*

— *Oh, Signora, ich wollte nicht unhöflich sein, und ich höre Ihnen sehr gerne zu. Vieles, von dem, was Sie sagen, ist neu für mich.*

— *Keine Schmeicheleien bitte, das ersparen wir uns. Nur noch eine Letzte: Ich habe auch sehr viel Gutes von Ihnen gehört. Sie bringen Mandlica auf Trab und heben das Selbstwertgefühl seiner Bewohner. Das ist gut. Auf Ihre Forschungsergebnisse bin ich sehr gespannt. Aber was das große Dolci-Projekt unseres Bürgermeisters angeht, sollten Sie nicht zu viel Zeit investieren. Sie arbeiten in dieser Sache ja wohl mit meinem Sohn Matteo zusammen. Was halten Sie denn von ihm? Ist er ein guter Partner?*

— Ja, das ist er, Signora, wir kommen gut miteinander aus.

— Das wundert mich nicht, Signor Merz. Matteo ist sehr zurückhaltend, zu einem richtigen Streit ist er gar nicht fähig. Er ist ein Mensch, der alle und jeden versteht, der den Unglücklichen zuredet und seine Arme öffnet für alle, die sich nicht recht verstanden fühlen. Das ist übrigens auch die Ursache dafür, dass viele Frauen ihn mögen. Und die Konsequenz daraus ist leider, dass mein Sohn noch immer unverheiratet ist. Ich habe mir immer einen verheirateten Sohn mit Kindern gewünscht, aber wenn ich davon rede, legt Matteo die Ohren an und verschwindet an seinen Steinway. Der Steinway soll ihm anscheinend seine Kinder gebären, so lege ich seine Fluchtbewegungen aus. Sie dagegen haben es richtig gemacht, denn Sie sind ja auf dem besten Weg zu einer Heirat.

— Ich, Signora?! Ich bin auf dem Weg zu einer Heirat?!

Sie lacht wieder, als wäre mir in ihrem Stück gerade eine besonders gute Passage gelungen. Dann steht sie auf, ruft nach ihrer Haushälterin und bittet sie, draußen, vor dem Eingang, nachzuschauen, ob Paula bereits eingetroffen sei. (Paula? Warum sollte Paula bereits eingetroffen sein?)

— Sprechen Sie gerade von Paula? frage ich die Signora.

— Ja natürlich, antwortet sie, *ich spreche von Ihrer Verlobten.*

— Von meiner Verlobten, Signora? Paula und ich — wir sind nicht miteinander verlobt.

— Sie sind wirklich noch nicht verlobt? Na dann wird es aber Zeit, höchste Zeit. Oder haben Sie etwas dagegen?

Habe ich etwas gegen eine Verlobung? Habe ich?! Nun antworte, rasch und entschieden (und denke jetzt nicht lange nach und rufe keine Argumente dafür oder dagegen ab, Du bist in dieser Sache doch längst sicher)!

– *Nein, Signora, ich habe überhaupt nichts dagegen. Ich habe an eine Verlobung nur noch nicht gedacht, weil eine Verlobung bei uns in Deutschland nicht dieselbe Bedeutung besitzt wie hier in Sizilien. Viele Deutsche, die heiraten wollen, verloben sich nicht, sondern heiraten gleich.*

– *Ich weiß, Signor Merz. Ich selbst halte eine Verlobung jedoch für eine schöne, angebrachte Sache. Ein Liebespaar rückt noch enger zusammen, zeigt nach außen, dass es sich für eine spätere Heirat entschieden hat, und lebt im aufregenden Stadium der Erwartung einer baldigen Hochzeit. Ist das etwa nichts? Sollte man diese guten Sitten einfach übergehen, nur weil es bequemer ist? Ich bin gewiss keine Anhängerin altmodischer Bräuche, aber eine Verlobung ist nichts Altmodisches, sondern etwas durch und durch Spirituelles.*

– *Ja, Signora, ich verstehe gut, was Sie meinen, und ich teile durchaus Ihre Ansicht. Verlobt zu sein, ist so etwas wie ein spiritueller Freudenzustand zu zweit, ein leichtes und seit langem ersehntes Schweben und Balancieren zwischen dem alten Gestern und dem neuen Morgen.*

– *Schreiben Sie auch Poesie?*

– *Nein, Signora, bisher ist mir noch kein einziger Vers gelungen, obwohl ich manchmal in Versen denke.*

– *Sie denken manchmal in Versen? Ist das nicht gefährlich?*

– *Nein, Signora, es öffnet vielmehr das Herz.*

– *Es öffnet das Herz? Ist das von Ihnen? Aber nein, das ist nicht von Ihnen, das hat einer unserer alten arabischen Poeten in seinen »Gesängen auf Sizilien« geschrieben. Ich erinnere mich, es war ein Dichter aus dem zwölften Jahrhundert. »Sizilien –/ und das Herz, das sich öffnet« – so heißt es exakt.*

— Eine schöne Stelle, Signora, nicht wahr?

— Eine sehr schöne Stelle, Signor Merz. Aber nun lassen Sie uns schauen, ob Paula inzwischen eingetroffen ist. Ich hatte sie ebenfalls zu unserem Tee geladen.

Sie geht voraus, nach draußen, auf die Terrasse, und ich sehe, dass sich Paula bereits auf dieser Terrasse befindet und mit der Haushälterin spricht. Als sie uns erkennt, kommt sie auf uns zu, begrüßt die Signora und gibt mir einen Kuss auf die rechte und linke Wange. Dann setzen wir uns zusammen nach draußen, und die Haushälterin versorgt uns weiter, jetzt mit Tee und anderen, diesmal alkoholischen Getränken sowie mit kleinen Broten, die mit verschiedenen Pasten bestrichen und mit kleinen Gemüsestreifen belegt sind. Wir unterhalten uns, und ich bemerke, dass es Paula viel leichter als mir fällt, mit der Signora zu sprechen. Sie spricht von uns allen sogar am meisten, sie erzählt von ihrer neuen Übersetzung, von einigen Gästen in der Pension (lauter sehr Skurriles und Komisches, das die Signora immer wieder zum Lachen bringt) und von der Ernte auf ihrem Landgut (von dem ich inzwischen auch weiß, wer es zuerst als *Landgut* bezeichnet hat).

Wir haben uns vielleicht eine Stunde unterhalten, als die Signora (wiederum sehr plötzlich, ohne Ankündigung, mitten ins Gespräch hinein) sagt:

— Liebe Paula, Signor Merz hat mir eben gestanden, dass er sich gerne mit Ihnen verloben würde. Und zwar sofort, und zwar am besten hier und jetzt! Für mich wäre das eine große Freude. Tun Sie mir den Gefallen? Irgendwann werden Sie sich

sowieso verloben, da können wir es auch gleich hier und jetzt tun.

Ich glaube einen Moment, nicht recht gehört zu haben. Ich sitze stumm da, rege mich nicht und starre Paula an. Ich sehe, wie überrascht sie ist, sie fährt sich mit der Rechten durchs Haar, sie lacht verlegen und schüttelt den Kopf, als hätte sie gerade eine besonders gute Pointe in unserem Stück zu hören bekommen. (*Sizilianisches Leben* kommt mir als Titel jetzt erheblich zu bieder vor, *Cavalleria rusticana* ist schon besser. Von wem ist diese Oper noch gleich? Von Mascagni, oder? Ja, von Pietro Mascagni. Und von wem ist die Geschichte, von wem ist der Text? Du meine Güte, die Signora hat mich bereits mit ihren *Siciliana* infiziert ...)

— *Paula, was ist denn los? Warum lachen Sie denn? Haben Sie zu dem mutigen und schönen Angebot etwa gar nichts zu sagen?* fragt die Signora.

Paula lacht noch einen Moment, dann aber steht sie auf, und ich stehe ebenfalls auf, und die Signora steht auf, und ich weiß, dass ich mich nun zusammennehmen muss, um von meinen Gefühlen nicht überwältigt zu werden. Denn ich ahne, was Paula sagen wird, und dann höre ich es (und denke: *Es ist nicht wahr, Benjamin, Du bist verrückt, es ist alles nur ein munteres, sizilianisches Spiel.*)

— *Beniamino*, sagt Paula, *ich freue mich sehr! Wir machen es so, wie Du es vorgeschlagen hast. Hier und jetzt, und sofort! Wir verloben uns, und die Signora ist unsere Zeugin.*

Paula und ich – wir gehen aufeinander zu, und ich spüre wie in Trance, dass wir uns küssen. Wir umarmen und küssen uns, wir lassen gar nicht mehr voneinander. Und so bekommen wir auch nicht mit, dass die Signora kurz von der Terrasse verschwindet und uns allein lässt. Dann aber hören wir von drinnen eine leise Musik (ist das etwa Mascagni?), und die Tür zur Terrasse öffnet sich wieder, und die Signora kommt wieder zu uns heraus. Sie hält eine kleine dunkelrote Schachtel in Händen, sie öffnet sie, und wir sehen, dass sich in der mit Samt ausgelegten kleinen Schachtel ein Ring befindet.

– *Hier ist der Verlobungsring, Kinder!* sagt die Signora. *Es ist ein Ring meiner Mutter, und es ist mein Beitrag zu diesem herrlichen Tag. Ich gratuliere Euch. Und nun, Signor Merz – oder darf ich Sie jetzt Beniamino nennen? –*

– *Ja natürlich, Signora, das dürfen Sie.*

– *Und nun nehmen Sie den Ring und schmücken Sie damit die Hand Ihrer Verlobten.*

Ich tue genau, was sie sagt: *Ich schmücke die Hand meiner Verlobten mit einem türkisfarbenen Stein* (ist das etwa auch arabische Poesie des 12. Jahrhunderts? – ich habe so eine Vermutung). Darauf serviert die Haushälterin Champagner, und wir stehen nun zu dritt auf dieser weiten Terrasse, von der aus man über ganz Mandlica hinweg bis zum Meer schaut, und trinken ein Glas. Wir bleiben noch eine Weile, doch dann verabschieden wir uns und gehen in enger Umarmung den Weg hinunter in den Ort.

– *Jetzt sagen wir es allen*, sagt Paula, *jetzt hören wir auf mit dem Versteckspiel.*

– *Ja*, antworte ich, *wir gehen in jede Bar an unserem Weg und trinken mit den Gästen ein Glas und sagen allen, dass wir uns eben gerade verlobt haben. Hast Du eigentlich von diesem Plan der Signora etwas gewusst?*

– *Nein, habe ich nicht. Und Du?*

– *Nein, ich auch nicht. Sie hat das Ganze geschickt geplant, sie hat uns einfach den letzten Anschub gegeben, damit wir es endlich hinter uns bringen.*

– *Ich vermute, sie hat es gemeinsam mit Alberto geplant, die beiden sind sehr enge Freunde.*

– *Ja, das könnte sein. Ich habe mit Alberto viel über das Thema Verlobung gesprochen.*

– *Hast Du? Und er hat davor gewarnt, stimmt's?*

– *Ja, hat er. Aber ich glaube, es war eine Warnung pro forma, letztlich wollte er doch, dass wir es riskieren, unbedingt und sofort. Du kennst die Signora schon lange?*

– *Ja, seit ich hier lebe. Ist sie nicht eine wunderbare Person? Sie hat mir das Sizilianische beigebracht, und sie hat mich früher alle paar Tage zu sich eingeladen. Sie ist wie eine Mutter zu mir, deshalb hat sie die Sache mit der Verlobung jetzt wohl auch so entschlossen in die Hand genommen. Früher vermutete ich manchmal, sie wolle mich mit ihrem Sohn verkuppeln, aber ich sagte ihr, dass aus Matteo und mir niemals etwas wird. Danach war das Thema erledigt.*

– *Und warum konnte aus Matteo und Dir nie etwas werden?*

– *Matteo ist zu bedächtig und kontrolliert, ich mag so etwas nicht. Und außerdem mag ich nicht, wie er Klavier spielt.*

– *Wie spielt er denn Klavier?*

– *Er schließt die Augen dabei, und die Spitze seiner Zunge hängt leicht über die Unterlippe, während er Chopin spielt.*

– *Aber das passt doch zu Chopin!*

— Passt das? Ich habe keine Ahnung, ich finde es gefühlig.

— Ja, er ist ein wenig gefühlig. Er hat seinen Umgang mit dem Schönen, Guten und Wahren nie richtig geklärt, einige Gefühlsstoffe haben sich da wohl verhakt.

— Ja, richtig verhakt und verstopft. Irgendwie wirkt er verstopft, ich kann mir nicht helfen.

— Lassen wir ihn weiter Chopin spielen, was meinst Du?

— Ja, lassen wir ihn in Ruhe und feiern wir unsere Verlobung!

Wir gehen von Bar zu Bar, und in jeder trinken wir ein Glas mit den Gästen. Als wir in der Bar unterhalb der Pension ankommen, hat sich unsere Verlobung bereits herumgesprochen. Gruppen von Passanten stehen auf dem kleinen Vorplatz und sprechen darüber. *Der deutsche Wissenschaftler hat sich mit Paula verlobt! Wie bitte? Ist das wahr?! Paula hat sich wirklich verlobt, mit diesem Gedankenleser aus Deutschland? Ja, mit dem, mit dem Gedankenleser!* Wir werden gefeiert, und ein älterer Mann stimmt ein Lied für uns an, wir stehen lange vor der Bar, und Paula singt am Ende mit. Von überall strömen jetzt die Menschen herbei, sogar ältere Frauen, die sonst eine so große Scheu haben, sich an solchen Plätzen zu zeigen, kommen aus ihren Häusern. Einige haben frische Blumen dabei, und Paula wird eifrig beschenkt. Der ältere Mann, der das Lied angestimmt hat, kommt zu mir und sagt:

— Signor Merz, es ist schön, dass Sie sich verlobt haben, und dann noch in eine so schöne Frau! Jetzt brauchen Sie aber auch ein schönes Haus, ich werde mich umsehen!

Ich danke ihm und unterhalte mich mit ihm eine Weile über leer stehende Häuser in Mandlica. Er zählt einige auf und kalkuliert gleich auch die eventuellen Kosten der Renovierung. Dann erscheint auch eine ältere Frau, an die ich mich dunkel erinnere. Ich weiß aber nicht, wo ich sie bereits gesehen habe.

– *Erinnern Sie sich denn noch an mich?* fragt sie, und als ich verneine, sagt sie: *Ich habe Ihnen einmal die Hand gegeben, als Sie ganz allein unseren Dom verließen. So etwas bringt Glück, denn um einen Mann, der noch allein ist und dem eine ältere Frau von sich aus die Hand gibt, kümmert sich die Jungfrau Maria.*

Ich lache verlegen, sie denkt, dass ich ihr nicht glaube, deshalb wiederholt sie, was sie zuletzt gesagt hat und fügt noch hinzu, es gebe ein altes sizilianisches Sprichwort: *Wem eine Alte das Brot bricht, um es der Jungfrau Maria zu reichen, dem werden Braut, Haus und Hof.* Ich schreibe mir den Text auf und danke ihr, und wenig später ziehe ich mit Paula weiter, den gesamten Corso der Stadt entlang, während die Menge der Menschen uns von Bar zu Bar folgt und immer größer wird.

Als ich ein paar Stunden später für ein paar Minuten allein in meinem Zimmer bin, rufe ich meinen Bruder Martin in Köln an:

– *Martin? Ich bin's, Benjamin.*
– *Benjamin? Du? Um Gottes willen! Ist etwas passiert?*
– *Nein, es ist nichts passiert.*
– *Aber Du rufst doch sonst nicht an, was ist los?*
– *Martin, ich möchte mit Dir etwas besprechen.*
– *Etwas Unangenehmes, Benjamin?*
– *Nein, etwas Schönes.*
– *Also gut, dann leg los.*

— Martin, Du weißt, ich habe zu Euch vieren nicht den besten Kontakt, über die Gründe sprechen wir jetzt nicht, das ist ein anderes, altes Thema. Mit Dir komme ich noch am besten aus, auch das weißt Du. Und weil ich mit Dir noch am besten auskomme, erfährst Du jetzt eine Neuigkeit, die Du den anderen mitteilen oder beibringen sollst. Es ist eine Nachricht, die ihr bestimmt nicht erwartet, und ich möchte Dich bitten, diese Meldung nicht gleich niederzuschreien, nur weil sie Euch überrascht und aus der Fassung bringt. Ihr seid große Schreibhälse, Ihr habt mich die halbe Kindheit lang niedergeschrien.

Seltsam, er sagt nichts, es ist, als sei das Gespräch unterbrochen.
— Martin, bist Du noch da?

Es ist weiter still, ich höre ihn nicht, und ich schaue auf das Display. Es zeigt an, dass das Gespräch weiterläuft.
— Martin, hörst Du mich?
— Ja, Benjamin, ich höre Dich. Und weißt Du was? Ich weiß genau, was Du mir gleich sagen wirst.
— Du weißt was?!
— Du wirst heiraten, stimmt's?
— Wie bitte?! Wie kommst Du denn darauf?
— Als Du nach Sizilien gefahren bist, habe ich zu den anderen gesagt: Jetzt verlieren wir ihn für immer, er wird in Sizilien heiraten.
— Stimmt das? Ist das Dein Ernst?
— Ja, das stimmt, wir haben gewettet. Und nun habe ich die Wette gewonnen.
— Ja, hast Du. Ich habe mich heute verlobt.

Es ist wieder still, und ich weiß, dass die Nachricht jetzt mit starker Verzögerung in ihm ankommt. Er sagt nichts mehr, er hat, obwohl er es ja angeblich gewusst hat, an dieser Nachricht zu kauen. Ich lasse ihm Zeit, ich sage auch nichts, dann sagt er:

– Benjamin, Kleiner! Das ist die schönste Nachricht, die Du mir hättest mitteilen können. Ich habe viele Jahre gehofft, dass so etwas geschieht, und ich habe Dir, verdammt noch mal, immer die Daumen gedrückt. Kleiner?! Hörst Du mich? Was denkst Du, welche Freude Du heute unseren lieben Eltern gemacht hast! Die tanzen jetzt im obersten Stockwerk des Himmels, die tanzen ununterbrochen ... – und ich, verdammt noch mal, habe jetzt Tränen in den Augen, mein Kleiner. Ja, es ist so, Benjamin, ich stehe in meinem Zimmer hier in der Klinik mit Tränen in den Augen. Und ich schmeiße jetzt den ganzen Kram hin und fahre nach Hause und rufe von dort die anderen an. Verdammt noch mal, Kleiner, was Du in Deinem Alter noch drauf hast! Ich bin stolz auf Dich, Du machst uns allen noch etwas vor! Aber sag, wie heißt Deine Verlobte, und was ist sie von Beruf?

– Sie heißt Paula und ist von Beruf Übersetzerin. Ihr gehört zusammen mit ihrer Schwester die kleine Pension, in der ich wohne.

– Sie ist Deutsche?

– Sie kommt aus Bayern und lebt seit vielen Jahren in Mandlica. Eigentlich ist sie längst eine Sizilianerin und ein wenig auch eine Griechin.

– Wunderbar, mein Kleiner, ich stelle sie mir bereits vor: Eine schönere Frau gibt es in Köln-Mülheim auf keinen Fall.

– In Ehrenfeld, Nippes und Kalk auch nicht.

– Dort auch nicht?!

– Nein, nirgends in Köln.

Ich höre ihn lachen, ich höre, wie er sich die Nase putzt. Es ist jetzt genug mit dieser Hochstimmung, mir ist nicht ganz wohl dabei. Ich verabschiede mich, aber er fragt noch nach der Hochzeit.

— *Das dauert hier in Sizilien eine Weile*, sage ich. *Zwischen Verlobung und Hochzeit liegt mindestens ein halbes Jahr.*

— *Dann feiert Eure Hochzeit doch zu Ostern. Dann kommen wir vier mit unseren Familien.*

— *Ja, mal sehen, Martin, ich melde mich wieder. Jetzt feiere ich erst einmal Verlobung.*

— *Und wie feiert man das?*

— *Mit dem ganzen Ort, in großer Runde.*

— *Und dann?*

— *Dann verreist man eine Woche zu zweit. Nicht zu lange, nicht zu weit.*

— *Und das macht Ihr jetzt auch?*

— *Ja, das machen wir auch. In ein paar Tagen fahren wir aufs Festland, hinauf nach Apulien, an der Küste entlang, ziellos, einfach die Küste hinauf und wieder hinab.*

— *Benjamin, schick mir bitte ein Foto von Euch, versprichst Du mir das?*

— *Ja, mache ich.*

— *Und noch eins: Brauchst Du Geld?*

— *Später, Martin. Später brauche ich vielleicht in der Tat etwas Geld.*

Er lacht wieder, die Nachricht hat ihn wirklich gepackt. Ich glaube ihn noch lachen zu hören, als das Gespräch längst vorbei ist. Dann schließe ich kurz die Augen und sehe uns fünf, wie wir am Tisch der lieben Eltern sitzen und warten, bis sie ausgetanzt haben.

— *Was ist das eigentlich für ein Tanz?* fragt Martin in die Runde.

— *Das ist eine Tarantella*, antworte ich.

— *Halt die Klappe, Kleiner*, sagt mein Bruder Josef, *ein Schwachkopf wie Du ist hier nicht gefragt.*

5

Wir fahren mit meinem Wagen bis nach Messina und setzen dort über aufs Festland, dann fahren wir weiter an der apulischen Küste entlang. Wir machen hier und dort halt und baden an einsamen Küstenstellen im Meer, wir übernachten in einem kleinen Hafen eines winzigen Ortes mit höchstens einhundert Häusern. Zwei Tage sind wir so unterwegs, dann erreichen wir die alte Hafenstadt Brindisi. Bis dorthin wollten wir fahren, nicht weiter, doch als wir plötzlich auf der Autobahn einen Wegweiser zum Hafen sehen, auf dem die Fährverbindungen nach Griechenland, Albanien und in die Türkei angezeigt sind, sagt Paula:

— *Sie fahren von hier aus nach Griechenland! Es ist gar nicht weit! Was meinst Du?*

— *Du meinst, wir sollten ein Fährschiff nehmen?*

— *Das ist doch eine wunderbare Idee. In ein paar Stunden sind wir zum Beispiel in Korfu.*

— *In Korfu? Bist Du Dir sicher?*

— *Aber ja, Korfu liegt doch Brindisi direkt gegenüber. Ach komm, lass uns diesen Abstecher machen. Wir haben so häufig von Griechenland gesprochen, und nun stehen wir schon vor der Tür.*

Wir fahren in das Hafengelände und finden dort den überlaufenen Terminal, in dem man die Tickets für die Griechenland-Fahrten kauft. Das Fährschiff legt am späten Abend ab und braucht bis Korfu ungefähr sieben Stunden. Wir überlegen nicht lange, wir kaufen ein Ticket für eine kleine Kabine zum Übernachten und rollen keine zwei Stunden später mit Hunderten anderer Griechenland-Reisender zusammen in den weit geöffneten, nach Benzin und Metall riechenden Rachen der Fähre. Später stehen wir oben auf Deck und erleben, wie das Schiff langsam ablegt. Ein paar kleine Lotsenboote begleiten es bis aufs offene Meer, dann drängt sich eines der Boote dicht an den Rumpf unseres Schiffes heran, und der Lotse springt leichtfüßig von Bord. Die Fähre sendet ein lautes Signal, wir nehmen Kurs auf die Insel Korfu, und eine halbe Stunde später sind wir auf weiter See, unter dem blank geputzten Sternenhimmel.

– Bist Du je in Griechenland gewesen? fragt Paula.
– Nein, nie, und Du?
– Ich auch nicht. Und ich frage mich gerade, warum eigentlich nicht.
– Ja, warum nicht? Du bist doch eine Insulanerin, da hätte es gut gepasst, auf die griechischen Inseln zu reisen.
– Ja, hätte es. Ich wollte aber erst Griechisch lernen, und als ich Griechisch konnte, wollte ich nicht allein reisen. Allein nach Griechenland? Das geht doch nicht.

— *Nein, das geht wirklich nicht. Aber jetzt bist Du nicht mehr allein, Du bist überhaupt nie mehr allein.*

— *Nein, bin ich nicht. Ich kann es noch gar nicht glauben, ich muss mich erst noch daran gewöhnen.*

— *Und wie ist es — nicht mehr allein, sondern zu zweit?*

— *Soll ich Dir etwas sagen? Es kommt mir so vor, als sei ich niemals allein, sondern schon immer zu zweit gewesen.*

— *Seltsam, mir geht es genau so. Ich habe die Zeiten des Alleinseins schon so gut wie vergessen, dabei waren es recht lange Zeiten.*

— *Ja, diese Jahre sind wie ausgewischt.*

— *Wie ausgewischt und vergessen.*

Wir schlafen in einer der engen Kabinen, die beiden Betten liegen übereinander. Frühmorgens, kurz nach vier, werden wir von einer lauten Stimme auf Griechisch geweckt:

— *Was sagt er?* frage ich.

— *Er sagt, wir sind gleich in Korfu, die Lichter der Insel sind bereits in der Ferne zu sehen.*

Wir ziehen uns an und gehen wieder auf Deck und sehen am Horizont die schmalen Lichterstreifen der Küste Korfus, unterbrochen von tiefschwarzen Partien. Wir trinken einen starken Kaffee, essen aber nichts, dann bringen wir unser leichtes Gepäck hinunter zum Wagen. Wenig später legt das Schiff an, es ist gegen fünf, die Stadt Kerkira liegt noch im Dunkel, nur der Hafen ist gut erleuchtet, ein tiefgelbes Terrain mit sehr wenigen Menschen, auf dem ein paar Autos nervös kreisen. Als wir aus dem Schiff mit dem Wagen aufs Land rollen, fragt Paula:

— Wollen wir in Kerkira bleiben?

— Es ist noch sehr früh, in Kerkira wird noch nichts los sein, lass uns doch weiterfahren, hinaus aufs Land, an der Küste nach Süden entlang, nach Kerkira fahren wir später.

Wir kaufen im Hafen eine Landkarte und studieren sie ein paar Minuten, dann trinken wir noch einen zweiten Kaffee, und Paula übernimmt das Steuer, um uns in den Süden zu fahren. Wir sind still, wir reden kaum ein paar Worte, wir sind beide sehr angespannt, es ist, als wären wir auf einem fremden Kontinent gelandet. Manchmal sagt einer von uns etwas Knappes, Kurzes, aber es ist meist nur ein Ausruf, der den anderen auf etwas aufmerksam macht.

Eine halbe Stunde später haben wir die Stadt bereits verlassen und rollen auf einer breiten, gut ausgebauten Straße nach Süden. Plötzlich biegt die Straße zum Meer hin ab und wird schmaler, und wir fahren sehr langsam und werden laufend von schnelleren Wagen überholt, die ein festes Ziel ansteuern. Es wird langsam heller, aber wir halten nicht an, sondern fahren weiter, mindestens anderthalb Stunden sind wir so unterwegs. Manchmal trinken wir einen Kaffee, essen etwas Gebäck und halten immer wieder an einigen besonders schönen Küstenpartien. Das Meer ist ganz anders als in Sizilien, es ist vollkommen glatt und ruhig und wie ein stiller Teich. Am Horizont zeichnen sich die Küstenlinien des griechischen Festlands ab, so dass man nicht ins Offene, Weite, sondern auf lauter kahle, lang gestreckte Bergrücken schaut.

– *Das Festland erscheint so nah*, sage ich, *man könnte sogar hinüberschwimmen.*

– *Ja*, antwortet Paula, *von überall hat man es vor Augen, komm, lass uns hinauf in die Berge fahren, dann überschauen wir alles noch besser.*

Von der Küste aus führen immer wieder schmale Straßen hinauf in die Berge, sie winden sich stark, und man fährt sie sehr langsam. Irgendwann geht der Asphalt über in hellen Zement, und man muss noch langsamer fahren, und es ist, als erreichte man den höchsten Punkt gerade noch mit letzter Kraft. Von einem solchen Punkt aus sehen wir beinahe über die gesamte Insel. Auf einigen Bergrücken liegen kleine, geduckte Dörfer, wie hingestreute, einsame Nester, während es an der Küste keine größeren Orte gibt. Vor ihrer hellen, aufschimmernden Linie liegen viele Segelschiffe und prächtige, weiße Jachten, und einige kleinere Boote sprinten von einem Küstenpunkt zum nächsten und schnuppern die Küste nach Badegelegenheiten ab.

– *Wir sollten auch ein solches Boot mieten*, sage ich.

– *Unbedingt*, antwortet Paula, *in Griechenland wird man zum Seefahrer. Wir werden ganz Korfu umkreisen und die langsamen Segler hinter uns lassen.*

Wir fahren dann wieder ans Meer hinunter, wo die kleinen Tavernen gerade öffnen. Sie sehen aus wie Motive auf großzügigen Gemälden von Schwindlern, unter den Sonnendächern stehen winzige Holzstühle mit Sitzflächen aus hellem Geflecht an Tischen mit karierten Decken, und neben rasch hingezimmerten Holzböden, die manchmal sogar bis ins Wasser reichen, stehen blaue Liegestühle unter einer griechischen Flagge. Wir frühstücken in einer dieser Tavernen, und ich bekomme mit, wie elegant und mühelos Paula die fremde Sprache beherrscht. Der Kellner unterhält sich sogar länger mit ihr, und dann liegt die Karte Korfus auf unserem Tisch, und wir erhalten Tipps für unsere Fahrt, die Paula gleich in die Karte notiert. Gutes Weißbrot, frischer korfiotischer Honig, eine Marmelade aus bitteren, kleinen Orangen, eine Schale mit Joghurt und geriebenen Mandeln und viel Kaffee – das ist unser Frühstück.

Trotz des frühen Aufstehens sind wir nicht müde, sondern fahren weiter bis zur Südspitze der Insel, dort gibt es eine Stadt mit einem schmalen, schnurgeraden Fluss, der direkt ins Meer führt. Entlang des Flusses, der einige Meter unter dem Straßenniveau in der Tiefe verläuft, liegen Hausboote, und es gibt sehr unauffällige Hotels, die beinahe alle das englische Wort *River* im Namen haben. *River Boat South* heißt eines von ihnen, es ist ein Tipp des Kellners, mit dem Paula gesprochen hat. Es liegt etwa hundert Meter von dem kleinen Flusslauf entfernt, ist kaum zwanzig Meter breit und hat einen schönen Holzvorbau, unter dem die Gäste frühstücken können. Wir fahren hin und fragen nach einem Zimmer und bekommen sofort ein besonders schönes im ersten Stock, mit einer kleinen Terrasse, von der aus man sowohl auf den Fluss wie auch seitwärts aufs Meer schauen kann.

— *Der Besitzer sagt, wir seien die einzigen Gäste*, sagt Paula, *und etwa zweihundert Meter immer den Fluss entlang hört das Land auf, und es gibt dort ein sehr schönes Strandstück.*

Wir holen die Badesachen aus unserem Gepäck und fahren gleich weiter, und dann stehen wir allein an einem lang gezogenen, leeren Strandstück, und die griechische Festlandküste ist noch näher gerückt und liegt direkt gegenüber und leuchtet jetzt trotzig und abweisend.

– *Korfu ist bloß eine erste Station*, sagt Paula, *bald werden wir uns auch aufs griechische Festland trauen.*

– *Ja*, sage ich, *wenn man dieses karge Land sieht, denkt man wirklich, man müsse sich trauen. Es wirkt, als sähe man tagelang keinen Menschen und liefe immerzu allein zwischen lauter Schaf- und Ziegenherden herum, wie ein Verdammter. Plötzlich bekommt einen Pallas Athene zu sehen, und dann rührt es ihr Herz, wie man da so einsam herumläuft, und sie sendet ein abenteuerlich gutes Getränk, direkt vom Himmel, und man nimmt einen Schluck athenischen Nektars und versteht plötzlich sämtliche Sprachen, auch die der Schafe und Ziegen. Und daran hat dann auch Apoll seine Freude und verleiht einem die Kraft, Verse zu dichten, und dann dichtet man gleich alles in Versen, während man übers Land geht: Reiche mir, Mutter Athene, mehr von Deinem geliebten Trunk, / und Du, Apoll, lass wachsen die Gaben der Dichtung in schillernden Versen aus olympischen Noten ... – so in etwa.*

– *Ist das jetzt von Dir?*

– *Ja, das ist alles von mir. Ich verstehe ein wenig Altgriechisch, einer meiner vier Brüder ist sogar Lehrer für Altgriechisch und Latein.*

– *Du hast vier Brüder? Davon hast Du noch nie gesprochen.*

– *Ich habe vier Brüder, ich werde Dir noch von ihnen erzählen, aber bitte nicht jetzt, sondern später. Die Erinnerung an sie verdirbt mir die griechische Stimmung.*

– *O weh, ich ahne Schlimmes.*

— *So viel Schlimmes, wie passiert ist, kannst Du gar nicht erahnen.*
— *Im Ernst?*
— *Ja, leider.*

Wenn wir frühmorgens bei Sonnenaufgang erwachen, scheinen alle Hähne der Umgebung zu krähen. Wir stehen rasch auf und gehen als Erstes ins Meer. Dann frühstücken wir unter dem weißen Holzvorbau, ein paar Katzen kommen vorbei und streichen um unsere Beine, und einige Wespen stürzen sich auf den korfiotischen Honig.

Später fahren wir mit dem Wagen in die Höhe der Berge und lassen den Wagen dann stehen und gehen bei großer Hitze einige ausgetretene und vom Wasser bis auf den steinigen Grund ausgespülte Pfade entlang. Wir gehen durch große Olivenhaine mit uralten, schweren Bäumen und erreichen gelegentlich ein einsames Gemäuer. Oder wir entdecken eine kleine Kapelle mitten auf der Spitze eines Hügels, von dem aus man in eine tiefe Küstenschlucht schaut, die kein Mensch von hier aus jemals betreten wird. Zu dieser Küstenpartie möchten wir aber, und deshalb mieten wir uns ein Boot und fahren dann langsam an den Steilküsten des Nordens entlang, um in den sonst unzugänglichen Buchten anzulegen. Wir liegen eine Weile am Strand, wir flüstern uns Geschichten zu, die wir aus dem Stegreif erfinden, und ich spüre, dass Paula darauf wartet, dass ich endlich von Köln und den Brüdern erzähle. (Es geht aber noch nicht, *es geht nicht*, denke ich, und allmählich befällt mich in der paradiesischen Leere der Insel ein leises Grauen.)

Wir sehen Gärten, die sich von der Küste aus die Steilhänge hinauf bis zur Spitze der Hügel erstrecken, sie wirken wie verwunschene Zonen, denn wir sehen in ihnen keine Menschen, wie uns überhaupt nur selten Menschen begegnen, und es – anders als in Sizilien – durchaus möglich ist, auch an den lang gestreckten Stränden niemandem zu begegnen. Die Strände sind nirgends gesperrt oder nur bestimmten Besuchern vorbehalten, jede noch so heilige oder einsame Zone steht allen offen, so dass man sich nirgends beobachtet oder bewacht fühlt. Eine seltsame Freiheit entspricht einer seltenen Leere, abseits von den touristischen Streifen wirkt die Insel wie erst gerade entdeckt oder bereits lange verlassen, und die weißen Jachten legen immer wieder vorsichtig an und stoßen, kaum dass sie angelegt haben, wieder ab, als wären die Landebuchten gefährlich überhitzt oder als läge ein geheimer Fluch auf alledem.

Es scheint etwas Tiefernstes in diesem korfiotischen Boden zu stecken, irgendwo in seinen kargen Schichten ist eine geheime Welt verborgen. Ich sage einmal so etwas in dieser Richtung, aber Paula antwortet nicht, sondern rückt nur näher heran. Wir sind am Strand, und Paula legt den Kopf auf meine Brust und schaut wartend auf das leichte Segel des Himmels, während wir das Meer hören, säuselnd und abseits. *Diese Landschaft lebt ganz für sich*, will ich sagen, sage es aber nicht. *Sie ist nicht von Menschen berührt, sie entzieht sich. Man kann sie nicht »kultivieren«, sie schüttelt alle »Kultur« ab. Sie reduziert die »Kultur« auf Wasser, Erde und Stein, so wollen es anscheinend die griechischen Götter oder der griechische Gott.* (Manchmal hören wir in den Klöstern die Gesänge der Mönche zu Ehren des griechischen Gottes. Der griechische Gott hat Italien niemals betreten, dort wohnen der Papst und die anderen westlichen Priester, die sich als späte Jünger Jesu bezeichnen und mit ihm noch in halbwegs direktem Kontakt stehen. Der griechische Gott aber ist sich dieses halbwegs direkten Kontakts keineswegs sicher, er ist der Gottvater, der weiter nach seinem verlorenen Sohn ruft, so wie der Sohn am Kreuz nach seinem Vater gerufen hat – *was ist das? Über was denke ich nach? Ist das Theologie? Nein, es ist Korfu, es ist das Denken, das mir Korfu beschert, ohne mein Zutun: Ich denke und ahne Korfu, und Korfu gehört den griechischen Göttern oder dem griechischen Gott und nicht den umherstreunenden Menschen. Daher haben die Griechen die Riten der Gastfreundschaft erfunden: um die Götter oder den Gott zu bewirten, um sie versöhnlich zu stimmen.*)

Am vorletzten Tag unseres Aufenthaltes (wir bleiben vier Nächte) erreichen wir mit dem Wagen gegen Mittag ein hoch gelegenes Kloster. Wir gehen zusammen in die Kirche, es ist dort angenehm kühl, und wir nehmen Platz und betrachten die golddunklen Wände mit den vielen Heiligenbildern. Ich bin müde und etwas unkonzentriert vom langen Schwimmen, deshalb bleibe ich noch länger sitzen, Paula hat die Kirche schon verlassen. Kurz denke ich daran, dass ich von Köln und meinen Brüdern erzählen sollte, aber ich lasse den Gedanken wie an den Tagen zuvor gleich wieder fallen. *Ich kann nicht, ich mag nicht, lasst mich in Ruhe,* flüstere ich vor mich hin.

Ich schließe die Augen und höre auf meinen ruhigen Atem, der Kirchenduft ist recht stark, es riecht nach Weihrauch und heruntergebranntem Wachs, und ich nehme das leise Knistern der Flammen auf den langen, dünnen Kerzen wahr, die dicht nebeneinanderstehen und leise zu schwanken scheinen. *Da aber kommt etwas in mir zurück*, und ich spüre es, als ich eine fremde Musik höre, es ist ein ritueller Gesang von den Mönchen des Klosters, und er kommt aus einem Gebäude direkt neben der Kirche. Er dringt durch die Ritzen der geschlossenen Fenster, als hätte sich dort nebenan eine Gruppe von Mönchen versammelt, *um für mich zu singen*. (Ja, ich habe wirklich dieses aberwitzige, schräge Gefühl: *Sie singen und beten für Dich! Sie haben sich dort versammelt, um den griechischen Gott anzurufen, zu dem Du nicht in direktem Kontakt stehst. Du kennst den griechischen Gott nicht, Du hattest nie Kontakt mit ihm, jetzt aber hörst Du, wie die Mönche für Dich beten und dafür, dass er Dich als seinen Gast bei sich aufnimmt.*)

Er nimmt mich auf, denke ich, *er bietet mir eine Zuflucht. Es ist eine Zuflucht für meine Geschichten und meine Angst.* Und dann beiße ich mir fest auf die Lippen und schlage mit der rechten Faust auf das rechte Knie und krümme mich in mir zusammen und würge etwas, und dann kommt es endlich aus mir heraus, endlich, nach einem Leben von fast vierzig Jahren:

– *Mamma?! Hörst Du mich? Und Pappa?! Hörst Du mich auch? Die schweren Zeiten sind vorbei, ich darf nun sprechen. Wir sind wieder beisammen, wir sitzen in meinem Kinderzimmer in*

Köln, Martin und die anderen drei sind nicht da, ich bin mit Euch allein, ich kann Euch endlich sagen, was mit mir passiert ist ...

Ich spreche anscheinend so laut, dass Paula mich draußen hört, denn sie kommt jetzt von dort zurück in die Kirche und eilt zu mir. Sie schaut etwas entsetzt, sie versteht nicht, was ich da sage und warum ich das tue, und sie fragt, ob sie helfen könne. Ich kann aber nicht antworten, ich muss bei der Sache bleiben, und da sehe ich, dass Paula sich dicht neben mich setzt (ihre Handtasche fällt dabei mit einem dumpfen Schlag auf den Boden und bleibt dort liegen). Sie nimmt meine rechte, verschwitzte Hand und drückt sie fest, sie will mich beruhigen, aber ich werde nicht ruhig, denn der Wortstrom ist plötzlich da und bricht dann in Schüben aus mir heraus:

– Ich heiße Benjamin. Ich habe vier Brüder, die sind viel älter als ich. Sie heißen Georg, Martin, Josef und Andreas. Wir leben alle zusammen in einem Haus, das unseren Eltern gehört. Dort ist es sehr schön, aber meine Brüder spielen niemals mit mir. Ich spiele allein, und ich spiele manchmal auch Fußball, aber ich mag das Fußballspielen nicht so sehr wie die anderen Jungs, mit denen ich Fußball spiele. Die anderen Jungs spielen besser als ich, deshalb mag ich das Fußballspielen einfach nicht so, ich schaue aber gern zu, wenn es ein richtiges Fußballspiel mit richtigen Vereinen gibt.

Luft holen, sich schnäuzen, durchatmen. Und weiter! *Und weiter?!* Paula drückt meine Hand, und sie lehnt sich

mit ihrem Kopf jetzt auch an meine Schulter, und dann passiert es, ich höre sie etwas sagen, und sie sagt:
– *Statt des Fußballspiels treibst Du einen anderen Sport, Du läufst ...*

Und ich mache weiter:
– *Viel lieber als Fußball zu spielen, würde ich gerne laufen, ich kann nämlich viel besser laufen als Fußball spielen. Ich laufe sehr lange, ohne eine Pause zu machen, und das können die anderen Jungs nicht, denn beim Fußballspielen braucht man nicht lange laufen zu können, man läuft nur ein bisschen, und dann bleibt man stehen, und dann läuft man wieder ein bisschen und bleibt wieder stehen. Ich aber kann am Stück laufen, ohne Pause, nicht besonders schnell, aber am Stück, ohne Pause. Ich glaube, ich könnte ein guter Langstreckenläufer werden, aber ich habe das Langstreckenlaufen nicht richtig trainiert. Schnell laufen kann ich jedenfalls nicht, nein, ich laufe lange Strecken viel besser als kurze. Jeden Tag lange Strecken zu laufen würde mir großen Spaß machen, aber wo könnte ich es trainieren und mit wem? Manchmal laufe ich allein von unserem Haus aus zum Rhein und wieder zurück, ohne Pause, drei- oder viermal, das kann ich, aber ich laufe immer allein, und niemand weiß etwas davon, nein, ich habe über mein langes Laufen noch mit niemandem ...*

Durchatmen, jetzt nicht abbrechen! Und wieder höre ich Paula:
– *Du läufst viel schneller als Deine Brüder ...*

Und ich mache weiter:
– *Ich laufe viel schneller als meine Brüder, sie bekommen mich*

nicht zu fassen. Immerzu sind sie hinter mir her, sie wollen mich fangen und festsetzen und einsperren, ohne dass es die lieben Eltern bemerken. Wenn ich ihnen davonlaufe, schreien sie fürchterlich, sie schreien oft auf mich ein und nennen mich dann »einen elenden Versager« oder auch »eine Schande«, und das alles nur, weil ich weniger rede als sie und langsamer begreife und weil ich viel Zeit brauche für alles. Haben sie mich einmal gefasst, spielen sie mit mir Polizei und Verhör und Kontrolle, und dann muss ich Straf- und Bußarbeiten erledigen und die süßen Sachen abgeben, die ich von den lieben Eltern manchmal zugesteckt bekomme. Meine Brüder wissen immer genau, wo ich meine Sachen verstecke, ich glaube, sie haben in mein Zimmer eine Kamera eingebaut, jedenfalls kennen sie jedes Versteck, und alles, was ich vor ihnen geheim halten will, zerren sie ans Licht und zeigen es dann herum. Wenn ich spüre, wie sie zu viert näher kommen, bekomme ich keine Luft mehr, ich verstecke mich, oder ich laufe davon, aber irgendwann haben sie mich dann doch gepackt und geschnappt, und dann drohen sie, dass sie mich in einen Kerker stecken und aushungern werden, so wie den Grafen von Monte Christo. Meine Brüder sind eine gefährliche Bande, und alle paar Tage übernimmt ein anderer von ihnen die Führung, so dass ich nie weiß, wer von ihnen die Befehle ausgibt und den nächsten Plan gegen mich schmiedet.

Sie warnen mich davor, anderen Menschen etwas zu erzählen, ich soll nicht verraten, was sie mir antun, und wenn ich es verrate, werden sie mich ins Zuchthaus bringen, und das dann nicht nur für ein paar Stunden, sondern für viele Jahre oder sogar für immer. Die kleineren Strafen, die sie verhängen, bestehen darin, dass ich in ihren Zimmern aufräumen, den Boden putzen oder ihre Kleider, die überall verstreut herumliegen, aufheben und ordentlich hinlegen muss. Sie sagen, ich sei ihr »Aufräumkommando«, und dann lachen sie und geben Marschbefehle und singen Lieder, die sich grausam anhören.

Ich atme schwer, ich bekomme fast keine Luft. Da sagt Paula:

— *Komm Benjamin, wir gehen nach draußen, in den Garten hinter der Kirche. Und dort erzählst Du weiter. Komm bitte!*

Ich nicke, ich wische mir die Tränen aus den Augen, und dann gehen wir zusammen nach draußen, in den Garten hinter der Kirche. Dort setze ich mich auf eine Bank, und Paula holt ein Glas Wasser, und ich spüre, dass ich stark zittern muss, aber es geht, ich kann mich beherrschen. Und dann lege ich mich lang auf die Bank, und mein Kopf liegt in Paulas Schoß, und Paula hält meinen Kopf, während ich weitererzähle:

— *Köln ist schön, und ich liebe meine Herkunftsstadt sehr! Wenn ich mit Mama und an ihrer Hand unterwegs bin, ist Köln friedlich, und wir gehen nach dem Regen durch seine vom Regen schimmernden, tiefdunklen Gassen. Wir atmen die Gewitterluft und den Regen und dann auch den Rhein, alle paar Tage gehen wir zu zweit an den Rhein, und dann geht es mir gut, und wir setzen uns auf eine Bank, und ich erzähle Mama lauter Geschichten, die ich mir ausgedacht habe. Es ist wunderschön, auf den Rhein zu schauen, denn der Rhein ist ein guter Freund, er ist immer da, und er verändert sich nicht, es ist immer dasselbe Wasser, das vor uns fließt, und es sind immer dieselben Schiffe, die auf dem Rhein auf und ab fahren. Ich erzähle Mama, dass ich gerne einmal selbst so ein Schiff fahren würde, aber nicht weit, also nicht bis Australien, sondern nur auf dem Rhein, hin und her. Und Mama antwortet ...*

— Und Mama antwortet, sagt Paula, *dass Du am Steuer stehst und losfährst und dass die Abenteuer auf dem Rhein jetzt beginnen ...*

— Und dann beginnen die Abenteuer auf dem Rhein, Abenteuer 1, Abenteuer 2 — und ich erzähle sie alle Mama, und Mama hört zu, und später schreiben wir meine Abenteuer in Kurzform in ein Schulheft. Ein paarmal im Jahr fahren wir auch in einer Gondelbahn über den Rhein, Mama und ich — und wir haben dann Angst, dass die Bahn über dem Rhein stehen bleibt, deshalb muss ich gut aufpassen und die Bahn lenken, denn ich bin der Kapitän und ein Pilot, und ich mache alles sehr ordentlich, und wenn wir landen, sagt Mama, dass ich es wirklich sehr ordentlich gemacht habe, das Fliegen und Landen.

Später habe ich meine Geschichten auch dem Herrn Jesus erzählt. Ich habe sie ihm erzählt, wenn ich mich in der Kirche gelangweilt habe, so etwas kam vor, und das Schönste war, dass der Herr Jesus mich immer genau gefragt hat, nach allen Details hat er gefragt, alles wollte er es ganz genau wissen, und ich war sehr froh, dass ihn das alles so interessierte. Manchmal bin ich auch mitten am Tag, ohne dass es einen Gottesdienst gab, zu ihm in eine Kirche gegangen und habe mich hingesetzt und gesagt: Also da bin ich wieder. — Wie schön, dass Du mich wieder besuchst. Was erzählst Du mir heute? — Was möchtest Du denn hören? — Wie war es gestern beim Weitsprung, Du hast doch Weitsprung trainiert ...

Der Herr Jesus wusste einfach alles, nichts blieb vor ihm geheim, und ich habe manchmal gedacht, dass, wenn nichts vor ihm geheim bleibt, auch die Taten meiner vier Brüder nicht geheim blieben. Ich habe ihn aber deswegen niemals etwas gefragt, denn es war ja verboten, von meinen Brüdern zu sprechen, und ich hatte furchtbare Angst, dass sie mich schwer bestrafen würden, wenn der Herr Jesus sie für ihre Taten bestraft hätte. Deshalb kamen die Taten meiner Brüder, wenn ich dem Herrn Jesus erzählte, nicht vor, genauso wenig wie in den Erzählungen für meine Eltern.

Ich habe dem Herrn Jesus aber einmal gesagt, dass ich sehr erstaunt sei, was er alles wisse, und dann hat er gesagt, dass er vielleicht nicht alles wisse, aber eben doch viel. Und ich habe gesagt, dass es schwer sein müsse, das alles herauszubekommen, und der Herr Jesus hat geantwortet, dass es leicht sei, vieles über die Menschen herauszubekommen. Man müsse sich einfach nur sehr genau in sie hineinversetzen und überlegen, was sie aus welchen Gründen so tun. Und das habe ich dann auch immer wieder versucht, und ich habe mit meinen vier Brüdern und den lieben Eltern begonnen. Und da habe ich herausbekommen, was sie aus welchen Gründen so tun, und ich wusste von da an manchmal genau, was sie als Nächstes sagen oder tun werden. Das hat mir sehr geholfen, denn nun konnte ich mich auf sie einstellen und wusste genau, was sie als Nächstes vorhatten und wo sie mir auflauern würden und wo sie sich herumtrieben. Ich bin ihnen einfach zuvorgekommen, und ich habe von da an vieles »geahnt«, und die anderen um mich herum haben dann irgendwann auch bemerkt, dass ich vieles ahnte, und Papa hat gesagt: Der Junge ahnt vieles, was uns verborgen ist, ich weiß auch nicht, wie er das macht.

Ich habe dann auch die anderen Menschen genauer beobachtet, meine Mitschüler, die Menschen auf den Straßen und in den Geschäften. Nach einer Weile wusste ich auch bei ihnen ziemlich genau, was sie zu mir sagen würden und wie sie das meinten, und ich habe in meine Schulhefte alles geschrieben, was ich von ihnen wusste. Papa hat eines meiner Schulhefte dann einmal seinem Bruder gezeigt, als der bei uns zu Besuch war. Der Bruder hat sich mein Heft angeschaut und gesagt, der Junge sei ja bereits ein richtiger Ethnologe, das habe ich mir gemerkt, und dann habe ich in vielen Lexika nachgeschaut, was Ethnologie ist, und habe begonnen, ethnologische Bücher zu lesen.

Ich liege auf der weiß gestrichenen Bank im Garten des Klosters und erzähle immer weiter, Paula sagt manchmal einen Satz, so komme ich leichter voran, und ich spüre, dass sie genauso gut zuhört wie die lieben Eltern und dass ihr immer das Richtige einfällt, um mein Erzählen voranzubringen und in Bewegung zu halten. Ich bemerke gar nicht, wie die Stunden vergehen, es gibt so viel zu erzählen, und ich habe Angst, dass ich mit dem Erzählen nicht mehr aufhören kann. Manchmal, wenn ich einen Spaß mache oder meine Erzählungen komisch sind, muss Paula lachen, und auch ich muss dann lachen. Während ich so weitererzähle, wird das immer häufiger, Paula lacht, ich lache, wir lachen beide, und dann sind fast drei Stunden vergangen, und ich recke mich auf und sage:

— *Jetzt ist aber genug.*

— *Nein,* sagt Paula, *nicht genug, sondern fürs Erste genug. Wir machen nur eine Pause, und wenn Du wieder Lust hast, erzählst Du weiter.*

Wir verlassen das Kloster und fahren mit dem Wagen wieder hinunter an die Küste und baden am Abend noch einmal im Meer. Ich schaue hinüber zum griechischen Festland, und ich denke etwas Seltsames, denn ich denke, dass sich dieses Land jetzt bewegt. (*Es kommt in Bewegung*, denke ich, überlege mir dann aber nicht weiter, was das nun wieder bedeutet.)

Nach dem Bad setzen wir uns in eine Taverne am Fluss und bestellen Lammfleisch und frisches, gegrilltes Gemüse und einen korfiotischen Wein. Es dauert ziemlich lang, bis die Speisen serviert werden, die Taverne ist voller Menschen, aber es macht mir nichts mehr aus, unter all diesen Menschen zu sitzen und Paula von mir zu erzählen.

Denn ich beginne an diesem Abend wahrhaftig von Neuem, und ich erzähle und erzähle, und es dauert bis tief in die Nacht.

6

MANDLICA HAT den großen, heißen Sommer nun wohl überstanden. Nach den ersten schweren Herbstgewittern gab es nämlich Tage, an denen er zurückzukehren schien. Der Himmel war erneut wolkenlos, und von den Bergen her zog eine unheimliche Schwüle auf, die sich in der Stadt festsetzte. Das dauerte jedes Mal einige Tage, und man glaubte, unter einer Glocke aus zunehmender Warmluft zu sitzen, die sich schließlich in einen durch die Straßen fegenden Dampf verwandelte. Es krachte und blitzte ein paar Stunden, doch danach zeigte sich jedes Mal wieder die Sonne, und das Leben pendelte sich ein in jenem mir inzwischen nur allzu bekannten Sommer-Nirwana, das auf den Straßen der Stadt zu einer seltsamen Ruhe führt.

Diese frühherbstliche Ruhe ist jedoch eine andere Ruhe als die des Sommers. Schaut man länger hin, bemerkt man die Veränderungen genau. Die Männer zum Beispiel, die früher meist in Gruppen auf dem Corso gestanden haben, gehen jetzt häufiger auf und ab und an den Geschäften und Läden entlang, als suchten sie den Sommer noch in den letzten, aufleuchtenden Ecken. Und die Katzen haben jetzt etwas Behendes und Zerstreutes und huschen mehrmals in einer Stunde auf immer denselben Wegen durch immer denselben kleinen Bezirk, als hätten sie bereits vergessen, dass sie ihn gerade schon durchstreunt haben.

Ich richte mich darauf ein, den kommenden Herbst hier zu verbringen, erst zu Beginn des Winters werde ich noch einmal für ein paar Tage nach Köln fahren, um in meiner Wohnung unter dem Dach nach dem Rechten zu sehen. Meine für das Wintersemester angekündigten Lehrveranstaltungen habe ich abgesagt und diese Absage mit dem unerwartet gewachsenen Umfang meiner Forschungsarbeiten begründet. Während ich den Brief an den Dekan schrieb, hatte ich das Gefühl einer immensen Erleichterung, *ich bin frei*, dachte ich, *und so soll es bleiben*.

Die ersten etwas kühleren Tage (ich rede von etwa zwanzig Grad) habe ich dazu genutzt, die große Materialienmasse der Gespräche, Notizen und Vorfassungen zu ordnen. Ich habe mir Gedanken über eine mögliche Gliederung meiner großen Studie gemacht und eine grobe Skizze möglicher Schwerpunkte angelegt. Ein solches Gliedern und Unterteilen ist ein besonderes Vergnügen, es heizt den Forschungselan an und führt zu immer neuen, vorher gar nicht in Betracht gezogenen Themen und Perspektiven.

Meine bisherige Grobstruktur der Gliederung orientiert sich an den Räumen von Mandlica: *1) Die alte Oberstadt und das Kastell, 2) Das Zentrum, der Corso, der Domplatz, 3) Die Unterstadt und der Hafen*. Diese relativ großen Bezirke werden dann in kleinere unterteilt, und diesen kleineren Bezirken werden die Gespräche mit den jeweiligen Bewohnern zugeordnet. Die Gespräche selbst werden auf ihre Besonderheiten (*Themen, Sprechformen, Interpretationen des Raums, Psychosoziale Debatten*) hin untersucht, so dass deutlich wird, wie die Bewohner der jeweiligen Bezirke den ihnen zur Verfügung stehenden Raum nutzen, verstehen und deuten. Dadurch werden die historisch gewachsenen Raumanlagen der Stadt mit den sich historisch verändernden Erlebnisformen ihrer Bewohner (über mehrere Generationen) in Verbindung gebracht. Gelingt mir das, erzähle ich, wie bestimmte Räume entstanden und gewachsen sind und wie ihre Bewohner sie sprechend und handelnd begreifen und verändern.

Themen, auf die ich im Großkapitel über *die alte Oberstadt* eingehe, sind zum Beispiel: *Verzweigtes Gehen (die Wege der älteren Bewohner)/ Vespa-Fahrten in labyrinthischem Gelände (die Wege der jüngeren Bewohner)/ Touristisches Gehen (historische Schauplätze und Gehwege)/ Gespräche auf den Gassen (Öffentliche Themen, Debatten, die Gasse als Zeitung)/ Stundenchroniken (was geschieht wann und wo während eines Tages/ einer Woche/ eines Monats)/ Hausstrukturen (Anlage der Häuser, die Nutzung der Zimmer und ihre Gegenstände, familiäre und soziale Räume)/ Das Landgut der Signora Volpi (Entrücktheit, agrarische Umgebung, die Vogelperspektive der Monologe)/ Der kleine Bauernmarkt neben dem Kastell (Ernährung/ Essen und Trinken)/ Das Haus des Nobelpreisträgers (Projektionen des Dichters, die Rollen des Dichters, das Haus als Dichterthron über der Stadt)/ Das Kastell (Der Raum als Ereignis, Feste und Feiern, Typologie eines Rückzugsorts, Ausblicke in die Umgebung, Metaphorik eines Großbaus der Vergangenheit).*

Solche Themen werden jeweils zunächst summarisch behandelt und anhand von vielen konkreten Beobachtungen und Details entwickelt. Danach aber blende ich zu einzelnen Bewohnern über und gebe, knapp und aufs Wesentliche beschränkt, Ausschnitte aus ihren Erzählungen wieder. Diese Erzählungen sind die besonderen Filetstücke meiner Arbeit. Ich stelle sie zunächst unkommentiert vor und widme mich ihnen dann intensiv, indem ich ihre Besonderheiten skizziere und deutlich mache, was an Verborgenem oder an leicht zu Übersehendem an ihnen erkennbar wird.

Ich beginne also jeweils mit den leuchtenden, schmucken Oberflächen der städtischen Räume, betrachte dann ihre Bewohner, bringe sie zum Sprechen und dringe dann ein in die Tiefenschichten der Bewusstseinräume und psychischen Keller. (Meine Arbeit ist *Raumforschung*, ein Verhältnis zur Zeit entsteht ganz nebenbei. Dieser Ansatz entspricht meinen Beobachtungen zum historischen Blick: Er wird überbewertet, denn er ist meist zu hektisch, zu nervös, zu selektiv und zu sehr auf die Beobachtung von scheinbar elementaren »historischen Veränderungen« aus.)

Das Hauptstück meiner Arbeit ist natürlich das zweite Großkapitel, in dem es um das Zentrum, den langen Corso, den Domplatz und den Dom selber geht. Hier untersuche ich Mandlicas berühmte Cafés und Bars (*welche Dolci werden wo angeboten? / Wie antworten die Innenausstattungen auf das Angebot? / Welche Bewohner orientieren sich wohin? / etc.*), seine Läden und Geschäfte (*welche Gespräche mit welchen Themen werden in ihnen von wem geführt?*), die Spaziergänge auf dem Corso, die Parks und Grünanlagen, die öffentlichen Gebäude, die Restaurants, den Domplatz, den Dom selber (*die Dom-Gespräche der älteren und jüngeren Frauen / Das geheime Sprechen / Der Dom als Begegnungsort / Strategien der Blicke etc.*) sowie die Wohngebiete mit ihren sehr unterschiedlichen sozialen Gruppen.

Zum Kapitel *Unterstadt/Hafen* fehlt mir noch viel Material, da ich mit den jugendlichen Bewohnern Mandlicas bisher nur auf eher flüchtige Weise in Kontakt gekommen bin. Diese Leerstelle fülle ich jedoch gegenwärtig, indem mir Adriana Bonni entsprechende Gesprächspartner vermittelt. Sie macht das erstaunlich geschickt und erfolgreich, und so habe ich mich bereits mit etwa zwanzig sowohl weiblichen als auch männlichen Jugendlichen in den Bars und Cafés des Hafengebietes getroffen. Mit einigen habe ich zunächst in kleinen Gruppen gesprochen, dann aber waren viele auch an einem Einzelgespräch interessiert. (Drei junge Frauen noch unter zwanzig habe ich auf das Kastell bestellt, mit vier jungen Männern habe ich in einem Gebäude des Rudervereins direkt im Hafengelände Gespräche geführt. Adriana Bonni hat übrigens mehrmals an unser gemeinsames Essen im Hafen erinnert, ich werde nicht darum herumkommen, dieses Angebot anzunehmen.)

Wenn ich die bisher geleistete Arbeit überblicke, bin ich zufrieden. Ich habe in den dafür günstigen Jahreszeiten von Frühjahr und Sommer viele Gespräche geführt und daneben bereits reichlich Material für meine Studie gesammelt. Im Herbst und im Winter werde ich die Archive der Stadt vermehrt aufsuchen und die Gespräche noch gezielter fortsetzen. (Ich rechne am Ende mit ca. tausend Gesprächen.)

Manchmal erinnern mich meine Forschungen an die Kindertage, in denen ich in meinem Zimmer saß und mit bunten Bauklötzen sowie viel Pappe und Papier kleine

Dörfer und Städte baute. Für diese Orte erfand ich fremde Namen und erzählte mir kurze Geschichten, ich imitierte die Gespräche der Bewohner und verbrachte Stunden damit, mir ihre Tagesabläufe vorzustellen. Später habe ich solche Gespräche und Ideen sogar in Schulheften protokolliert, wodurch meine Fantasien mit der Zeit etwas seltsam Reales erhielten. In dieser Spielrealität war ich vor meinen Brüdern sicher, denn sie tauchten in ihr niemals auf.

Meinen Brüdern und auch meinen lieben Eltern gegenüber verschwieg ich diese Spielereien, während andererseits das ewige Schweigen und Verschweigen die Ursache eines umso bemühteren Schreibens und Protokollierens wurden. Etwas aufzuschreiben – für das Kind Benjamin bedeutete das, dem Fantasierten eine eigene Wahrheit zu verleihen. Die Fantasien *existierten*, jederzeit konnte ich ihre Existenz beweisen, indem ich meine Schulhefte aufschlug und beobachtete, wie sie sich vermehrten und wuchsen. (Und ganz ähnlich ist es noch jetzt: Ich überblicke meine Notizen und Hefte und beweise mir, dass dieses seltsame Ich mit Namen Benjamin Merz wahrhaftig *existiert*.)

Mein Schreiben und Arbeiten ist als eine Notwehr gegenüber den Machtansprüchen meiner vier Brüder entstanden. Heimlich habe ich mich gegen sie gewehrt und mir eigene Lebenswelten geschaffen. Keines meiner Schulhefte haben sie je gesehen, und von keiner einzigen meiner vielen Fantasien haben sie je gehört. Als sie älter und nicht mehr mit mir beschäftigt waren, redeten sie jedoch häufig davon, wie *fleißig* ihr jüngster Bruder gewesen sei, dabei hatten sie diesen angeblichen Fleiß niemals mit eigenen Augen gesehen. Sie wussten nur, dass ich viel Zeit in meinem Zimmer verbracht hatte, und wer so etwas tat, war entweder *ein Schwachkopf* (so die früheren Versionen meiner Brüder) oder eben *fleißig* (so die späteren Versionen).

Das Seltsame ist, dass meine Brüder die Zeit, die wir als Kinder miteinander verbracht haben, nach ihrem Verschwinden aus unserem Elternhaus allmählich vergaßen und schönredeten. (Wahrscheinlich war das *Schönreden* eine Form des *Vergessenwollens* – so vermute ich jetzt.) An das, was sie mir angetan hatten, erinnerten sie sich nicht mehr in den Details, oder sie machten aus den nur noch halb erinnerten Details niedliche Erinnerungsstücke. *Erinnerst Du Dich noch daran, wie wir Dir immer den Ball weggeschnappt und dann die Luft rausgelassen haben?* – so eine der typischen Fragen, auf die dann das scheppernde Lachen der Vierer-Bande und ein aufmunternder Blick auf den kleineren Bruder folgten. An Martins vierzigstem Geburtstag unterhielten sie die halbe Festtagsgesellschaft mit solchen Erzählungen, und ich hörte lächelnd zu, bis Martin mich am Ende fragte:

– *Wir waren ein lustiger Haufen, habe ich recht, Benjamin?*

– *Ja, Ihr wart lustig,* antwortete ich, *lustig, eklig und fies. Aber ich werde es Euch schon noch zeigen.*

– *Er wird es uns zeigen!* rief Martin (und alle lachten).

– *Benjamin, Du bist köstlich!* jauchzte Andreas.

Alles, was ich je zu ihren Erzählungen über unsere gemeinsame Kindheit und Jugend sagte, passte letztlich in ihr Bild von einem Bruder, der etwas zurückgeblieben war, es aber letztlich doch gut gehabt hatte. Sie hatten mich vielleicht *gehänselt* oder *gefoppt* (typische Lieblingsworte ihres fortschreitenden Alterns), mich aber gerade durch dieses Hänseln und Foppen besonders rührend umsorgt.

— *Wir haben uns immer um Dich gekümmert*, sagt Josef bei jeder Gelegenheit.

— *Ihr wart immer in meiner Nähe, das stimmt*, antworte ich.

Mit den Jahren haben sie unsere gesamten frühen Jahre zu einer einzigen großen Fantasie umdekoriert. In ihr sitzen die lieben Eltern mit ihren fünf Kindern am Tisch, beten fromm vor jeder Mahlzeit, verteilen die Speisen gerecht und sind Meister in der Kunst, alle Kinder ins Tischgespräch einzubeziehen. Hinterher stehen die vier ältesten Kinder beinahe gleichzeitig auf, spielen die Cartwright-Brüder aus der Serie *Bonanza* und verschwinden auf ihren Gäulen, um ein paar Pferdediebe aufzulauern und sie zu bestrafen. Als fünftes und leicht beschädigtes Kleinkind bleibt Benjamin zu Hause bei Mama und Papa und baut die Ponderosa-Ranch mit Laubsägearbeiten nach. Und am Abend sind wir wieder alle zusammen, bei Apfelschorle, Graubrot und Käsescheibletten (die meine Brüder immer besonders gemocht haben) und singen ein Marienlied nach der kargen Abendmahlzeit. (Es gibt mehrere solcher ausdekorierten *Großfantasien*, das ist eine davon. Sie werden bei Familientreffen unter viel Gejohle und Lachen erzählt und integrieren jedes Mal Filmelemente in die idyllischen Bilder eines friedlichen familiären Umgangs.)

Ich habe mir all diese Fantasien und Erzählungen stets nur ruhig und ohne weitere Kommentare angehört. Ich habe gelächelt und kein Wort dazu gesagt, ich habe mich an meine Rolle (als behindertes und gestörtes Kind) gehalten und von allem geschwiegen, was damals an Schrecklichem passiert ist. Ich konnte davon nicht im Ganzen erzählen, das aber wäre notwendig gewesen, denn eine kleine Korrektur hier und ein kurzer Kommentar dort hätten die schummrigen Fantasie-Bilder meiner Brüder nicht wirklich getroffen.

Jetzt aber kommt alles heraus, und das in einem wörtlichen Sinne. *Ich erzähle, ich rede, ich schweige nicht mehr.* Ich setze immer wieder von Neuem und von vorne an, so dass ich schon beinahe Angst habe, ob ich für Paula noch erträglich bin. Es ist aber nicht mehr unbedingt notwendig, dass sie mir zuhört. Ich sitze in meinem Pensionszimmer, und plötzlich brodelt es aus mir heraus. Ich spucke und speie es aus, und ich schalte das Diktiergerät ein, um all meine Elendserzählungen für immer zu speichern:

– *Es ist Ostern, und wir gehen zum Ostereiersuchen in den Stadtpark. Papa, wir wissen es alle, hat die Ostereier versteckt, aber wir tun so, als hätten wir den Osterhasen gerade noch ums Eck kurven sehen. Josef, Martin, Georg und Andreas suchen vor allem nach rohen Eiern, und einige von ihnen werfen sie dann weit ins Gelände und wetteifern darum, dass sie nicht zerplatzen. Jeder von ihnen hebt aber drei oder vier Eier auf, heimlich, jeder für sich. Wenn wir nach dem Ostereiersuchen allein sind und Papa längst wieder zu Hause ist, zerschlagen sie die rohen Eier an meinem Kopf und streiten dann darum, welches Eigelb sich am weitesten über meinen Oberkörper verteilt. Andreas hat oft gewonnen, und einmal tropfte das Eigelb sogar bis auf meine Schuhe ...*

Ich werde so lange von meiner Kindheit erzählen, bis ich selbst das Gefühl habe, es sei *genug.* Dann werde ich meine Erzählungen auf eine CD überspielen und jedem meiner Brüder ein Exemplar schicken.

7

Adriana bonni fährt wahrhaftig in einem Cabrio vor und holt mich zu einem Abendessen im Hafen ab. In der Dunkelheit erkenne ich nicht, um welche Automarke es sich handelt, deshalb gehe ich auf dieses Thema erst gar nicht ein. (Der Wagen ist aber nicht *hellgrün*, sondern *hellblau*, in diesem Punkt habe ich mich geirrt.) Sie trägt ein dunkelrotes Kleid mit einem sehr breiten Lackgürtel und dazu hellweiße Turnschuhe, einerseits wirkt sie betont seriös, andererseits aber auch noch wie ein Teeny, der halbwegs naiv durchs Leben tollt. Wir rollen die Panoramastraße zum Hafen hinab und hören Ray Charles, ich komme mir vor wie in einem Film aus den fünfziger Jahren. Adriana hat sich nicht angeschnallt (da hatte ich also recht), und auch ich bin nicht angeschnallt, anschnallen passt einfach nicht in das Retro-Projekt, in dem wir beide gerade stecken.

Um das Private gar nicht erst hochkommen zu lassen, spreche ich ununterbrochen von meinen Forschungen. Ich benenne die Leerstellen, ich skizziere die Gliederungspunkte, und ich gebe mich emphatisch und optimistisch, was die weiteren Arbeitsschritte betrifft. Als ich damit durch bin, spreche ich von der Arbeitsgruppe, die sich um das große Bauvorhaben Mandlicas kümmert. Zusammen mit Matteo Volpi habe ich in dieser Gruppe inzwischen den Vorsitz übernommen und hier ebenfalls die Planungen gut vorangetrieben. Adriana zeigt auch bei diesem Thema großes Interesse, und sie fragt mich, ob sie für diese Gruppe als eine Art Assistentin arbeiten könne. Ich antworte, dass ich mir das Angebot überlegen und mit ihrem Vater diskutieren werde, da sagt sie:

– *Die Idee ist von meinem Vater, er wünscht mich noch enger an Ihrer Seite.*

– *Ach so*, antworte ich einfallslos, *na dann haben Sie ja große Chancen.*

– *Habe ich die?* fragt sie nach.

– *Die haben Sie.*

– *Ich habe also bei Ihnen große Chancen?* fragt sie da beim Aussteigen noch einmal und schaut mich über den Wagen direkt an.

– *Absolut*, sage ich und spüre, dass ich wider Willen grinsen muss.

Für unser Abendessen hat sie ein Restaurant ausgewählt, das ich noch nicht kenne. Es liegt etwas abseits, am Rand des Hafens, und ist angeblich, wie ich bereits weiß, das teuerste und beste Restaurant des gesamten Bezirks. Vom Erdgeschoss führt eine leicht geschwungene Treppe hinauf in den ersten Stock, wo sich ein großer Essraum befindet, von dem aus man hinaus auf die breite Terrasse tritt. Auf dieser Terrasse gibt es nur wenige Tische, es sind die Königstische des Restaurants, und Adriana hat dafür gesorgt, dass wir unter diesen Königstischen den Besten bekommen. Wir sitzen links außen, wir übersehen den ganzen Hafen, während man unseren Tisch vom Essraum aus nicht zu sehen bekommt. Als wir Platz nehmen, ist mir nicht wohl, die Szene hat etwas sehr Intimes, und am liebsten würde ich den schweren Kerzenständer, der sich in der Mitte des Tisches enorm aufspielt, gleich entfernen.

— *Erlauben Sie mir ausnahmsweise, für uns beide zu bestellen?* fragt Adriana (und ich kann sie nicht anschauen, so perfekt sitzt sie da: perfekt durch die Kerze beleuchtet, perfekt vor dem stillen Hafenbild mit all seinen Laternen und Lämpchen).

— *Gerne,* antworte ich, *ich bin gespannt.*

Sie bestellt als Aperitif zwei Gläser Champagner und erklärt nebenbei, dass wir keine Karte benötigen. Mit jedem Satz und jeder Geste signalisiert sie, dass sie hier bereits oft gegessen hat und sich gut auskennt. Die Kellner duzen sie, und sie duzt die Kellner ebenfalls, nach der Bestellung des Aperitifs verschwindet sie in der Küche, um vor Ort nach den frisch eingetroffenen Fischen zu schauen.

— *Mit Austern und Schalentierchen haben Sie doch sicher kei-*

ne Probleme? fragt sie noch rasch, bevor sie verschwindet.

— *Nein, habe ich nicht,* sage ich.

— *Na, dann beginnen wir mit einer Meeresplatte, Austern und Schalentierchen auf Eis!* ruft sie und geht.

Ich spüre weiter etwas Beengendes, Verrücktes, als gehörte ich absolut nicht hierher und hätte gerade eine Rolle in einem Film übernommen. Ich bin der Mann, der verführt werden soll, und die junge Frau, die mich mit Meeresplatten auf Eis ködert, wird sich nun mehrere Stunden Mühe geben, genau das zu erreichen. Ich versuche, solche Gedanken beiseite zu schieben und der Szene mehr Harmlosigkeit anzudichten, es gelingt aber nicht. Warum sie es ausgerechnet auf mich abgesehen hat, will mir nicht einleuchten, warum sitzt sie nicht hier mit einem der jungen Männer Mandlicas, die bestimmt von ihr träumen und sich nichts sehnlicher wünschen, als mit ihr einen Abend zu verbringen? Außerdem weiß sie natürlich, dass ich mit Paula verlobt bin, vielleicht sollte ich von meiner Verlobung oder von Paula sprechen, sollte ich das? – soll ich? Nein, ich finde das übertrieben, ja, es erscheint mir sogar leicht spießig und altmodisch.

Adriana kommt lachend und gut gelaunt aus der Küche zurück, und sie wird von einem Kellner begleitet, der die beiden Gläser Champagner serviert. Wir stoßen an, und ich überlege krampfhaft, mit welchem Thema ich die aufkommende Nähe zurückdrängen könnte. Ich koste den Champagner, er ist genau richtig gekühlt und schmeckt vorzüglich. Der winzige Schluck versetzt mir sogar einen kleinen Stoß und bringt mich damit auf eine gute Idee: *Ethnologie!* Ich werde über das Fach Ethnologie sprechen und zu einem längeren Vortrag ausholen, ich werde die Vor- und Nachteile eines Studiums mit ihr diskutieren und sie nach den Lektüren der von mir empfohlenen Bücher befragen. Sehr gut, *das ist es*: Ich werde die Rolle eines geduldigen, aber über den Dingen (und damit auch über den Meeresplatten) stehenden Lehrers spielen. Am Champagner werde ich nur nippen, am Wein auch, von den Meeresplatten werde ich nicht allzu viel nehmen. Ich setze an, ich bringe das Thema *Ethnologie* ins Spiel, da legt sie ihre rechte Hand auf meine linke und sagt:

– *Signor Merz, ich habe die von Ihnen empfohlenen Bücher gelesen.*

– *Ah, so schnell? Das freut mich.*

– *Und ich muss Ihnen gleich etwas gestehen.*

– *Sie fanden sie langweilig?*

– *Nein, das nicht. Sie haben mir sogar sehr geholfen.*

– *Geholfen? Inwiefern?*

– *Seien Sie aber jetzt bitte nicht allzu enttäuscht.*

– *Aber nein, reden Sie nur!*

– *Ich werde das Fach Ethnologie nicht studieren, auf keinen Fall! Das Fach Ethnologie ist nichts für mich, es verlangt zu viel Geduld und zu viel Sitzfleisch, und beides habe ich nicht. Ich werde auch nicht Altgriechisch oder Latein studieren, nein, ich werde Architektur studieren, ich möchte eine gute Architektin werden. Ich werde mein Praktikum bei Ihnen aber zu Ende bringen, wie es sich gehört, und ich werde Ihnen danach als Assistentin des Bauausschusses zur Verfügung stehen. In dieser Funktion kann ich erste Erfahrungen sammeln.*

Ich lehne mich etwas zurück und bin leicht verärgert, nicht darüber, dass sie das Fach Ethnologie als Studienfach nicht in Betracht zieht, sondern darüber, dass sie mir gerade im Handumdrehen das Thema für unser Meeresplatten-Gespräch gestrichen hat. Sie lässt ihre rechte Hand auf meiner linken Hand liegen, ich bemerke es mit einem gewissen Erstaunen, tue aber nichts dagegen.

– *Enttäuscht Sie meine Entscheidung sehr?* fragt sie leise.

– *Nun ja*, antworte ich, *ich hatte damit nicht gerechnet. Sie waren so begeistert und aufmerksam bei der Sache. Ich hatte nicht den Eindruck, dass Sie von der Ethnologie so rasch lassen würden.*

– *Ja, das verstehe ich gut. Ich bin aber ein sehr impulsiver und direkter Mensch, und diese Impulsivität und Direktheit könnte ich in die Ethnologie nicht einbringen.*

– *Ehrlich gesagt, habe ich Sie bisher gar nicht für derart impulsiv und direkt gehalten, ich hatte eher den Eindruck, Sie seien ein sehr nachdenklicher und sorgfältig abwägender Mensch.*

– *Ja, ich dachte mir, dass Sie so etwas annehmen. Sie haben ja auch recht, aber Sie haben eben einige andere Seiten von mir bisher noch nicht kennengelernt.*

– *Mag sein*, antworte ich ruhig, *aber wie hätte ich von diesen anderen Seiten wissen können?*

– *Richtig*, sagt sie da (beinahe triumphierend), *Sie konnten von diesen anderen Seiten nichts wissen. Und genau deshalb sitzen wir beide ja hier. Damit Sie diese Seiten endlich kennenlernen!*

Alles, aber auch alles läuft falsch! denke ich, erst stiehlt sie mir mein Thema und dann punktet sie mit einem eigenen. Sie will mir ihre anderen Seiten zeigen, und ich ahne, worauf das hinausläuft! Ich sitze still da, ich überlege, wie ich entkommen könnte, vielleicht wäre ein plötzlicher Anruf das Richtige, eine dringende, wichtige Sache oder dergleichen. Da aber wird die große Meeresplatte serviert, und gleich drei Kellner erscheinen, um die monströse Silberplatte mit dem schillernden Meeresgetier genau in der Mitte des Tisches aufzubauen. Wir sagen beide nichts, wir schauen zu, es ist ein feierlicher Moment, und von den anderen Tischen auf der Terrasse blicken die Gäste ebenfalls schweigend zu uns herüber. Dann ziehen sich die Kellner zurück, und wir nehmen uns betont langsam und aufmerksam der Austern und Schalentierchen an, die auf einem Bett von zerstoßenen Eisstücken liegen. Während die erste geöffnete Auster auf meinen Teller schwebt, wird auch der Weißwein serviert. Ich frage nach, was es ist, und der Kellner erklärt, es sei ein *Donnafugata*. Adriana probiert ihn, und auch ich darf probieren, und dann trinken wir beide einen größeren Schluck, und ich bemerke, dass Adriana Bonni Gefallen an diesem Wein findet.

Ein *Donnafugata?! Ausgerechnet?* Auf Sizilien ist ein Donnafugata keine Seltenheit, dennoch stutze ich, denn ein Donnafugata ist auch einer von Lucios Lieblingsweinen. Hat Adriana etwa mit ihm engeren Kontakt? Und hat er ihr all diese Kennerschaft beigebracht, die sie in jeder Minute dieses Abendessens beweist? Solche Überlegungen wollen mir nicht aus dem Kopf, so dass ich weiter still bin und eine Auster nach der andern schlürfe. Ich sollte nicht derart unhöflich sein und etwas fragen, ich sollte mich um die Unterhaltung kümmern. Ich mache eine kleine Pause und sage etwas Lobendes über die Austern und darüber, warum ich Austern so mag, als Adriana mit dem dritten Schluck ihr Glas Weißwein leert und zu reden beginnt. Anfangs glaube ich, dass etwas passiert ist, aber ich weiß nicht, was. Ihre Stimme ist von einem Moment auf den andern stark verändert, sie ist rauer und unheimlicher, und Adriana spricht, als spräche sie nicht zu mir, sondern zu sich selbst.

— Ich habe immer davon geträumt, einmal mit einem Verehrer an einem solchen Tisch zu sitzen und zu zweit Austern zu essen. Bisher ist es noch niemals passiert, ich hatte damit kein Glück. Ich habe überhaupt keine Verehrer, und das kommt daher, dass ich in meinem Leben bereits zwei Verehrer hatte, die andere Verehrer fernhielten. Meine Mutter und mein Vater waren meine Verehrer, die ganze Kindheit war eine einzige Verehrung, sie haben mir jeden Wunsch erfüllt, und ich habe versucht, auch ihnen die Wünsche zu erfüllen, die sie an mich hatten. Ich bin aufgewachsen wie keine andere junge Frau in dieser Gegend, ich habe alles bekommen und alles gehabt, und sobald ich mich für etwas interessierte, waren die entsprechenden Geschenke oder Lehrer da, oder ich wurde für ein paar Wochen in die Fremde geschickt, um dort zu lernen, was mir hier niemand beibringen konnte. Ich habe eine glückliche Kindheit gehabt, unbedingt, aber es ist mit den Jahren eine Distanz zu Gleichaltrigen entstanden, die mir nicht gut bekam. Irgendwann gehörte ich nicht mehr zu ihnen, denn ich lebte ja ganz woanders, auf Reisen, für Wochen in anderen Städten, und war dann mit anderen Themen beschäftigt, von denen niemand hier je etwas gehört hatte. Wenn ich mit Freunden meines Alters zusammen war, spürte ich es: Ich war anders, und ich fühlte mich

älter. Nicht überlegen, sondern älter, viel älter. Ich begann, den ganzen Jugendmurks zu verachten, die Treffen in Clubs hier am Hafen, das Herumstehen in den Diskotheken, die langen, unendlich faden Nächte mit immer derselben Musik. Ich hatte zu diesem Zeitvertreib überhaupt keine Lust, mir erschien das wie ein einziges Warten und wie eine einzige Leere, als traute man sich nicht, das Leben anzupacken und endlich etwas zu tun, das einem wirklich wichtig ist. Es war aber nicht so, dass mich keiner meiner Freunde oder Bekannten begehrt hätte, natürlich begehrten sie mich, ich sehe gut aus, das darf ich ja wohl behaupten, so dass ich mich jemandem hätte anschließen und ihn für ein paar Monate hätte begleiten können. Ich wollte aber nicht, ich hatte dazu keine Lust, es geht einfach nicht, sagte ich mir, ich möchte nicht neben jemandem im Dunkel der Nacht stehen und darauf warten, dass er mich küsst, um dann ein paar sinnlose Worte mit ihm zu wechseln oder gar am Ende mit ihm ins Bett zu gehen. Und so ging ich mit niemandem ins Bett, nein, ich legte es geradezu darauf an, es mit niemandem zu tun, und ich vermute, viele meiner losen Freunde oder Bekannten haben mich schließlich dafür gehasst. Sie will etwas Besonderes sein, haben sie gedacht, sie ist sich zu fein für uns Typen aus Mandlica! So aber habe ich niemals gefühlt und gedacht, nein, so nicht! Es war viel einfacher, ich war älter, viel älter, und ich hatte den Geschmack an der Jugend verloren, an der Jugend und an allem, was dazugehört.

Ich kenne dieses Sprechen genau, ich habe es selbst an mir erlebt, es ist ein verzweifeltes Sprechen, das nicht aufhören will. Ich bin sicher, Adriana Bonni hat das, was sie gerade erzählt, noch niemandem so erzählt, ich bin also die erste Person, die es zu hören bekommt, und ich habe vorerst keine andere Aufgabe, als zuzuhören und diesem nervösen und unruhigen Sprechen aufmerksam zu folgen. Sie spricht denn auch weiter und weiter, sie holt aus und erzählt von den Großeltern und Ferien in Palermo und von einer Besteigung des Ätna vor einem Jahr und längst vergangenen, unglücklichen Tagen in den Orangenhainen des Südens, es geht sehr durcheinander, und das beweist, dass sie sich dieses Sprechen nicht überlegt hat und den Sätzen nun ungeordnet und frei ihren Lauf lässt. Es ist auch zu sehen, wie sehr sie das alles mitnimmt und erschöpft, sie isst nicht mehr, trinkt aber den Weißwein zu schnell, ich entziehe ihr immer wieder geduldig die Flasche und versenke sie in dem Eiskübel, sie aber greift ohne Zögern und Umschweife wieder nach dem Wein, sie ist nicht aufzuhalten, ich weiß das ja längst. Erst nach dem dritten oder vierten Glas macht sie plötzlich halt und taucht aus ihrem dunklen Redestrom auf. Sie wischt sich durchs Haar und nimmt von den kleinen Eisbrocken, die den Wein kühlen sollen, und hält sich die Stücke kurz an die Schläfe.

– *Mein Gott, ist mir kalt!* sagt sie leise und wirft das Eis sofort wieder zurück in den Kübel. Sie schaut auf ihren Teller, auf dem sich die leeren Austernschalen stapeln, sie schiebt ihn von sich weg und starrt vor sich hin, und ich vermute, dass sie jetzt noch eine weitere Flasche Wein bestellen wird. Das werde ich nicht zulassen, denke ich, da winkt sie aber auch schon nach dem Kellner und bittet ihn, uns den Rest der Flasche Donnafugata zu geben, *gib uns den Rest, Mauro*, sagt sie wahrhaftig, und es hört sich an, als befänden wir beide uns in einer schlimmen und aussichtslosen Lage irgendwo in der Prärie. Sie möchte eine weitere Flasche, sie sagt es laut, und Mauro lächelt und nickt, als hätte er damit gerechnet. Als er davoneilt, um die neue Flasche zu holen, entschuldige ich mich, stehe auf und gehe hinter ihm her. Ich bekomme ihn gerade noch vor der Küche zu fassen und bitte ihn, die zweite Flasche nicht mehr zu bringen. Mauro nickt wieder, und erneut sieht es so aus, als hätte er auch das erwartet.

– *Ich wollte nicht widersprechen, professore, Sie verstehen das sicher,* flüstert er.

– *Ich verstehe genau,* antworte ich. *Kommt es häufiger vor, dass Adriana etwas mehr Wein trinkt, als sie verträgt?*

– *Sie trinkt sonst fast überhaupt keinen Wein, höchstens zum Essen ein halbes Glas,* antwortet er.

– *Sie brauchen mir nicht zu antworten, wenn ich Sie jetzt etwas indiskret frage …*

– *Neinnein, es ist schon in Ordnung, professore, fragen Sie nur!*

– *War Adriana häufig in Begleitung anderer Männer hier?*

– *Nein, sie war hier nur mit ihren Eltern.*

– *Haben Sie vielleicht eine Ahnung, warum sie sich nicht wohlfühlt?*

– *Nein, ich habe überhaupt keine Ahnung.*

– *Nun gut, dann werde ich jetzt dafür sorgen, dass Adriana und ich von hier verschwinden. Ich werde sie nach Hause fahren, und wir werden beim nächsten Mal mehr bestellen, das verspreche ich Ihnen.*

– *Kein Problem, professore, wirklich nicht. Ich denke auch, es ist besser, die Signorina nach Hause zu fahren.*

– *Ich komme morgen vorbei und bezahle, ich möchte Verzögerungen unseres Abgangs jetzt lieber vermeiden.*

— *In Ordnung, professore, es hat keine Eile, Sie kommen morgen und bezahlen.*

Ich lege ihm dankbar kurz eine Hand auf die Schulter und gehe zu Adriana zurück. Sie sieht wieder etwas erholt aus und verblüfft mich damit, dass sie raucht. Sie hat ein Bein über das andere geschlagen und anscheinend den Kopf weiter mit Eis gekühlt, jedenfalls hängen ihr einige Haare nass in die Stirn. In ihrem Fall mindert das den Reiz ihres Gesichts aber nicht, sondern erhöht ihn eher. (*Warum ist das so?* denke ich einen Moment und befehle mir, diese Frage sofort wieder zu vergessen.) Ich setze mich, hole tief Luft und will etwas sagen, als sie mir zuvorkommt:

— *Ich weiß, was Du sagen willst*, haucht sie, und ich reagiere nicht, weil sie mich plötzlich duzt.

— *Ich weiß genau, was Du sagen willst*, wiederholt sie noch leiser und lächelt. *Du willst sagen, dass dies hier, jetzt, in diesem Moment, zu dieser Stunde, nicht der richtige Platz für uns ist. Du willst sagen, dass wir uns Pasta und den obligatorischen Fisch aus dem Ofen mit Kartoffeln, Tomaten und einem Zweig Rosmarin schenken. Du willst sagen, dass wir gehen sollten, sofort, jetzt, in diesem Moment, zu dieser Stunde. Und Du willst sagen, dass Du bezahlt hast und mich jetzt nach Hause bringst.*

Unwillkürlich stehe ich auf, trete neben ihren Stuhl und gebe ihr einen Kuss auf die Stirn. Ich bitte sie um den Autoschlüssel, und dann reiche ich ihr die Hand und halte sie fest, und wir gehen wie zwei verliebte Teenager, die sich verlaufen haben, hinüber in den Essraum und hinunter zum Wagen. Sie singt leise, es ist wieder Ray Charles, und ich lasse sie einsteigen und setze mich hinter das Steuer und versuche, mit dem fremden Wagen zurechtzukommen.

– *Benjamin?* sagt sie da leise (und sie sagt *Benjamin* und nicht *Beniamino*, als verfiele sie nun plötzlich von der Synchron- in die Originalsprache). *Benjamin, bitte, wir schlafen jetzt miteinander, sofort, heftig und schön. Tun wir das?*

Ich antworte nicht, sondern frage sie nach der genauen Adresse und bitte sie darum, mir dabei zu helfen, den richtigen Weg zu finden.

– *Fahr los, Benjamin!* sagt sie dann, *ich habe eine große Überraschung für Dich.*

Ich reagiere auch darauf nicht und fahre los, sie redet nicht weiter, sondern lässt Ray Charles für uns singen, das Einzige, was sie sagt, bezieht sich auf unsere Strecke. Wir erreichen den Corso und zweigen in eine Seitenstraße ab, sie führt in die Höhe, und wir folgen ihr zwei, drei Minuten, dann erscheint zur Rechten ein einzeln dastehendes Haus. Als ich halte, sucht sie nach dem Schlüssel und findet ihn erstaunlich schnell.

– *Komm, Benjamin!* sagt sie und steigt aus, und ich steige ebenfalls aus und begleite sie bis zu ihrem Zuhause. Vor der Tür bleibt sie kurz stehen und schaut mich an:

– *Seit einer Woche wohne ich hier, Benjamin. Ich wohne endlich allein, meine Eltern haben mir hier eine Wohnung geschenkt, und Du bist der erste Gast, der sie betritt.*

Ich kann mich jetzt nicht von ihr verabschieden, es würde sie sehr enttäuschen, nein, das geht wirklich nicht, denke ich. Also gehe ich langsam und mit leichtem innerem Widerwillen hinter ihr her. Wir betreten einen weiten, offenen Flur, von dem aus eine breite Treppe in den ersten Stock führt, dort befindet sich ihre Wohnung. Als wir vor der Wohnungstür stehen und sie dabei ist, die Tür aufzuschließen, sagt sie:

– *Du bekommst auch einen Schlüssel. Du und ich – nur wir beide werden diese Wohnung betreten, meine Eltern haben mir versprochen, nicht hierherzukommen.*

Es ist ihr völlig gleichgültig, dass Du verlobt bist, denke ich, sie will damit auch nicht konkurrieren, sondern sie will etwas ganz anderes von Dir. Sie möchte alle paar Tage mit Dir schlafen und einen Elementarkurs mit dem Thema *Subtilitäten des Beischlafs* belegen, Theorie und Praxis eng miteinander verbunden. Sie wird Dich zu bestimmten Stunden hierherbestellen und alles vorbereiten: gut gekühlte Getränke, Meeresplatten auf Eis, Austern und Muscheln in bester Fangqualität – wahrscheinlich hat sie längst Bücher darüber gelesen, wie die großen Frauenhelden sich vor ihren Praktika in Form brachten (von Austern zum Beispiel ist bei diesem Thema doch immer wieder die Rede, war das nicht so? Casanova und Austern – ja, davon hast Du selbst doch einmal gelesen).

Ich folge ihr noch eine Spur langsamer als zuvor, die Wohnung ist noch voller Umzugskartons, die an den Wänden entlangstehen wie düstere Wärter, die unser Tun feindselig und stumm beobachten. Wie ich erwartet hatte, handelt es sich nicht um zwei oder drei kleine

Zimmer, sondern um eine große Wohnung, die über das gesamte Stockwerk geht. Vom Wohnzimmer aus hat man einen schönen Blick auf die Stadt und das Meer, eine offene Küche schließt sich nach hinten, zum Garten hin, an.

Adriana verschwindet in das Schlafzimmer, ich höre, dass sie sich umzieht, und als sie wieder erscheint und im Eisschrank nach einer weiteren Flasche Wein sucht, trägt sie ein buntes Sporthemd und kurze Sporthosen in Dunkelblau. Sie öffnet die Flasche und stellt zwei leere Gläser daneben, dann eilt sie zu einem CD-Player und lässt erneut Ray Charles laufen, *wollen wir tanzen?* fragt sie und steht da mit geschlossenen Augen, hin und her wippend, als sollte ich nun auf sie zugehen, damit sie mich umschlingt und nicht mehr loslässt für die Dauer der Nacht.

Ich kann und ich mag nicht tanzen, könnte ich sagen, und es entspräche sogar der Wahrheit. Natürlich würde ich es hinbringen, mit ihr ein wenig zu tanzen, aber ich mag Tanzen nicht und habe es mit den Jahren auch vollkommen verlernt. Tanze ich, kommt es mir immer so vor, als sähe ich mir selbst dabei zu, es gibt kaum Peinlicheres, als so etwas zu sehen, es wirkt – wie soll ich es nennen? –, es wirkt ganz und gar *krampfhaft*, als versuchte man, sich selbst loszuwerden, zerrte aber nur an der Kleidung, anstatt gleich die Haut abzustreifen.

Meine Lage ist also kompliziert, ich möchte gehen, kann es aber nicht, ohne sie schwer zu enttäuschen. Ihr Angebot ehrt mich, sie hat mich unter vielen Männern ausgesucht und viel Fantasie und Einfühlungsvermögen aufgeboten, damit alles stimmt: die Szene, der Raum, die Atmosphäre. Sie ahnt, dass ich jetzt nicht den Moralbesessenen spiele und von Paula und meiner Verlobung spreche – und sie hat recht, ich werde diese Themen mit keinem Wort erwähnen, denn sie passen einfach nicht hierher. Andererseits steht aber auch fest, dass ich ihr Angebot auf keinen Fall annehmen kann, ich eigne mich für solche Vergnügungen nicht, und ich tue nicht gern etwas auf Bestellung. Wie also weiter? Was soll ich tun?

In meiner Hilflosigkeit verschwinde ich für einen Moment auf die Toilette. Als ich in den Spiegel schaue, komme ich mir jünger und frischer vor als zuletzt. *Du siehst richtig gut aus*, denke ich und grüble kurz darüber nach, wieso ich mich so positiv verändert habe. Natürlich, meine Haut ist tiefbraun, und meine Haare sind vollkommen blond, ich habe viel geschwommen in letzter Zeit, deshalb bin ich schlanker und wirke gesünder – so lautet die Kurzdiagnose. Ich ziehe mein Jackett aus, um mir mit beiden Händen das Gesicht zu waschen, da fällt mein Handy aus einer Jacketttasche auf den blauen Kachelboden und schliddert gegen die untere Duschleiste. Ich sehe, dass es aufleuchtet, irgendeine Nummer wurde anscheinend aktiviert, wie geht so etwas? frage ich mich noch, als ich Martins Stimme höre, die sich im frisch gestrichenen Raum des Badezimmers wie die Stimme eines klobigen Bademeisters anhört:

– *Was gibt's, Benjamin? Es ist spät.*

Als ich das höre, kommt mir sofort ein Gedanke. Ich greife rasch nach dem Handy und flüstere:

— *Martin, frag jetzt nicht lange! Ruf mich bitte in genau zwei Minuten an, und nimm nicht ernst, was ich dann sage, hörst Du? Halte einmal im Leben den Mund und tue einmal, was ich Dir sage, anstatt gleich wieder den Obercowboy zu spielen. Ist das klar?*

— *Herrgott, ja, was ist denn bloß los?* antwortet er.

— *Ich bin in einer Notlage, die Details sind nicht wichtig. Tu einfach, was ich Dir gesagt habe.*

— *Ja doch, Dein Ton gefällt mir aber überhaupt nicht.*

— *An den wirst Du Dich gewöhnen müssen, Brüderchen*, sage ich noch und beende dann das Gespräch.

Ich trockne mein Gesicht mit einem Handtuch ab, ziehe das Jackett wieder über und gehe zurück in das Wohnzimmer. Adriana hat den Wein in die beiden Gläser geschenkt und steht jetzt beinahe in der Mitte des Raums, wieder mit geschlossenen Augen, sich weiter hin und her wiegend, als tanzte sie längst mit Ray Charles. Ich tue nichts, ich schaue ihr einfach zu, es ist ein schönes, stimmiges Bild, ohne Kitsch: eine junge Frau, die den Wohnraum um sie herum langsam belebt, indem sie mit diesem Raum tanzt, selbstvergessen und durchaus guter Laune. Ist sie überhaupt noch betrunken? frage ich mich und vermute, dass die neue Umgebung ihr wieder mehr Fassung verliehen hat. Im Hafen war sie müde und ließ sich gehen, jetzt ist sie wieder hellwach und etwas aufgeregt, denke ich weiter. Da klingelt mein Handy:

— *Benjamin, ich bin's wieder, Martin. Was ist denn nun los?*

— *Alberto? Du bist's? Es ist spät, was gibt es?*

— *Benjamin, hier ist Martin und kein Alberto.*

— *Ich verstehe, Alberto, Du brauchst nicht so laut zu sprechen.*

— *Benjamin, hier ist nicht Alberto, verdammt noch einmal!*

— *Sprich etwas leiser, Alberto, dann verstehe ich Dich besser. Was ist passiert? Mein Gott, nein, ach mein Gott! Ich habe Dir immer gesagt, Du sollst nicht so viel rauchen. Und dann der Wein, jeden Abend mindestens eine Flasche. Ja, Alberto, ich verstehe. Nein, ich mache Dir keine Vorwürfe. Ich komme, so schnell ich kann.*

— *Benjamin, spinnst Du? Was ist denn bloß los?*

— *Ich bin in Deiner Nähe, Alberto, in zehn Minuten bin ich bei Dir, und wir sehen weiter. Nein, ich kenne mich nicht aus in medizinischen Dingen, aber ich habe einen Bruder in Köln, der sich auskennt.*

— *Benjamin, worin genau soll ich mich auskennen?*

— *Ja, dieser Bruder heißt Martin, ich habe einmal von ihm gesprochen. Als Arzt ist er nicht gerade eine Leuchte, aber eine kleine Herzdiagnose bekommt er hin.*

— *Benjamin, hast Du getrunken?!*

— *Nein, ich bin fit, Alberto, nein, ich habe nichts getrunken, jedenfalls nichts, was der Rede wert wäre. Ich eile jetzt zu Dir, in zehn Minuten sehen wir uns. Ciao, ciao!*

Adriana hat ihre Tanzbewegungen nicht unterbrochen. Ich gehe auf sie zu, umarme sie und gebe ihr erneut einen Kuss auf die Stirn. Sie öffnet die Augen und lächelt.

— *Das hast Du gut hinbekommen,* sagt sie.
— *Was meinst Du?* frage ich.
— *Na, dass Alberto Dich gerade jetzt anruft!*
— *Es geht ihm nicht gut, Adriana.*

— Es geht ihm sehr gut, Benjamin. Er hat Dich angerufen, um Dich hier rauszuholen, stimmt's?

Ich zögere einen kurzen Moment, dann gebe ich auf:

— Ja, Adriana, das stimmt. Du erwartest zu viel von mir, und Du erwartest es viel zu schnell. Die Umzugskisten sind nicht einmal ausgepackt, die ganze Wohnung lebt noch nicht richtig, und da sollen wir Hals über Kopf miteinander schlafen?
— Ich hätte es prickelnd gefunden, gerade wegen der Umzugskisten.
— Nein, Adriana, Du machst Dir was vor. Ich gehe jetzt, und wir reden später einmal darüber.
— Na gut. Aber den Schlüssel zur Wohnung, den nimmst Du mit, oder?
— Ja, den nehme ich mit.
— In Ordnung. Dann machen wir es so.
— Ja, so machen wir es.
— Gib mir bitte noch einen Kuss, aber einen richtigen, auf den Mund, nicht auf die Stirn.

Ich überlege keinen Moment, sondern küsse sie auf den Mund. Wir küssen uns lange, und ich kenne plötzlich die Rolle, die ich nun spiele, es ist eine Rolle in einem Film über Ray Charles. Der lange Kuss ist wie ein Teil seiner Musik, er passt genau, und später wird Ray Charles aus diesem Kuss einen neuen Song entwickeln, und im Handumdrehen wird dieser Song die Charts erobern und stürmen. (Habe ich von Ray Charles nicht einmal einen Song mit dem Titel *Fever* gehört? *Fever*, das würde genau passen.)

Zum Abschied erhalte ich den Schlüssel. Adriana steckt ihn in einen hellblauen Briefumschlag, und ich nehme den Umschlag und halte ihn in der Linken wie ein teures und zerbrechliches Präsent, das man nicht einmal in die Tasche steckt, aus Furcht, es könnte beschädigt werden. Als ich bereits im Flur bin, bleibt Adriana noch in der Tür stehen und ruft mir hinterher:

— *Eigentlich habe ich auch nicht geglaubt, dass es mit uns beiden heute Abend schon klappen würde.*

— *Na bitte, Dein Instinkt hat Dich nicht getäuscht.*

— *Mein Instinkt? Den habe ich von Dir.*

— *Von mir? Meinst Du wirklich?*

— *Ja, ich habe viel von Dir, glaub mir.*

— *Ich glaube Dir, ich ahne so manches.*

— *Tust Du das wirklich?*

— *Ja, meine Tochter, das tue ich. Und nun schlaf gut und denk nicht schlecht von mir. Gute Nacht!*

— *Gute Nacht, Dad, es war sehr schön mit Dir!*

Sie schließt leise die Tür, und ich gehe langsam die Stufen hinab. Nun bin ich verlobt und habe darüber hinaus noch eine erwachsene Tochter. (*Was ich niemals geahnt hätte*: Wie schön es ist, eine erwachsene Tochter zu haben!)

8

AN PAULAS Geburtstag frühstücken wir zusammen auf ihrem kleinen Landgut unten an der Küste. Vor dem Frühstück sind wir ins Meer gegangen und haben eine halbe Stunde geschwommen, kein Mensch in dieser Gegend macht so etwas noch im Frühherbst, wir beide aber genießen es sehr. Beim Frühstück spricht Paula davon, dass sie ihre Geburtstage nur selten gefeiert habe, *ich mag dieses Termin-Feiern nicht*, sagt sie, und ich stimme ihr zu, ich mag es auch nicht, und auch ich habe meinen Geburtstag lange nicht mehr gefeiert.

Heute aber ist alles anders, denke ich, denn ich habe in den letzten Tagen viele Vorbereitungen für Paulas Geburtstag getroffen. Es soll eine große Überraschung werden, und ich habe versucht, diese Überraschung so geheim zu halten, dass Paula nichts ahnt. Maria, Alberto und einige andere Helfer haben mich beraten und mir geholfen, es war nicht leicht, hinter Paulas Rücken ein kleines Fest zu organisieren, an dem viele Menschen beteiligt sind.

Während wir noch frühstücken, frage ich Paula, wie wir den Vormittag verbringen sollen. Sie wünscht sich einen langen Morgenspaziergang am Meer, ich stimme zu, daran hatte ich auch schon gedacht. Und so machen wir uns nach dem Frühstück mit dem Wagen zu einer Morgenfahrt auf und fahren an der Küste entlang, auf der Suche nach längeren, schönen Strandpartien. Paula findet solche Regionen schnell, sie kennt sich gut aus, und so besteht der Morgen aus mehreren entspannten Spaziergängen, in enger Umarmung, zu zweit.

Als es auf Mittag zugeht, fahre ich langsam zurück und weiß während der Rückfahrt genau, dass Paula glaubt, wir fahren zu ihrem Landgut zurück. Ich fahre jedoch daran vorbei, sie bemerkt es zunächst gar nicht, sagt dann aber plötzlich:

— *Wohin fährst Du?*

— *Ich habe eine kleine Überraschung für Dich*, antworte ich.

— *Aber nein! Wir hatten doch vereinbart, den Geburtstag nicht eigens zu feiern.*

— *Warte ab! Du wirst erstaunt sein!*

— *Erstaunt, wirklich? Benjamin, was ist es? Sag es gleich! Spann mich nicht auf die Folter!*

— *Tut mir leid, ich darf nichts vorwegnehmen, Du musst erst selbst sehen. Sehen und staunen!*

Wir parken in der Nähe des Domplatzes und gehen dann hinüber auf den großen Platz, auf den jetzt das Sonnenlicht fällt. Kaum ein Mensch ist gegen Mittag hier unterwegs, es geht auf 13 Uhr zu, als ich zusammen mit Paula vor dem alten Kino stehe.

— *Das alte Kino hast Du doch sehr gemocht?* frage ich.

— *Ja natürlich, das habe ich wirklich.*

— *Na denn, dann schauen wir einmal, was jetzt darin vorgeht*, sage ich.

Ich bemerke, dass Paula etwas aufgeregt ist, sie hängt sich sogar bei mir ein, als bräuchte sie einen Halt. Ich öffne die Tür des Kinos, und wir gehen hinein und stehen dann in dem großen Foyer. Überall brennen kleine Kerzen, und hinter der Garderobentheke stehen einige junge Mädchen aus dem Ort und spielen Garderobenfrauen.

– *Ich begrüße Dich im Restaurant »Alla Paula«,* sage ich, während Paula stehen bleibt und sich eng an mich schmiegt. Sie spricht nicht, sie starrt auf die Kerzen und die jungen Mädchen, ihr Mund steht ein wenig offen.

– *Komm,* sage ich, *schauen wir, was die Küche zu bieten hat.*

Wir gehen weiter und betreten den Kinosaal. Einen Großteil der vorderen Klappstühle habe ich abbauen und dort Esstische aufstellen lassen. Sie sind sorgfältig eingedeckt, mit weißen Tischdecken, Kerzen, Herbstblumen und silbernem Besteck. Die Seiten des Raums sind mit dunkelblauem Stoff verhängt und haben jetzt eine strengere, festliche Note, und vor der alten Bühne hängt ein roter, schwerer Samtvorhang. Ich setze mich mit Paula in eine der hinteren Stuhlreihen, von dort aus können wir alles gut überblicken.

– *Eigentlich ist das Restaurant nur abends geöffnet,* sage ich, *die Gäste kommen wegen der exzellenten sizilianischen Küche von weither. Es gibt aber nicht mehr als zehn Tische, das reicht. Die Küche ist in der linken Foyerhälfte untergebracht, sie ist geräumig und liegt praktisch, denn die Anlieferung der Waren kann direkt über den Domplatz erfolgen. Das Kassenhäuschen aus den fünfziger Jahren ist geblieben, dort sitzt der Empfangschef, begrüßt die Gäste, führt sie nach rechts zur Garderobe und dann weiter in den Speiseraum, um ihnen einen Tisch zuzuweisen. In der hinteren Hälfte des Raums gibt es noch zehn*

Stuhlreihen mit Sitzplätzen für eine Film-, Theater- oder Musik-Aufführung. Vor oder nach dem Essen bekommen die Gäste so etwas geboten. Es gibt ein Monatsprogramm mit den Themen und Titeln, das steht im Netz und hängt auch noch überall aus, so dass die Gäste wissen, was sie an einem Abend zu sehen und zu hören bekommen. Bei ihrem Eintritt in den Speiseraum spielt Musik aus den fünfziger Jahren. Etwa so ...

Ich hebe die rechte Hand, das Lampenlicht im Raum wird daraufhin schwächer, und aus den Lautsprechern zu beiden Seiten der Bühne dringt Musik in den Raum.

– *Das ist ja Rosa Balistreri!* sagt Paula.

– *Ja, natürlich, das ist Rosa. Oder Chansons aus Frankreich. Oder kubanische Musik. Oder Ray Charles. Was immer Du hören möchtest ...*

– *Das kann ja alles nicht wahr sein*, sagt Paula.

– *In etwa einem Jahr könnte es das aber sein*, antworte ich, *das Restaurant gehört Dir, aber ich helfe nach Kräften mit. Und an Geld steuere ich auch etwas bei, das ist mit meinen Brüdern fest vereinbart. An Miete zahlen wir der Stadt vorerst nur eine sehr niedrige Summe. Enrico Bonni ist froh, dass aus dem alten Kino ein Restaurant wird. Aber nun schau, jetzt öffnet sich sogar der Vorhang!*

Ich gebe wieder ein kurzes Zeichen, und wahrhaftig öffnet sich nun der Vorhang, und wir schauen auf die Bühne und sehen dort einen einzelnen Zweier-Tisch, ebenfalls festlich gedeckt. Ein Scheinwerfer taucht ihn in ein mattes Licht, eine Kerze brennt, und ich bitte Paula, mit mir hinauf auf die Bühne zu gehen.

– *Zu Mittag gibt es nur eine Kleinigkeit*, sage ich, *sizilia-*

nische Pasta, etwas Fisch und ein paar Dolci. Das eigentliche Festessen zu Deinem Geburtstag findet heute Abend statt. Ich habe eine Festgesellschaft für genau zehn Tische eingeladen, es sind ungefähr fünfzig Personen.

— Fünfzig Personen?! Um Gottes willen!

— Lass nur, es sind alles gute Bekannte, das wird eine festliche, schöne Szene, und wir können davon träumen, dass es in ein paar Monaten genau so sein wird: Zehn Tische, fünfzig oder sechzig Personen, bei der Eröffnung Deines Restaurants!

— Ich kann das alles nicht glauben, sagt Paula, *entschuldige, aber ich bin völlig verwirrt.*

— Verwirrt? Wieso denn verwirrt? Neinnein, das soll nicht sein. Es ist »großer Film«, das ist es. Einmal im Leben habe ich ein Drehbuch geschrieben, das nicht nur in der Schublade bleibt. Seit meiner Kindheit habe ich von einem solchen Drehbuch geträumt. Dass meine Fantasien Wirklichkeit werden, dass ich endlich die Rolle spielen darf, die ich spielen möchte.

— Und die wäre?

— Meine Rolle wäre genau hier, an Deiner Seite. Liebe Paula, dieses Drehbuch ist mein Geschenk an Dich für unser zukünftiges Leben zu zweit.

Sie sagt nichts mehr, die Szene und meine Worte sind im Augenblick einfach zu stark. *Großer Film*, denke ich, *das ist es wahrhaftig, ich habe es endlich hinbekommen, einmal im Leben!* Wir sitzen noch eine Weile nebeneinander, und Paula beginnt nun auch zu fantasieren, sie spricht von der sizilianischen Küche und entwirft eine erste Speisekarte, sie summt die Musik mit, und ich spüre: Jetzt ist die Begeisterung da, der *große Film* kommt ins Laufen, und sie übernimmt die wichtigste Rolle.

Später gehen wir zusammen hinauf auf die Bühne und hören Chansons aus Frankreich, die jungen Mädchen aus der Garderobe sind zur Stelle und bedienen uns, und von einer Bühnenseite her erscheint Alberto und spielt während dieses Mittagessens den Kellner. Fast zwei Stunden essen wir so zu zweit, und nach dieser Mahlzeit setzt Alberto sich zu uns, und wir planen und fantasieren weiter und weiter.

Es ist schon beinahe 16 Uhr, als wir das Kino verlassen. Paula möchte zurück in die Pension, um sich etwas auszuruhen, ich sage ihr, dass ich gleich nachkommen werde, mich aber noch um einige Details des Abendessens kümmern müsse. Wir trennen uns, und ich warte, bis sie in Richtung der Pension verschwunden ist.

Ich stehe auf dem Domplatz, allein. Für einen Moment fröstelt es mich, und ich kann die innere Anspannung nicht mehr verbergen. Ich blicke hinauf in den Himmel, es ist ein stiller Frühherbsttag, dünne Wolken schieben sich von den Bergen her manchmal vor die Sonne und wandern dann weiter, hinunter zum Meer, wo sie sich im Meeresblau auflösen. *Ist das ein Tag!* denke ich, und schaue hinüber zum Dom. *Ich muss es ihm jetzt erzählen*, denke ich weiter, *er weiß ja eh, was vor sich geht, aber ich will mit ihm sprechen, unbedingt, und sofort!* Ich warte das Schlagen der Glocke zur vollen Stunde ab, dann gehe ich hinein in den Dom. Vorne links, im Querschiff, dort wartet er. Das große Kruzifix vor dem Altar, der leidende Christus am Kreuz, der die Gläubigen so anschaut, als hätte er an sie noch ein paar letzte Fragen.

— *Herr, da bin ich wieder,* sage ich.

— *Schön, dass Du da bist, ich freue mich,* antwortet der Herr.

— *Herr, ich habe Mandlica und seine Menschen sehr schätzen gelernt. Ich werde wohl noch einige Zeit bleiben.*

— *Einige Zeit, Benjamin? Du wirst länger bleiben, ein Leben lang.*

— *Ein Leben lang, Herr, bist Du sicher?*

— *Ja, Du wirst in Mandlica bleiben, und Du wirst es nicht bereuen. Du wirst Paula heiraten, Ihr werdet ein Restaurant haben, und Du wirst Deine Forschungen fortsetzen.*

— *Wie findest Du meine Forschungen, Herr?*

— *Sehr gut, Benjamin! Neuartig, weit ausholend, eine kleine Revolution in der Ethnologie.*

— *Aber werde ich meine große Studie denn auch beenden?*

— *Aber ja, und das weißt Du doch längst. Nicht drei, aber zwei Bände wird sie haben, genau eintausendeinhundertachtundneunzig Seiten.*

— *Genau so viele?*

— *Ganz genau, Du weißt, ich irre mich nicht.*

— *Aber werden meine Kollegen so etwas lesen?*

— *Sie werden, und Du wirst einen Ruf an die Münchener Universität erhalten.*

— *Nach München, Herr?*

— *Ja, nach München. Hast Du etwas dagegen?*

— *Neinnein, es ist eine große Ehre, gewiss. Ich vermute jedoch heute, ich werde diesen Ruf nicht annehmen.*

— *Richtig, Du wirst ihn nicht annehmen. Du wirst Deine kleine Wohnung in Köln behalten und während des Jahres ab und zu einige Zeit dort verbringen.*

— *Und wovon werde ich leben, Herr?*

— *Paula und Du, Ihr werdet vom Restaurant leben und natürlich von Euren Büchern. Ich meine Paulas Übersetzungen und all die Bücher, die Du noch schreiben wirst.*

— *Nach der großen Studie, Herr, werde ich keine wissenschaftlichen Bücher mehr schreiben.*

— *Ich weiß, Benjamin, Du wirst andere Bücher schreiben.*

— *Aber was für welche, Herr?*

— *Ahnst Du das nicht längst, Benjamin? Du wirst Romane und Erzählungen schreiben. Du wirst den Lesern von Dir und Sizilien erzählen, so wie Du Dir lange selbst Dein Leben erzählt hast.*

— *Ich kann es nicht glauben, Herr.*

— *Dann warte ab, Du wirst schon sehen.*

— *Ich habe noch eine Frage, Herr.*

— *Bitte, ich höre.*

— *Ich war mit Paula auf Korfu.*

— *Ich weiß.*

— *Was ist mit dem griechischen Gott? Ich habe keinen rechten Kontakt zu ihm gefunden.*

— *Doch, das hast Du.*

— *Nun gut, ja, aber was ist mit ihm? Was sagst Du über ihn?*

— *Mmm.*

— *Was heißt denn »Mmm«, Herr? So etwas hast Du noch nie gesagt.*

— *»Mmm« heißt Mmm, Benjamin, das ist alles.*

— *Mehr willst Du zu dem Thema nicht sagen?*

— *Nein, Benjamin, mehr sage ich nicht. Denk selbst darüber nach, bemühe Dich mehr, ich kann Dir das nicht abnehmen.*

— *Danke, Herr, ich werde mich bemühen.*

— *Gut, dann geh und feiere einen schönen Geburtstag mit all den Freunden, die Du in Mandlica gefunden hast.*

– Ich hätte das nie für möglich gehalten, Herr! Mein Leben hat sich sehr verändert.

– Das hat es, Benjamin. Du besitzt jetzt sogar einen Schlüssel zur Wohnung Deiner erwachsenen Tochter.

– Ja, Herr, fast ist es mir peinlich.

– Dann gib den Schlüssel doch bald zurück, Benjamin. Versprichst Du mir das?

– Ja, Herr, ich werde ihn gleich morgen zurückschicken.

– Das ist gut, Benjamin. Und jetzt knie nieder, sprich ein »Vater unser« und ein »Gegrüßet seist Du, Maria« und erzähle mir den neuen Anfang Deiner Geschichte, der Geschichte vom Kind, das nicht fragte.

– Ich danke Dir, Herr. Gelobt und bedankt sei der Herr!

Ich knie in der kleinen Holzbank und schließe die Augen. Ich konzentriere mich, wie früher als Kind. Ich spreche die beiden Gebete, die der Herr sich gewünscht hat, dann mache ich eine kurze Pause. Ich atme durch, ich hebe den Kopf, ich flüstere:

– Ich heiße Benjamin, ich war das Kind, das nicht fragte. An einem sonnigen Aprilmorgen kam ich mit dem Flugzeug in Catania an ...

Die Motti zu Beginn des Romans und zu Beginn seiner drei Teile sind Verse aus Gedichten des sizilianischen Lyrikers Salvatore Quasimodo (1901–1968), der 1959 den Nobelpreis für Literatur erhielt. Sie werden (mit freundlicher Genehmigung der Dieterich'schen Verlagsbuchhandlung in Mainz) nach folgender Ausgabe zitiert: Salvatore Quasimodo: Gedichte. 1920–1965. Italienisch-Deutsch. Ausgewählt und übersetzt von Christoph Ferber. Dieterich'sche Verlagsbuchhandlung Mainz 2010.